〔清〕錢謙益 撰集
許逸民 林淑敏 點校

列朝詩集

第四册

中華書局

列朝詩集目録

甲集第十七

錢博士宰六十首

甲集第十八

甲集第十九

甲集第二十

浦舍人源三十六首

甲集第二十一

甲集第二十二

乙集第二

乙集第三

王典籍恭五十八首

列朝詩集甲集第十七

錢博士宰六十首

公字子予，一字伯均，會稽人。吴越武肅王十四世孫也。至正間，中甲科，親老不赴公車，教授於鄉。唐之淳、韓宜可皆出其門。國初，以明經徵修禮樂書，尋以病歸。洪武六年，授國子助教，上疏乞歸。二十三年，召爲會試考官。二十七年，又召校書翰林，命作金陵形勝論、歷代帝王廟樂章，皆稱旨。是時老儒凋謝，與學士劉三吾並承眷倚，每進見，必賜坐侍食。年幾耋，再三乞骸骨，加博士，賜敕致仕，遣行人護歸。子尚絅，字允裳，舉洪武首科鄉試，主新城簿，以文行稱。公嘗早朝，口占絶句云：「四鼓冬冬起著衣，午門朝見尚嫌遲。何時得遂田園樂，睡到人間飯熟時。」明日，文華燕畢，上面諭曰：「昨日好詩，朕曷嘗嫌汝，何不改『憂』字。」又曰：「朕今放汝去，好放心熟睡矣。」公率諸老人拜謝，皆遣還。公自叙《臨安集》云：「先世自文僖公與其從昆弟秘監昆、内翰易、侍讀藻，咸出入詞林，世以文承家，顧惟不肖固陋，勉置身文字間。自成均致事歸，間緝舊業，或得以不墜前人之緒耳。吾錢氏自樞密公纂集宗門歌詩，自武肅王以下，駲馬錦樓之什，曰《吴越錢氏傳芳集》。族子仙芝又撰《後集》五卷，宋綬爲序。國朝則自澹軒先生博士以下，凡三十九人。」

擬古

出門萬里別，行行遠防邊。相望各天末，北斗日夜躔。四運秋復春，不見君子還。燕車北其轍，越馬南其轅。目遠心愈近，悵望徒懸懸。黃雲暗關塞，路險不見天。式微夫如何，日月忽已遷。願言崇明德，無爲終棄捐。

右擬《行行重行行》。序曰：「《行行重行行》，賢者不得於君而作，然但祝之，以努力如餐而已。今擬曰『願言崇明德，無爲終棄捐』，庶幾有規諫之義焉。」

高臺何巍巍，參差與雲平。玉繩臨雙闕，長河流無聲。上有羽衣人，逍遥吹玉笙。清響涵明月，飛佩何泠泠。借問弄者誰，疑是董雙成。逸思隨風發，無人識其聲。曲終再三嘆，感慨有餘情。所悲同門友，局促趨世榮。願將秋水劍，爲之解塵纓。笑呼雙黃鵠，與子俱遠征。

右擬《西北有高樓》。

涉海采琅玕，紅者珊瑚枝。明珠盈懷袖，將以遺所思。海闊不得返，所寶莫致之。爛其納我室，抱璞將何爲。

右擬《涉江采芙蓉》。

皎皎明月光，照我屋東頭。寒蛩鳴樹間，招摇指孟秋。白露下高梧，落葉聲颼颼。寒温更變遷，河漢東南流。懷哉里中兒，奮志起遠遊。飄然溯長風，乘槎犯斗牛。支機織女石，爲問今在不。水深波濤闊，浮名將焉求。

右擬《明月皎夜光》。

青青梧桐樹，託根在高岡。與子新合歡，翕如鳳與皇。鳳皇鳴鏘鏘，合歡期世昌。歡情一何短，離思一何長。嗟彼籬下菊，含英揚其芳。晨霜秉貞節，寧隨秋草黄。終當采而珮，歲晏夫何傷。

右擬《冉冉孤生竹》。

中林多幽蘭，江籬雜芳蓀。采之酌春酒，將以清心魂。持杯未及飲，悵然念王孫。王孫不歸來，置酒在芳尊。

右擬《庭中有奇樹》。

河東有織女，皎皎雲爲章。手弄機上絲，日夕更七襄。織成五色文，欲製君子裳。莫言隔秋水，可以駕飛梁。睆彼牽牛星，終日不服箱。

右擬《迢迢牽牛星》。

故人萬里別，海水日夜深。南風海上來，遺我雙南金。不見故人面，乃見故人心。鑄作黄金徽，置之白玉琴。彈爲《别鶴操》，閒以懷湘吟。曲終聽者稀，矯首望知音。

右擬《客從遠方來》。

擬古

庭樹日已黄，白髪日已短。候蟲鳴前除，秋霜蕙花晚。歲月如奔駒，六轡不可挽。泛舟涉方瀛，方瀛水清淺。安期邈難求，吾棹亦已返。花開醉復斟，黍熟饑自飯。逌然樂悟生，瑶島諒不遠。

過城南田舍

鷄鳴大星没，攬衣出衡宇。開門走狗先，巷白行人語。零露濯冲襟，殘月澹幽墅。泠然旦氣清，逍遥散塵緒。人生天壤間，俯仰成今古。且復耕我田，商歌更何補。

過釣臺

濺濺桐江瀨，白石粲如語。上有子陵臺，下瞰富春渚。高崖薄曾雲，黄草没荒墅。俛懷漢中興，四海歸寰宇。徵書詔遺逸，長揖覲當寧。咄咄吾子陵，而竟不下汝。握手道故交，言還謝明主。星文麗中天，風節超下土。悠然釣澤中，高風永終古。

分題賦載酒亭送友人之四川

大江發巴蜀，岷峨蔚嶕嶢。子雲性佚蕩，逸氣相扶摇。灑翰騁雄辭，凌雲何飄飄。終焉斂其華，組麗不足驕。覃思著玄文，斟酌仿繇爻。閎言極幽微，綿絡天地交。豈無好事者，載酒與遊遨。胡爲事黄門，投閣竟蕭條。龍蛇不知藏，蝘蜓亦見嘲。天獨昌其文，炳如日星昭。子行登斯亭，英爽或可招。謂我欲問奇，峽水阻且遥。

題雪獵圖

胡兒善騎射，出獵古戰場。白雪日夜飛，蕭蕭朔風凉。黄草蔽沙磧，馬肥弓力强。小隊出漢南，十騎如龍驤。前驅逐猛虎，後騎接飛獐。翻身激羽箭，叠中兩羚羊。玄熊何前却，猛氣亦跳梁。南行顧長戟，北走脱飛槍。聯鑣愈奮捷，性命不得將。自謂足馳騁，意氣何揚揚。寧思漢廷將，英勇際武皇。去年出雲中，置郡定朔方。今年戰高闕，夜圍右賢王。小勇何足矜，萬里開邊疆。

遊西山

西山一何高，有懷在泉石。蕩舟渡西泠，秋水今幾尺。渚花泊雙橈，岸草納雙屐。凉風樹上至，林影下衣碧。群動方自營，塵機念俱息。邂逅方外人，招邀坐深席。悠然外死生，矧復慨今昔。我客語正深，僕夫勸還役。川明月初至，樹暗山已夕。歸人樵唱來，落日墮西壁。

兵退後作

朔風號枯枝，長夜何漫漫。微月出復没，零露凄以溥。露溥不足悲，嚴霜爲之寒。饑烏下叢薄，猛虎鳴其間。鬼燈照虚館，落葉何珊珊。蕭蕭遠征人，載歌《行路難》。我心增慘戚，豈不思東還。欲濟川無梁，中道多阻艱。弱子病且死，老妻方憂患。明將登前途，念我衣裳單。斧冰汲澗水，採薪事朝餐。慨彼《下泉》詩，悠然起長嘆。

泛舟新湖塘次王敬助韻二首

清賞各有適，何異同登攀。君舟泊西隩，我車上東山。林光變宿雨，溪響洄晴瀾。春深飛花歇，日入好鳥還。佳景欣所得，毋令清興殘。俯看縱壑魚，仰見培風翰。物理固有待，努力當希顔。胡爲念窮達，戚戚天壤間。

湖水日已緑，理棹不可緩。雜花當晝翻，遠樹出雲短。沙明宿雨霽，風急遊絲斷。悠悠歡賞涼，歷歷佳趣滿。酒盡客愁生，歌殘離思遠。世路方險巇，窮居正蕭散。出處諒何心，夕陽起樵管。

城南燕集得作字

閉門度芳辰，念此風雨惡。今日忽復晴，青郊縱行樂。引杖聽鶯啼，持杯看花落。庭緑樹陰交，春容已非昨。微酣愛酒清，放歌悲髮白。茫茫師旅間，擾擾煙塵隔。夙昔愧棲遲，于今喜離索。明朝溪上田，買牛事東作。

白野太守遊賀監故居得水字

崇岡散新陽，寒日舒短晷。晴飈一披拂，波影上沙尾。意行遂忘疲，情語相慰喜。賜宅知已非，歸舟更誰艤。樹暗山始夕，川明月初至。停杯成慨嘆，覓句聊徙倚。前林樵唱來，驚鴻下寒水。

早春寄鄉中友人

故園花發春又來，碧桃半拆棠梨開。流鶯踏花洒落杯，花飛落酒相縈回。酒酣起舞落日晚，應念長安人未回。江上舟，幾時發？拍手醉唱《歸去來》，笑摘花枝簪白髮。

雲中兩烈婦

竹貞鎮雲中，縱遊兵掠鄉鄙。張思孝妻華氏，偕子婦劉，罵賊死之。作《雲中兩烈婦》。

雲中兩烈婦，風節何雄哉。婦姑誓同死，軍馬倏已來。姑言我死命之遭，爾方年少不得逃。欲自經不得索，欲自刎不得刀。少婦潛致詞，不用刀與索。兒當激賊怒，婦姑頭共斫。姑如湛盧劍，罵賊獵獵生剛風。婦如黄間弩，蹶張放弦氣愈雄。厲聲奮激膺賊鋒，萬古雙烈誇雲中。

題藩王出獵圖

燕山八月秋草黄，秋高馬肥弓力强。藩王朝辭詐馬宴，羽獵不敢齊長楊。西風獵獵邊城戍，山隊旌旗打圍去。英姿颯爽思奮揚，面如玉盤身玉樹。金羈朱纓玉腕騮，紫貂兜鍪銀鼠裘。燕姬如花向前騎，從官錯列秋雲浮。猛士先驅仗金鉞，胡笳一聲鼓齊咽。驄駒並載雙歇驕，海青翻臂思超越。黄鬚健兒勇且驍，虎紋交韔懸在腰。翻身控弦響若掣，一箭射落雙飛雕。馬上雙雕馳獻捷，凱歌向王王擊節。金杯進酒飯黄羊，馬潼淋漓手新捩。穹廬張天落日黄，醉擁嬋娟馬前歇。百年富貴空畫圖，桑田茫茫海水枯。畫中豪傑八尺軀，昔何勇鋭今何愚。悲風蕭蕭渺絶漠，漠南千里王庭無。

題趙仲庸鏡湖圖爲洽上人作

趙侯胸中有泉石，白髮垂顛人不識。丹青不寫四十年，一見洽師雙眼碧。當年王宰浪得名，十日五日勞經營。天機到時一揮灑，白雲顛倒秋波明。秋波在屋下，白雲在屋上。香罏秦望天東南，蒼巒翠巘森相向。三山落日煙水賒，秋風舊宅今荷花。斷垣蒼石無路入，至今人説放翁家。放翁家，渺何處，阿師出家不歸去。不惜千金買畫圖，笑倚清江看雲樹。

長江霽雪圖

昔年壯遊下江漢，霽雪千峰排兩岸。今年看畫憶舊遊，萬里江山入清玩。岷峨崗脊來蜿蜒，青城一峰高插天。東馳衡山走千里，匡廬五老下與石城北固遥相連。冰巒雪壑互起伏，照見日華破初旭。神光混茫元氣浮，奮如巨鰲簸坤軸。爛如秋空雲，浩如滄海濤。又如瑶臺銀闕天上頭，皎皎白月空秋毫。回光下照中流水，風吹河漢銀雲起。中流空闊不勝寒，一洗丹碧秋漫漫。山川歷歷真偉觀，來往十年遊未半。不如雲瀛樓上來倚欄，一日看遍江南山。

題俞景山畫山水帳

老夫索居江上樓，廿年不出懷舊遊。扣門下樓出迎客，但見絶壑風颼颼。岱宗日觀山上頭，日出未出蒼煙浮。嵩高插天太華碧，蛾眉青城翠欲流。匡廬老泉掛白石，蒼梧水落湘江秋。懸崖倚天萬山立，翔鸞舞鳳蟠蒼虬。幽岑遠樹互出没，白雲不散松風收。松根老樵列四五，招我共入青林幽。平生遊歷走不遍，千里萬里窮遐搜。如何一日墮我前，空翠雜沓來雙眸。舉頭問客何因入此境，乃是手持圖畫來滄洲。俞君作畫時，雅有山林癖。朝登望秦山，萬壑千巖凈横臆。暮上香爐峰，海色秋清上遥碧。歸來放筆作董元，筆底丹青浩無迹。海桑一别三千年，山月江風耿相憶。仰觀巖上泉，俯看松下石。故人不見空畫圖，十幅雲煙捲還客。

題畫梅和王山農韻

江南春來白雪爛，落月横參夜將半。縞衣綽約如故人，踏颯梨雲欹老幹。北風獵獵天正寒，仿佛風節憑西闌。乃知山人竟不死，夜煮白石青松間。高情抗世無今昔，溪上梅花没荒棘。憶曾揮翰灑溪雲，一枝寄與春消息。花前唤酒寫長歌，花下呼兒掃落花。若非揚州何遜宅，定是西湖處士家。山人愛梅心獨苦，笑爾豪吟玉堂樹。山巔水際日看花，鳳詔鸞書招不去。解衣盤礴兩袖垂，腕指所至皆天機。南枝著花玉色起，北枝凍壓玄霜飛。自從上苑成塵土，無復當年舊歌舞。源上桃花不記秦，九畹芳蘭已忘楚。不如山人卧雲松，破屋長在梅花東。傳家有子花作譜，放手直欲先春風。見花如見山人面，誰道人間亡是公。

王煮石梅花一枝，繫以長歌，幾四十年矣。俯仰今昔，有懷故人，因次韻於後。但顛倒縱横，不倫不理，不能不爲韻所牽也，觀者必發一笑。

秦淮晚泊

秦淮酒家來泊船，鱸魚一斤三百錢。船頭買魚酒新熟，却憶耶溪歌採蓮。醉來起舞落日晚，揮手彈鋏風泠然。少年不作不安客，老去逢秋頭雪白。興周須求渭水才，安漢園公安在哉。眼花齒折竟何益，好放陶潛歸去來。

梧桐樹

梧桐樹，一葉墮秋風，一葉委秋露。明年二月新葉生，還在今年葉飛處。漢宮飛燕近承恩，零落班姬不如故。君不見梧桐樹。

瓜洲夜泊

旅夜瓜洲泊，秋懷浩欲沈。星河與海合，江漢入吴深。天塹無南北，川流自古今。隔花漁唱起，千里故園心。

秋　望

一雁下荒潯，鄰秋急暮砧。檐風吹病骨，江月照歸心。把酒招征棹，看花笑脱簪。有懷吟未得，黄葉墮疏林。

長江偉觀圖

第一江山獨憑闌，秋風斷石倚江關。兩峰並立星河上，一水中流天地間。海日東生月西没，官船北去客南還。莫愁白髮搔來短，酒落金盤入醉顔。

分題賦鏡湖送張用中

鏡湖白波木葉稀，風凉蕭蕭入客衣。季真賜宅已無主，太白酒船空棹歸。野色驚秋鴻雁下，水聲吹雨鯉魚飛。此時張翰吴中去，雲鎖稽山失翠微。

題趙仲穆秋山圖

人家水檻接山窗，好在江南山水邦。兩岸雲林皆落日，一天鳬雁共秋江。屋頭數遍青巒九，松下吟成白石雙。野服何人正蕭散，泊船歸醉酒盈缸。

題羅稚雲林秋晚

峥嶸列岫白雲西，江上晴林直與齊。落日欲分山上下，秋聲不隔樹高低。潯陽舊宅陶潛住，天際歸舟謝朓題。我亦愛君泉石好，携家便擬結幽棲。

題王煮石推篷圖

粲粲晴林截素霓，夢回何處覓新題。畫檐壓檻江南屋，短棹推篷雪後溪。落月欲分花上下，春風不隔樹高低。何當一見冰霜表，放筆孤山煙水西。

送朱叔英還維揚

策策西風木葉稀，故鄉何處雁南飛。岷峨萬里秋江落，淮海維揚獨客歸。鐵甕待潮雇曉渡，金盤壓酒浣征衣。高樓明月如相憶，一發秦稽鎖翠微。

題崔彦輝雲林小隱

霅上平林半是雲，索居别墅樂閒身。蘋花落日江南唱，楊柳滄灣若下春。隔岸青山連罨畫，當門緑樹接比鄰。外家第宅相過近，内翰風流世有人。

夜泊西江

緑樹如韋曲，澄江似謝家。暖雲巢燕子，清露濕梨花。

春日閒居

霽日檐牙落，光風瓦上生。草晴跳蚱蜢，花暖困狸狌。

題畫菜二首

綠酒交春熟，燈花入夜開。兩畦堪小摘，不見故人來○

今日荷鋤倦，嘉蔬没四垣。客來春酒綠，風雨夜開園。

秋江晚渡

落日歸棹緩，滄江秋思加。雙鱗上荷葉，一雁下蘋花。

牧牛圖

野老春耕歇，溪兒晚牧過。夕陽牛背笛，强似飯牛歌。

採菱曲四首

綠柳横塘曲，滄灣是妾家。菱歌不解唱，秋水照荷花。

落日浣紗渚，菱歌唱晚風。解衣濯秋水，乘月採芙蓉。

溪上採蓮女，秋波照晚妝。心如蓮子苦，情似藕絲長。

荷葉紉爲佩，芙蓉緝作裳。妾心花下藕，節節是秋霜。

題翎毛小景

紅子秋樹老，黄花晚節寒。幽禽雙白頰，託爾一枝安。

春深即景

露梢黄鳥啄來禽，蛀葉青蟲絡樹陰。又是緑階春雨歇，滿庭芳草落花深。

題牡丹仕女圖

樂府梨園曲慢裁，内家新奏牡丹開。下階立得花陰轉，李白承宣詔未來。

題野老醉騎牛圖

村田樂事老來稀，記得江南春社時。兒女醉扶黄犢背，帽簷顛倒插花枝。

題高房山畫

房山在金陵，作此畫寄歐、虞二學士，二公皆留題其上。

尚書好畫江南住，寄與題詩兩翰林。千古高情俱妙絶，至今春樹暮雲深。

題秦淮送别圖

緑酒斟來且莫斟，酒闌歌罷去駸駸。别懷恰似秦淮水，流到長江緑更深。

畫　魚

緑波春水没漁家，楊柳青青拂釣槎。三月江南春雨歇，一雙鱸鮪上桃花。

題林處士觀梅圖

放鶴仙人不可招，斷河殘月夜聞簫。别來欲問春消息，花落西泠第二橋。

客窗聽雨

緑江煙草渺天涯，燕子來時未到家。宿酒恰隨春夢醒，雨聲落盡碧桃花。

題李伯時仕女圖

霜落黄梧漢月高，西窗對月剪征袍。妾心不憶交河冷，手冷難裁金剪刀①〇

① 原注：「月下裁衣。」

海棠半拆銀燭輝，春愁且莫剪春衣。下階立得花陰没，如此月明人未歸②〇

②原注：「花前獨立。」

梨花落月酒微酣，柳絮春雲睡正堪。夢入長安歸未得，覺來不信是江南③。

③原注：「春屏未起。」

畫蟹

江上蓴鱸不用思，秋風吹破緑荷衣。何妨夜壓黄花酒，笑擘霜螯紫蟹肥。

集外詩一首

題趙仲穆彦徵畫馬

驄馬連錢新鑿蹄，絡頭羈馽任官奚。來從月窟真無價，進入天閑不敢嘶。雨露九重思冀北，風塵千里下淮西。解鞍知在休兵後，楊柳平河春草齊。

沈徵士夢麟五首

夢麟字原昭，湖州人。博通群經，尤邃於《易》。元季應進士舉，棄去，隱居華溪之濱。洪武二十三年，上聞其經學，聘爲京闈考官，辭歸。年九十三卒。原昭爲趙文敏姻家，傳其詩法，時稱「沈八句」。

訪陳敏道不值

不憚風波兩日程，孤舟聊繫故人情。菊花與我爲賓主，醴酒從人結弟兄。秋穀已銷吳甸雨，寒潮不上闔閭城。白頭欲製烏啼曲，付與漁郎短笛聲。

和邵山人過字韻二首

吳松東去群鴻散，苕霅西來一舸過。池上屢陪山簡醉，座中曾聽薛華歌。中年鄉國黄塵合，長夏江村緑樹多。擬與賀公同結伴，黄冠野服晚婆娑。

亂後還家如旅泊，愁中貰酒喜人過。每吟栗里《停雲》句，不作南山種豆歌。故宅東風歸燕静，孤村夜雨落花多。白頭却憶觀光日，曾賦神明與駁娑。

九日過姚廷暉隱居

病起扶衰上釣槎，乘流直到故人家。一秋止酒樽無緑，九日開園菊未花。海氣通潮生白霧，天風如水灑烏紗。歸來落葉多如雨，欲寄新詩日已斜。

趙待制席上

春城飛絮日顛狂，簾幕風微燕子忙。醉後不知羅袖薄，牡丹花上月如霜。

劉布衣永之四首

永之字仲修，清江人。治《春秋》。學詩文，清麗古雅，爲當時所重。工書法，篆楷行草皆有師承。家富於貲，賒貸施數郡，仲修獨泊然布素，日静處一室，以書籍翰墨自娱。客至不爲盛饌，酒數行，論文賦詩，焚香鳴琴而已。家事未嘗一留意。非逢掖士，未嘗一接言笑也。始仲修既冠，未知學，因過婦翁，同郡練伯升爲友婿，蚤有文譽，婦翁特異視之，而庸衆人遇仲修。既歸，發憤就學，日夜不懈，數年學大進，時譽更出伯升右。有《山陰集》。楊東里述之如此。

感遇

腐鼠嚇鵷雛，魚目欺明珠。由來青雲士，高視笑泥塗。廣途馳駿馬，長戟夾高車。光榮被九族，氣焰陵萬夫。祇言固恩寵，豈悟有榮枯。緑葹生朱門，鵩鳥瞰賓除。徒聞黄犬嘆，千載爲驚吁。回視楊子雲，獨守《太玄》書。

擬古

南國有佳人，秀色麗春陽。素手弄機杼，織綺向蘭房。凉宵步玉階，羅襪沾微霜。坐愁容華歇，中宵理絲簧。鳳笙歡未徹，瑶瑟怨何長。哀響激林木，回音動華堂。借問此何曲，新聲奏宫商。東鄰有遊子，聞之感中腸。願持五雜組，繫君羅襦裳。攜手共遊衍，卒歲以翱翔。中情莫自致，脈脈懷内傷。

畦樂園

郭南抱甕者，久與世情疏。砌長龍鬚草，林開燕尾渠。轆轤花下轉，蒿苣雨中鋤。蔗熟能相寄，酬君薤葉書。

寄梁孟敬

菰山之陽隱者宅，日午隔溪聞讀書。時有門生陳八篋，昨從家僕致雙魚。石門雨過篔簹濕，華户秋深薜荔疏。已約暮春攜稚子，詠歸沂上曳輕裾。

劉徵士仔肩 八首

劉仔肩字汝弼，鄱陽人。陶安守饒州，薦汝弼文行，應召至京師。洪武三年，集一時名公卿詩曰《雅頌正音》，宋景濂、張孟兼爲之序。

登北山

薄言出東郭，縱步陟北嶺。油雲冒崟崿，寒松雜修挺。林翳景若暝，溪回路猶引。崇基擬素志，澄淵鑒清影。遵險既易常，臨深亦逾謹。朋遊並登眺，妙趣心獨領。寄想煙霞濱，超然欲歸隱。

春日與李二文學遊城南

浩蕩關河遠，周流歲月新。獨醒愁對酒，多病怕逢春。楊柳南城路，鶯花紫陌塵。若爲聯騎出，爲爾謫仙人。

公子

玉雪諸公子，聯翩出鳳城。柳横絲障緑，花擁綉衣明。玉勒回香騎，金丸落小鶯。晚酣邀上客，歌吹向蓬瀛。

別墅晚晴與鄰叟久立

郊原初雨歇，散步出荆扉。落日在高樹，凉風生客衣。佛香僧舍近，江影塞鴻飛。亦有南鄰叟，忘言相與歸。

夜晏

上相勛庸盛，羈人會合難。昔曾陪劍戟，今乃厠衣冠。酒向佳人醉，花隨錦障看。篆香雕鴨换，銀甲小筝彈。内屋開新色，重簾護薄寒。旨肴呈海陸，妙舞播椒蘭。賢達儕梁苑，才華擬建安。任情從客狎，劇飲樂杯乾。門第青春迥，星河五夜闌。歸鞍拂華薄，零露已溥溥。

春曉曲

紫絲複帳流蘇結，雲母屏風叠香雪。門前嬌柳乳鴉啼，暖漏丁丁曉將徹。花枝入簾紅尚小，蘭露著衣香不歇。江南行客歸未歸，芳草春風滿城闕。

荆南江晚眺有感

沙頭寂寂晚維舟，詞客重來感舊遊。江上夕陽諸葛廟，雨中芳草仲宣樓。天連錦水來春色，雲暗襄陵起暮愁。回首可憐梁甫意，一官牢落向南州。

望闕口號

閶闔排雲寶殿開，千官鵷鷺早朝回。不知誰獻王褒頌，得奉君王萬壽杯。

貢貞晦悦五首

悦初名性之，字友初，世家宣城之南湖，因號南湖先生。元季爲閩省理官。國初，隱居越之山陰，更名悦。從兄弟仕於朝，迎歸金陵、宣城，俱不往，遂終於越。門人私謚貞晦先生。一女，適雒陽劉涣。

登越王臺次任一初韻

芙蓉城郭自天開，形勢盤迴亦壯哉。風作鳴潮吹雨散，山如走馬渡江來。王圖霸業今何在，越寺吴宫莫漫哀。此日明年各何處，更須扶醉一登臺。

重過姑蘇有感

昔客蘇臺鬢未霜，不知塵世有悲傷。聯詩刻燭過三鼓，一月看花醉幾場。紅袖舞殘歌緩緩，錦筝彈罷雁行行。重來底用嗟興廢，亦有咸陽與洛陽。

約遊山阻雨

春事無多苦未晴，數來花信過清明。都將酒債兼詩債，付與風聲共雨聲。燕落香泥沾紙重，蝶翻飛絮入簾輕。懷人久負南山約，縱有南山不可行。

畫　蓮

吴王宫殿水流香，步屧廊深暑氣凉。長日香風吹不斷，藕花多處浴鴛鴦。

畫馬

天閒牽出自奚官，飲罷春流未解鞍。記得曾陪仙仗立，五雲深處隔花看。

劉山長涣一十五首

涣字彦亨，號石田。世家雒陽，後爲越人。通《毛氏詩》。至正間，御史奥林薦爲三茅書院山長，道梗不赴。老以詩酒自娱。子績，孫師邵，皆有才名。

春城曲

柳花吹雪香滿簾，南園草烟迷緑纖。素紗軟屏隔春夢，金翠眉心團小鳳。指怯調笙學鶯語，度曲不成臆酸楚。却把巫山一段雲，剪作春衫寄人去。東鄰郎君馬如雪，青錦短韉裁杏葉。背人騎過爲誰羞，銀黄小袍醉眼纈。花貌越娘秋鬢薄，蛾眉學畫初三月。

青樓怨

錦樓花霧飄緑塵，芙蓉屏深凝淺春。微酣着人嬌欲睡，彩雲載夢隔湘水。雙螺小娃催理妝，粉綿拂拭鸞鏡光。濃黛掃眉桂葉長,凉露濯手薔薇香。家本石城南市住,早年悔作青樓倡。十八梳成金翅髻,青蟲簪滑鴉背膩。歌聲繞梁揭塵起,細簧咽秋鳳雛語。翠綃舞衣珠珮結,砑金天鵝銀蛺蝶。神女騎龍别楚宫,巫雲蜀雨隨峽風。别離何多歡樂少,牛女隔河怨秋老。黄衫少年下樓去,馬蹄隆隆浩無主。

張楂翁自鳳陽還錢唐賦此以寄

一别于今又五年,關河風雨夢相牽。羡君老有驚人術,愧我貧無使鬼錢。淮雁南來斜作字,楚江東下直如弦。子雲罷獻《長楊賦》,頭白歸來草《太玄》。

秋晚溪行懷張孔叔

松下凉風吹客衣,隔溪煙樹晚依依。山空不見孤雲返,落日唯看倦鳥歸。世上黄金交態薄,酒邊白髮故人稀。别來陡覺成疏闊,况復蕭蕭落葉飛。

送王廷桂還姑蘇

紫馬嬌嘶踏軟沙,闔閭城裏客還家。雨添秋水灣灣碧,風趁江雲片片斜。惜别緩斟紅曲酒,傷心况對白蘋花。雁驚莫角高飛去,先帶離聲過館娃。

初夏即事

野色滿庭户，晝凉清景佳。一雙白練帶，飛上石榴花。

偶　成二首

雪色西蕃馬，臨流顧影嘶。似嫌金絡重，蹴碎落花泥。

舞女花前過，輕如小燕飛。教坊新結束，翠羽織春衣。

春日漫興

莫道梨花瘦，楊花更可憐。隨風消雨恨，總在客窗前。

絶　句

白玉搔頭金步摇，春衫紅勝海棠嬌。只因記得當年事，重到桃花第四橋。

鬢薄鬆鬆緑霧凉，春風額點麝香黄。背人撲得雙蝴蝶，滿扇薔薇露水香。

清明前一日作

小窗新緑着枝輕，寒逐東風陣陣生。燕子不來花落盡，一簾疏雨又清明。

柳　花

雪點顛狂亂送春，穿簾透幕苦相親。年年三月西陵渡，愁殺輕舟度水人。

小遊仙詞

玉京侍宴返瑶池，西母金輿九鳳幃。小隊旌幢三十六，龍聲馬影隔雲飛。

秋　蝶

欲歇還休却又飛，芙蓉葉底戀秋暉。自知翅粉渾銷盡，羞近尊前舞女衣。

藍布衣仁三十五首

仁字静之，崇安人。元末，杜清碧隱居武夷，崇尚古學，仁與其弟智，俱往師焉。授以四明任松卿詩法，遂謝科舉，一意爲詩。國初内附，隨例徙濠，居琅琊者數月。放歸，以老壽終。而智以應薦起家，羊城陳璉序静之《藍山詩集》，謂應詔官憲僉，誤也。

寄張雲松

關塞風塵暗，山林出處難。生涯謀釣艇，世事笑儒冠。有酒判長醉，無衣度苦寒。南山有奇士，扣角夜漫漫。

人日偶成

七日本宜晴，愁人風雨聲。厨煙侵幾濕，簷瀑隔窗鳴。楊柳顰何事，梅花笑不成。呼兒催酌酒，一醉百憂輕。

酒德柬雲松

酒德宜齊聖，詩狂或助神。誰知同調者，不是獨醒人。月上争扶路，風前倒戴巾。高年當戒得，未用託劉倫。

擬雲松次韻

徐邈頻中聖，劉倫善禱神。醉鄉存古意，老景笑時人。歲晚獨無褐，日高猶未巾。從遭長官罵，或與達生倫。

落齒

池草夢難成，風蟬斷又鳴。衰年唯有睡，浮世自多驚。映日攜書近，分泉滴硯清。如何牙齒落，更欲校詩名。

輓空無相

避名依野老，危行託狂僧。蹈海非今日，尋山住上層。黄龍持鈍斧，雪嶠撥殘燈。自了英雄志，居然契大乘。

寄李孟和

同學朝冠士，投簪幾日歸。里中朱紱少，世上白頭稀。隴黍登新酒，池荷足故衣。夕陽天際鳥，還向北林飛。

輓陳景章

禪笠頻相訪，儒衣忽自謀。十年勞火宅，一日脱書囚。客舍黄金散，鄰僧白骨收。生芻何處奠，孤寺亂山秋。

昨日偶聞訃，偏令老况哀。肯堂尋舊指，壽穴用先裁。竹徑風時掃，柴門月自來。往還二十載，只似夢初回。

雨中二首

淫雨仍無賴，名花亦自殘。林深雲久暗，城晚雪猶寒。問粟瓶長罄，呼尊酒已乾。衰年將百慮，惆悵獨憑欄。

燕僕多空壘，鶯僵在遠林。春霜晴不久，社雨冷難禁。妄動徵前失，深藏異此心。故山棲老鶴，永夜自長吟。

寫　懷

聚斂誇長策，侵漁趁此機。直須貧到骨，誰問歲無衣。天地身爲累，丘園道已非。衰年當絶粒，何論故山薇。

自用石村韻再賦

雲卧加衾鐵，煙餐待桂炊。十年窮戰伐，數口逼寒饑。潦倒棄溝壑，凄凉畏繭絲。桃林春色近，未似放牛時。

春日

陋巷斷人行，柴門不用扃。衰年柏酒緑，春日菜盤青。强飲鄰翁對，長歌稚子聽。午窗閑試墨，只寫《相牛經》。

石村除夕二首

除夕如寒食，人煙禁不炊。袁安誰問死，方朔自啼饑。野火焦良玉，寒機棄亂絲。白頭將暗眼，更望太平時。

風塵驚老眼，丘壑保餘生。閉户交遊絶，開園種樹成。野陰長似雨，雪意又非晴。聞説朝京路，泥深哭遠行。

柬伯穎

聞説重陽日，王弘厚客情。風流同酒興，博雅盡詩名。罵坐誰先起，揮豪或後成。黄花莫相笑，謬誤豈平生。

晚浦歸帆

估客前年去，扁舟此日回。烟生全浦暝，風健片帆催。桂楫看將近，柴門認半開。鄰人攜酒饌，歡笑慰歸來。

更愁

灑掃僮何懶，過從客亦頻。年光唯老我，世事更愁人。官井渾三月，厨煙少四鄰。門前雙柳樹，午蔭偶容身。

非昔

覽鏡驚毛髮，殊非宿昔翁。狂來詩有興，愁極酒無功。久病成真跛，流言息近聾。明知過相問，起坐夕陽中。

病　起

帶緩肌如削，巾欹髮半垂。故人憐病起，稚子笑行遲。却酒憂成醉，收書老更癡。滿岡梧竹盡，尚想鳳棲時。

寄周子治

天地爲羅網，梟鸞一死生。英雄莫自悔，骨相或當鯨。照影渾疑鬼，殘形已作兵。詩書翻誤世，戈甲可收名。

丙寅正月三日作二首

開歲仍愁雨，交春已聽雷。衰容萬感集，生意幾時回。强飯扶斑杖，巡檐看落梅。弊衣風更冷，吹送雪花來。

書罷迎春帖，家家應節多。老年難再拜，佳客莫相過。閉户唯僵卧，臨觴忽放歌。太平宜有待，暮色欲如何。

九日西莊懷弟

衰年無力遠登臨，短杖扶持叩竹扃。雨過林間雙澗碧，雲消天際一峰青。黄花寂寞憎詩瘦，白髮凄涼畏酒醒。心把茱萸思骨肉，雁聲孤起夕陽汀。

秋日書懷

黄花紅樹澗西村，卧病高秋欲斷魂。九日凄涼思弟妹，十年憂患信乾坤。仙經未試丹砂訣，世網空添白髮根。擬向清池窺老影，滿山風雨一川渾。

擬時事經故居

世事浮雲變换多，歸耕仍覓舊煙蓑。城邊老屋他人住，溪上荒園此日過。社燕已非尋主入，林鶯還是爲誰歌。角巾喜有鄰翁在，閑與庭前盼樹柯。

題六朝遺秀圖

登臨長憶鳳凰臺，六代興衰入老懷。山色只知今日好，水聲如訴舊時哀。天低白日浮雲合，地勝黄金與土埋。王謝諸公吟不盡，風光留待後人來。

次雲松長山道中

人煙蕭索石田荒，茅屋低斜倚澗岡。雪裏送租衝虎過，雨中乏食學蠶僵。三丁編户衣裝急，百斂沿村土木忙。懶共老農談世事，自搔短髮對斜陽。

賦網巾

白頭難掩雪霜蹤，纖手穿成絡索同。映帶暮年微矍鑠，遮藏秋色久蓬鬆。牽絲祇訝蛛臨户，覽鏡翻慚鶴在籠。便與黄花相見好，不愁破帽落西風。

病中

能得浮生幾日閒，桑榆夕景漸闌珊。病魔可避寧浮海，詩債相尋且閉關。燈影背窗愁作伴，雨聲喧枕夢驚還。鹿車記得清溪路，稍待秋風更入山。

述懷二首

衰年無思獨棲棲，月旦何勞更品題。自古冥飛知避弋，從來世事笑吹齏。階前野鶴鷄同食，谷底芳蘭棘自迷。天末數峰猶在眼，微陽隱映暮雲西。

平生百感復千憂，老景如登海上舟。毒霧不知何處盡，颶風空說有時休。艱難徐市仍求藥，錯愕任公畏下鈎。悔不把茅同野衲，萬山深處自遮頭。

題雪景

湖邊倒樹玉爲槎，樹底茅簷路半斜。饑鶴翅寒飛不去，伴人閒立看梅花。

童校書冀三十一首

冀字中州，金華人。文學與蘭溪吴沈齊名。洪武丙辰，被徵修書。明年，職教全湘。後爲湖州府學教授，遷北平教授，坐罪卒。

效陶彭澤

少無簪組念，雅志在丘岑。結廬古澗阿，棲迹嘉樹林。南軒納朝陽，北牖延夕陰。踵門無深轍，入室有鳴琴。良朋以時至，清坐談古今。秫田秋向熟，濁醪行可斟。頃筐擷園蔬，持竿釣清潯。歡飲聊共適，過滿非所欽。

讀山海經二首

古來學仙者，漢武殊可憐。後宮降王母，東狩封泰山。青鳥去不返，巨石乃能言。空留蟠桃核，誰能待千年。

白日出扶桑，流光丹若木。東西幾萬里，倒影射蒙谷。嘗聞瀛海上，半夜見日浴。如何北荒外，乃有龍銜燭。

雜　詩二首

天運無停軌，寸管未易量。適見牽牛中，短日已在房。招摇指東壁，遼遼夜未央。憶昔初别君，春日甫載陽。徘徊歲云莫，鬱結愁我腸。

人生天地間，每向憂患老。自非秉明哲，盛名安足保。憶君堂前柏，兒我髮未燥。蹉跎兩鬢衰，立身恨不早。而中恐無聞，柏今已合抱。草木本無情，此意向誰道。

後和陶詩二十首

中州自序曰：「余往年嘗一和陶靖節詩，俯仰垂四十年，浮雲世事，何所蔑有。及來河朔，觸事感懷，間用其韻，積日既久，辭無詮次，因裒而目之曰《後和陶詩》。然余前所和者，多因其事而寓己意；今所和者，第用其韻不復用其事云。」中州《前和陶詩》，蘇平仲書其後。《後詩》則洪武二十五年壬申，與獨庵少師同客於燕，少師用蠅頭小楷繼寫成卷，而題其後云：「中州先生才力老成，問學淹貫，二十年來奔走南北，雖涉歷世故，樂天知命，有合於靖節之志趣。其和詩如繭抽泉決，略不見其艱窘，矧有牽强者耶？」己丑歲之涂月，子晉得少師手書卷録以示余，余録其什之二云。

庚子歲五月中從都還阻風於規林二首

我昔少年日，無事幸休居。佩弦戒性緩，每師董安于。迨兹桑榆景，始悟失東隅。屢將孱弱軀，觸冒風波途。嚴冬朔風急，夜絶高郵湖。豈不幸利涉，爲計良已疏。故人戒垂堂，況我疾病餘。前途諒多險，欲悔將焉如。

仲冬度長淮，滉蕩迷所知。同行得佳侣，乃諧夙所期。憶昨辭京國，與子適同時。參差各首路，不謂會在兹。舉觴更相屬，滿飲不須辭。人生如浮萍，聚散安足疑。

擬古五首

生世無百年，孰究天地終。寧知洛邑地，乃處陸渾戎。古來遺世士，守雌知其雄。我生七九年，始識廣莫風。朔土恒早寒，況乃歲律窮。發春諒不遠，行見星鳥中。

月落窗牖白，日出東南隅。披衣茅簷下，稍覺四體舒。故山邈千里，永念先人廬。晨夕庇風雨，少小之所居。別去逾十年，豈但園田蕪。齒髮日衰暮，天意諒何如。

西京全盛時，金城高且完。十二羅通衢，四方萃衣冠。金張貴公子，錦衣照朱顔。甲第連雲霄，車馬塞城闕。鷄鳴趨青瑣，日晏下朝端。瓊樓啓華宴，瑶瑟發清彈。吴娃引趙女，妙舞翔鳳鸞。亦知衡門下，士不免饑寒。

美玉韞荆璞，三獻泣下和。寗戚扣牛角，中夜猶商哥。古來不遇士，蹭蹬良亦多。百年水上漚，萬事風中花。且復對尊酒，不飲當如何。

下士困形役，至人得天遊。尸居一室間，心已歷九州。所以驅牛翁，不肯飲下流。翩翩九苞鳳，飲啄崑崙丘。一飛下虞廷，再鳴止岐周。瑞物不世出，安用羅網求。

和胡西曹示顧賊曹

朔土秋氣高，日夕來凉颸。鴻雁已南鄉，遊子寒無衣。履霜戒堅冰，幾者動之微。所以漆室女，浩嘆憂園葵。燁燁階下蘭，一夕遽變衰。愁來誰與語，有酒聊自揮。故鄉豈不懷，我行尚遲遲。百年同適客，何事主嘆悲。

雜　詩五首

勞生無百年，知止乃逸豫。尺鷃聊自足，雲鵬謾高翥。所以邴曼容，位高即免去。富貴豈不懷，能不爲身慮。君看嗜利徒，末路竟何如。驅車下峻坂，中路安得住。康莊苟弗慎，寧非覆車處。保生良有道，至要在戒懼。

生世豈不長，少年忽已老。況復涉憂患，餘生僅能保。客鄉風土殊，水火異濕燥。百事每隨人，五更起常早。寧能逐聲利，冰炭置懷抱。有酒陶一觴，身外無復道。

生世無百年，我願常歡喜。尊中有美酒，胸次無塵事。寵辱了不知，動静得如意。妻孥常在眼，親故數相值。暢飲送餘年，一任歲月駛。身後稱善人，財産不須置。

白日下平陸，北風號枯桑。塵沙動地起，眯目揚秕糠。我行在中野，況乃久休糧。解裝憩逆旅，笛聲感山陽。舊游盡陳迹，撫事增永傷。故山不可見，憂來忽無方。世事詎有涯，且復陶一觴。

十月渡黄河，北風凄已凉。河水深且駛，溯洄上吕梁。仰視南雁飛，緬焉懷故鄉。吴葛已十暑，楚砧亦三霜。寧知衰莫年，轉覺歸路長。

和劉柴桑

昔我去鄉里，所至輒躊躇。躊躇何所嘆，華屋無人居。父老向我言，往往卿相廬。存者日頽弊，餘已成丘墟。亦有良田疇，歲久不菑畬。先人始創業，艱難亦勤劬。不謂數世後，子孫亦已無。我謂老父言，其人非二疏。賣金趣供具，此外奚所須。我躬諒不閲，身後欲何處。

歸園田三首

少小樂閒曠，被褐守空山。白頭賦遠遊，倏已二十年。簞瓢陋巷居，安得如顏淵。昨宵偶不寐，憶我南山田。平生伏臘資，今棄草莽間。豈無升斗禄，差以慰目前。妻孥在遠道，棄置同雲煙。獨念故山下，草屋行將顛。亦知身後名，未若生前閒。且復對尊酒，一醉已陶然。

我家南山下，茅屋枕溪曲。白頭每思歸，此願何時足。敗壁懸素琴，荒庭暗棋局。天道恒好還，世事如轉燭。寧知若木景，不返扶桑旭。

我昔在田野，東阡與南陌。時有素心人，濁酒聊共適。既醉各歸卧，不如牛羊夕。醒來視西牖，殘月在窗隙。寧知衰莫年，乃復困行役。天公如佚老，言歸遂耕績。擊壤樂餘年，簞瓢敢求益。

己酉九日

客遊五千里，乃得物外交。朔土天早寒，九月草樹雕。衍公林下秀，要我共登高。秋風净遊氛，流目空雲宵。稍覺懷抱寬，遂忘登陟勞。古人不可見，俯仰心爲焦。緬懷廬山遠，神契栗里陶。斯人去已遠，千年猶一朝。

貧士二首

我昔客吳會，歲星直降婁。乃多素心人，晨夕更唱酬。及兹客燕薊，歲星行一周。親友去眼遠，日夕生離憂。物外得衍師，似是支遁儔。同鄉或同歸，此外非所求。

人生靡定止，飄蕩如轉蓬。萬事了不齊，疇能詰化工。寧知揚子雲，乃愧楚兩龔。天運有代謝，倚伏恒不同。委願隨所遇，胡爲計窮通。用舍固有命，勗哉慎所從。

題胡廷輝畫梨園圖

君不聞昔年天寶全盛時，梨園玉雪千萬枝。君王夜入月宫去，後庭愁損千蛾眉。銀橋閣道相聯絡，十二闌干倚寒玉。歸來不憶天上遊，獨記《霓裳羽衣》曲。沉香燕坐清夜長，流蘇寶帶懸明璫。一百五日寒食節，三十六宫明月香。玉環睡足嬌無力，夢繞巫山楚雲碧。六花散作晴雲飛，落地琮花曉無迹。漁陽一夜飛邊塵，六龍萬里天西巡。馬嵬腸斷埋香玉，蜀道天高空白雲。東歸坐嘆年華暮，遥夜漫漫誰與度。梨園弟子多白頭，滿眼新人不如故。爾來此恨六百年，花開歲歲春風前。乾坤舊事逐流水，畫圖却向人間傳。半幅齊紈渺簫瑟，拭眼春風香露濕。當年畫史知幾人，曾爲君王寫無逸。

水車行

零陵水車風作輪，緣江夜響盤空雲。輪盤團團徑三丈，水聲却在風輪上。大江日夜東北流，高岸低坼開深溝。輪盤引水入溝去，分送高田種禾黍。盤盤自轉不用人，年年祇用修車輪。往年比屋搜軍伍，全家載下西凉府。十家無有三家存，水車卧地多作薪。荒田無人復愁旱，極目黄茅接長坂。年來兒長成丁夫，旋開荒田納官租。官租不闕足家食，家家復藉水田力。一車之力食十家，十家不憚勤修車。但願人常在家車在軸，不憂禾黍秋不熟。

冬日道中

日落疏林度小橋，天寒歲晚路迢遥。道人已是歸心急，更爲梅花住一宵。

罱泥行

朝罱泥，暮罱泥，河水澆田河岸低。吴中有田多滷斥，河水高於田數尺。雨淋浪拍岸善崩，歲歲罱泥增岸塍。載泥船小水易入，船頭踏人船尾立。吴兒使竹勝使篙，竹筐漉泥如濁醪。水流泥滑似沃焦，岸上浮土何如高。此身便作淘河鳥，河水終多泥漸少。君不聞越上之田高於城，連車引水千尺坑。車聲軋軋夜達明，田間濁水無時盈。吴田苦澇越苦旱，越水常慳吴水滿。嗟乎世間至平惟水猶不平，請君不用觀世情。

和衍公約看杏花韻

客鄉不識花時節，官舍蕭條如巷陌。閉門猶恐迎朔風，况復看花事行樂。前年又得殷師疾，往往空中聞打麥。回思少年真一夢，幸免泥塗陷雙脚。非無萬里封侯志，膽落繩橋懸度索。亦欲州縣謀斗升，東帶晨趨謁方伯。坐是蹉跎四十年，不知兩鬢如霜白。東鄰有子早宦遊，駿馬雕鞍日馳躍。西鄰有客亦從軍，十載歸來門列戟。書生半世成何事，出門却笑天地窄。南北驅馳今幾年，猶喜青衫尚如昨。去冬十月上燕薊，朔風入懷衣縫拆。弊裘百日走黃沙，縱有清泉誰浣濯。平生故人幸相值，一一襟懷皆磊落。四海誰非兄弟親，百年同是乾坤客。興來載酒數相過，如此客懷良不惡。昨宵忽作鄉山夢，便欲飛書謝妻約。來春玉版行可參，擬約參寥同大嚼。

再次衍公約看杏花

我生獨後邵康節，白首黃塵走阡陌。興來猶作山水遊，不減當年謝康樂。歸來讀書茅屋底，不悟庭中雨漂麥。往年爲客上湘水，萬里不異僧行脚。東還苕霅又十年，日夜思歸嘆蕭索。移舟五湖吊范蠡，釃酒三高祠太伯。豈無蒼弁晴嵐翠，亦有洞庭秋月白。不問烏飛與兔走，自樂鳶飛共魚躍。去年買舟上呂梁，橫波利石森戈戟。狂吟不信風濤險，浩飲只恐滄溟窄。眼中往往逢故人，謾說人民已非昨。

去年二月到燕城，官河水動冰初拆。解裝孤館深閉門，塵纓未暇滄浪濯。城西招提雙杏樹，聞道花開亦將落。湯休妙語數見招，憐我同是江南客。嗟余卧病已旬浹，出門不奈東風惡。西家蹇驢許相借，明日無風便如約。政使飄零滿地香，共拾殘英帶冰嚼。

鮑徵士恂 六首

恂字仲孚，崇德人。元乙亥科《易經》進士。洪武中，年八十餘，與安吉余詮、高郵張長年，並以明經老儒，可備顧問，遣使驛召，命爲文華殿大學士。以老疾力辭，明日放還。仲孚爲人慎重不可狎，而學行名天下。後以事累，卒於外。

題吴仲圭平遠圖

蒼山遥遥幾千里，緑樹參差碧煙起。雙帆忽從江上歸，影落斜陽濕秋水。林陰蒼莽鳥不飛，石徑蹭蹬行人稀。松根似可縛茅屋，沙尾亦足容漁磯。我嘗西遊倚江閣，極目長空入寥廓。好山不肯過江來，恨不乘風跨黄鶴。吴君畫手當代無，落筆何年成此圖。安能著我巖壑底，相覓老樵尋釣徒。

次韻竹林先生中秋玩月之作至正庚子

昔年爲作蟾宫客，曾向宫中看玉輪。萬丈光懸金粟樹，三更影落絳河津。生憎老兔深爲窟，却笑仙娥不嫁人。回首歸來舊塵世，滿天風露一吟身。

數年不對中秋月，月色依然不負秋。懶問仙人修玉樹，且陪帝子上瓊樓。斗牛低繞天樞轉，河漢斜横左界流。却望蓬萊宫闕遠，幾隨清影重回頭。

浪説今宵明月好，干戈滿地幾人看。惟堪院落清尊賞，忍照沙場白骨寒。彩筆寫殘思縛兔，玉笙吹罷擬乘鸞。知君此會非忘世，只爲良辰一笑難。

題趙彦徵畫

昔在苕花溪上住，繞溪山色滿高樓。別來十載看圖畫，山自青青我白頭。

盛叔章畫

烟濕空林翠靄飄，渚花汀草共蕭蕭。仙家應在雲深處，衹許人間到石橋。

烏永新斯道九首

斯道字繼善，慈谿人。自幼學文於夢堂噩公，得修道胡先生之傳。宋景濂稱其有法。國初，以薦起知化之石龍縣，調吉之永新，以疾去官。尤精楷法。罷官後，求詩及書者户限常滿。

古詩四首

女蘿依松柏，松柏不可依。巨榦遭剪伐，修蔓殄無遺。女蘿當奈何，無依乃其宜。盤旋大化中，春榮秋自萎。升高豈不好，夭折亦足悲。

荆棘開好花，娟娟耀芳辰。羅生及周道，未嘗罹斧斤。斧斤或相加，芒刺反傷人。朔雪貸其死，后土固其根。人力愧孱弱，天地胡不仁。崇崗有松柏，日日摧爲薪。

蝍蛆素甘帶，鴟鴞喜餐鼠。蛇長即吞象，猬小能制虎。鷹鸇與鴽鵝，生同被毛羽。胡不念同類，搏擊苦相侮。鴛鴦好文彩，疇能憐愛汝。

猗蘭畏陽盛，甘菊懼蟲食。昌陽惡溪涸，揭車傷土瘠。上有寄生草，蒙茸託松柏。下有無名花，紛披弄佳色。尋芳邈無人，空有馨香德。

澤畔

上征天無風，遠遊橐無金。種蘭蘭不芳，行吟向江潯。漁父曠達者，庶幾知我心。鶴鳴子不和，徒然有哀音。踟躕當奈何，湘水清且深。

吴節婦

憶昔嫁君時，贈我白羅帨。君歿帨猶存，拭我泣君淚。淚盡帨不爛，長留篋中看。并州有剪刀，誰能剪一半。將心比羅帨，皎皎如素絲。素絲可以染，妾心終不移。

次蒲庵長老韻二首

一刞老禪三載餘，每懷溪上笑談初。春山細雨沾烏帽，晴日閒華墮碧疏。九日登高曾有約，二王小楷未能書。至今不到天香室，深愧埃塵少滌除。

矯首令人感慨深，浮雲蔽日閣曾陰。六時花散金銀刹，千里塵飛劍戟林。經罷看山長獨坐，定回倚石自微吟。絶憐松下清泠水，好與人間洗渴心。

丁孝子詩

丁鶴年，精誠之心上達九天。丁鶴年，精誠之心下達九泉。先翁曾長武昌縣，死葬山中厄兵變。山中父老懷甘棠，修築堂封自相勸。鶴年避亂東海頭，年深道阻生煩憂。亂靖還尋武昌路，淚痕滴滿先翁丘。彷徨改葬樊山側，不惜黄金换沙石。此身尚在天地間，何事能令慰朝夕。卜日已定雨漫漫，十日不止難下棺。仰首呼天雨中拜，雨爲閣駐陰雲端。葬後倉皇下山去，大雨依然大如注。是時送葬紛如雲，祭奠争趨墓邊路。母困干戈生别離，兒大母死才得歸。但聞母死葬村落，問人葬地俱不知。村落蓬蒿暗荒土，數月走尋心獨苦。焚香祝母如有靈，爲報沉淪在何許。夢中忽見别時容，步上高堂言未終。牽衣慟哭自驚覺，清晨起接鄰家翁。翁言昨夜夢而母，親出房櫳贈尊酒。夢問此夕精靈通，早晚應當見枯朽。共披荆棘凌風霜，平地有坎疑有藏。灑飯陳辭屬深土，遺骸果見生輝光。恐認他人心觥䑲，嚙血淋漓試枯骨。枯骨通紅知可徵，一齒當門正如漆。重製衣冠新作墳，遷葬母骨安母魂。積恨誰知滿胸臆，烈風頓掃空中雲。丁鶴年，病且癯，何異常人七尺軀。丁鶴年，能讀書，何人不解探玄珠。一片精誠獨如此，回首世人空有子。

鄭貞孝淵四首

淵字仲涵，浦江人。試有司不合。師事宋景濂，爲古文辭。洪武元年詔徵，稱疾不起。卒年三十有八。門人私謚貞孝先生。

次韻宋學士見寄四首

涉江采新緑，攬之不成歡。我心獨何苦，臨風屢彈冠。無心問明月，有懷如長川。且歌擬招辭，采芝向商顔。

商顔有神芝，豈徒樂苦饑。可以起沉痾，可以滋容輝。乞身在强健，行樂須及時。願言賦歸來，慰我朝夕思。

夕思苦長夜，欹枕聽征鴻。征鴻爲稻粱，南北何憧憧。相隨有流水，莫比情無窮。起來步簷下，倚遍青青松。

松月流光精，照我雙瞳青。千里共徘徊，兩情正交并。取琴彈《别鶴》，絃寒不成聲。誰知揚州地，亦隔牛女星。

葉主簿子奇三十一首

子奇字世傑，龍泉人。王師入處，子奇上書總制孫炎，謂龍鳳當紹宋正統，改紀元政。用薦主巴陵簿。嘗作《太玄本旨》，究通衍皇極之説，儒者多稱之。洪武十一年春，有司以令甲祭城隍神，群吏竊飲猪腦酒，縣學生發其事，世傑適至，亦株連就逮。獄中以瓦磨墨，有得輒書。事釋家居，因續成之，號《草木子》。

楊褒忠公墓

步出城南門，來弔褒忠墓。墓高三四尺，棠梨已無樹。昔人重忠節，尸祝閟崇宇。自從兵甲興，萬物散風雨。碑爲攻城炮，屋作臨衝柱。凄凉今日事，豈異金源苦。冢傍新骨多，狼籍相撐拄。飢烏啄人腸，飛過淮河去。

過磊石

洞庭五月凉氣多，輕風捲浪生微渦。小船掛帆不蕩槳，後船來和前船歌。月白船頭大魚出，天青水底懸星河。千里故人不在眼，有酒欲飲將如何。

上院判十四韻

浩蕩風雲氣，英雄虎豹姿。飛霜看下令，甘雨望興師。破的千人駭，橫戈萬馬馳。虎豹開列校，龍節鎮邊陲。城曉霜清角，天秋月滿旗。山河百戰外，人物再生時。細柳春營肅，崇蓮夜漏遲。威行知不犯，事定契無爲。公議皆歸德，深恩欲頌詩。自慚生也晚，況復數逢奇。李早汾陽識，蘇求太尉知。熱非爐上炙，天笑井中窺。大業今伊始，偏城豈足羈。會須盟劵鐵，勳業冠彤墀。

過嚴先生釣臺

君爲利名隱，我爲利名來。羞見先生面，黄昏過釣臺。

湘中怨

帝車從此去，不見帝車回。日日登臺望，湘江白浪來。

懊惱曲

緑珠酒半酣，吹笛對明月。金谷樓正高，萬騎已如雪。

流連樂

歡樂自我事，豈復關汝家。不知問何罪，驚儂張麗華。

徽嚴道中

經行古官道，何處有人家。時見荒山脚，一川蕎麥花。

塘上聞蘭香

大谷空無人，芝蘭花自香。尋根竟不見，茅草如人長。

寄履齋

鑿池取青天，魚向天上游。夜静風不波，一痕山月秋。

題花木翎毛畫二首

海棠花未開，枝上春禽語。東風幾何時，滿地飛紅雨。

濛濛花上霧，五月海榴紅。幽禽哢晴晝，葉底聽惺憁。

岳陽晚興四首

落日秋天鴻雁，長洲煙水蒹葭。沅澧尚留蘭芷，武陵難覓桃花。
洞庭萬頃秋月，君山一點晚煙。安得幅巾無事，酒船吹笛江天。
暮雨漁村春溟，曉霜楓葉秋酣。人世花開花落，山光湖北湖南。
長天秋水一色，落日青山半銜。雁浦煙波漁笛，龍陽風雨歸帆。

漫興

功名富貴兩亡羊，且盡生前酒一觴。多種好花三百本，短籬風雨四時香。

隱居

蒼石紅泉少隱家，牽牛延蔓繞籬笆。不知滿徑秋多少，凉露西風淡泊花。

己亥元日寓舍獨坐對雨

清坐無憀獨客來，一瓶春水自煎茶。寒梅幾樹迎春早，細雨微風看落花。

復次仲修韻

春風村巷淡如秋，細雨和雲點點愁。正是别魂招不返，落花流水下溪頭。

寨上過重九

客子光陰似水流，西風吹老菊花秋。今年不用登高去，人在青山最上頭。

壬寅重九

白雁風高落木洲，人間歲月水東流。山城又是當吹帽，數點黄花冷淡秋。

題張原琛蓬窗

銀絲魚鱠碧芹羹，曾記扁舟越上行。今日小軒風味似，滿川風雨看雲生。

縣舍即事

朝日開衙暮散衙，略無一刻及春華。偶過縣舍坡陀外，隨分春風領菜花。

岳州歌

緑波晴漾白鼂池，郭外人家有酒旗。客思獨如楊柳樹，春風愁緒萬條絲。

宿白羊湖

客思官程意轉迷，湘江南去草萋萋。待尋無樹人家宿，免得中宵謝豹啼。

寓玉清觀

徑草微微護淺沙，小山叢竹玉清家。牽牛延蔓無多碧，點綴秋光一兩花。

長沙水陸洲

長沙城西湘水流，客來城下繫孤舟。隔江幾樹殘楊柳，留與啼烏伴白頭。

南唐故址

唐主宮垣集暝鴉，垣邊幾座野人家。尚餘一片繁華地，宜種紅藍内苑花。

天岳新居二首

道院僧居相與鄰，緑陰門巷不生塵。落花飛絮無情緒，只解年年斷送春。

茅齋新卜小山東，野竹盤根舊有叢。柔緑近抽三兩個，便能摇影向春風。

許訓導繼三十首

繼字士修，寧海人。方希直誌其墓曰：「天台方孝孺有篤志尚德之友，曰許君士修，言動趣舍咸則乎古之君子，喜爲詩，其高妙處有魏、晉人風韻，别自號觀樂生。或傳其觀樂生詩，金華太史公嘆賞，以爲不愧古人。精思力學，既病，咯咯然嘔血，而學不止。凡三年而卒。」瑯琊王錡《觀樂生傳》曰：「生家貧壁立，與知己語必忘食，對俗客或不發一談，即談亦不文。暇日作五言詩以達其情，有陶柳之風。士修嘗爲台州儒學訓導，洪武十九年卒，年僅三十有七。」

初日

揚輝啟群陰，升耀昭萬象。迢遥羲和馭，駕龍復東上。海波方照灼，巖霏盡開朗。遂令一羽微，飛飛亦求養。冥行固云衆，誰此悟昏妄。

澄淵

水色本明照，況此静以深。泓澄幾千頃，流汞凝玄陰。空光碧天合，倒景青山沉。默鑒不遺物，至虚寧受侵。願言寄潛玩，湛然契明心。

遣興

世道日云降，何人激頹流。於時競靡靡，去古良悠悠。鴻鵠有高志，一舉横九州。藩籬日云廣，燕雀方啾啾。

夜坐

焚膏繼短晷，坐此寒夜深。不意片楮間，乃見古人心。曠懷浩四海，内視不滿襟。山空霜月白，猿鶴流清音。

送方希直遊學金華

良會古所惜，光景不可留。故人今有行，出門復悠悠。晨鷄號遠陌，行色滿道周。千里從明師，豈徒事遠遊。川原渺何極，仰止在山丘。余生學苦晚，賢哲忽我尤。顧乏馳騁力，重增離别憂。遥遥金華道，從君去無由。願爲東南風，吹上八詠樓。願爲雲端月，照彼雙溪流。君情諒不違，我心復何求。

擬遠遊篇

朝涉滄海水，莫上三神山。洪波千萬里，揚帆出其間。陽侯弄神怪，半空舞層瀾。載驅龍與螭，復御魚與鼉。萬怪共奔逐，百靈相後先。潮生秋月白，潮落曉日殷。因攀榑桑枝，沐髮掛余冠。仙人覩我食，玉女朝具餐。清嘯引長望，冰光流素寒。颶風夜來息，但見水吞天。回望齊州土，窅靄空雲煙。

重過潘氏隱居

刻詩新篁上，粉節吹幽香。密林若廣厦，萬斛含晝凉。陰草潤芳潔，古苔石老蒼。諒無答清景，詠言示不忘。

夜宿期王修德不至

城西掛纖月，夜色回春徑。出門候所思，花露沾衣净。悠悠醉餘意，寂寂静中聽。燈暗清漏初，煩愁亂孤興。

秋夕書懷

高空生夕凉，秋意入河漢。馳雲若奔駟，明月隱復見。天機感衆物，夜色閟深院。鳴葉響蕭颼，吟蟲發清怨。追思童稚日，膏火事黄卷。撫迹今已非，慮深志亦倦。頹波惜遷運，往節閲驚電。浩浩古人心，庶於静中見。

村中晚興

微吟循清流，長眺際遥巘。山秋雲氣深，野晚日色淺。危柯凉似振，時稼熟初偃。一念故林居，情隨飛鳥遠。

秋　夜二首

夕凉滿庭户，悄悄林下宿。蛩韻連廢階，螢光映深竹。虚懷感末事，往節驚瞬目。起舞明燈前，驅愁瀉醽醁。

短檠照幽榻，秋氣夕逾爽。雨止風葉鳴，天清候蟲響。嗜古思有爲，困學愧無長。往已來不聞，撫心徒俛仰。

懷友

高臺多涼風，朔氣橫莫雲。黄金與時盡，駿骨爲灰塵。荒煙走狐兔，落日蔽榛榛。感慨百代下，誰是悲歌人。平沙漫浩浩，黄流去沄沄。遠遊諒已倦，歸踏江南春。

夜宿净土寺

山空吹夕風，暑盡生夜凉。禪宫極清閟，天籟過虚堂。煙鐘悄已寂，華月未流光。玉繩帶銀漢，夜色耿穹蒼。暗汲石崖溜，時聞瑶殿香。觸景自不寐，卧聽金琅璫。

下嶺樵歌

石磴緣蒼蒼，負薪下層峭。歌聲相應發，山木閃殘照。近驚幽谷響，遠答清猿嘯。欸乃江上音，煙波豈同調。

夜歸

夜歸人已卧，山月猶在户。驚鵲翻暗叢，哀鴻響遐渚。風虚籟静壑，霜肅氣澄宇。顧影忽興懷，孤身在羈旅。

雨中有懷

入春幾晴光，物意轉蕭澀。冰雪寒尚餘，雲陰晝常集。清晨林端望，兩目縱所及。白水天際渾，青山雨中濕。飛來雙幽鳥，復向花上立。心賞不可同，何以舒快邑。

雪

山花寒不開，庭雪曉還積。江南十日春，東風未相識。蕭條新柳姿，清淺故池色。日晏起荆扉，迢迢遲來客。

夜坐

雨歇宵影澄，天清月華素。空山秋欲來，凉意先在户。蕭蕭林樾風，泫泫幽篁露。草蟲亦何知，含凄感遲莫。深思無與言，美人隔江浦。迢迢銀漢章，無聲自西去。

結交行

識人人識己，騰口自相譽。譽至毁亦隨，憂患安能去。龐公不入城，孔明拜牀下。識士不欲多，乃是知人者。

中夜聞風雨滿林明旦即爲重九情之所至輒見一辭

夢覺清夜分，林塘響風雨。虚懷怯病枕，展轉心自語。重陽適兹日，興感眷時序。柔道方彙征，嘉名固宜與。嘹嘹冥鴻翔，摵摵凉葉委。撫迹徒有悲，抽思謾無緒。登高候明發，新寒薄衡宇。黄花滿山籬，采采懷儔侶。

九日登山

處喧久忘静，臨曠始懷真。步登千仞岡，眷兹九秋辰。餘滓澄廣澤，薄氛散高旻。浮空白雲遠，冠日丹霞新。海嶼互出没，天峰秀嶙峋。清眸窮四遐，逸興蕩八垠。興懷慨前古，一瞬迹已陳。無令東籬菊，静笑悲秋人。

雨望

蕭摵木葉聲，慘淡山雲愁。郊扉度清夏，一雨驚凉秋。茅茨望不見，蒼莽非舊丘。羈情信怏怏，世事良悠悠。行人夕已稀，耘者方未休。煙深語儔侣，草上驅羊牛。畚鍤豈不勞，志願無外求。所以沮溺徒，不爲堯舜憂。歲功嘆已矣，慨焉懷緑疇。

對　雨

沉沉時雨積，冥漠晦平莽。卧起人事閑，臨軒坐虛敞。繁林滴餘潤，曲池散清響。去家徒有思，出門亦何往。山深亂雲合，村暝孤煙上。飛鳥望不還，空愁結遥想。

自雙溪將還家月夜有懷作

月圓當今夕，客還候明旦。天空影自流，道遠情猶閒。徘徊清輝間，喬木夏陰散。凉亭螢暫歇，陰沼蛙方亂。匡牀寢不寐，病骨勞展轉。青燈照愁心，幽花爲誰燦。鷄鳴起促駕，路出煙林畔。半生羈旅蹤，江山浩興嘆。

石林道中

客行石林道，還顧望海門。日午蜃煙滅，雄濤浩渾渾。魚船集遠步，百里腥風昏。岸繞野塘色，潮吞沙渚痕。危嶺過九折，前登畏崩奔。鳥啼怨山雨，山深傷客魂。舊歷宛如昨，夏木今已繁。路難欲自慰，沽酒溪前村。

曉度范家灘

魚梁障清湍，水落灘面闊。天風石籟秋，數里聲聒聒。晨涉思揭厲，川廣畏難越。浦口人不聞，扁舟遠如月。寒波望空霧，曉岸指毫末。新曙野始分，清凉木先脱。别離既含戚，遇景聊暫悦。初旭轉滄溟，彤霞麗雲闕。迴瞻極迢遞，凌步多曲折。前念青山行，采芝養高節。

賦蛛蜘落葉

秩氣感木葉，故林飄墜時。不成棲蔓草，還復綴蛛絲。屢舞凉風得，高懸落照宜。多情似留戀，争奈已辭枝。

自遣

獨坐還長眺，高歌祇自聽。雨中苗盡緑，煙外樹重青。病久憐形瘦，愁多畏酒醒。芙蓉將爛熳，采采憶江行。

病中作

風雪年將盡，山林客未還。消磨塵世事，留得病身閑。

胡教授奎六首

奎字虚白，海寧人。寧府教授。嘗歸自江西，泊舟番君之望湖亭，見亭上石刻東坡「黑雲推雨未遮山」一絶，次韻和之，書之於壁。忽見一叟來誦其詩，曰：「子非斗南老人耶？」乃爲長揖，擧首不知所之。因以斗南老人自號。

夢遊廬山

我有紫霞想，夢遊匡廬峰。仙人凌絶頂，手掉金芙蓉。亭亭九天上，叠嶂崩騰湧波浪。五色雲中白鹿鳴，三更海底金鷄唱。懸崖瀑布從天來，疋練倒界青天開。高人自是陸修静，邀我石磴行莓苔。九江秀色可攬結，欲跨長鯨捉明月。望斷蓬萊青鳥書，琪花落盡無人折。飛身上挹香爐煙，坐卧九叠屏風前。翻然拜手招五老，一笑仿佛三千年。松風泠泠吹夢覺，鶴背高寒露華落。早知此境隔塵凡，只合棲神向丘壑。何人寫此江上山，雲山與我心俱閑。明當會碾飈輪去，長謝時人竟不還。

北上行

食蜜不知苦，衣葛不知寒。今晨出門去，始知行路難。驚飆吹斷篷，沙磧何漫漫。羸馬縮如猬，霜花大如飛。夜涉黄河凍，舟行不得前。君腸轆轤轉，我腸車輪盤。王事有嚴程，去去勿憚煩。彎弧落旄頭，飛箭定天山。會賦《鐃歌》曲，論功萬里還。

送徐千户之甘州

春寒初試越羅袍，不惜千金買寶刀。馬援橐中無薏苡，張騫槎上有葡萄。崑崙西去黄河遠，函谷東來紫氣高。何事相逢又相别，隴雲邊月夜勞勞。

江邊柳

朝送木蘭船，暮迎征馬鞭。非關離别苦，生長在江邊。

輓張光弼

二仙坊裏張員外，頭白相逢只論詩。今日過門人不見，小樓春雨燕歸遲。

題蘆雁圖

草草書空不作行，相呼相唤過衡陽。蘆花月冷應無夢，啄盡寒沙一夜霜。

宿田家

村北村南社鼓聲，閑尋父老説昇平。孤燈也識離人意，落盡寒花却再生。

管長史訥一十五首

訥字時敏，華亭人。九歲能詩。長師楊廉夫，友袁景文。洪武九年，徵拜楚王府紀善，之國後陞左長史，事王二十五年，乞致仕歸里。王請命於朝，留居本國，禄之終身。葬郡城東黄屯山。初從楚昭王破銅鼓蠻，諸將欲殄其餘黨，固争之得免。昭王曰：「管長史一言活數萬人，必有後。」已而生子，王喜，名曰延枝，畜之宫中。長爲府紀善。延枝爲丁鶴年門人，有詩，見《湖海耆英集》。

墨窗爲趙撝謙賦

女媧立極斷鼇足，羲畫之先無刻木。始觀鳥迹製文字，夜鬼哭天天雨粟。篆隸變化生八分，行草復作何紛紛。六書古制既茫昧，載籍況遭秦火焚。後之作者不可數，形聲寥寥眇千古。更論得法神妙間，自信臨池心獨苦。君居于越文獻邦，家藏金石書滿窗。磨穿青州老未已，萬斛巨鼎疇能扛。吴興宗人已物故，浙河東西誰獨步。君今有志繼絶學，砥柱中流見孤注。剡溪百番冰雪光，玄霜一斗松煤香。

滿堂賓客看揮灑，風雨颯颯龍鸞翔。我嗟塗鴉手如棘，屢欲從君問奇畫。君還許我載酒來，我捧千鍾勞君筆。

曉起

真館曉晴初，官清遠塵俗。怡然對簡編，庶矣忘榮辱。遥峰擁歸雲，高城淡微旭。落盡冬青花，江南雨新足。

獨坐

獨坐茅堂上，長吟不下牀。亂書堆几席，疏雨過陂塘。野燕銜簾入，汀花度水香。應須存晚計，次第學耕桑。

發新河次韻

自忝王門禄，頻年此地過。秋風迴遠道，暮雨宿新河。白浪鷗邊小，青山雁外多。客杯相慰藉，一酌總恩波。

曉發雷港

月暗投寒港，天明發曉途。鷺應尋宿侶，雁已誤更奴。霞映沿汀蓼，霜枯倚岸蘆。彭郎磯尚遠，隱隱一山孤。

哭先師樗隱先生

先生姓劉，名儼，字敬思，錢塘人。

痛哭劉夫子，如今隔九泉。感恩惟我在，卓行許誰宣。漢向猶今系，梁訏復後賢。家聲俱溢耳，才望孰齊肩。百氏遭漁獵，群經費討研。大鏞知在序，巨筆信如椽。美玉雖居璞，明珠必媚川。薦章何懇懇，束帛竟戔戔。東壁星辰表，西清雨露邊。班陪黄閣老，名厠玉堂仙。禮樂皆新制，方輿有續編。宣麻應内命，行李忽南遷。漢節衝蠻雨，黎歌入瘴煙。客庖魚米賤，商舶象犀聯。省檄官將調，郵書訃遽傳。龍蛇雖起起，鸞鶴定翩翩。有客書銘碣，何人給墓田。禹山雲若慘，谷水月空圓。雨泣悲鸚鵡，風魂託杜鵑。哲人其逝矣，小子獨凄然。膏馥多沾丐，愚蒙賴勉旃。斯文因汩没，吾道亦迍邅。踵接才雖劣，心喪禮自專。每傷醲酎爵，况忍讀哀篇。感激千愁外，號呼百拜前。不知雙眼淚，何日斷潺湲①。

① 原注：「丁鶴年評曰：『如一之義，心喪之哀，白首不忘，豈泛泛師友之言哉！』」

尹母行

雲間尹母年十七，嫁夫三年夫病卒。舅姑在堂兒在褓，自誓煢煢守空室。家貧何以爲生理，紉縫得錢奉甘旨。門外春風自往來，寒心一寸如灰死。

次韵答朱孟辨見寄

十日春無一日晴，閉門聽雨不勝情。江華偏向愁邊發，池草多從夢裏生。西北星摇天不動，東南潮落海如傾。却憐臣甫憂時切，夜夜遥瞻北斗城。

宴徐氏樓

高宴徐家池上樓，座中賓客總風流。東城美酒休辭醉，南國佳人自解愁。晴日遊絲當户落，暖風香篆近簾浮。歸時不用山公馬，短棹春波正滿洲。

和内兄金士廉清明日答張應辰見過

雨晴江路少塵沙，有客尋春到水涯。風細遊絲低著草，日斜歸鳥亂穿花。青山幾處無新冢，喬木何人是故家。倩得盤遊春髻子，東風日日好將車。

清明感懷

十年宦學楚江濱，老景垂垂上此身。插柳忽逢三月節，看花又過二分春。青山風雨多新鬼，白髮江湖少故人。東憶墓田千阜下，可堪回首一霑巾。

過皖城弔余忠宣公

元戎百戰守孤城，千里蚍蜉絶援兵。堡鄣有方文且武，簡編無愧死猶生。神來遺廟乘雲氣，鬼哭空江雜雨聲。尚憶李侯并達帥，一時忠義屬科名①。

① 原注：「達兼善狀元爲浙東元帥，死於海。李子威狀元爲江州太守，死於郡。」

北　榭

舊家行樂小亭臺，珠箔青山罨畫開。花月當時人已散，柳風今日燕還來。舞鈿猶委宫墻草，步障曾過輦路苔。一代繁華易銷歇，白榆霜冷雁聲哀。

贈　别

草色青青漢水新，異鄉聽雨怕逢春。客懷不似今年惡，頻向東風送故人。

紀夢

小宴初闌罷玉笙，東風庭院好春情。流鶯啼過樓東去，一樹梨花正晚晴。

江行

野色含江薄，沙痕帶水長。東風無白浪，容易下蘄陽。

顧教授禄六首

禄字謹中，華亭人。以太學生除太常典簿，後爲蜀府教授。嘗過鄱陽湖賦詩，太祖聞之，命盡進其所作。解縉嘗入便殿，見御前置禄詩數帙，故其集名「經進」云。禄少有才名，嗜酒善書，高士敏贈詩，有「兩京詩博士，一代酒神仙」之語。解大紳目無一世，顧盛稱其詩，以爲噓吸風雲，奔走造化。豈其才情爛熳，不經師匠，略有相似者與？

題桶底仙山圖

昔人夜投逆旅中，戲將指爪呈神工。颼颼逸響如飄風，桶底刻出蓬萊宫。狀如六鰲擁虛空，戴山出没滄溟東。瓊臺瑶闕知幾重，千門萬户遥相通。儼然中坐一老翁，星眸霞臉冰雪容。群真左右來相從，或翳白鳳騎青龍。女仙七十如花紅，各執樂器笙與鏞。鈞天一曲奏未終，雙成勸酒琉璃鍾。谷神長生壽無窮，出入造化超鴻濛。我欲上天躡紫虹，高步去逐東王公。

憩山中古寺

行春過遠村，鞍馬憩山門。畫壁神儀古，鐫厓佛像尊。鼠翻殘瓦墜，龍出小池渾。亦欲詢興廢，苔碑字半昏。

懷思復錢先生

每憶錢夫子，才名世少同。賦傳羅刹盛，詩擬拾遺工。儒術翻多誤，官資惜未崇。空令虞學士，期薦玉堂中。

次韻夜泊二首

海近潮初上，江清天倒流。故鄉頻入夢，此地獨維舟。落雁沈霜鏡，潛魚避月鈎。不眠催早發，歷歷數更籌。

城郭還依舊，人民似昔非。故鄉南去遠，奉使北來稀。水落波聲小，天空月色微。客舟隨處宿，浪迹幾時歸。

和袁海叟題老蛟化江叟吹笛圖

千里神龍化作翁，月明吹笛倚龍宫。曲聲不許人間聽，散入重湖半夜風。

貝紀善翺 五首

翺字季翔，崇德人。廷琚之子。官楚府紀善。

未央宫瓦頭歌

臨川宋季子得未央宫瓦頭一片，代陶泓因拓一紙見遺，上有「長樂未央」四字，其文古雅，余爲賦一首云。

赤龍西飛入咸陽，烏騅噴火焚阿房。阿房已灰騅亦逝，渭水參差開未央。未央宫殿中天起，乃公見之怒仍喜。壯麗方推相國能，萬户千門從此始。南山相對雙闕開，函關夜啓侯王來。奉觴殿上呼萬歲，拔劍砍柱何雄哉。玉階一污新都履，舊宅重開洛陽水。東西照耀四百秋，漢基半與周基似。長楊昨夜西風早，錦幔椒塗迹如掃。誰言長樂殊未央，回首青青千里草。可憐遺瓦至今存，古今不剥莓苔痕。銅雀有歌哀白日，鴛鴦無夢到黄昏。梁園老人愛奇雅，錦囊得之百金價。茅齋風雨伍陳玄，猶作金人淚如瀉。朝來拓得寄江城，舊物相看無限情。白髮張衡足愁思，何人相與話西京。

擬　古

妾有緑綺琴，中含鳳凰音。不爲《黄鵠操》，試作《白頭吟》。河中錦鴛鴦，比翼相因依。落花隨飄風，各自東西飛。物情有不同，貞心以爲保。春葩折秋霜，容華豈常好。芙蓉出緑水，見別污池中。白璧薦泥塗，乃與瓦礫同。妾有五色絲，爲君製衣裳。朝朝勤拂拭，夜夜爲薰香。將心置君腹，知君忘不忘。

曉　望

鷄鳴雙闕曙，山翠漸霏微。日映金宫上，雲依玉殿飛。萬方秋貢入，千騎早朝歸。自笑何爲者，緇塵滿素衣。

閒　居

閒居不是爲逃名，野性從來少宦情。况有林塘供笑詠，且無冠蓋費逢迎。夕陽山好樓中見，春水船高樹杪行。何處飛來如雪鳥，相親相近不相驚。

吴門會故人樓文淵

憶曾相識自兒童，二載雲間筆硯同。深院抄書桐葉雨，曲欄聯名藕花風。當時壯氣凌諸子，今日衰顔對兩翁。高卧田園真自東，宦遊愧我尚西東。

王編修翰一十五首

翰字時舉，夏臺人。元季，隱居中條山中。國初，出爲周藩相。王素驕，有異志，正諫弗納，斷指佯狂去。王敗，竟無所坐。起爲翰林編修，謫廉州教授。夷獠亂，城陷，抗節死。有《敝帚》、《樵唱》、《梁園》諸集，韓邦奇爲之序。

言懷呈董仲綸訓導

南山有佳樹，衆鳥寒相依。佳樹何團圓，歲暮心不移。高枝聊可嬉，低枝安我棲。有巢不能庇，敢望故林飛。古劍光射斗，陸沈還不朽。欲淬使之利，持此恐傷手。不若兩錢錐，反以得取售。向市空抱歸，令人顔甚厚。蝘蝓涎自濡，蛟龍噓成雲。蝘蝓以自足，蛟龍或可馴。大小各逍遥，雕鶚何足論。方崔秋氣高，大宇何蕭騷。主人有西成，客子免焦勞。道途何縱横，使我顔色消。世故多紛紜，萬事徒晳瞀。一笑欲拂衣，青山頻見招。

棠梨墓歌

棠梨花白春似雪，棠梨葉赤秋如血。春來秋去棠梨枝，長夜漫漫幾時徹。明月照青鏡，香霧鬌翠鬟。草寒蟲嘖嘖，花落鶯關關。青燈耿玄閟，黄土埋紅顔。楊柳樓頭紅粉歌，舞罷春風斂翠娥。莫厭樽前金叵羅，君看岡頭窣堵坡。

龍江别意

送客都門道，旗亭酒一樽。雨餘芳草合，風定落花繁。曉樹連雲暗，春江帶雨渾。明朝定相憶，遥望一銷魂。

題山居幽趣圖

幽人愛岑寂，林下築幽居。觸石雲生谷，通泉溜決渠。鶴眠春院静，猿去晚林疏。時有採芝客，商歌振碧虚。

山居幽趣斷前詩句成

買得青山好，林居事事清。晚窗分竹色，夜枕落泉聲。露滴琴書潤，雲隨杖几生。未能脱簪笏，猿鳥漫忘情。

過湖口縣

澄江東去急，南槳入湖深。林密藏秋雨，山高倒夕陰。麗譙臨小縣，佛閣出遥岑。當趁風濤便，無由得賞心。

過九江府

早發潯陽岸，秋風鴻雁高。谷容通窈窕，江色變蒲萄。堅壁雄千雉，危檣艤萬艘。琵琶亭下水，猶似響檀槽。

次韵峨眉山

霧作衣裳雲作屏，玻璃萬頃着娉婷。望夫石上偏多雨，織女河邊欲隕星。蝃蝀夏凉收淺絳，蟾蜍秋冷抹長青。可憐天際微顰處，六國興亡一夢醒。

和黄體方伴讀新蟬韻

滿地殘花過雨天，槐陰庭院響新蟬。輕敲金奏當窗外，閒撥銀箏向枕邊。曉露吸殘青草岸，晚風吹出緑楊煙。家山深處林亭好，曾被繁聲聒醉眠。

秋信

寒來消息是誰傳，金井梧桐一葉先。殘暑已消團扇底，新凉才到短檠前。問愁多在蛩聲裏，寄遠常從雁影邊。流浪浮生渾不覺，知機林外有鳴蟬。

送成紀善省親關中

端門賜告得馳歸，雪霽沙溝净不泥。寒度雁聲天遠近，早行林影月高低。河源出塞金繩直，嶽色連雲翠蓋齊。戲綵高堂稱壽畢，歸期先報鄭門西。

和王道録韻其人嘗住茅山

兩首新詩墨色濃，飄然逸氣有仙風。藜牀清夢飛爲蝶，竹杖通靈化作龍。商皓芝田雲更白，葛公丹井水無紅。他年勾曲尋真去，會向雲邊問小童。

秋懷

秋窗昨夜秋風起，百感心成一寸灰。千里雁來書未至，五更蟲語夢初回。地連洛汭浮雲斷，山接滎陽夕照開。何日黄河航一葦，中條山頂望青臺。

夜月吹簫圖

梧桐月轉欲棲鴉，閒弄參差隔紫霞。彩鳳暗巢長樂樹，金鶯偷語上陽花。鬬妝凉露霑釵玉，簇仗香雲繞扇紗。吹到《凉州》移别調，君王親爲按紅牙。

南陌詞

南陌東邊楊柳枝，長條拂水緑參差。行人不似枝頭絮，也有無風落地時。

王崇慶佑一首

佑字子啓，泰和人。元末，與其兄沂，隱居平川山中，與辛敬萬、石曠逵、楊士弘、劉永之、練高爲詩友。龍鳳十一年，李韓公書其名，遣使者召致，喪未除，辭諸行省，得免。洪武三年，舉教官，至京師入見。是日，太史奏文星見，同時十八人皆擢御史。陞廣西按察僉事。三年，主師平蜀，徙知崇慶州，坐累免官，邑人請爲學訓導。逾年卒，無子。爲人孝友端方，所至鋤奸植善，風概凛然。沂嘗爲諸王説《書》，徵授福建鹽運司同知，未起，以老罷歸，太保文端公之祖也。沂字子與，兄弟皆有集行世，潛溪、東里皆稱之。

松滋縣

最愛松滋縣，清妍似故鄉。碧湖浮片月，紅樹着新霜。見客徵魚税，思兄感雁行。峽州知不遠，雲際叠青蒼。

趙博士俶一首

俶字本初，紹興人。元氏乙亥科《書經》進士。洪武六年，授太學博士，加翰林待制，致仕。戊戌，詣闕謝，賜内庫錢遣歸，學士宋濂爲序以美之。

破窗風雨圖

客窗讀書過夜半，江上長風將雨來。茅屋身和木葉落，竹牀笑對燈花開。何人鷄鳴解起舞，此時蝶夢付銜杯。我欲哦詩慰寥寂，蓑笠敲門步緑苔。

【補詩】

童校書冀一首

贈丹厓隱者

吾聞零陵東有丹厓山，青天削出青孱顔。丹梯百丈不可得，仙人煉藥巢其間。丹成仙去已千載，至今草木餘清寒。我來吊古訪陳跡，石磴側足難躋攀。上有撑雲拄日之喬松，下有懸厓噴壑之驚湍。幽林野鳥作人語，陰澗或有鮫龍蟠。何人結屋倚蒼翠，抱琴林下聽潺湲。乃是丹厓仙人老孫子，少年早脱名利關。衹今五十如處子，雙鬢鴉墨顔渥丹。門前種秫釀春酒，屋後黄菊供朝餐。野猿有時來獻果，木客賦詩常往還。留我石上煮清茗，松花落地雲班班。我家金華五十里，失身作客天南端。徵書昨夜趣歸輿，葉舟徑下湘江灘。弘文館深難置足，神武門高宜掛冠。山中草屋幸無恙，拂衣歸共浮雲間。明年花開倘相憶，把酒相望興長嘆。裁書吹寄無雁過，少待遼鶴東飛還。

葉主簿子奇二首

桃花流水《龍泉十八景》之二

漁郎得事無藏機，桃源遂使人間知。武陵老仙亦欠事，水流却遣飛花隨。此間别有天一片，松蘿漠漠開煙霏。外人無用問服食，胡麻飯熟蕪菁肥。

石門茅屋

藤蘿抱石門自牢，茅屋誰怕秋風高。落花芳草共幽獨，清風白晝何蕭騷。山中無地着野馬，世間萬事如牛毛。不見崇墉貯歌舞，春風容易長蓬蒿。

胡教授奎二首

貞母阡

石門山前箭如雨，朝别良人暮爲□。石門山下百尺泉，一日身死哀千年。至今石門山下路，人稱烈婦禹家□。墓前斜日一僧歸，即是當年十歲兒。

題瀛洲圖

鈴索無聲晝漏稀，宫羅一色换朝衣。院門不鎖松花落，知是鑾坡進講歸。

顧教授禄二首

汴　城有序

予分教汴之開封，適休沐餘暇，與一二同志訪及故元忠襄王李公察罕遺跡，惜其有志欲扶頽運，而田鋒之□已推於腹中，其子擴闊經營數年，僅能復山東之仇。時李公思齊擁衆□西孛羅專權輦側，社稷之基先自隳壞，使擴闊縱有方、召之才，費、鄧之□□興之勢，不可復振。天祚皇明，大軍北伐，一掃而定中原，再驅而清朔□□民安堵，反掌泰平，回視曩時群雄擾擾，不過爲天朝之驅除耳。因各賦詩一首，以紀其實云。

黄河怒觸龍門裂，突屋衝蛟肆妖孽。伊誰首倡導洪流，驅使生靈陷魚鱉。群雄盡向草澤生，青袍白馬連州城。當時將相總驕懦，可憐不救兵縱横。忠襄何人汴梁客，隻手徒思拯沉溺。火星半夜落前軍，有子纔能討仇賊。關西老將寧伏雌，輦側權臣藏禍機。紛然内難促元運，毋乃社稷基先隳。鐵衣破碎秋風早，三軍盡向夷門老。豈知天意屬皇明，萬乘龍飛大江表。神兵受命北渡江，舉兵所向俱來降。邊塵不生草不動，直取中原爲帝邦。金宫玉殿凌空起，翠華飄飄曾戾止。聖皇立政務寬仁，坐見瘡痍變淳美。天開地闢長清寧，五風十雨年穀登。書生但願報恩德，萬歲千秋歌泰平。

巫山高

巫山高高十二峰，君王魂夢已成空。上頭多少閒雲雨，盡在朝朝暮暮中。

見紀善翺一首

絡緯吟

高城月白風凄凄，夜聞絡緯迎秋啼。初驚楊柳玉樓外，又遇梧桐金井西。一絲不斷抽寒露，宛轉猶悲歲年暮。機中少婦暗停梭，愁絶寒窗不成素。

鄭貞孝淵一首

採蓮曲

梧桐轉階月如水，滿地瑶華鋪不起。誰家玉簫吹畫樓，不管洛陽春色愁。吴姬蹈歌楚女舞，羅帶同心結飛組。採蓮不採菂中薏，見人但道蓮心苦。鯉魚吹風紅葉秋，獨持明月上蘭舟。巴陵去去三千里，情與白波天外流。

【補人】

鄭枋一首

枋字叔車，太常博士。濤字仲舒之子。

江南曲

妾在錢塘小江曲，門前歲歲春波緑。緑波涵影曉汪汪，素練平鋪光一幅。垂楊十里鎖輕陰，芙蓉半渚瀼清馥。翠雲貼水風颸颸，白蘋紅蓼催早秋。大姑小姑惜芳遊，朝朝擬棹江中流。荷蓋斜張低覆舟，見花顰眉愁復愁。移舟西來泊花底，藕花染紅蘋葉紫。拾蘋猶恨蘋無根，採蓮却喜蓮多子。妾身不爲浮蘋生，寧作蓮花守紅死。

鄭梴二首

梴字叔□，枋之從父兄也。

擬古二首

秦筝一何哀，中有凄凉音。累累孤臣操，咽咽嫠婦吟。晨霜爲之寒，浮雲爲之陰。聽罷復三嘆，不覺淚霑襟。披衣步庭皋，嘉樹鳴暑禽。嗒然吾喪我，情與海水深。

孤齋悄無人，絳燭夜吐芒。羽蟲忽飛來，投火欲自戕。知爲明所誤，曷不務韜光。子封願封留，淮陰喻弓藏。法戒既昭然，昧者何茫茫。高山有白石，行當煮爲糧。

鄭榦三首

榦字叔恭，學于宋太史，得《春秋》專門之傳。長陵初，薦召，授湖廣道監察御史，奏罷採珠之役。永樂十二年，上憫其年逾七十，許致仕，特敕禮部賜宴，陳應奉之樂。明日陛辭，賜繡衣楮幣，敕文褒諭其教養子弟來膺朝用。朝士自姚少師以下，皆賦詩寵行，東都祖送，近代所未有也。

寄宋仲珩三首

鷄期桑下飛，青鳥海上遊。如何不同調，羽翼有短修。故人昔相見，時時話綢繆。出入念同車，無衣念同裘。一朝參商如，豈不懷百憂。初盟倘不渝，在遠情愈周。但願似疇昔，烏用苦相求。

種梧待鸞鳳，鸞鳳不來宿。梧生日夜長，歲華如飛鏃。涼風一夕厲，露葉消初緑。豈乏爨下音，摧殘比衆木。我願裁爲琴，寄君清商曲。

叢桂在庭前，與子昔同植。風霜昨夜緊，晨起視顔色。庭樹已凋落，桂枝一何直。亮節自中懷，貞性非外飾。對之思所親，俯案不能食。一日十二時，萬慮在一刻。寄詩非盡言，聊用明相憶。

金涓二首

涓字德源，義烏人。幼警敏，嘗執經許白雲之門，稱入室弟子。又從黄溍學古文。州縣交辟，不起，隱居授徒，著書終老。

山莊

青村溪盡處，林密隱孤莊。石老莓苔路，門荒薜荔墻。人行秋葉滑，鶴立晚松涼。治畝農歸後，蓑衣掛夕陽。

蜀野頭

溪頭自舒散，天淡夕陽微。拂石松邊墮，看雲水上飛。舊磯雙鷺下，小棹一漁歸。不覺吟成久，苔痕欲上衣。

曹教授孔章二首

孔章字子文，湘州人。湖學教授。

閒齋書事

林響溪雨來，蕭蕭客窗暝。瑶琴倦不談，石闌晚猶憑。煙深鳥依樹，花落風滿徑。隔岸誰誦經，泠泠發清磬。

題王高翰單于昭君夜坐圖

天如穹廬塞雲黑，胡地寒多胡草白。陰山積雪不曾消，馬湩駝峰作常食。一身不幸顔如花，一朝飄泊在天涯。宮中不識天子面，那知世有呼韓邪。銀燭煌煌照清夜，咫尺腥羶雜蘭麝。强含嬌笑對氈裘，啼痕暗裛秋雲帊。單于未醉酒頻傾，琵琶不彈腸斷聲。誰知萬里多情月，祇與昭陽一樣明。

列朝詩集甲集第十八

唐應奉肅九首

肅字處敬，會稽人。九歲入郡庠。至正己亥，中江浙鄉試，授黄岡書院山長。乙巳，轉嘉興儒學正。丙午，内附，以故官例至京，選入誥局，例移濠。召修禮樂書，擢應奉翰林文字，兼國史院編修官。以疾失朝，罷歸里，謫佃濠之瞿相山，歲餘卒。子之淳，函骨歸，葬於赤土山。

送陶元庸

有酒澆趙州，無酒酹鸚鵡。不逢平原君，何須識黄祖。殺姬謝躄士，兹事付塵土。誰能愛文章，甘受嫚罵侮。丈夫氣蓋世，身爲知己許。蒼茫風塵際，因子慨今古。臨岐舞銅劍，霜隼陵平楚。去矣江國遥，相思隔津鼓。

和牛士良

咽咽銅虯水，瀏瀏青瑣風。掖斜覩斗轉，簾疏望月空。出門步清影，循階行露叢。眷此光霽景，感予微眇躬。覲國豈非願，懷親方蔚忡。

題張孟兼所注謝翺西臺慟哭記後

謝翺字皐羽，文丞相館客。丞相既薨，皐羽哭之於子陵釣臺，作《慟哭記》。今禮部主事金華張孟兼爲之解云。

宫中六更初罷鼓，藍田璽玉沈崖浦。廬陵忠肝一斗血，去作燕然山下土。桐江水落秋日頹，有客歌上嚴光臺。石根敲斷鐵如意，萬里北魂招不來。西風又凋灤河水，故老寥寥知者幾。珍重睢陽季葉孫，箋簡能裨兩朝史。

智伯頭飲器歌

飲伯頭，訾伯鬼，伯死寧知頭作器。玉盤酒滴猩猩紅，血波倒浸泥丸宫。雷吼無聲電睛墜，伏犀骨斷漆花膩。老龍一吸銀海澀，飲闌擲杯怒髮立，英魂夜半不敢泣。君不見君漆頭，臣漆身，恨君藍臺争諫臣。

秋江曲

妾家住銀塘，石楠秋葉香。憶君蕩槳去，江水與愁長。西風夜泣蘋花露，鴨觜岸低人不度。冷莎如針刺烟素，鴛鴦飛來瀏鶒去。

宿真慶庵 得心字。

落日古城陰，蕭蕭竹樹深。雨花知佛境，流水識禪心。月到翻經榻，苔緣掛壁琴。不因支許舊，那得遂幽尋。

中秋和龍子高

白白初懸月，青青不盡天。乍經銀漢外，又滿碧窗前。鍾阜思歸夜，淮城坐謫年。曾揮兩行淚，愁對一輪圓。

劉松年山居圖

曾逐大茅君，峰頭卧古雲。烏青呼作使，鶴白養成群。客較丹砂法，童窺玉券文。近來煙火斷，花氣作鑪熏。

鐵塘書事 此詩爲楊完哲而作。

鬼馬蕭蕭踏暮雲，花奴啼殺故將軍。雕弓不反腰間韔，玉貌空啼馬上裙。報國有心徒耿耿，馭兵無律竟紛紛。關西太尉非華胄，誰撰麒麟石上文。

題宫人圖

洗花染綫刺春羅，鳳翼雙飛錦作窠。暫起非關針力倦，海棠時節困偏多。

謝僉事肅五首

肅字原功，上虞人。少與唐肅齊名，於時稱會稽二肅。博學負氣，坐論海内事若囊之出物，無所不有。至正末，宣城貢師泰以户部尚書漕粟閩海，原功執經海上，日相辯論，至於赤面汗背而後已，師泰深器重之。張氏據平江，慨然欲見宰相，獻偃兵息民之策，又欲薦名有司，入對大廷，一吐胸中之奇，以圖國家大利。師泰爲文送之，欲其察時變，慎出處，不可降志辱身以就富貴，且引伊尹、太公不輕自用，與夫操瑟齊門以誠勉之，而卒無所遇。師泰殁於海寧之寓舍，原功經紀其喪。内附後，歸隱於越。洪武十九年，舉明經，歷官福建按察司僉事，風裁凛然，與按察使陶垕仲劾奏布政使薛大昉不職，置於法。出按漳泉，有虎患，移文告境内之神，即日遁去。坐事被逮，太祖御文華殿親鞫，肅大呼曰：「文華非拷掠之地，陛下非問刑之官，請下法司。」乃下獄，獄吏以布囊壓死。有《密庵集》十卷。

次莒州望即墨感樂毅田單作

單車背高密，一昔次城陽。城陽故莒國，俯仰懷興亡。莒國固微弱，與魯常争强。城陽雖褊小，在漢亦封王。奈何保齊湣，見弑魂悲凉。焉知即墨捷，長驅還舊疆。望諸敵燕愾，師律豈不臧。安平爲宗社，出奇誠莫當。咸能忠所事，功立名且揚。昔予好謀畫，撫劍遊四方。時命顧弗偶，甘心唯括囊。兹焉弔陳跡，山川鬱蒼蒼。往者不可企，詠言徒慨慷。

長平

引輈方上牛，參旗正南舉。行行堠路明，忽在長平聚。踟躕念衰韓，不得守兹土。嫁禍於趙國，移師與秦拒。趙卒一以坑，秦兵肆攻取。惜哉廉將軍，制敵中見沮。遂令鋭頭兒，殘暴逾猛虎。善戰服上刑，賜劍非弱主。咨爾頭顱山，委命復何語。

馬陵行

客行忽不樂，停車馬陵間。上有悲風古樹之蕭瑟，下有哀壑流水之潺湲。陰深壞道餘古雪，嶄巖兩壁堆積鐵。石面苔封勁箭痕，草頭露滴將軍血。青熒磷火黄昏明，呼號木魅啼山精。應羞刎頸償斷足，此氣千載真難平。西流沂東水滄海，勝敗孫龐兩安在。爲提寶劍舞尊前，落日雲霞射光彩①。

① 原注：「自注云：『馬陵本在濮之鄄城，今此在沂、海二州之交，土人以爲孫、龐角勝負之地，因作此詩。』」

長安壩

海寧州西來往頻，長安壩上最傷春。東風桃李非無主，歸燕樓臺不見人。天末雲帆隨望遠，雨餘芳草喚愁新。故鄉門巷干戈底，越客相逢話是真。

韓信城

淮流浩蕩楚原平，嘆息英雄不再生。天日可明歸漢志，風雲猶似下齊兵。千年城郭名空在，百戰山河姓幾更。還酹將軍一杯酒，黄鸝碧草不勝情。

唐開封敏三首

敏字希孟，崑山人。知開封府。

禁　直三首

武樓高迴接迴廊，繡妥盤龍護御牀。得侍至尊論治道，祥風微裊水沉香。
天門旭日炫新晴，鳳髓龍香研墨清。親見君王書草字，蛟龍吹雨雜風聲。
金輿曉駐武英傍，孔雀屏開御褥香。今代瀛洲最多士，賜題吟得進君王。

藍僉事智四十首

智字明之，仁之弟。元末，棄去科舉學，與其兄師杜清碧倡和爲詩。國初，應辟薦，授廣西按察司僉事。劉彥昺挽藍氏昆季詩云：「桂林持節還，高風振林谷。」張梨序藍澗詩則云：「客死他鄉，不永天年。」彥昺與二藍同時，當以其詩爲信。

暮宿田家作

木落天正寒，山空日將暮。荒林倦鳥歸，亂水行人渡。窮年滯草莽，短褐被霜露。晚宿依田家，主人情亦故。汲水泉滿澗，燒竹煙在户。鐘殘溪上村，月照階前樹。濁酒初潑醅，嘉蔬亦時具。且慰饑渴懷，況諳村野趣。老翁八十餘，有子歿征戍。粳稻歲莫收，官司日加賦。我願息兵戈，海宇重農務。愧乏經濟材，徒然守章句。

風雨不已川流渺漫感事敘懷柬我同志

雲雷中夜興，風雨達清旦。開門山木昏，隱几波瀾亂。鸛鶴下空庭，蛟螭上高岸。舟航遠樹杪，石壁中流半。黍豆或漂流，蓬蒿乃滋蔓。北風不掃除，南海盡彌漫。乃知兵戈氣，鬱結久不散。坤軸恐攲傾，陽烏失光燦。傷時轉淒涼，涉世正憂患。微躬愧鳥雀，何由塞天漢。

雨中柬王幼度

客子清晨卧江閣，老樹閉門風雨惡。漁舟滿眼亂波濤，殺氣冥冥塞寥廓。地爐火冷席無氈，短衣百結雙履穿。寒食清明不歸去，故山松柏空雲煙。先生適自江東至，行李兼旬共留滯。登樓王粲謾多才，獻策劉蕡甘下第。三鱣聊爾擁臯比，一鶚未負風雲期。青春白日麟鳳遠，長林豐草豺狼饑。十年烽火暗南極，戎馬紛紛未休息。朝廷耆舊困草萊，鄉里兒童誇膂力。我今旅食向孤城，君亦胡爲念遠行。人生祇在意氣合，世亂未覺文章輕。野人豈知天下事，杜宇夜啼花滿地。狂如賈誼惟痛哭，貧似揚雄空識字。昨夜封書與雁歸，妻孥應怪苦回遲。丈夫磊落志千載，一日窮途何足悲。

赤壁

長江西來雨如霧，赤壁蒼蒼風雨暮。草木猶疑横槊時，塵沙尚憶焚舟處。烏林渡口下舳艫，曹瞞已料無全吴。陣前部曲奔先主，眼中談笑輕周瑜。君臣謀合士賈勇，玉帳旌旗亦飛動。樓櫓晴空煙焰高，魚龍白日波濤湧。荆門牢落駐殘兵，野曠不聞鼙鼓聲。戰骨秋埋湖外草，捷書夜報石頭城。雄圖霸氣兩消歇，地老天荒秋一葉。石上殘碑過客題，沙中古劍漁人得。漢王祠枕碧山隅，諸葛臺荒野鳥呼。千年忠義《出師表》，萬里江山八陣圖。

宿橘山田家懷蔣先生

蒼峰落日微，白鶴秋風遠。客路入疏鐘，田家背山阪。孤煙桑柘寒，歸鳥茅茨晚。欲覓紫芝翁，山深白雲滿。

暮歸山中

暮歸山已昏，濯足月在澗。衡門棲鵲定，暗樹流螢亂。妻孥候我至，明燈共蔬飯。佇立松桂涼，疏星隔河漢。

秋日遊石堂奉呈盧僉憲

荒郊通徑僻，野竹閉門深。白日羲皇世，青山綺皓心。潛蛟多在壑，宿鳥獨歸林。知爾荷鋤倦，時爲《梁甫吟》。

秋夕懷張山人

鼓角邊聲壯，林塘夜色幽。涼風動疏竹，明月在高樓。久客形容老，孤城戰伐愁。不眠懷魏闕，長嘯拂吳鈎。

雨中同孟原僉憲登嘉魚亭

高閣流鶯外，荒城駐馬前。江寒三月雨，春老百蠻天。折柳悲橫笛，飛花落釣船。乾坤總羈旅，把酒意茫然。

時事

太府城隍廢，疲民井邑空。舞干非舜日，斬木有秦風。烽火蒼茫外，江山感慨中。悲歌看古劍，激烈想英雄。

夜宿釣臺

水宿傍嚴灘，風燈語夜闌。鼉鳴潮信早，龍過雨聲寒。病喜江山好，貧嗟道路難。何當脱塵鞅，來此抱漁竿。

徐雪舟爲畫藍澗草堂圖

碧草連書屋，蒼山對畫圖。鶴巢秋樹小，漁艇夕陽孤。野色晴初遠，溪雲淡欲無。浮楂倚盤石，把釣任潛夫。

經石堂追懷盧使君

舊隱仙人館，曾陪使者車。那知滄海别，不返白雲居。山雨荒樵徑，窗塵污道書。傷心庭外竹，清影漫扶疏。

兵後歸西山

亂後歸茅屋，晨興步石田。客愁空日日，春色自年年。風雨啼鶯外，江湖去鳥前。艱難思故舊，回首意茫然。

藍澗草堂

橘井雲山北，茅齋澗水西。聽猿秋樹近，捫蝨夕陽低。樵子知愚谷，田翁伴醉泥。興來時得句，自向竹間題。

聞藍山兄寓滁洲

番水初傳信，滁山想定居。秋吟兼蟋蟀，晚飯得鱸魚。落月滄江闊，涼風白髮疏。兵戈關塞隔，不敢問何如。

登鳳林寺鐘樓作

樓憑青嶂迴，人到上方稀。古寺愁春雨，疏鐘送落暉。雲林孤跡遠，法界一塵微。坐久松風動，飛花落客衣。

山中漫題

讀書期有用，閉户耻無能。落葉空山雨，疏鐘獨夜燈。人稱樗里子，住近石門僧。静坐觀詩妙，須參最上乘。

順昌道中

蓐食鳴鷄曉，空山啼鳥春。遠鐘何處寺，殘月獨行人。書劍嗟黄髮，江湖起戰塵。南遊未得意，北望正傷神。

雪中送舒文質歸廣信

積雪千峰迴，空林一鳥歸。客愁南浦樹，鄉夢北山薇。風雨荒茅屋，兵戈老布衣。飢寒兼盜賊，出處寸心違。

寄雲松先生隱居

風雨論交舊，林塘卜築新。幽棲兼令弟，高卧愧時人。竹日明書帙，浮雲惹釣緡。林居無俗客，麋鹿自相親。

懷川晚立

清川繞縣衙，小立共汀沙。暝色催歸鳥，春愁對落花。江湖頻戀闕，風雨更思家。出處成何事，惟添兩鬢華。

柳城道中作

霜氣晚凄凄，荒岡恐路迷。孤雲桂嶺北，落日柳城西。地暖蛇蟲出，林昏鳥雀棲。蠻鄉經戰伐，問俗愧遺黎。

采石舟中寄子正僉憲

共醉黄罏酒，還登采石舟。澄江晴吐月，獨樹曉生秋。去國一身遠，懷鄉半夜愁。明朝陪使節，一上岳陽樓。

恭城縣

十室黄茅邑，千峰紅葉村。喧卑蠻俗異，質朴古風存。鷄犬連傜洞，牛羊到縣門。殘年歷荒徼，遥布聖明恩。

晚立懷友

野曠行人絶，林空墜葉聞。客愁當落日，詩思入寒雲。草暗防蛇毒，山昏過虎群。梅花萬里道，歲晚正思君。

過雲洞嶺

路出千林迥，山連五嶺遥。石崖懸度棧，野樹卧通橋。澗飲猶防蠱，畬耕盡屬傜。夕陽驅瘦馬，鬢影漫瀟瀟。

溪橋晚立

天闊浮雲盡，山昏落日微。鳥棲當野樹，人語共柴扉。歲月且云暮，鄉關何處歸。鄰家響機杼，遠客嘆無衣。

夜　雨

多病西風客，空堂獨夜愁。燈殘江上雨，木落嶺南秋。黄卷知何用，丹砂不易求。君恩無補報，悵望惜淹留。

贈隱者

風雲蛇陣將，山水鹿門居。報國曾留劍，歸田始讀書。雁秋湖水落，蟬露柳條疏。别夢關山遠，松窗夜月虚。

雨中

黯黯雲垂野，瀟瀟雨滿林。晚山歸鳥盡，秋草閉門深。落葉蕭條樹，空城斷續砧。煩憂兼獨立，誰識此時心。

曉發江上

官船催曉發，浦鳥鬧驚飛。殘月低清渚，疏鐘隔翠微。晨光初辨樹，秋色已生衣。萬里慚張翰，鱸魚未得歸。

柳城縣

青山入縣庭，小邑但荒城。竹覆茅茨冷，江涵石壁清。草蟲當户墜，水鳥上階行。問俗知無事，松風一舸輕。

出雲藤驛

又出雲藤峽，扁舟更向東。地蒸秋有瘴，江闊夜多風。旅夢驚啼狖，鄉心託斷鴻。天涯看月色，不與故園同。

宿陽朔山寺

晚景孤村僻，松門試一登。秋山黄葉雨，古寺白頭僧。壞壁穿新竹，空牀覆舊藤。宦情與禪意，寂寞共寒燈。

來賓縣曉發

宦遊同逆旅，侵曉逐征途。空館殘燈小，長江落月孤。鄰鷄催去馬，城拆起棲烏。物色兼人事，匆匆歲欲徂。

江上别故人

天涯芳草色，對酒惜餘春。此日滄江别，東風白髮新。落花晴傍馬，殘鳥冷窺人。勉矣持風紀，驅車莫厭頻。

宿開建江上懷閩中故人

東風裊裊泛鷗波，倚棹汀洲近薜蘿。江上流鶯疏雨歇，天涯芳草落花多。暮雲尚隔蒼梧野，秋興空懷《白苧歌》。離別不堪頻悵望，美人南國意如何。

秋夕懷王長文

月落秋山夜正中，飛雲寥落海天空。攬衣誰念聞鷄舞，拔劍終期汗馬功。河漢星辰連北斗，蒹葭霜露滿西風。憂時王粲頭如雪，却憶《登樓賦》最工。

答蕭子仁

每憶詩篇共討論，更煩書札致殷勤。西風一夜蕭蕭雨，落日三山渺渺雲。碧海魚龍秋正蟄，空江鴻雁夜多聞。茅檐寂寞黄花晚，欲采寒香遠寄君。

林登州弼 一十四首

弼字元凱，龍溪人。初名唐臣，以國禁改名。元末，領江浙鄉薦，授建寧考亭書院山長，擢漳州路知事。戊申内附，以儒士登春官，修禮樂書，除禮部主事，使安南，却其饋千金，遷豐城令。坐事繫詔獄，上特原之，戍濠。安南亂，起再使，還擢禮部主事，知登州府，卒於官。王褘《臨漳雜詩》云：「科名唐進士，道學宋先儒。風流今孰繼，林子亦其徒。」注云：「林子元凱也。」

題錢氏鐵券卷

洪武二年，奉旨徵至謹身殿觀之。

剛風吹地九土裂，仙李根拔孫枝折。白馬不飲濁河血，羅平妖鳥啼未歇①。斗牛萬丈騰紫光，烱烱餘彩輝太陽。錦湖泚筆寫露布，石室剖券分天章。金爲臣心鐵臣節，臣身吴越心魏闕。共悲群盜竊神器，猶喜諸孫存故物。黄金樓閣高倚天，寶氣白日浮雲煙。電光忽開天爲笑，摩挲銅狄千百年。君看錢塘鐵作箭，潮頭東去江如練。箭鐵未銷券未磨，帶礪河山當復見。

① 原注：「宋自省有賦。」

答牛士良典簿

海國秋風客鬢華，遠來共駕指南車。越裳方物供周室，趙尉提封入漢家。裘馬清狂成舊夢，斗牛空闊接仙槎。扁舟準擬同歸去，明月洲前蘆荻花。

用貢泰甫尚書韻贈别吴君濟掾史

東風蒲柳滿江津，杯酒離亭暫别君。春事又隨紅紫老，人生每似燕鴻分。榕亭雨過聞鶯語，桑海天青見鶴群。東府仙人應握手，三神高處望紅雲。

題秦皇廟

往事悠悠逐海波，荒祠寂寂寄巖阿。三神山下仙舟遠，萬里城邊戰骨多。東魯尚存周禮樂，西秦空壯漢山河。早知一世能移祚，崖石書功不用磨。

龍州十首

龍州入夏多風雨，山路無時一尺泥。今日開門喜晴霽，洞雲片片度前溪。

山蕉木柰野葡萄，佛指香圓人面桃。更有波羅甜似蜜，冰盤初薦尺餘高。

草閣柴扉傍竹開，峒官留客意徘徊。盤遮蕉葉擕殽至，甕貯筠籠送酒來。

峒丁峒婦皆高髻，白紵裁衫青布裙。客至柴門共深揖，一時男女竟誰分。

千山萬山皆戴石，十日九日長出雲。水鼠夜啼人不見，峽猿暮嘯客偏聞。

近水刺桐知驛舍，倚山毛竹即人家。趁虚野婦沽甜酒，候客溪童進辣茶。

架巖鑿壁作巢居，隱約晴雲碧樹疏。水梘枝枝橫檻似，禾囷個個小亭如。
白沙青石小溪清，魚入疏罾艇子輕。漫説南荒風景異，此時真似剡中行。
林塘幽窈隔桑村，風磴崎嶇接石門。雨過茅茨忘赤日，雲深篁桂易黄昏。
龍州溪洞極南邊，鷄犬桑麻自一天。流水桃花今有路，何須更覓武陵仙。

張布政紳八首

紳字仲紳，一字士行，濟南人。有才略，不瑣瑣於世事。慷慨激烈，詞辨縱横，終日亹亹不休。能篆書，詩文不經意而自成一家，蓋北方豪傑之士也。爲本朝浙江布政而没。

題畫二首

高樹漏疏雨，滴瀝下銀塘。美人捲簾坐，銀鴨自添香。風吹緑荷葉，正見宿鴛鴦。
閑門緑樹老，華池芳草生。偶隨蝴蝶起，獨自下階行。何處垂楊院，春風驕馬鳴。

湖中玩月

銀波千頃照神州，此夕人間别是秋。地與樓臺相上下，天隨星斗共沉浮。一塵不向空中住，萬象都於物外求。醉吸清華遊碧落,更於何處覓瀛洲?

送勤上人歸靈鷲山

靈鷲禪房我所思,可堪春晚送勤師。亂山啼鳥煙霞裏,一路落花風雨時。定有猿看窗外果,應知苔護壁間詩。門前有徑通三竺,欲向中天採石芝。

題江岫圖

烏衣巷裏東風老,蝴蝶飛來滿芳草。美人春夢隔天涯,十二巫山眉不掃。巫山巫峽江水新,煙波渺渺江南春。鴛鴦不識橫塘路,鸚鵡窗間呼向人。青綾誰共官曹宿,雪楮雲毫吮晴緑。太常春甕碧霞沉,六曲屏風對銀燭。

遊冶城山

瑶草秋深石磴長,半空嵐氣濕衣裳。江山佳處一亭古,風雨來時四座凉。陰洞水腥龍蜕骨,仙巖雲暖麝生香。道人好護新松樹,長見清陰覆御牀。

送人赴安慶幕僚

舒州城在大江邊，我昔過之曾繫船。年豐米穀上街賤，日落魚蝦入市鮮。山起正當官署北，潮來直到驛樓前。知君此去紅蓮幕，民訟無多但晝眠。

高陵篇并序

盧君公武所著《孫王墓辨》，考據詳審，與蔡正甫《燕王墓辨》同。繼又作詩弔古，合古今詩文及和之者叙次辨。後成一編以示予，可謂好古也矣。余雅好論辨，古今爲同，賦詩一首。

道旁鬼鏃飛神叢，狂客賊我人中龍。有兒十七心膽雄，意氣奄有江之東。臍然未熄炎精委，四海英雄爲時起。十年血戰不成功，破面安能作天子。盤盤門外野水濱，可憐高冢埋麒麟。髑髏飲恨尚不朽，死骨肯作曹瞞臣。墓旁春草年年碧，黄金握臂人耕出。姓名幸爾人不知，却怪中平一方石。君不見吴王帳下越王舞，漢王成功楚王虜。英雄千載欲何爲，盡作北邙山下土。又不見秦王治葬驪山宫，玉鳧金雁俱成空。武皇求仙東海上，茂陵石馬嘶秋風。與君下馬高陵路，落日高城忽如堵。闔閭壞冢在城邊，何須重嘆孫王墓。

練通判高三首

高字伯上，新金人。王子充叙其詩，以爲温厚而豊麗，大江以西能繼范德機、虞伯生、揭曼碩而起者也。洪武中，爲起居注，直言忤旨，出爲廣德州同知，歷臨汀、鎮安二府通判。子安，爲遜國忠臣，太宗所謂「練子寧若在」者也。

送趙將軍

崆峒一劍倚秋陰，誰識將軍百戰心。老去功名餘白髮，閑來歌舞散黄金。呼鷹大澤風竿勁，射虎南山雪羽深。敲缺唾壺銀燭短，時人不解壠頭吟。

送張起潛之柳州

潯水環城擁翠來，柳陰府署倚雲開。唐祠侑食歌丹荔，漢柱銘功篆緑苔。日落雷塘龍霧合，虹消桂嶺颶風回。南行無雁音書少，别思綿綿不易裁。

送雲南教授劉後耕

見説思陵過五溪，熱雲蒸草瘴天低。星聯南極窮朱鳥，山抱中流界碧鷄。苜蓿照盤官況冷，芭蕉夾道驛程迷。巍巍堯德元無外，未必文風阻遠黎。

楊博士翮四首

翮字文舉，金陵人。元末，提舉江浙學校。楊孟載《悼楊文舉博士》詩云：「白髮蒼髯老奉常，亂離終喜得還鄉。八分書古追東漢，七字詩工到盛唐。謫死已無書滿屋，病多惟有藥成囊。我慚同姓曾聯職，宿草西風淚數行。」

春遊次韻

白日諒難羈，流光遽侵尋。春風萬餘里，觸景愁我心。出門將何之，高步凌嶇嶔。累累丘冢間，古木殊陰森。昔賢日已遠，朱瑟尚遺音。千秋百歲後，有酒不可斟。傷哉雍門語，感之淚霑襟。榮名安足羨，行樂須在今。夙興聽鴻雁，嗷嗷尚哀吟。

題徐熙桃花鸚鵡圖

海上紅雲日日新，碧鸞無夢識芳塵。金籠不鎖閒鸚鵡，占得東風一段春。

寄于清叔二首

暖沁香篝宿火温，絳紗紅燭照黄昏。自憐不廢千金夜，帳底吹笙倒玉尊。

梅花亂落雪紛紛，兩袖東風酒半醺。春月滿堂歌舞散，高情渾欲夢梨雲。

吴藤州植三首

植字子立，嚴州人。以處士徵，授藤州知州。别自號白玉壺。善草書。

寄張國録孟兼

昔别意何長，重來歲華改。沉憂誰與娱，懷人邈江海。褰衣涉汀洲，秋風被蘭茝。日夕零露繁，芳馨爲誰采。嘉會諒難并，良辰詎容待。思君如明月，夜夜望光彩。

留别張孟兼

故人昔隱仙華山，高卧白雲終日閒。我攜清都緑玉杖，相與嘯傲烟霞間。一朝忽被徵書起，姓名直入明光裏。清時冠帶圜橋門，濟濟横經臨璧水。坐擁臯比三載餘，石室仍紬太史書。平生直氣横秋嶽，秉筆一字誅奸諛。邇來峻擢儀曹上，千載皇風回揖讓。要知制作魯諸生，元是傳經舊劉向。蹇予泉石是生涯，白頭受薦來京華。相逢共醉金陵市，一官却種河陽花。人生離會良可惜，已覺形容非昨日。馬頭萬點蜀山青，回首秦淮煙樹夕。丈夫才氣古所難，去去有冠冠莫彈。郫筒酒熟寧辭飲，飯顆詩成得細看。憐君最是知予者，慷慨高歌起中夜。葛令丹砂或可求，王喬飛鳥還堪借。他時一笑蓬萊巔，碧桃亂發東風前。還將玉管吹明月，叶以雲間紫鳳篇。

過南湖戲折藕花

秋日南湖戲採蓮，鴛鴦飛上木蘭船。一聲《白紵》知何處，無復閒情似少年。

涂博士穎六首

穎字叔良，進賢人。元季出游京師，從學於余廷心、楊顯民、程以文三公，不遇而歸，僑居金陵。

龍鳳時，爲中書典籤、太常博士。

秋夜和黄典籤

遥夜天宇迥，開軒坐前楹。月華臨水動，凉風滿庭生。屢惜玄景至，悟兹塵慮清。疏星明玉闕，委露瀼金莖。流序倏將邁，嘉明紛遠征。微才旅群彦，鳴佩集玉京。文詞資麗澤，笙磬感同聲。非比江湖客，馳心摇懸旌。

酬鄒伯謙見寄

白髮蕭疏忝侍儀，夔龍青瑣許追隨。禁廬晚退仍分直，宣室春來屢祝釐。翔鳳遠連雙玉闕，流鶯深囀萬年枝。老懷寥落將何補，空有雲泉入夢思。

題山水圖

憶昔灤陽八月歸，北風吹雪灑秋衣。槍竿嶺上停車望，萬木瀟瀟落葉飛。

上京次貢待制韻三首

海風吹雨度龍沙，滿眼金蓮紫菊花。日暮笙歌何處起，高低穹帳五侯家。

蓬萊仙子學長生，群帝朝天絳節迎。昨日六龍迴北極，雲裾霞佩集灤京。竹宫窅窅秋風晚，芸閣沉沉晝漏稀。獨有蕃僧承詔寵，紅衣白馬退朝歸。

吴副使彤 四首

彤字文明，臨川人。從虞集、危素遊。舉至正進士，除贛州路録事。國初，以薦起，拜國子博士，同知嚴州。吴元年，召入南京，議即位郊祀儀注，僉湖廣按察司事，改山東，超拜北平按察司副使。癸丑，奉旨還京，卒。

峽口晚泊 四首

川路渺無際，揚帆溯流波。征人嘆遲暮，舟子方笑歌。去去日將夕，維舟松上蘿。坐嘯微雨歇，洲渚落花多。

翠壁隱殘照，滄洲生夕陰。歐鳥忽飛去，幽幽春水深。涉險念先訓，觀風推聖心。功名覺遲暮，蕭颯二毛侵。

日落潭水緑，松間聞子規。征途一萬里，江月每相隨。王事有程度，人心多險巇。周詢庶有濟，驅涉不知疲。

江煙斂初夕，華月入我舟。坐久風露集，微寒侵敝裘。戍鼓動邊思，棹歌縈客愁。漸聞湍響急，度峽是歸州。

戈徵士鎬九首

鎬字仲京，鎮江人。洪武初徵士，官禮部主事。《京口志》云：「鎬隱居不仕。所著有《鳳臺集》。」

桐孫曲

崑山玉軫蒼梧雲，膠絃漆水生古春。垂楊飛絲小鶯舞，海上桃花響紅雨。仙人鸞尾掃寒空，環佩行煙度湘浦。驚猿墜石秋雲裂，鐵網珊瑚碎明月。臨邛病客看文君，鬢影星星半成雪。

淥水詞

紅船壓秋緑，水澀藕根香。昨夜龍沙月，鴛鴦夢薄霜。秋鬢掃蛾翠，生色染絲黃。爲報潯陽客，行雲不下堂。

送陳伯淵教授歸沔陽

廣文金閨身，臺城一相見。壁素懸青燈，花蟲蠹書卷。
去買沔陽船，掛帆上秋水。别路折垂楊，歌聲斷腸起。
花落煙江口，青苧新槽酒。索寞辭官資，還家奉眉壽。

春曉詞

鴉啼細柳東方明，井上轆轤牽水聲。花奴滿堂開翠屏，銀爐燒麝素煙輕。西原落落秦川路，白馬花鞭幾時去。落花昨夜飛成團，蝴蝶歸來及春暮。

寄劉彦炳

征旆遥分苑路西，馬蹄春去弋陽溪。相思欲和烏啼曲，一拂瑶絃意總迷。

題野塘秋景

芙蓉秋色滿銀塘，白鷺雙飛下晚凉。記得採蓮看越女，醉騎驕馬映垂楊。

來鶴詩贈周玄初

香案靈文一篆通，翩翩雲鶴天下風。初辭蓬島離珠樹，又掠銀河過紫宫。六翮舞隨清磬響，九臯鳴斷碧雲空。欲歸南嶽夫人召，回首仙臺夜月中。

吕司丞復二首

復字仲善，章貢人。丙午秋，爲國子典膳，升太常典簿，歷太常丞。常充史局，入北平采史。

送鄭仲宗還金華

都門盛冠蓋，乃與行者别。行者來復還，使我心哽咽。人留棹聲遲，酒既驪歌徹。緑柳陰正圓，相看不忍别。

題方壺蒼山秋意圖

昔遊華蓋仙人掌，萬疊芙蓉紫翠生。猶記月明聞鐵笛，人間無處著秋聲。

陶員外誼二首

誼字漢生，天台人。禮部員外郎。

湛上人鍾秀樓詩樓在四明東湖上

百尺樓居聳碧霄，天開圖畫足逍遥。一帆春雨來湖口，兩岸青山落樹腰。夜坐翻經香欲冷，詩成倚柱酒微消。東還擬遂登臨興，慚愧無才趁早朝。

送人從役

沅湘南去遠，古戍楚雲邊。山雨蟲蛇出，江天螮蝀懸。相思知後夜，重會更何年。喜得風濤静，官船任晝眠。

蕭學録執三首

執字子所，盧陵人。洪武庚戌，鄉薦，授國子學録，以親老乞歸。廬墓三年，免喪，領邑教，學者宗之。

劉子高贈王明善依韻以和

匡廬之山瀑布泉，老子結社來何年。林間經罷常隨鹿，雲外樵歸或遇仙。坐石有時巾掛樹，焚香終日袖擕煙。市南别有秋江水，種得花開總是蓮。

緑筠軒爲姚宰作

緑筠陰陰翳窗户，此是姚侯讀書處。摇空翡翠晚宜人，食實鸑鷟曉相語。稚子牽衣惜春露，候卒編籬護秋雨。何當便棄人間事，抱琴走覓湖山住。

次答劉汝弼見寄之什時汝弼客德慶侯第

春事今餘幾，花枝已不多。向人愁作客，思爾積成痾。威鳳翔高漢，慈烏戀舊窠。平津東閣好，早晚定相過。

王敬中二首

敬中，字同，四明人。

南湖齋居寄友人

山寒夜透青綾被，海日朝明白玉珂。隱几不知春色晚，停杯驚見落花多。旃檀香裏來僧梵，楊柳橋邊起棹歌。咫尺湖光不相見，竹牀琴調近如何？

贈周玄初尊師

玄都道士身如鶴，長傍青松寄此生。夢破九霄風雨急，神遊八表雪霜清。瓊笙每應秋聲起，縞羽微連夜色明。我欲相從拾瑶草，漫山落葉斷人行。

吴去疾二首

去疾，字同，安慶人。

春日雨中示友人

二月已過三月臨，茅堂寂寥常雨陰。梅花白白落已盡，楊柳青青渾未深。何日新晴出山郭，及時行樂稱春心。應須載酒窮幽賞，爛醉扶肩過竹林。

酬李卿

李卿好客天下無，日日相過惟酒徒。眼花耳熱不復醉，瓶罄樽空還復酤。去年解后留君第，七日疏狂淹客途。近有新詞來寄我，灑然清興滿江湖。

周子諒二首

子諒，字同，廬陵人。主事。

讀子書作

學館坐無事，故書聊復看。披文既薈蕞，尋義亦泮渙。趨前後已逸，顧舊新輒竄。萬言雖畢陳，一理竟未貫。往往未終卷，心目已潰亂。置書斂視聽，境地甚澄晏。《易》《書》《詩》《春秋》，辭簡義亦焕。聃書言五千，隱約可徐玩。奈何百家言，磊磊叠几案。綿延比葛藟，根遠益纏絆。遂令矜名士，搴放如刁幻。雕刳出葩卉，綴緝呈組纂。悦目效女美，飫口匪芻豢。推以合身心，宜若霄壤判。吾欲盡其文，掇取歸爐炭。觀心勝觀書，矻矻坐夜旦。濯穢來清澄，磨昏出璀璨。綿綿春雲舒，炯炯秋月爛。詠歌成文章，昭倬比雲漢。往者予弗及，來者予何憚。作詩示朋曹，無乃駭童丱。

贈別郭元達

黄鵠乘天風，飄飄忽高翔。飛飛巢林鳥，刷羽情内傷。豈無凌霄志，六翮不得長。念子平生意，相送以徬徨。勿言易爲别，明發各一方。悲來解佩劍，爲子復進觴。且爲遊子歌，歌詞何慨慷。疾風吹征帆，旭日在衣裳。自古有離别，各言慎行藏。

白紵詞

井梧墜葉聲如雨，轆轤夜静莎鷄語。西里佳人怨薄寒，惆悵燈前歌《白紵》。白紵新時白若霜，象牀開合秋水光。製成只恐香塵污，衣着偏宜九夏凉。西風乍入羅幃裏，數點清塵不禁洗。競開篋笥試新紈，舊服拋捐那復理。嗟爾白紵怨勿深，憐新棄舊他人心。願將貞白永相保，今年卷却明年討。

程德興國儒〔一〕二首

國儒字邦民，徽州人，寓居鄱陽。至正十九年，任衢州路都事，天兵破衢城，被執。過新安，賦詩以自誓。至京不屈，安置天界寺，以絛自經，爲僕夫覺，免。無何，聞子仲鏡喪，哭曰：「鏡死，二親疇依？天其奪予志乎？」數月，召授内省都事。歲餘，除洪都太守。期年政成，坐事被繫。因述平生出處。自盡。民撫屍而哭者接踵。附葬徐孺子墓側，祠於東湖書院。有《雪厓文集》。

〔一〕「德興」，原刻卷首目録作「洪都」。

越城謡

越州城，城何高，四十五里之周遭。窪地填爲基，陂陀鑿成壕。白晝鞭笞夜擊橐，石民之骨灰民膏，越城雖高越民勞。越民勞未已，我田未耕又科米。忙忙築城歸種禾，又恐無米供官科。禾苗未青得秋雨，城吏打門夜如虎。爲言雨後新城摧，要我荷鍤城上來。城泥不乾不敢回，又恐夜半夜春雷。城頭一雨城一動，越民登城向天慟。民心似與雨有仇，天意實謂城無用。當年當年天下平，天下無賊越無城，乃知在德不在兵。願無修城願修德，使民復睹無城日。

信州糧謡

信州糧，糧何艱，十鍾一石萬里間。朝發錢王堤，暮過嚴子灘，柁尾白浪如銀山。朝渡蘭溪州，暮泊龍丘灣，峻如牽車上鬼關。督吏持檄夜如箭，布帆無風河水乾。去年糧船未及岸，今年又運八百萬。只知彼地荒，不知浙東天亦旱。只知彼地飢，不知役户家無飯。家無飯，儂莫愁，願化鐵騎爲耕牛。願銷鋒鏑爲鋤耰，戰場闢作畎與溝。壯士負戈荷甲歸西疇，風雨時調禾黍秋。禾黍不秋飯不足，浙東又移何郡粟？

次欒秉德韻

傷心世事淚潺潺，已付餘生作等閒。羝乳尚能持漢節，鷄鳴那得出秦關。黄花時候多新酒，緑樹門庭是故山。日夜思親頭盡白，何人爲賦大刀環。

甘瑾 四十首

瑾字彦初，餘干人。元末，張承旨翥僑居雲錦山中，與彦初及張可立、甘克敬往返甚數，評彦初詩如「美女簪花」，可立如「貞婦守節」。彦初入國朝爲嚴州府同知，或云翰林待制，皆未詳也。或云臨川人。

寓舍偶題

四海戎麾滿，中原汗馬疲。龍蛇傷紀歲，麟鳳嘆非時。土貢包茅廢，邊防羽檄馳。杜陵憂國念，釋悶强裁詩。

題何梅閣山居

迹不到城市，逢人無厚顔。一瓢風外樹，雙屐雨中山。流水春喧碓，歸雲暮掩關。憂時心未已，衹益鬢毛斑。

題高伯昌遠遊卷

九月朔方城，何流已沍凝。氈車馳犯雪，乳椀飲兼冰。汗血宛西馬，奇毛代北鷹。良材資國用，翹首即飛騰。

題張氏竹園別業

避難疏狂各，長貧少定居。採芝空有曲，種樹豈無書。擬製東山屐，看馳下澤車。肯容疏懶迹，來與狎樵漁。

送防秋將

玉帳秋風動，邊塵颯颯驚。射雕輕漢將，牧馬過秦城。白草交河道，清笳捕虜營。戰裝宜即换，已及早寒生。

秋閨怨

惆悵下簾鉤，庭空月影流。錦衾成獨旦，羅扇覺先秋。火熟薰籠暖，泉寒汲綆修。衹憐雲際雁，傳得玉關愁。

公孫

躍馬公孫氏，荆湖舊拓疆。函書鄰好絶，陛戟霸圖荒。城堞迷秋草，樓船散夕陽。龍文成五采，終古在芒碭。

贈人戍襄陽

漢水荒城外，頻年汗馬場。舟車通饋餉，部曲雜耕桑。幕府文書暇，烽樓警邏長。山公有愛將，日醉習池旁。

梅溪宿徐橘隱者寓舍別後寄謝

不見故人久，吟愁入鬢絲。試呼村舍釀，細論草堂詩。夜雨西窗燭，春風別墅棋。滄州如有約，歲晚共襟期。

龍虎冲虚張真人遊仙詩二首

世業神明裔，朝家禮秩優。祝釐宣室夜，賜曲鑒湖秋。海月虚瑶席，天風駟玉虬。谷神應不死，獨與化爲謀。

默觀玄化運，乘彼白雲歸。廣野悲張樂，青山笑拂衣。玉棺天上葬，神劍斗間飛。圭組褒崇舊，宜看奕葉輝。

讀靖康遺事

杜鵑啼老洛城東，烽火郊畿縱犬戎。廟略合收淝水捷，虜盟誰定渭橋功。銅駝故陌迷芳草，黄屋驚塵卷朔風。一自鼎湖龍去後，小臣何地泣遺弓。

讀史有感二首

二龍悵望沓東遊，弓劍蒼茫滿地愁。青草空遺雙冢月，彩雲已散六宫秋。長江落日忠臣恨，易水寒風壯士羞。楚漢興亡俱一夢，當時何用割鴻溝。

汴流西繞漢時宫，陵樹蕭蕭易朔風。金碗不冰銀雁去，銅仙無露玉盤空。御溝流水人間碧，禁苑蟠桃海上紅。却憶晉家南渡客，清談不記誤和戎。

讀文丞相傳

萬里胡天泣楚冠，南雲歸計路漫漫。尚圖一旅興王易，不念孤兒立國難。樓櫓海門西日暗，劍歌江介朔風寒。九原負痛遺編在，朔雪殘燈掩淚看。

題余忠宣公請援兵書卷後

大將分符自朔庭，出師江漢肅南征。賀蘭不救睢陽厄，無忌難收鄴下兵。唇齒百年誰復恤，簡書千里漫多情。西風一劍英雄淚，已逐寒江日夜聲。

錢塘懷古二首

落木驚波入虜塵，新亭空集北來人。神州未復英雄老，王業偏安曆數屯。萬騎星屯潮卷夕，六宮雲散草生春。百年江左偷安計，泉下惟應泣老臣。
咸洛腥羶幾百州，中原誰切祖生憂。秦關璧使星馳夕，漢苑銅仙露泣秋。萬死姦諛和虜計，百年臣子戴天仇。欲從故老詢遺事，斗酒難澆磊魄愁。

水南晚眺

山風蕭蕭群木落，寒日黯黯孤猿啼。江雲欲雨復不雨，野鳥將棲還未棲。歸人入夜望煙火，行子傷秋聞鼓鼙。水南山川繞城市，政好買地躬耕犁。

閒居感舊二首

四牡横奔馭者誰，委銜無乃昧先幾。廉頗不念私仇後，商鞅才知首法非。漢業幾年專仗鉞，楚歌中夜竟霑衣。可憐日晏蓬萊殿，目斷南雲奏凱歸。
待詔金門擁珮珂，南征殊賜洽謳歌。亦知江總蒙恩數，每愧揚雄識字多。頭白一官今自老，汗青千載竟誰磨。可憐夢裏鈞天曲，回首蓬萊奈爾何。

過龍虎山

素書一束展經綸，世業留侯異等倫。紫府群仙天上籍，碧桃流水洞中春。吹簫嬴女臺留鳳，送酒麻姑脯劈麟。看取步虚朝帝所，夜闌飛珮近星辰。

遊龍虎山

流水灣回路百盤，化人樓閣倚清寒。枕中鴻寶長生籙，屋外玄都太古壇。金鼎有丹先試犬，玉簫無曲不吹鸞。麻姑未老秋霜鬢，幾見扶桑海未乾。

社日

楓樹林邊雨脚斜，兒童祈賽竟喧嘩。鷄豚上戊家家酒，鶯燕東風處處花。野徑歸時扶醉客，叢祠祭罷集神鴉。瀕湖生意傷多潦，預祝汙邪載滿車。

寄馬彦會

百戰孤城血未乾，故人書札報平安。秋風代馬思燕草，夜月湘歌怨澧蘭。萬里江湖仍旅食，百年天地自儒冠。山陰更有誅茅地，仗劍休辭行路難。

高子勉病起移家

四郊無警被桑麻，洙水源頭舊是家。愛客屢懸高士榻，開荒寧種故侯瓜。酒邊病減知弓影，燈下歌長拂劍花。閒却陣圖雲鳥勢，看山隨處岸烏紗。

寄張可立

旅泊他鄉有歲年，南塘水竹卜居偏。得錢日閉君平肆，載酒秋尋賀監船。葭葦近通門底巷，荆榛遥帶郭西田。東歸亦有蓴鱸興，矯首滄浪若箇邊。

題洞泉觀

流水横橋小洞門，亂來遺迹暗消魂。劍沉舊井龍湫廢，碑斷陰崖鶴冢存。落日樵蘇歸古道，西風禾黍入孤村。扶桑海水今清淺，應待麻姑爲細論。

西　師

中興實藉群公力，反正終歸萬姓心。霧雨銅標蠻僥闊，山河鐵券漢恩深。明珠翡翠殊方入，天馬蒲萄遠使臨。北極即瞻佳麗氣，南雲足聽凱歌音。

春日登高有懷

風景蒼茫大野陰，懷鄉倦客此登臨。十年魚雁將家遠，三月鶯花濺淚深。天落湖山雲水散，地連閩粵瘴煙侵。躬耕却憶窮廬叟，《梁甫》悽悽日暮吟。

清　明

輕寒天氣半晴時，隴麥畦桑緑漸肥。誰與試煙傳蠟燭，且謀沽酒典春衣。東風門巷桐花落，流水池塘燕子飛。吟罷不堪搔短髮，杜鵑衹解促春歸。

寄張雪坡

南塘水竹舊郊扉，老去青山目力微。吟瘦定知衣帶緩，别多兼恨簡書稀。畦桑葉短蠶初出，隴麥苗深雉正飛。香老松花春又過，莫令情分久相違。

贈地理者

囊中一卷郭氏書，眼底山川興不孤。兩袂風塵誰故舊，一笻煙雨自江湖。銅駝陌上人長笑，金粟堆前鳥自呼。見説五陵佳麗氣，天荒地老不能蕪。

雨中書懷

南窗坐掩讀殘書，落盡梨花雨點疏。短夢或因中酒後，輕寒已過禁煙餘。芹香墮幾初歸燕，泉脈通池欲上魚。搔首故人懷別久，欲憑尺素問何如。

讀余廷心傳

海風吹浪集樓船，百戰疲兵僅數千。但許有身堪報國，豈知無力可回天。幽燕北望王師遠，江漢南來地勢偏。天塹已空豪傑没，朔雲邊雪事茫然。

次張文學韻寄涂貢士

畫角城頭曲未終，十年哀怨萬方同。黍離正恨傷周切，章甫翻憐適越窮。黄葉空山僧舍雨，滄浪衰鬢釣絲風。閑愁欲遣三千斛，濁酒寧辭一百筩。

長沙夾夜泊

漠漠蒹葭斷渚連，烽亭亭鼓報更傳。回風吹樹纜初繫，斜月照蓬人未眠。雁足寄書懷歲晏，蟹螯新酒及霜前。滄茫遠浦寒燈外，尚有漁郎夜扣舷。

登擬峴臺

高臺俯仰大江馳，南盡甌閩樹影微。白草秋煙遺戰骨，青天寒照落人衣。襄陽耆舊心如昨，華表仙翁事即非。東望故園三百里，不堪搔首片雲飛。

張嘉定率 四首

率字孟循，廣信人。元季江右以詩名者，若張仲舉、黄君瑞、危太樸，率嘗頡頏其間。吴元年，徵知嘉定州。秩滿，以老賜還，杜門教授。遺詩有《張嘉定集》。

答周檢校

衡茅晚計卜溪南，水石幽奇得縱探。詩社往還青玉案，仙經借送紫泥函。漁村過雨行秋霽，龍洞開雲坐晚嵐。種橘垂成嗟已老，煩君多致洞庭柑。

錢塘懷古

南渡諸陵玉柙灰，錢塘孤塔是幽臺。石麟久向雲根没，金雁何曾海上回。掘漢赤眉因世亂，賓周白馬自天來。沛中王氣非陵寢，徒使遺民過客哀。

兵後次衢州

高壁深池表裏寬，危樓飛閣水雲寒。三年血戰曾漂杵，兩將身降惜蓋棺。桑土盡如東郡賦，橘林猶帶洞庭酸。群雄政似柯山弈，閑與樵夫縮手看。

乙巳元日

四門擊柝罷寒更，淮水淮山欲曙城。柏子添香延宿火，梅花吹角送春聲。大星賓日光芒定，殘雪兼霜物候明。故國親朋俱獻歲，異鄉魚鳥獨關情。

揭清河軌 一十六首

軌字孟同，臨川人。文安公傒斯之後。洪武初，以明經舉，除清河主簿，陞知縣。謝歸，教授生徒。嘗主江西鄉試，召定書傳會選。

夏日留田家

停午暫休騎，道暍投田家。風株帶暝姿，高樹亂啼鴉。田翁喜客至，爲摘園中瓜。解鞍藉莓苔，移席掃落花。相留至夜分，煙月石林斜。相如方病渴，歸路茂陵賒。

秋日汴京同馬希穆登上方琉璃塔

東出榛莽間，宫城何窈窕。悲凉金故都，秋日荒臺沼。浮屠出苑邊，上跨清虚表。琉璃半莓苔，五色猶皎皎。罘罳映落花，觚棱却飛鳥。崑崙倚户陰，海色當窗曉。珮聲河漢落，屐齒天香繞。野夫方留滯，萬染何時了。去漢春已深，遊梁秋又抄。登高慨摇落，令我憂心悄。飄飄茂陵客，高興秋天杳。彩毫不勝寒，仙露知多少。落日望江南，一點青山小。

東　征二首

束髮結豪俊，客遊在京都。風塵一浩蕩，志欲效馳驅。身許孫討逆，氣凌李輕車。一朝不自保，空愧爲丈夫。家鄉既蕩盡，焉用獨全軀。流光信冉冉，撫髀將何如。

郊野積玄陰，白日忽淪没。驚風西北來，虜騎何馳突。悲君貞白姿，永訣在倉卒。玉顔膏野草，何處收汝骨。恩愛豈不懷，貞烈誰能越。蕭條風塵日，紀載多所闕。曷以照君心，惟應城上月。

甲辰三月歸西村

官舍柳花飛，羈人謝病歸。干戈未定息，俎豆焉可爲。以兹理還策，歸卧南山陲。東皋花雨過，流水緑生陂。聒聒青蛙響，嚶嚶黄鳥啼。到家能幾何，又告將農時。山田與弟耕，春酒任婦攜。逍遥田野間，日暮返柴扉。龐公鹿門志，劉表安能移。

棗亭春晚

昨日花始開，今日花已滿。倚樹聽嚶嚶，折花歌纂纂。美人浩無期，青春忽已晚。寫盡錦箋長，燒殘紅燭短。日夕望江南，綵雲天際遠。

題王金吾所藏徐熙秋荷鴛鴦翡翠圖

江南畫史誰第一，徐熙寫生妙無敵。寶軸多藏衛霍家，香奩盡貯金張室。憶昨華清水殿西，夜深輕輦隨風移。清香冉冉落歌珮，秀色娟娟侵舞衣。曉來宫闕秋風起，翠倒紅欹玉池裏。不禁摇落恨無窮，驚嘆年華逝流水。芙蓉小苑曲江頭，烟景蕭疏異昔遊。披香露冷鴛鴦怯，太液波寒翡翠愁。將軍留客多幽暇，清簟疏簾時看畫。就中宋玉最多情，秋思都將綵毫寫。

白沙送别

當年小邑盛繁華，叠榭層臺夾白沙。竹深時聽尚書履，花密頻過相國家。夜月霜明九華帳，春風雪點七香車。臨水佳人拾翠羽，隔簾嬌燕逐飛花。奄忽草堂巢翡翠，重來勝地入蒹葭。豪華一去如雲往，空有寒沙對惆悵。征南駐馬立西風，落日寒煙起漁唱。

題孫氏遺墨軒

宣文學士吾季父，草書往往追懷素。玉堂多暇日臨池，方駕長沙美無度。聞道尊公居豫章，亦以能書相頡頏。錦囊長紙霜玉潔，清醉時時臨數行。雲霄恍若鸞鳳翥，風雨欻起蛟龍驤。宣文已矣君未老，一字可直黄金璫。山陰别後驚捐館，零落狸毫并象管。白鵝池冷録苔深，銅雀硯寒清露滿。吾廬兵後住江村，玉堂佳帖無一存。却憶君家文獻王，香奩犀軸付諸昆。

題大長公主林館

主家林館御溝西，楊柳芙蓉映舞衣。玉沼萍開魚上躍，繡簾花妥燕低飛。微風翠輦宫中去，淡月霓旌苑外歸。四海昇平當此日，萬年行樂莫相違。

春陰

梨花門巷泥活活，楊柳窗户緑陰陰。軒車不來又幾日，風雨相思勞寸心。舒州紅稻宜晚飯，采石碧酒堪幽尋。故人何可久不見，我有新詩思共吟。

過燕都故宫

八月金輿度玉關，芙蓉零落後庭閑。西宫無復羊車過，南苑猶疑鳳吹還。承露金盤留海上，廣寒瓊户瑣人間。翠華此日知何在，黄葉瀟瀟萬歲山。

晚歸

苑外金波映水天，歸驄蹀躞暮江邊。鳳凰臺閣初含雨，燕子人家又禁煙。詩寫桃花歌扇裏，酒攜楊柳舞樓前。請看秋雨胭脂井，好醉春風玳瑁筵。

秋思

綺窗紅燭淡秋光，鳳帳流蘇減夕香。機杼隔花閒翠户，轆轤臨水凍銀牀。秋風紫塞書千里，夜月清砧淚數行。望斷金鞍秋又杪，芙蓉零落玉池霜。

宴南市樓二首

帝城歌舞樂繁華，四海清平正一家。龍虎關河環錦繡，鳳凰樓閣麗煙花。金錢錫宴恩榮異，玉殿傳宣禮數加。冠蓋登臨皆善賦，歌詞只許仲宣誇。

詔出金錢送酒壚，綺樓勝會集文儒。江頭魚藻新開宴，苑外鶯花又賜酺。趙女酒翻歌扇濕，燕姬香襲舞裙紆。綉筵莫道知音少，司馬能琴絶代無①。

①原注：《芙塘詩話》曰：「國初，於金陵聚寶門外，建『輕烟』、『淡粉』、『梅妍』、『柳翠』十四樓，以聚四方賓客。觀揭孟同詩，可知國初搢紳宴集皆用官妓，與唐、宋不異，後始有禁耳。永樂中，晏鐸《金陵元夕》詩『花月春風十四樓』，今諸樓皆廢，南市樓尚存。」

周經歷啟二首

啟字孟啟，廣信貴溪人。洪武十三年，以文學薦，授太常司贊禮郎。二十一年，遷後軍都督府經歷，奏給某官糧，誤批上旨，覆奏改正，近侍給以坐侵欺，嘆曰：「吾耳聵誤聽，何侵欺耶？」及夜，闔門自經死。啟少從鄉先生張孟循、夏柏承學古文，以才見稱。有詩曰《詠萊稿》。

中都龍興寺伏睹御書第一山三大字碑有作

九重宸翰麗天文，三字穹碑壓厚坤。山色不知今古異，地靈惟戴帝王尊。蛟龍絶巘盤亭構，獅象諸天拱寺門。千載鍾王誇健筆，敢同羲畫與時論。

蜀王殿下守中都奉餞志喜

未從西蜀按封疆，先謁中都祀太皇。龍虎風雲藏陣略，鳳凰星日著文章。萬年淮土園陵重，千里岷山道路長。恩寵自天隨福履，早聞憑軾詠濠梁。

劉知州秩〔一〕五首

秩字伯序，豐城人。從安成李廉學《春秋》，有名。吴元年，授典籤，除檢閲，出爲武安州同知。未行，改知崇明州，奏免租課，民立祠以祀之。未幾，提點鹽法，發其姦，被誣下獄。幼子孫孫，年十二，詣闕訟冤，上白其事，斬誣者，竟棄官歸。事在危素《獄記》。

〔一〕「知州」，原刻卷首目録作「崇明」。

冬日即事

縣邑干戈後，城空景寂寥。山寒雲釀雪，江晚月通潮。壯士征衫薄，將軍戰馬驕。只今邊境上，誰是霍嫖姚。

裁衣行

裁衣須裁短短衣，短衣上馬輕如飛。縫須縫袖窄窄袖，袖窄彎弓不礙肘。短衣窄袖樣時新，殷勤寄與從軍人。願郎着衣便弓馬，破敵長驅古城下。明年佩印披紫緋，裁衣不比從軍時。

秣陵懷古三首

別家楊柳正依依，回首西風木葉飛。鄉夢已隨雲北散，客心先逐雁南歸。三秋邊境仍烽火，九月征衫尚絡衣。莫向窮途嘆牢落，料應青眼故人稀。

秣陵風物近如何，兵後登臨感慨多。雲浄石頭秋嶂出，月明淮口莫潮過。離人暗滴青衫淚，商女空懷玉樹歌。忽憶舊時驄馬客，於今白髮老山阿。

酣酒狂歌思欲飄，久從江國駐蘭橈。芙蓉隔浦聽秋雨，楊柳長亭看晚潮。過客有時來問字，美人何處覓吹簫。題詩欲寫殷勤意，搔首西風雁影遥。

元宣二首

宣字伯常，□□人。

題鐵柱

湖上波濤一劍空，冶金留取鎮龍宮。八方靈索懸坤軸，萬古蒼標定劫風。不用斷鰲扶四極，誰令鑄鼎象群凶。登真未了神仙事，累代方知濟世功。

遊龍翔寺

飛橋北上轉光風，窈窕慈雲接故宮。麟趾不來行殿廢，龍光還在御牀空。巖廊萬象丹青合，樓閣諸天錦繡同。幾度殘鐘敲落日，老僧猶泣鼎湖弓。

危進三首

進字伯明，□□人。

謝許煉師惠圖書

茅山許史舊諸孫，還向仙臺卧白雲。竹外畫沙迷鶴跡，花間引水泛鵝群。蒼崖翠刻金書字，丹井銀牀玉篆文。科斗早收東觀上，幾人相倚播清芬。

題饒孟持所藏趙希遠畫渚宮圖

罨畫欄圍響屧廊，流蘇帳幔鬱金堂。玉龍剩注千鍾酒，金鴨濃熏百和香。院宇鳴秋霜葉赤，軒窗破曉露花黄。舊時行樂今看畫，煙月蘆汀雁幾行。

送人之七閩憲副

七閩風景異江鄉，嶺徼緣雲去路長。緑漲蠻溪榕葉暗，紅蒸海日荔枝香。花間彈舌調鸚鵡，月下吹簫引鳳凰。行樂未終淹壯志，軺車行處起秋霜。

吴世忠三首

世忠字彦貞，□□人。洪武中，應薦舉。

追昔

玉輦曾聞天上過，千官扈從駐灤河。萬方喜見車書混，四海寧知戰伐多。杳杳歸心隨白雁，蕭蕭殘照落蒼波。春風麥秀愁難盡，回首悲歌可奈何。

過張魯公祠

遺廟荒涼古木稠，孤忠千載思悠悠。頻摧北虜三千士，獨障南藩百二州。落日旌旗迷大澤，屯雲劍戟枕長流。當年玉輦西還日，勳業誰將汗簡收。

春江花月夜

翠華巡幸駐離宮，錦纜龍舟萬乘東。銀瓮香浮仙醴緑，金堤花簇御筵紅。逶迤簫鼓來天上，滉漾旌旗在月中。回首可憐春殿隔，如花宫女泣東風。

朱弘祖二首

弘祖字彦昌，臨川人。《東皐耕叟詩》八卷，饒侶仲恭爲序。曾爲都税大使。

送御史大夫鄧公西征

今代麒麟第一功，從龍飛渡大江東。彤弓錫寵專征伐，鐵券銘勳誓始終。龍虎親軍遥動地，鳳凰臺閣遠生風。不知幕下誰參佐，珠履三千盡石洪。

環溪亭

一曲清江抱畫欄，入窗如在落星灣。紅塵隔斷花香外，白鳥飛來鏡影間。蝌蚪舊藏書帙凈，蜻蜓長立釣絲閑。何由動我山陰興，却棹扁舟雪夜還。

涂守約二首

守約字□□，□□人。

戎王出獵圖

九月遼陽草正黄，天山飛兔白如霜。驍騰已合三軍勢，猛鋭猶思百戰場。金鼎割鮮供上將，玉甌和血飯名王。燕支小隊穹廬出，也向天邊獵雁行。

秋望

挾書遊子不還鄉，獨上高城望大荒。西北窮陰連莽蒼，東南巨浸接微茫。三分世運徵庸少，八月風沙草木黃。欲獻封章何處是，五雲宮闕近扶桑。

聶舍人同文二首

同文字□□，臨川人。洪武中進士，爲翰林侍讀，尋改中書舍人。太宗靖難，入京師，方盛暑，以迎駕暍死。死後五日，子大年乃生。

退朝口號二首

清切絲綸閣，逶迤錦綉城。冠裳清旦入，珂珮玉階行。芍藥春風軟，薔薇曉露盈。退朝揮翰處，同聽上林鶯。

鐘鼓逼殘宵，千官趁早朝。雲開中侍扇，日映上公貂。調燮多臣稷，欽明有帝堯。萬方咸貢獻，四海足歡謠。

高伯恂 一首

伯恂字□□，□□人。

寄施以端

桃花點點山中雨，楊柳青青水面絲。春色惱人牽别恨，錦箋乘興寫相思。小窗鸚鵡呼春夢，芳樹提壺促醉期。惆悵百年今已半，花前時復玉樽隨。

江德鈞 神廟御諱。一首

德鈞字叔達，婺源人。號東湖先生。

續催送日鼓謡 鄧侍郎崖山作《催送日鼓謡》，文丞相爲書。

冬冬晨鼓催，目注東方白。日華欲動月無輝，殺氣衝天雲血色。坎坎暮鼓擊，日没崦嵫黑。朔風吹海毒波翻，旎頭錯落光芒出。日復夜，夜復日，日夜相催鼓聲急。枕戈不寐食忘餐，力不能支仰天泣。主辱臣死古義存，弟妹飄零敢遑恤。整旗收隊决雌雄，黄龍孰遣横江中。風雷晝晦天地變，君臣不見崖山空。至今濤聲吼朝夕，半爲猿鶴半沙蟲。當時豪傑能幾子，千載不泯惟孤忠。催日鼓，送日鼓，調短意長歌愈苦。鮫人聞得淚成珠，躑躅白鷳驚墮浦。侍郎丞相家國同，當時戮力無爾汝。補天煉石竟無功，空餘五色神光吐。斯人斯作世豈多，合入青編照今古。

吴主簿斌五首

斌字韞中，休寧人。平陽縣主簿。

北遊

青山千里來，龍奔出平野。逶迤作都城，黄河走其下。借問宿遷人，在昔何爲者。云此生重瞳，虎鬭天所假。自矜蓋世心，坑秦霸區夏。鴻門逸真龍，烏江陷騅馬。至今哀怨聲，喑嗚海中瀉。

顔山歌

欲爲紫霞賞，遂作丹霄遊。顔山秀拔五千仞，况於絶頂凌飛樓。長風吹目空四海，但見天地如虚舟。龍争虎鬭血中野，安知此境長悠悠。顔山之勢何壯哉？飄如雲龍上天來，蟠根走脈極九垓。千巖萬壑相縈迴，龍池皎雪天鏡開。氣蒸六合作飛雨，五月下界驚雲雷。顔公一去不復回，空有仙跡迷蒼苔。憑崖鑿翠構珠殿，金仙趺坐蓮花臺。雄標勝境掩五嶽，胡乃僻處東南隈。後來觀者登催嵬，超然頓覺辭紅埃。平明攀天望海色，宛若萬里瀲灩之金杯。此中昔有芸香客，一朝矯翼騰三臺。我今苦被風塵惱，欲待長彗人間掃。三花含煙笑人老，青松垂陰得春好。功名感此不復求，便欲巢雲拾瑶草。終當羽化隨青童，鷄爲鳳凰犬爲龍，青天碧海長相從。回頭試問世間士，茫茫盡入三泉中。

續催日鼓謡

胡爲乎六龍，斜飛於若木之金天，復沈淪於西溟澒洞之重淵。日車摧頹勢將墮，但聞驚天伐鼓，砰轟喧闐。恨無魯陽所揮之神戈，又無羲和所執之神鞭。徒看光景入海去，惟有雪山千叠春雷喧。日已溺，誰能援。似將宇宙入冥昧，魑魅泣雨神啼煙。烟雨暮，何由晨。肆鬼怪，愁天人。有美二子超凡倫，凝丹泣血驚蒼旻。欲攀天上萬丈之玉繩，攬此波中咫尺之金輪。力不及，情難伸。歌日鼓，悲無垠。空有蛟龍之翰麟鸞之文，照耀今古誠足珍，心比衛精誰復陳。至今陰氣毒天地，幾時六合回陽春。吾聞東方乃有扶桑之君，陽谷之神，可以返日馭，昇天門，過黄道，御紫宸。安得回光洞照下土之盲人，神君精感應相鄰。忽爾金鷄啼白東海天，朱光飛射開幽玄，鼓聲驚倒三山巔。白日曙，青陽生。出海嶼，遊天京。四方咸睹曉色清，麟胎鳳轂含精英。聖皇欽天建太平，作《韶》《武》，吟簫笙，譬若日鼓騰天聲。乾坤上下俱清寧，億年萬世同光明。

青州歌

青州高城雄九州，城門天上飛瓊樓。羽林兵衛若熊虎，劍戟耀日寒光浮。迢迢紫陌香塵起，車馬争馳迅流水。飛甍萬井碧鱗鱗，緑樹連陰柳營裏。嵯峨城闕帝子宫，天人遥鎮滄海東。海波鏡凈寂不動，鯨鯢不敢揚天風。樓上銀壺漏初歇，畫角龍吟泣霜月。寒聲蕭颯落梅花，吹作征人鬢中雪。

量田謡

朝量水田雪，暮量山田月。青山白水人如雲，朝暮量田幾時歇？尺田寸地須盡量，絲毫增入毋留藏。時暘時雨欣時康，我民欲報心未央。年年增賦輸太倉，但願山積垂無疆。安得長風天外起，吹倒崑崙填海水，更出桑田千萬里。

朱判官模二首

模字子範，休寧人。用薦主滁之來安簿，改六安州判官。兵亂遇害。

送張總管赴番陽

近聞使節向番陽，已報前軍到武昌。好過黄州問蘇老，曾遊赤壁弔周郎？一時人物皆陳迹，三國英雄此戰場。舉酒煩君酹江月，匡廬秋色曉蒼蒼。

六安山中

五十蹉跎六十翁，暫抛筆硯領兵戎。臨邊收盡逃亡卒，馬上能開一石弓。

唐山長仲實三首

仲實名桂芳，一名仲，以字行，歙縣人。甫十歲，從學杏壇洪潛夫，日記數千言。及從平江龔子敬遊，聘爲明道書院司訓，遷儒學學正。戊戌歲，太祖駐蹕徽州，延訪儒碩，召對稱旨，賜尊酒束帛。事載《五倫書》。命之仕，以瞽廢辭，攝紫陽書院山長，學者稱白雲先生。子子儀，亦以文學徵。父子皆有集行世。

聞吴繼新寫正覽畢作詩迎之

吴郎久不見，悵望隔江村。辛苦頭將白，編摩眼易昏。蕉心含雨潤，柹葉緅霜繁。智永暟諸後，羲之本一門。未應梁上得，偏向枕中存。點磔臨池黑，戈波屋漏痕。縈縈蛛結網，裊裊繭繅盆。白練書裙好，黄麻草詔尊。首濡無醉魄，筆諫有忠魂。安得三千幅，煩君恣意翻。

遣懷

繁昌縣前白楊樹，隨處柴門傍水開。可是夜深風露冷，流螢一箇渡江來。

程仲庸遊京口留金山寺

我正無心懶似雲，那堪奔走污緇塵。飛花岸柳偏留客，吹浪江豚忽拜人。玉帶暫抛煩轉語，楞伽曾寫悟前身。異時好説金山寺，小小漁舟唤渡頻。

任萬户原 三首

原字本初，休寧人。父鼒，築精舍於富川之上，延祁門汪克寬授《春秋》。又從學於東山趙汸。

天兵下徽州，原出佐軍實，從捍禦，歷功至顯武將軍、雄峰翼管萬户。卒，弟序代之。序字本立，少與原同學。兄弟並有集行世。

見鄉人程大

少年策馬辭鄉邑，落魄天涯幾秋色。鳳池昨遇故鄉人，不道姓名應不識。布衣拂却長安塵，相看感嘆念情親。青春作客無遠近，白髮從軍多苦辛。以兹失路誰相顧，我向東流子南去。歸夢不離滄海雲，邊愁遠結青楓樹。楓樹叢林隔海天，百年聚散一茫然。簪纓故舊應誰在，萍梗江湖衹自憐。臨岐執袂須傾倒，明朝又别關山道。心隨征雁向斜陽，悉對離憂醉芳草。

送舒從事還南海

老逢離别倍傷情，一騎臨秋復遠行。客路驚心孤雁影，家林入夢斷猿聲。珠崖日落天低海，銅柱雲寒雨過城。翻憶舊遊多感慨，獨嗟書劍誤儒生。

贈同舟從軍林生

青天無盡碧波長，百尺雲帆掛夕陽。海路音書何處寄，西風吹雁不成行。

馬知事貫二首

貫字本道，山陰人。早歲辟府從事，不就，鋭志讀書，詩聲尤著。洪武間，任漢中衛經歷，遷郢州府知事。

鴛鴦歌爲張節婦賦

翠屏羅薦沈香樓，紫金鴛鴦居上頭。雙飛誓作不死匹，萬古願同歌《莫愁》。樓前長掛團圓月，誰道能圓又能缺。可憐交頸復同心，一夜秋風兩離别。茱萸子落芙蓉老，雲鬢蛾眉斷梳掃。永持灰死百煉心，化作人間雪衣鳥。萬年莫鑄雙龍泉，千年莫栽並頭蓮。鳥飛在地長自潔，月缺在天長不圓。

淮東女兒歌

淮東女兒飲淮水，錦紅纏頭金約指。正年十四十五多，彎彎春山鬬青蛾。阿爺自擬傾城色，黄金不多終不得。西江估客浮大船，年年賣珠淮水邊。女兒門前有高樹，野鴛沙鷄得長住。當筵舞罷結重歡，百斛珍珠瀉秋露。船空珠盡河水秋，門前馬嘶金絡頭。舊客未盡新客留，淮東女兒起高樓。

谷宏一首

宏字□□，閩人，一云新淦人。中書舍人。

行經華陰

雲開太華倚三峰，積翠遥連渭水東。遠塞雁聲寒雨外，離宫草色莫煙中。秦關日落行人少，漢疇天陰古戍空。寂寂武皇巡幸處，祠前木葉起秋風。

登岳陽望洞庭

對酒平臨百尺闌，洞庭南望楚天寬。中流雨散君山出，故國風高夢澤寒。帆掛夕陽鵬際没，波涵遥月鏡中看。登臨最易輕軒冕，惆悵滄浪羨釣竿。

吴浩一首

浩字□□，□□人。

泊瓜洲渡

淮煙漠漠夕陽收，楚樹昏昏翳客舟。風度鐘聲來北固，帆將燈影過揚州。雲消碧海天無際，波撼金山地欲浮。獨恨壯遊非昔日，滿江風露夜如秋。

章闓一首

闓字□□，□□人。

送張二貢士

烟靄散春晴，亂鵶深樹鳴。千山懸落日，一騎出孤城。急管催離宴，飛花亂旅情。殷勤懷上策，謁帝向承明。

時僉事銘一首

銘字季照，以字行，鄞縣人。洪武二十九年，以訓導徵，特授監察御史，以疾還里。復用薦徵爲崇仁令，歷三考，陞四川按察司僉事。嘗夢神授以墨，文思日進，因號其詩爲《夢墨集》。

題錢塘送別圖

胥臺怒挾鯨濤回，吴越中分天塹開。青山兩岸障雲錦，瑶空萬里春風來。春風先到沙頭柳，柳色鵝黄映春酒。美人欲去暫停橈，折柳贈行重握手。珊珊鳴珮行且遲，牽衣迭勸飛瓊巵。今日不醉後未期，後夜相思空夢之。人生最是别離苦，黯然消魂恨難吐。平生語笑在斯須，遮莫當筵强歌舞。海門日落潮已平，篙師掛帆催去程。畫江難寫斷腸意，聽取《陽關三叠》聲。

【補詩】

唐應奉肅 一首

題陶穀郵亭圖

紫鳳檀槽緑髮娼，玉堂見慣可尋常。作歌未必腸能斷，明日聽歌更斷腸。

張布政紳四首

日出行

東方曈曈日初出，田家少婦當窗織。屋頂樹稀窗有光，小姑催起不暇妝。長梭軋軋秋絲密，一日上機催一匹。丁寧小郎慎勿啼，織成令汝穿完衣。

捕雀詞

原頭霜深秋草薄，荒村小兒捕黄雀。高張弓矢低羅網，日暮競比誰得多。野田吹火拾枯樹，一半煨燒雜山芋。北風吹草毛血腥，各自騎牛唱歌去。我身不惜充爾饑，空城黄口待汝歸。

題王提舉界畫宫殿圖

吴蠶擇繭銀絲光，輕毫界墨秋痕香。宫中千門復萬户，知是阿房是未央。樓頭美人朝未起，十二珠簾隔秋水。香銷玳瑁舞筵間，夢斷芙蓉鴛帳底。八窗玲瓏金鎖開，君王已在迎仙臺。霓旌鳳輦雲間合，翠管銀笙天上來。君不見咸陽一火三月紅，野花啼鳥争春風。當時亡國知何處，盡在如今圖畫中。

送友賦得玉鈎斜 在揚州，煬帝葬宫人處。

右屯將軍猛如虎，十二離宫罷歌舞。宫中佳麗三千人，半作玉鈎斜上土。秋風蕭蕭秋雨寒，翠襦零落金鈿殘。豈知後來好事者，重構華亭宿草間。亭前往來車馬集，魚龍爛熳無人識。閒街屈律玉環分，香徑縈紆寶釵出。遊人歌舞暮不歸，青山落日争光輝。香魂夜夜無歸處，化作鴛鴦陌上飛。只今往事皆沉没，空見原頭土花碧。耕夫拾得鳳凰釵，恐是蕭娘在時物。野棠花開春日西，胡蝶雙飛鶯亂啼。道傍芳草年年合，長與行人送馬蹄。

吴主簿斌 一首

醉歌行

登高取醉散我愁，倒卧城南百尺之酒樓。出門但知行路苦，醉鄉可以逍遥遊。君不能遺身天地上玉京，又不能榮名將相傳金城。徒將緑髮染春雪，風塵羈紲終無成。不如且飲一壺酒，酒盡愁消更何有。醉來豪氣不可收，嘘作長虹貫牛斗。

唐山長仲實一首

秋胡行

依依陌上桑，婉婉桑間婦。嫣然紅羅襦，採桑濕香霧。相逢馬上郎，停鞭思馳騖①。回頭遺巧笑②，脈脈此情露。誰知婦人身，託生膠漆固。本期骨肉親，反被紅顔誤。憶昔送郎時，徙倚門前樹。篋笥滿征裳，一一裁繒素。綉爲雙鴛鴦，猶懼觀者妒。願郎早歸來，恨不與俱去。塵埃撲牀帷，蛸蠨網窗户。上有白髮姑，羞以③衷情訴。可憐不相識，春心抛中路。倉皇下馬時，匆匆意未昭。洞房掃春蠶，一見生愧負。妾身固可棄，老親寧弗慕。黄金無虧盈，白璧有點污。嫁郎恩義乖，何如江水赴。江水惟東流，不似郎他顧。

① 原注：「一作偶回顧。」

② 原注：「一作重遺買一笑。」

③ 原注：「一作未忍。」

【補人】

汪布衣時中一首

時中字德中，祁門人。自號楂山居士。

登源越國祖廟

四方騷亂六州安，錦纜雲帆去不還。龍劍占星狼鬣静，角弓换月虎牙閒。東行寶使書初獻，西向秦庭淚易潸。高冢麒麟碑碣在，唐陵隋寢草斑斑①。

① 原注：「一作上陽烟樹總漫漫。」

吴濰州履二首

履字德基，蘭溪人。元季，教授鄉里，李曹公聘爲郡儒學正。用薦爲南京丞，六年，知長沙之安化，三年，入朝，擢知萊之濰州。居二年，改濰爲縣，召還，謝事歸。宋太史立傳。

送趙將軍

崆峒一劍倚秋陰，誰識將軍百戰心。老去功名餘白髮，閒來歌舞散黄金。呼鷹大澤風竿勁，射虎南山雪羽深。敲缺唾壺銀燭短，時人不解隴頭吟。

送雲南教授劉復耕

見説思陵過五溪，熱雲蒸火瘴天低。星聯南極窮朱鳥，山抱中流界碧鷄。苜蓿照盤官況冷，芭蕉夾道驛程迷。巍巍堯德元無外，未必文風阻遠黎。

列朝詩集甲集第十九

殷文懿奎二十五首

奎字孝章，一字孝伯，其先自華亭徙崑山。生數歲，與盧熊同受小學。長從楊廉夫授《春秋》。應江浙鄉舉，不利。屢聘不起，有司延訓導州學。洪武二年，薦赴京師，試高等，將授郡縣職，以母老請近地便養，忤旨，調咸陽縣教諭。念母致疾，卒於官舍，年四十有六。門人私謚文懿先生。弟璧，字孝連，徒步二千里，以其喪歸。孝章勤於纂述，著書甚富，有《道學統系圖》、《家祭儀》、《崑山志》、《咸陽志》、《關中名勝集》、《陝西圖經》、《婁曲叢稿》諸書。

關外紀行四十韻

一下東吴船，久留中立縣。故人致殷勤，行役成遷延。忽驚月破臘，况喜雪見晛。遊壯乏厚裝，期愆畏多譴。僶俛渡長淮，迤邐違近甸。雲來芒碭青，樹帶隋堤茜。睢水覓忠魂，梁園弔文彦。飲馬石澗冰，射兎沙田霰。嶔巖陵交峭，莨蕩渠餞泒。虎牢鄭險失，龍門禹功复。太行西北來，少室東南見。幽尋互明滅，奇觀争繞旋。緣河劇凌競，仰關增畏懦。竅一渾沌鑿，場百髑髏戰。形勢啓輿圖，蹤迹徵史傳。翻思所跋涉，撫己猶掉顫。垢面色黴黎，皸手膚卷臠。足繭黤疊胼，鬚冰白張片。露食覞虚鍋，風衣結斷綫。膩衾烘蝨蟣，血弗貫獐豣。夜户伐棘遮，寒氈抱蒿薦。浴坎慚傖裎，卧炕哂蠻僢。涉患情靡歡，懷安意徒戀。親知爲留連，伴侶相挽牽。歷歷堠迎塗，亭亭郵帶傳。蹬蹬苦厄塞，軒豁慊平衍。亟心或先毆，澀步仍後殿。噤口吹棄灰，困身踞停轉。勞矜南士作，饑阻西值薦。敢謂生不辰，所嗟命非戩。嗚呼穹壤大，局蹐塵埃賤。兒嬉忘歸榮，親省借夢便。策竹當僕僮，枕書儕屬眷。胡爲支離公，何等文學掾。不餒群馬芻，希餐孤鳳楝。利器匪青萍，良材虚赤箭。區區徒自珍，落落竟誰唁。題詩哦暗燈，把筆呵凍硯。紀行已稠疊，摭實聊貫穿。傳觀代戲劇，歸用詫聞見。

不寐

中夜不成寐，起來看明月。候蟲吟一聲，愁腸幾回折。愁腸折還續，宛轉如環玦。出户野躊躇，商飆倏已發。商飆來何許，吹我頭上髮。莫吹淚入河，添之作嗚咽。

南山

南山萬疊爲我開，一日支頤看幾回。最是夕陽時好看，幾人閒處解看來。

春草

東風到咸陽，吹起原上草。偶然出門去，迷却平陵道。此處斷人腸，得似江南好。

清明有懷公武

忽見清明在客邊，可堪形影自相憐。憶尋芳草江南好，謾惜餘花亂後妍。孤夢月明歸夜夜，多情春老恨年年。夕陽王子岡頭路，知與誰人共醉眠？

侯叔庸同行過其故居見迎春一株

野花一株何人栽，欲開未開迎春來。主人歸來花欲語，欲語不語令人哀。往年看花年正少，花前把酒花長笑。妻能歌舞妾能彈，門外催租無吏到。二十年來院落空，兎葵燕麥競爲容。墻角一叢憔悴煞，年年無主泣東風。今日歸來居不住，君今又向何州去？上林騎馬聽鶯時，慎勿長忘故園樹。

渭陵

炎精八葉已中衰，千載荒陵竟屬誰。寢殿有垣悲躑躅，苑門無地覓罘罳。祥開沙麓溝中絶，禍變增崤土未夷。颯颯涼風吹客鬢，不堪興感立多時。

立春日與瞿允同縣宰飲酒

故人昨日故鄉來，春日今朝春酒開。鮭菜新盤還飣餖，鶯花舊夢重徘徊。情知老至抛書册，怕見容衰掩鏡臺。子起爲吾歌骯髒，出門一笑謾憐才。

顧仲瑛淡香亭

淡香亭外花無數，盡説清明似洛中。西郭愛看千樹雪，東闌生怕五更風。何郎酒怯春羅薄，荀令香熏霧縠空。吹遍内園天上曲，坐深清夜月朦朧。

絶　句

霜落水禽啼，寒流繞大堤。長魚不受釣，躍過石梁西。

登西安府鼓樓

西府層樓接上臺，客懷落日爲誰開。一天秋色雲飛斷，萬户晴輝鵲噪來。遍倚危闌頻入感，未吹畫角已興哀。千年朝市仍更變，獨有南山石未灰。

二月七日省牲諸陵沿道雜賦四首

一樹殘花媚曉暉，淡香偏襲旅人衣。春風落盡東闌雪，三載江南未得歸。
昔日平陵賣酒家，冰槽春色夜能賒。而今酒盡遊人散，零落空垣一樹花。
景帝陵前野草花，也曾沾被舊繁華。只今開遍無人管，付與牛羊卧日斜。
碧碗分來杏酪香，風前澆我渴詩腸。野人今度相辭汝，立馬題詩又夕陽。

長陵曉望

馬上東風生曉寒，長陵高處望長安。丘墟散落人才盡，岡隴分崩王氣殘。
歲祀幾朝修典制，月遊無廟著衣冠。山河百戰誰能主，却屬漁翁一釣竿。

打碑三首

炎歊撲面火流雲，道路争迎白練裙。借問先生何處去，睢城寺裏打碑文。
沁州碑石漢陵旁，地下玄龜殼也藏。莫怪摩挲成久立，書家知是郭謙光。
流杯亭石何年破，立馬鎸名幾字存。契苾墳前崖子上，家鷄筆法尚堪論。

杜曲

棱棱桑田帶水田，夕陽幽興滿樊川。祇疑身在江南處，放我溪頭罨畫船。

出長安作

蹇驢被酒出東關，陳跡依俙眺望間。翡翠坡空悲劫火，鳳凰觜在弔囚山。
蕭蕭野樹秋霜落，寂寂宫花夜月閒。最是灞陵橋下水，晚來流出轉潺湲。

絶句

灞陵橋下水潺湲，人影離披夕照間。來往總憐車馬好，西風破帽獨南還。

過清流關

清流染血滑如苔，一戰平邊宋祚開。關門今日無人守，驢背詩人雪裏來。

盧兗州熊五首

熊字公武，崑山人。父觀，有學行，門人私謚夷孝先生。公武少從楊維楨遊，學精於六書。元季爲吴縣教授。洪武初，以故官迫遣赴京，除工部照磨，用能書，授中書舍人，出知兗州。太師李善長營魯王府，又浚兗州河，經度就役，會簿録刑人家屬事，坐累死。籍其家，篋中惟餘麻枲，上深悔之。先是熊嘗疏言州印篆訛「兗」字乃類「衮」，上以爲無禮，銜之。至是竟得罪。新著書，有《説文字源章句》、《鹿門隱書》、《蘇州》、《兗州志》、《孔顔世系譜》若干卷。弟熙，字公暨，以薦起同知睢州，好學，與兄名相埒。子彭祖，字長嬰，永樂初禮部主事，謫阜城爲民，尋徵赴行在聽用，以疾卒。

舟泛吴淞江

早發木蘭橈，江行趁落潮。雨分牛脊近，雲隔馬鞍遥。弟妹成疏闊，交朋竟寂寥。謾持昌歜酒，那得客愁消。

婁江夜泊

朔風塞雁渡江煙，訪舊東遊夜泊船。野水似龍争入海，大星如月獨當天。荒村夢寐清秋夜，鄉館間關白髮年。兵革飄流無定著，渺余何處賦歸田。

弔劉龍洲墓

征衣破帽老騎驢，籍甚才名總不如。發憤每陳平虜策，匡君曾上過宫書。苔封斷碣秋煙外，草暗荒祠劫火餘。欲奠椒漿歌楚些，西風落日更躊躕。

寄朱伯盛

白首耽書更不忘，鵠文蟲篆爛生光。高人爲賦峨冠石，太史曾題琢玉坊。野屐蹋雲閒看竹，春簾凝霧静焚香。别來又泛松陵棹，渺渺輕鷗江水長。

高陵篇并序

高陵者，吴武烈皇帝所葬，在今平江盤門外三里。其妻吴夫人，子長沙桓王，皆附焉。至正廿三年冬十一月，熊與同郡沈徵君伯熙父訪之。徵君因言：「余向曾過此，聞父老言地屬沙湖金氏墓，上有木如虬龍然，每陰雨，若鬼物操舟蕩漾之狀。人或逐之，不見。尋伐樹掘地，得金船長二尺許，其怪遂息。距今四十餘年矣。」是日徘徊其下，久之而歸。因作此詩，且爲著辨，以啓封殖之端云。

炎精昔衰謝，海内皆鼎沸。董卓亂天常，曹瞞據神器。皇圖竟淪没，昭烈尚顛沛。大野龍蛇鬬，强弱共吞噬。有吴起江東，父子迹相繼。破虜既忠壯，討逆亦猛鋭。發憤興王業，指顧定吴會①。句章破妖黨，長沙擄勇鷙。靈威懾遐邇，義聲薄中外。叱咤宛潁平，馳騁風霆厲。園陵賴修塞，山越銷氛沴。徇國誓捐軀，賫恨悲早世。四葉垂鴻烈，三方開鼎峙。廟號極尊崇，功德褒顯謚。□□□□□，補益見明智。當年奉烝嘗，同穴祔幽竁。後代得賢令，灑掃給奴隸。斯文傳至今，讀者爲歔欷。詎知歲月久，樵剽墮姦計。銘傳赤烏字，鏡括蒼螭鼻。瑰珍付豪敓，遺甓留款識。或云金龍船，光怪發靈閟。雲旗紛𢊁蹇，鬼物嘯陰晦。登陟增感傷，宰木亦斬刈。驪山錮三泉，徒爲身後累。俯仰千載餘，英雄凜生氣。伊誰任封殖，激勸由長吏。陳詩繫風教，拭目睹高誼。魂兮或可招，欲效楚人𡸾。

① 原注：「古外反。指吴郡會稽。」

附見　盧彭祖一首

先子所作高陵篇藏諸家塾二十餘年一旦觸目不能無感焉敬賦古詩一篇以綴其後洪武二十四年歲在癸未彭祖拜首書

高光宇宙烟塵昏，綱維墜地誰復論。阿瞞據國挾天子，窺竊神器如盤飡。那知英雄不容爾，四海義旗相繼起。孫門兄弟真男兒，不比劉家豚犬耳。况有周郎多智謀，赤壁之功孰與儔。欲據襄陽以蹴操，可憐修短空悠悠。堅也多才惜早世，成就奇勳在子弟。赤烏返葬盤蛇門，三冢累累總相繼。至今烟草青茫茫，父老相過猶隕涕。樵童牧豎不名聞，相傳呼作孫家墩。或隨風雨發光怪，千秋未泯英靈魂。我今撫卷悲先子，搜幽獵奇應至此。重爲高陵考歲年，再發輝光今日始。

郭訓導翼四十二首

翼字義仲，崑山人。少從衛培學，工詩，尤精於《易》。不屑爲舉子業，專志學古。楊維楨序其詩曰：「今之詩合吾之論者，斤斤三四人，虞公集、李公孝光、陳公樵也。竊繼其緒餘者，亦斤斤三四人，天台項炯、姑胥陳謙、永嘉鄭東、崑山郭翼也。」家貧不肯干謁，自號東郭生，以東郭先生故事命其齋曰「雪履」。生平以豪傑自負，常獻策張氏，勸其反元季貪殘舊政，乘時進取，若晏安逸樂，精鋭坐銷，四方豪傑並起，吴其必争之地，雖欲閉境自守，勢將日蹙，其可保乎？士誠怒其言切直，欲殺之，其妻力止之，乃得逸去。洪武初，徵授學官，度不能有所自見，怏怏而卒。

陽春曲

柳色青堪把，櫻花雪未乾。宫中裁白紵，猶怯翦刀寒。

汴堤樂

已信堤名汴，誰教柳姓楊。龍舟行樂地，不得復歸唐。

王孫曲

春來百種草，無那怨王孫。迷却郎歸路，萋萋不斷根。

夜夜曲

蕙花空帳不生春，香壁泥紅墮網塵。微步姍姍燈影裏，金屏夜降李夫人。

行路難七首

贈君葡萄之芳醇，瓊瑰玉佩之鏘鳴，昆吾鹿盧之寶劍，空桑龍門之瑟琴。紅顏暉暉不長盛，流光欺人忽西沉。願君和樂兮欣欣，聽我再歌行路吟。不見陸機華亭上，寥寥鶴唳詎可聞。朝愁不能驅，暮愁不可處。中區何狹隘，乘雲汗漫瑶之圃。爰從王母訪井公，復約元君謁東父。靈桃花開銀露臺，玉文棗熟青琳宇。我願于焉此中息，錫以遐年永終古。

君不見草木榮復凋，青青摧折風霜朝。人生寓一世，何異石火飛流猋。貴賤壽夭百千殊，死者前後孰可逃？當年稱意即可樂，烹羊炰羔召同僚。莫令閑慮損汝神，未老面黧毛髮焦。岡頭松柏多高墳，聲譽俱逐塵壤消。令人及此志沈菀，上堂鼓瑟歌詩謠。

門前十字街，車輪馬脚不可遮。馳名逐勢死不畏，赤手生拔鯨魚牙。得之未足爲身榮，敗者顛倒紛若麻。嗟予無能守命分，樂取意適不願奢。諸君惘惘胡不思，來日苦少去日多。丈夫闔棺事始定，何用無益長怨嗟。

秦女卷衣咸陽宮，蘭煙桂靄茱萸芳。泥金爛爛輝五彩，新衣新賜蘇合房。朝擁群仙行，羲和御車駕。飛龍莫從天女遊，月中吹笙鳳鳴空。君恩恐移今已衰，羞將淚滴紅芙蓉。寧作蓬池並翼鳥，飛飛到死成匹雙。

蹙蹙靡所騁，出自城北門。顧瞻荒丘中，鬱鬱蹲石麟。石闕字漫漫，不知何代貴者墳。形骸已滅魑魅迹，物化盡爲狐兔塵。吁嗟漢家陵闕荒無主，青山落日秦川下。猶聞樗里有智人，天子之宮夾其墓。今日休論智與愚，昔人意氣復何如。願借飄飆丹鳳舄，與子煉形入雲墟。

庭前芳樹花參差，歲歲爭新滿舊枝。開白開紅接芳葉，撩亂二月三月時。昔日美人顔似花，看花暮去朝復來。紅夾羅襦泫香露，青天白日春風吹。而今零落少顔色，見花惋惋含悲思。百年何人得長好，嘆息謂君君不知。

君不見流水泯泯去不還，日月攬攬曾無閒。人生長苦死催促，富貴早來開我顔。飲酒飲不多，直愛美人揚美歌。即今受樂亦已晚，過眼百年能幾何。

和李長吉馬詩五首

神駿知無匹，驍騰絶域來。流沙一丈雪，夜拂白龍堆。
天子飛黄馬，牽來賜近臣。玉階新雨過，風衮落花塵。
内厩玉花驄，斑斑噴肉鬃。奚官新浴罷，沙苑踏春風。
佛郎通上國，萬里進龍媒。曉日開閶闔，虹光射玉臺。
天馬誰能馭，和鸞駕紫微。年年清暑去，霹靂逐龍飛。

絶句四首

高桃花發江林裏，蝶弄鶯銜四散飛。便開金盞留連看，莫放青春造次歸。
可惜清明雨也晴，好春須看水東亭。桃花如馬斑斑色，楊柳藏鴉樹樹青。
芣苡新生蓋池面，辛夷高開滿上頭。生憎雨惡兼風惡，轉益朝愁復暮愁。
雨多二月連正月，草没南園與北園。一向無情花片片，百般如怨鳥言言。

無題和袁子英

紫殿長楊滿路塵，驪山荒草没麒麟。伶玄作傳追飛燕，李白歌辭忤太真。舞袖夜虚金掌月，香囊魂墜紫絲茵。可憐傾國傾城曲，一度秋風一愴神。

寄青龍瞿慧夫博士

醉眠亭上追遊日，爲惜高情對物華。草港鬭飛花鴨雨，竹沙深映白鵰罝。叢叢山影侵雲直，一一人家落路斜。近報風流多述作，門生若箇是侯巴？

送盧公武應召北上

前朝圖史已全收，詔起丘園重纂修。用夏變夷遵禮樂，大書特筆法《春秋》。金臺墨瀉朝揮灑，銀燭花消夜校讎。進卷内廷承顧問，鵠袍端立殿西頭。

城南草堂與顧仲瑛夜話

花發草堂風雨春，青燈剪韭話情親。亂離隔世今何夕，生死論交竟幾人。城郭是非華表鶴，蓬萊清淺海中塵。三千賓客憑歡在，莫怪悲歌撫劍頻。

和顧子達見寄

江上去年來辟寇，無家歸路轉凄迷。桃花柳絮當三月，瘴雨蠻煙似五溪。直見荒臺麋鹿走，可憐無樹鳳凰棲。讀書支子橋邊宅，瓦礫傷心暗蒺藜。

水閣書事寄鄭明齋

方橋匼匝小如亭，山色傾江滃滃青。雨裏芭蕉憐畫扇，花間鸚䳇惜金屏。誰傳鴻寶中篇術，自寫《黄庭外景經》。練水東頭三十里，何人識得伍喬星？

擬杜陵秋興四首

鐵厓曰：「人呼老郭爲五十六，以其長於七言八句也。」

海門八月雨清霜，可怪殘雷未肯藏。虹蜺斷江將雨映，鴛鵝背日與風翔。羅含自老黄華宅，裴度重來緑野堂。衰暮閉門懷故舊，豈因吹笛滿山陽。

巍巍北斗夜闌干，盛世無憂行路難。轉粟帆檣遼海闊，舞階干羽豨夷安。黄河正道流應復，白月空江卧獨看。願借雙飛珠樹鶴，清遊一接鳳池翰。

江上青山接甬東，離離禾黍館娃宫。芙蓉舊苑長洲裏，麋鹿荒臺落照中。銀海雁飛沉夜月，金莖露冷濯秋空。可憐蕭瑟江關暮，詞客哀吟思不窮。

落日江南發棹歌，楚王宫廟鬱嵯峨。雨經巫峽朝雲濕，木落洞庭秋水多。璧月銀河空復在，玉簫金管奈愁何。只今文藻悲遷客，何處波濤弔汨羅。

桓王墓

客行古城下，下有桓王墓。古城多秋草，牛羊下來暮。

湘絃曲

竹啼非染露，山眩乃疑雲。靈瑟傳神語，休令帝子聞。

漫興九首

瞿盧袁陸思清警，要我題詩來鶴亭。月下吹笙看舞影，竹中移栅護霜翎。

廣平梅詞吐清婉，惠連《雪賦》映嬋娟。况有文章兼二美，吕家亭子得無傳。

白雲滿地如白石，明月窺江來近人。最憶滎陽好兄弟，著霜柿葉寫詩新。

淮泗大水斷禾黍，聞道居人巢樹頭。漢武曾聞歌瓠子，老翁更擬賦黄樓。

城南市中有楚客，醉卧高樓看月生。兩兒共扶不肯下，紫簫吹度到天明。

側聞朝家置史館，須得班馬出群材。揭公已老歐陽死，近者何堪爲總裁。

北山二士禪宗秀，爛熳交情只憶渠。每與王郎傳詛楚，不同懷素學狂書。

永嘉爲儒有陳子，更思文雅得曹髯。麟趾鳳毛不復見，龍文虎脊有誰兼。

江上十月風日好，小桃欲開春可憐。絶勝龍沙三尺雪，雕弓射雁拂廬前。

袁訓導華一十六首

華字子英，崑山人。性穎悟，讀書一二過，輒記誦不遺。該洽莫比。工詩，爲鐵厓所推重。洪武初，授郡學訓導。其子爲吏，被罪，坐累逮繫卒於京師。鐵厓序《可傳集》云：「吾鐵門稱能詩者，南北凡百餘人，求如張憲及華輦者，不能十人。」

完顔巾歌

完顔巾，金粟道人所製，寄鐵厓先生。先生賦長歌以謝，率余同作①。

①原注：「金人之常服四：帶，巾，盤領衣，烏皮靴。其束帶曰吐鶻，玉爲上。巾之制，以皂羅若紗爲之，上結方頂，折垂於後。頂之下際兩角，各綴方羅，徑二寸許。方羅之下，各附帶，長六七寸。當横額之上，或爲一縮襞積。貴顯者於方頂循十字縫飾以珠，其中必貫以大者，謂之頂珠。帶旁各絡珠結綬，長半帶，垂之。其衣多白。其從春水之服，則多鶻捕鵝，雜花卉之飾。從秋山之服，則以熊鹿山林爲文。其長中鶻，取便於騎也。」

混同江流長白東，完顔虎踞金源雄。身如長松馬如阜，蹴踏黄龍城闕空。鴐鵞濼上駕鵝雪，春水秋山事遊獵。黄河清後聖人生，一代衣冠煙霧滅。璊玉龍環四帶巾，柘袍吐鶻裝麒麟。錦房芍藥大于斗，驊騮坐擁真天人。傳自中原文獻家，全勝白氎小烏紗。金粟道人鬢已禿，挾以雙環歸鐵厓。鐵厓先生貌如玉，綉縷盤花簇朱襮。鷓鴣小管沸箏琶，春流銀瓮葡萄緑。日日倒載高陽池，落花飄颻風滿衣。九峰女兒拍手笑，月中踏歌歌大堤。先生醉筆蛟龍走，報以長歌意殊厚。脱巾花底一掀髯，笑倩柳枝來漉酒。

按《金史》，上京路，即海古之地，金之舊土。國言「金」曰「按出虎」，以按出虎水源於此，故名金源。太祖軍寧江，駐高阜，撒改仰見太祖體如喬松，所乘馬如岡阜。

壽寧庵夜宿

偶成綽山遊，西風吹落日。大田登禾黍，高林收棗栗。仰羡松柏姿，俯慚蒲柳質。石縣王果崖，花雨維摩室。白雪浮茗甌，縹囊散書帙。撫事困誅求，拯時乏經術。紛争若螻蟻，相持如蚌鷸。可憐鵂嚇鼠，何異禪處蝨。郊居便樵蘇，野服忘巾櫛。獨樂五畝園，素封千樹橘。被酌坐逃禪，銘墓親操筆。夢幻前後身，道悟中邊蜜。劇談更抵掌，展席成促膝。煌煌斗回杓，耿耿月離畢。水聲遠澎湃，竹影互蒙密。清坐不知疲，東方啓明出。

客海津送郭秀才南回 三首

百丈牽船上御河，客中送子奈愁何。柁樓晚飯魴魚美，細雨微風水不波。

草低沙軟見牛羊，烟霧蒼茫落日黄。燕女如花不相識，笑傾馬湩勸人嘗。

海霧昏昏水拍天，馬牛遺矢滿平川。翻思五月江南道，萬木清陰叫杜鵑。

紀行歌送陳廣文

陳廣文，短而精悍才且俊，垂老遠之新喻任。中流揚舲張大帆，窄帽霜華照秋鬢。我别楚鄉今十年，夢想江山動遊興。憶昨經覽初，看山數去程。泊舟婁江口，坐待南風興。長年三老椎大鼓，釃酒割牲祈降靈。須臾掛席入揚子，東望淮沙海門紫。鯨魚吹浪波冥冥，不覺狼山去如駛。舟行三日數百里，忽見金焦屹相峙。鐵瓮城頹壁壘荒，百戰英雄嗟已矣。曉行朱金沙，暮泊石頭城。不聞商女歌《玉樹》，黄蘆苦竹生秋聲。復溯長風沙，還經軟淺原。落帆彭蠡渚，遥見香爐煙。却憶儀真不數日，行盡長江十三驛。番湖雨晴冰鑒開，白石青林映行色。始離墟落見城市，高閣巍巍對山起。摩娑鐵柱吊旌陽，俯仰清風懷孺子。三洲木落秋雨霜，閤皂玉笥青天雙。烟花萬井照丹碧，石城百丈圍清江。范夫子，清江生。視草登紫閣，看花遊玉京。子今往彼，我歌紀行。范公雖仙典刑在，山川草木皆知名。醉歌擊珊瑚，君毋憂問途。安得成寬輩，寫作長江圖。

無題擬李商隱 四首

玉樹參差障羽幢，舊愁如水漫春江。葳蕤鎖合收銀鑰，窈窕樓空閉綺窗。䴏鳳横釵終作對，舞鸞窺鏡始成雙。繡屏倦倚看紅豆，滿眼相思意未降。環佩珊珊下漢皐，瓊樓風度鬱輪袍。琴心寄調傳孤鳳，華意留情屬小桃。金粟柱移箏上雁，玉蓮杯舉掌中醪。乘鸞一去無消息，腸斷神山夢寐勞。燕語銅樓淑景移，鏡臺香冷玉蟠螭。書傳王母三青鳥，針度天孫五綵絲。江浦見蓮須覓藕，石枰尋子未圍棋。獨憐鸚鵡知人意，故傍銀箏索荔枝。裙曳湘羅動曲塵，雀叉小佩玉麒麟。紫簫偷按雲中曲，彩筆慵傳鏡裏真。蝶粉膩花金作棲，雁沙回雪翠爲茵。若蘭錦字多華麗，未減風流賦洛神。

憶　昨二首

交友如雲海内多，豈因謗訕竟蹉跎。未思張翰蓴鱸鱠，俄動田横《薤露》歌。萬卷空留遺一子，千金用盡買雙娥。柳州東畔無情月，還照芙蓉蘸碧波。

涌金門外昔曾遊，落日凄凉燕子樓。紅粉不隨黄土化，清歌還爲彩雲留。愁褰簾幕鷄聲曉，夢隔湖江雁影秋。涙落神山一抔土，忍將麥飯灑松楸。

廣陵雜興三首

十年不到廣陵城，依舊瓊芳弄晚晴。綉被土磚于闐寺，寶裝刀劍鎮南營。棲飄簫鼓雲中響，地接煙花日外明。小杜風流今寂寞，誰携紅袖按新聲？

長江天險隔南徐，千古英雄恨有餘。《玉樹》歌殘龍虎地，錦帆船下斗牛墟。柳迷竹浦寒鴉聚，水漫雷塘野老漁。欲弔文章賢太守，山堂零落昔年書。

參差吹作鳳皇鳴，廿四橋頭璧月明。不把瓊芳祠后土，還持彩筆賦蕪城。小樓窈窕低金縷，別館蒲桃下玉罌。醉寫烏絲遺所愛，風流仿佛記三生。

夜坐

澤國秋高木葉稀，窮途倦客尚絺衣。夢携兒女情如昨，興託絲蘿念已非。何處蛩螿催紡績，誰家燈火候柴扉。可憐骨肉凋零盡，矯首西風把淚揮。

秦教諭約 四首

約字文仲，其先淮安鹽城人，始徙崇明，再徙崑山。宋直龍圖閣觀之後，孝友先生玉之子也。家傳《詩經》之學，文行兼備，張翥、貢師泰皆推重之。至德間，爲崇德教授。洪武初，應召試《慎獨箴》，拜禮部侍郎，以親老辭歸。再徵，詣京師，上疏稱旨，上以爲年老，難任繁劇，計五百里内授儒官，得溧陽教諭。御史練則成、待制吴沉薦約宿學遺老當在館閣，不報。在任八年，請老歸。

弔吴桓王墓

吴王城外桓王墓，秋樹連雲棘樹低。寶氣已隨金雁化，磷光還照赤烏棲。三分割據嗟何及，一代英雄孰與齊。下馬荒丘酹巵酒，不堪風雨晚凄迷。

送殷孝章之咸陽教諭

西上長安跋涉勞，三千里外朔風號。地連渭水秦川近，山接終南泰華高。故國總消龍虎氣，斷碑猶打駱駝膏。一官莫笑儒林選，曾捧琅函覲赭袍。

田家雜興

猗猗魯桑條，簹簹湘竹竿。並舍掩映之，客來相與看。薄暮墟囿中，清宴有遺歡。弋梟未用罝，烹鯉且登柈。靈河素魄流，斗柄長闌干。明朝還醉醒，毋辭共盤桓。

晨興壠畝上，獨行嗟踽踽。秋氣日澄肅，户牖足高致。網蟲念團扇，篋笥那復試。離獸藪澤深，冥鴻霜露至。畋遊在農隙，犒樂慎終始。咄哉區區心，踐禽詎云美。

瞿教諭智二首

智一名榮智，字惠夫。其先嘉定人，父晟遷崑山。性嗜學，明《易》。至正間，憲府試辟，授青龍鎮學教諭，多寓雲間。善談論，未嘗言人之過。家貧，欣欣如也。

廉夫自滄江過顧仲瑛桃源作詩以寄并柬玉山

老鐵仙人海上來，海雲長日護樓臺。玉簫彩鳳時時下，黃鶴珠簾面面開。不逐蟾娥歸月府，却從花使過蓬萊。晚棹不迷重去路，一灣流水即天台。

柬熊松雲

西岡無奈景純何，陶寫新詩日漸多。宜似蘭苕飛翡翠，每嗟荆棘長銅駝。日曛山崦收黃霧，秋入江風動白波。復憶松雲老文學，醉乘簫鳳肯相過。

陸仁三首

仁字良貴，崑山人。爲人沈静簡默，好古文，詩不苟作，館閣諸公皆重之，稱爲陸河南。

城上烏者取晋叔向城上有烏齊師其遁之謂而作也漢桓帝時則有其謡迨梁劉孝威吴均輩比有作焉然各有託而不及此意予方感悼其事因補其義而賦云

城上烏，群相呼。群相呼，護其雛。公侯干城民父母，官軍見賊莫遁逃①。城中之民勢亦孤，安得千金覓壯夫。城上烏，烏有翮。東西引雛飛格格，胡爲群來盡紅帕。驅民登城要相殺，烏啼城頭頭亦白。

① 原注：「叶。」

題金陵

麗正門當天闕高，景陽臺下草蕭蕭。江圍大地蟠三楚，石偃孤城見六朝。落日不將遺恨去，秋風能使旅魂消。忘情只有龍河柳，煙雨年年换舊條。

桓王墓

城南盗發桓王墓，遺物書年見赤烏。群酗揚兵俱叛漢，弟兄汗馬竟開吴。但思密隧藏弓劍，寧謂陰房出兔狐。英氣如生風滿樹，蒿蒿凄愴不能無。

馬麐一首

麐字公振，崑山之東滄人。幼酷志讀書，好文尚雅，以華其家聲。元季避兵松江之南，園池亭榭，幽閑自娱，屏絶世慮，日誦經史。歌詩爲鐵厓推重，有《醉漁》、《草堂》二集。

古塘秋月

錢塘東去海潮生，吴浦東來舟自横。十里金波秋浩蕩，流光直到闔閭城。

吕布衣誠三首

誠字敬夫，崑山之東滄人。今隸太倉。博貫經史，工於楷法。東滄之俗尚靡，獨能去豪習，事文雅，名士咸與之交。家有來鶴亭、梅雪齋，日與郭義仲、陸良貴唱和其間。由是詩意清新，不爲腐語。鐵厓題其詩曰：「蘇支邑凡六，獨崑山多才子，魁出者往往稱呂、袁。」子英、敬夫也。邑令屢聘不起，卒老於鄉。

洪武庚申夏四月登玉山頂時雅上人適遷華藏於塔院歷覽終日而返是夕宿友人家燈前聞雨援筆有賦

曉出城西門，蕩漾官河艇。朝光散晴旭，露氣擁高迥。潮上洲渚没，棹發六飛騁。前岑獻奇狀，心目快引領。青山如故人，登涉在俄頃。嗟哉二三子，憐我足力逞。捨舟入蒼翠，一徑林木静。陰蘚護危棧，古藤落眢井。映帶列檜杉，青黄熟梅杏。古師安禪處，神物伏精猛。山靈詭異工，幻跡一掃屏。孤塔灰劫餘，傲兀立峰頂。後巖古華藏，稍復毗盧境。泛觀盛衰際，何物得修永。道人出迎客，一笑具羞茗。清談竟終日，毛骨灑然冷。群鳥亦知還，微陽下西嶺。遄歸弗成寐，張燈酌南癭。急雨何方來，清聲雜蛙黽。鄙言詎成章，聊假管城穎。

巨浸詩

洪武庚午秋七月初吉，海風自東北來，拔木揚沙，倒海排山，堆阜高陵皆爲漂没。戊午歲秋七月四日，亦嘗罹此，蓋大魚入城之兆也。今兹震蕩，勢復過之，三洲一千七百家皆葬魚腹。嗚呼！上天號令，豈有常乎？可不慎歟！可不畏歟！

庚午七月之初吉，斷虹挾雨蔽西日。石尤聲撼天爲昏，颶母驅車走沙石。鯨跳鯤擲地軸翻，陽爍陰凝鬼神泣。銀濤駕空山嶽摧，轉眼奔流浸扉壁。三江彌漫滅無口，孤城漭漭天一碧。衰年疲薾動兢畏，變貌齋心戒夕惕。憶昔前年大魚入，三洲漂蕩海水立。近者側聞復罹此，海灣流屍頭戢戢。岸塌沙沉絶往來，塍斷瀼深苗不實。嗚呼！上天震怒豈無由，誰其尸之復誰詰？

祭劉龍洲先生墓

黄鶴磯頭風雨秋，中原一望使人愁。群臣誰決和戎議，九廟猶銜誤國羞。慷慨魯連寧入海，凄凉王粲重登樓。荒岡四尺先生墓，再拜酹之雙玉舟。

郯府掾韶二十一首

韶字九成，吴興人。好讀書，慷慨有氣節。辟試漕府掾，不事奔競，澹然以詩酒自樂。作詩不習近世，必欲追蹤盛唐。鐵厓以爲與北州李才輩相上下，序其詩云：「吾求詩於東南，永嘉李孝光、錢塘張伯雨、天台丁復、項炯、毗陵吴恭、倪瓚，蓋亦有本者也。近復得永嘉張天英、鄭東、姑蘇陳謙、郭翼，而吴興得郯韶也。」

春寒二首

十日春寒早閉門，風風雨雨怕黄昏。小齋坐對黄金鴨，寂寞沉香火自温。
春寒時節病頭風，惆悵年華逝水同。世事總如春夢裏，雨聲渾在杏花中。

題趙魏公畫

漢家宫闕盡蒿萊，煙雨蒼茫護石苔。惟有金河舊時雁，年年秋色過江來。

次韻陸友仁吴中覽古

赤闌橋下記停橈，細雨菰蒲響暮潮。説與行人莫回首，故宫煙柳正蕭蕭。

龍門山中即事

雷雨過厓驚落湍，空林白晝忽生寒。陰陰草閣開尊坐，細細山雲捲幔看。落日樵聲經木末，青天鳥道掛簾端。亦知吏隱非吾事，直欲從兹賦《考槃》。

送丁彦祥入京兼呈危太樸應奉

畫角城頭烏亂啼，客行秋日思凄凄。黄河一水青天上，□嶺諸山大漠西。飲馬窟深沙草淺，射雕風急暮雲低。經時不見危供奉，想候都門踏雪泥。

寄范叔豹

江路霜寒木葉凋，憶君何處思迢迢。長年旅食同秋雁，故里風煙隔莫潮。甚欲寄書酬遠别，絶憐把燭待清宵。雙溪月色凉如水，誰採瓊芳慰寂寥。

次韻聶茂宣見貽就柬陸伯淵

揚雄宅裏曾相識，甫裏祠前會面時。白日過門應問字，青春别野只圍棋。隔溪水漲桃花屋，深巷鷄鳴桑樹枝。甚欲相從二三子，篝燈細雨共談詩。

虎　丘

春草青青繞闔廬，山深石徑轉崎嶇。空聞落日騰金虎，無復三泉閟玉鳧。陸羽井深春雨歇，生公石在白雲孤。傷心莫問魚腸劍，怨逐秋聲上轆轤。

過女兒浦

浦口寒烟生白波，蘋花風急棹舟過。人家一路青山下，只有秋田落雁多。

倪元鎮畫

玄館夏初度，青林暑氣中。開軒對流水，坐石待薰風。花落葛巾側，鳥鳴山幾空。經鋤者誰子，散髮奏絲桐？

題胡廷暉畫

仙館空青裏，春船罨畫中。漚波千丈雪，漁笛一絲風。

題倪元鎮畫二首

斷靄生春樹，微茫隔遠汀。梁溪新月上，照見惠山青。

高江新水生，微月流雲度。美人胡不知，相思隔春樹。

送地理劉漢章

劉也東甌士，能探郭璞書。日陰日陽處，某水某丘餘。壞隧飛金雁，陰房葬玉魚。荒唐千古事，吾欲問何如。

衡門書事二首

風雨衡茅深復深，朝來隱几獨長吟。正憐静裏耽詩癖，忽喜門前有足音。爨下焦桐彈《别鶴》，篋中繭紙寫來禽。南山千古悠然意，惆悵何人識此心。

門巷青苔積雨深，林華落盡一鶯吟。高情不鼓南薰調，長日只聞流水音。澗底青絲牽弱荇，窗前碧色護來禽。莫嫌身外求名遠，自是幽居愜素心。

題女真獵騎圖二首

白草原頭聞雁聲，黄沙磧裏馬蹄輕。舉頭忽見邊城月，倒著絲鞭不肯行。

塞上秋鷹白雪飛，濺濺生血灑毛衣。日斜却過輪臺下，争看紅妝獵騎歸。

梧桐士女

厭厭微步出深宫，露濕紅綃怯晚風。爭信長門今夜月，肯分清影照梧桐。

望潮曲

夕風歛白波，紅樹摇緑煙。行人望潮水，心與滄溟連。榑桑東來三萬里，曉看浴日重淵底。乃知碧海與天通，只隔銀河一絲水。美人住在東海頭，身輕嫁與千户侯。頻年轉粟直沽口，檣頭夜夜望牽牛。

題宋氏緑野莊

暮泊蘭陵郡，朝過緑野莊。飛華渡江闊，垂柳蔭門長。掃地春陰合，梳頭荷氣凉。幾時重著屐，來此詠滄浪。

郏進士經六首

經字仲誼，杭州人。王原吉《謝郏仲義進士》詩云：「釋褐平生友，郎官辟屢辭。」詩見《滄海遺珠》，知其後曾入滇也。

婁東述懷寄示龍門上人玉山居士

寂寞婁東寺，經過歲暮時。後凋霜柏古，亂點石苔滋。方外尊吾友，龍門得老琦。十年今幾遇，早歲故相知。震澤三江入，虹橋五色垂。水西春酒熟，花下晚尊移。聯句應題竹，留餐更折葵。那知俱是客，各以業爲師。蓮社招呼費，茅堂出處卑。也馳支遁馬，而向習家池。何物譏臣朔，如人舞怪逵。遂令兄弟急，豈但友生疑。落落情偏好，悠悠事莫期。參商天上路，萍梗海之涯。向憶身猶白，前修道不緇。君攀獅子座，我把桂花枝。吴子非無學，周胥亦有爲。龍泉終再合，豹管未容窺。泥滑雙扶屐，燈明共弈棋。笑言方款合，交誼更堅持。好客囊羞澀，捐人佩陸離。初筵俄列豆，屢舞竟揚觶。醉揖都輕别，醒吟每重思。優哉聊復爾，捨此欲何之。伐木鳴幽鳥，槭筒寄阿誰。玉山投美璞，珠水照摩尼。爲説鐃清事，從遊盡白眉。載觀名勝集，多是故人詩。自笑如張翰，何煩識項斯。江帆風去逆，林館雨留遲。紫研玄香潤，紋窗棐几宜。翔鸞開粉紙，直髮引烏絲。燕坐書成癖，窮探字識奇。雄文《毛穎傳》，小隸《武梁祠》。韓柳文章在，雲龍上下隨。兩家才並立，千喙語難追。小子真狂簡，前賢詎點嗤。百金寧取直，三絶且聞癡。漫與非神品，居然奉令儀。異時傾孔蓋，八字讀曹碑。回首高飛隼，行歌倒接䍦。剡溪歸盡興，泌水樂忘饑。野閣延疏廣，韋編拾散遺。儒冠傲軒冕，農耒力菑畬。明月懷人遠，長林鼓瑟悲。平常要久契，翻覆訝群兒。願把平生意，毋求小有疵。矢心同白水，披腹獻丹墀。把袂寒潮上，還家夜雪吹。上人逢顧愷，馮謝拙言詞。

爲張藻仲題高文璧畫抱琴圖

至正乙巳歲，二月未盡三日，藻仲張君宣奉青衣相君命，載酒訪予華亭，以三月始禁酤，乃留縱飲。上巳日，抵予草堂，過高文璧。翌日，高君寫《抱琴圖》以贈藻仲，予爲賦詩。

聽鶴亭前春澹沱，宿雨猶含百花妥。已愁三月酒船空，宣也抱琴能覓我。爲言來自青衣洞，載得官醪滿書舸。青衣仙人期遠遊，紫鸞將車尚虚左。老夫久矣厭芻豢，從之欲乞丹砂顆。孰云仙佩不可攀，洞天芒芒雲久鎖。只緣酤禁日以迫，爾尊我罍視猶夥。便須秉燭夜相繼，過此將無生酒禍。老夫自適無何鄉，故不飲醇今亦頗。阮宣杖頭每獨掛，陶令紗巾不曾裹。三泖平分碧玉壺，九峰半落芙蓉朵。從人拍手笑醉翁，寫入新圖無不可。胡爲高璧忘吾形，只畫張宣遺么麽。宣也亦復頎而瘠，畫作修髯知則那。想當下筆天機精，夢蝶軒中盤礴裸。不畫鄰瓮吏部縛，不圖醉鍤劉伶荷。爲寫抱琴山水間，意者于吾猶未果。璧也山林同此情，自惜老夫身懶惰。宣乎豈是王門伶，聊復塵中客裾拖。朱絃清廟爾當薦，金馬朝登夕青瑣。百年禮樂崩且壞，誰其興諸悲塯輌。鍾期伯牙寧後遭，餘子眼中蜾與蠃。高君宿昔號酒狂，過肆相牽傾白墮。自經喪亂賴酒活，今則禁之何蚉倮。便攜張生入山去，石上彈琴松下坐。松肪釀熟中山醪，商顔採芝當蔬蓏。生不我留呼酒查，望入雲漢星侈哆。莫過牽牛談世事，但恐笑人如鱉跛。吾嗟高君真不凡，遊戲丹青出兵火。後天有約醉尋真，可能同鼓蓬萊柁。

營海軒詩

兵後澄江失敝廬，何曾奏策似隋初。丈人舊憶河間渚，營海新題泖上居。滬瀆山橫遺戰壘，松江水近足羹魚。慣聞地與潮聲轉，時見龍將雨氣噓。槎路不通星是客，桑田頻改日愁予。螺舟莫厭過從數，我亦羈窮欲著書。

題唐伯剛貫月軒

使君文采欻翩翩，投檄歸來志浩然。新構鳳麟洲上屋，恰如書畫米家船。干將破壁龍俱化，脈望飛空蠹亦仙。更試囊中五色筆，桂花香露灑銀箋。

絡　緯

牽牛風露滿籬根，淡月疏星夜未分。燈下有人抛錦字，機絲零亂不成文。

方寸鐵贈朱伯盛

朱君手持方寸鐵，橅印能工漢篆文。并剪分江龍噴月，昆刀切玉鳳窺雲。他年金馬須承詔，此日雕蟲試策勛。老我八分方漫寫，詩成亦足張吾軍。

易徵士恒〔一〕一十六首

恒字久成，本廬陵人，曾祖斗南，宋進士，爲平江常熟尉，攝警崑山，因家焉。恒能澡勵，循其家範，闢地數百弓，引泉藝花竹，名曰泗園，日詠歌其中。家貧，日不自給，視聲利泊如也。洪武中，應薦至京，以老罷歸。

〔一〕「徵士」二字原缺，據原刻卷首目録補。

清明約友遊崑山二十四韻

是日期而至者五人，不期而至者一人，期而不至者二人，袁校書子英、余道士復初。實洪武十五年壬戌閏二月十六日。

老逢節序感流年，聊復追遊愧昔賢。政以漸當修禊日，也宜仍詠舞雩天。人時並值良難繼，童冠相隨亦足憐。耐可襟懷重吊古，何煩羽翼遠遊仙。寺因效祐稱題勝，境出關荆點染玄。塵世流光嗟百五，浮圖幻界詫三千。海門翠割蓬萊股，地軸蒼擎太華巔。危石墮雲争一髮，瘦筇削玉過雙肩。行厨傍午開僧閣，啼鳥留春近客筵。載酒攰嘔猶問字，掛巾蕭散類逃禪。寓形宇宙何今昔，知己朋遊孰後先。道士步虚辭折簡，校書寫韻摭遺編。採芳未許芝同茹，結佩空期璧共連。谷應雄談驚鶴夢，潭驚長嘯起龍眠。青山若與斯文契，白日寧於我輩延。造次雪盈明鏡裏，等閒霞散落花前。巨靈忽負鰲頭矗，舊鬼潛悲馬鬣遷。碑蝕文章苔浸漬，偶迷翁仲草芊綿。烏鳶螻蟻俱成累，鐘鼎山林各自便。萬井村墟空杼軸，半樓風月尚鞦韆。雜英疏薄無多好，新柳纖柔有底妍。略見愁隨身外遣，謾憑句就醉中聯。乘時物色從教在，即事風光豈偶然。躡屩歸來清不寐，筠窗細寫白雲篇。

題錢思復曲江草堂

浣花寂寞鍾山遠，今見風流在曲江。八十儀刑今有幾，三千辭賦總無雙。屋頭秋老凌霜樹，竹下春閒聽雨窗。好向兩村尋舊隱，月輪峰下澗飛瀧①。

① 原注：「先生試《浙江潮賦》，爲三千人中第一。構堂於徐、范兩村，扁爲曲江草堂。」

輓吴孟思

學古得名誰與齊，白頭南國尚凄凄。漆書已負成蝌蚪，石鼓空傳出寶鷄。半夜旅魂山塔静，百年春夢□□低。湖山怪爾歸何晚，直待花殘杜宇啼①。

① 原注：吴君名叡，字孟思，號雲濤散人。其先開封人，宋南遷，居於杭。自幼嗜古篆籀之學，通六書奥義。常遊寓崑山，以疾卒於馬鞍山頂塔院，年三十有九。歸葬于武康縣封禺山。

鹿城隱居 盧熊所居。

避俗龐公隱鹿門，鹿城静亦絶塵喧。釣緣水北菰蒲渚，窗俯江南桑柘村。書蠹字殘翻汗簡，石魚銘古刻窪尊。地偏舟楫稀來往，獨有煙潮到岸痕。

遣　興

生也無涯信有涯，幽情謾自惜芳華。每憐修潔所詩鶴，難遣低斜篆壁蝸。境熟不疑身是妄，慮澄始覺夢成賒。晚晴看遍江頭水，流盡西林一片霞。

次沈生江村韻

一徑漁樵外，孤亭水樹間。池春芳草合，庭午落花閒。僧爲徵詩至，兒因貰酒還。捲簾看野色，微日下柴關。

錢塘築城過西湖述懷二首 乙亥八月

人間秋色易蕭條，湖上風光更寂寥。龍井陰時應有劍，鳳臺空後不聞簫。修眉愁澹初三月，畫舫歌殘第六橋。坐看兩峰千古並，蓬萊幾見海塵漂？

人民城郭是耶非，幾度徘徊有所思。雷火已焚楊璉塔，劫灰又見漢家池。岳王墓下石如馬，伍相祠前雲若旗。物色由來關氣象，盡抛金甲定何時。

中秋對月三首　丁未

一覽清暉萬里過，百年秋興此時多。鮫童袂薄遺珠淚，織女機寒濕鳳梭。鶴語不知人是否，烏啼數問夜如何。江湖莫動魚龍寂，應有凄凉及釣蓑。

耿耿孤光海上流，幾家空想大刀頭。欲探蟾兔應無迹，始信山河總是愁。白露丹楓寒自化，清霜白骨爛誰收。此身若有雙鳬舄，不向人間嘆九州。

冰壺出水净無波，不著漂漂一葦過。鼓角聲沈知夜寂，梧桐葉盡覺秋多。年侵容鬢煩霜雪，凉到衣裳惜芰荷。只恐桂花零落盡，空留清影自婆娑。

曉過黄山書所見

海門日出破江昏，潮入中流砥柱分。白石不消千古雪，亂鷗忽起半沙雲。香粳紅粟來吴餉，犀甲戈船到水軍。最是黄山風水闊，莫教吹笛惱龍君。

睡起

睡起喚茶猶未醒，强將物色與詩裁。楊花易遣爲萍去，春夢難憑化蝶來。草信無名生自得，鷺知有性立還猜。出門一笑忘情景，濯足清江坐碧苔。

遊上方小酌僧舍

上方氣壓湖山勝，老我登臨思惘然。一鳥影沉秋水外，千峰勢斷夕陽前。清尊白髮酬今日，畫舫朱簾記昔年。獨倚危闌重弔古，荒臺樵唱起蒼烟。

述懷　時年八十二。

雁信無憑蝶夢訛，寥寥空望遠人過。家如明月圓時少，腸似遊絲斷處多。垂白不禁青鏡在，落紅其奈綠陰何。百年歲月今如許，誰遣流光逐逝波。

廬州武昌二邸失守由太倉蹈海之燕感賦　時至正乙未。元稱諸王皆曰太子。

兩宫旄鉞何其盛，來自廬州共武昌。廣甸白雲飛渺渺，大江黄鶴去茫茫。靈妃旋旆神燈見，龍女吹笙水殿凉。八月灤河回象駕，願勞太子奏多方。

東南六月多炎暑，遠道胡爲太子來。宫旆拂雲何地出，樓船入海幾時回。滄溟渤海魚龍混，錦裏江山草木哀。田野布衣空有賦，莫憑徐市問蓬萊。

偶吏目桓七首

桓字武孟，太倉人。家於桃源涇。性落拓嗜酒，年少俠遊，客於諸公。倪瓚愛之，勸令學，日誦數千言，試令爲詩，語多警絶，瓚爲廷譽諸公間，名大起。洪武二十四年，應秀才舉，爲崇安從事，授廣西桂林河泊大使，終荆門州吏目，致政歸，卒年八十二。武孟眇一日，每自題「瞎牛偶桓」。谷楷目眇性嚴，號「瞎虎」，故以自號。又别號海翁。有《江雨軒詩集》。

赴夷陵

迢迢上夷陵，意促日易暝。亂石劙馬蹄，叢棘罥衣領。登山若攀天，度壑如赴井。撫膺欲嘔心，喘息屢延頸。但逢過虎迹，复絶行人影。顧兹客懷惡，况乃道里永。毫素難具陳，聊以述短詠。

題唐人馬圖

内厩多龍馬，奚官晚更調。獨矜紅叱撥，老氣壓天驕。

次永州

迢遞南征日，邊陲路轉賒。零陵還屬楚，湖口只如巴。送舍應防虎，居人解捕蛇。九疑遥在望，稽首問重華。

歲暮

忽忽歲云暮，朔風吹客衣。却因鄉井近，轉覺信音稀。山響鼪鼯嘯，空空鶬鶊飛。百年渾潦倒，底事未能歸。

送徐德源回横州

蕭蕭鞍馬駐江濱，回首秋風益損神。自念未歸他郡客，更禁相送故鄉人。羈愁太劇難分袂，老淚無多易滿巾。歸向南溟有雙鯉，寄書還肯問垂綸。

爲沈趣庵題畫

溪山深處野人居，小小簾櫳草閣虚。灑面松風吹夢醒，凌霄花落半牀書。

懷友次陳石泉韻

楓林葉赤露華濃，來往晴沙一徑通。遥望美人秋水隔，蘋花吹老楚江風。

盛公子彧[一]九首

彧字季文，世爲常熟之南沙人，元盛時東南巨族，值兵亂，又無子，因贅婿崑山周庸叔，常徙家歸胡岡，隱居焉。常與會稽楊維楨、淮海秦約、永嘉鄭東、吴門張遜、雁門文質、河南陸仁、武林趙銓、清河張恕仲輩爲友，多倡和之什。後以田役謫戍，道遘疾，至金山泊舟，强起賦詩，投筆而逝。有《歸胡岡集》。

〔一〕「公子」二字原缺，據原刻卷首目録補。

和春愁曲

鵝黄柳枝撲輕雨，梟斷新愁千萬縷。菱花倦拂瑣窗間，吹得瑶笙雜鶯語。下牀不受春風扶，傷春擊碎青珊瑚。香消玉散綉針澀，閒開五色雙氍毹。離恨難禁情未愜，那肯將心託紅葉。翠帷深護曲闌花，羞殺東家白蝴蝶。

禽言

泥滑滑，江南路，雨雨風風怕春暮。郎行三月未還家，妾心還似郎心苦。泥滑滑，妾難行，閒階獨步青苔生。階前雨歇櫻桃發，白日須明照羅襪。只今世路滑如泥，郎行善保千金軀。

耙鹽詞

洪武庚戌春，吴中鹽湧貴，農家多于水際取水煎之。余因感民生之勤苦者，雖有凶歉，亦不至塵魚其甑釜也。彼惰其四肢而坐待饑餒者，誠有間矣。故作此詩，以美農之有餘力，又以嘆有司之不便于民。觀風化者，庶幾或有採焉。

朝耙灘上泥，暮煮釜中雪。妾身煮鹽不辭苦，恐郎耙泥筋力竭。君不見東家阿嬌紅粉媚，不識耙鋤巧梳髻。昨日典金釵，愁殺官鹽價高貴。

過漢浦塘有感二首

凉飆生緑浦，鳴櫓對青山。感舊人何在，傷秋客未還。身名難自保，世事故相關。誰識桃源路，携家老此間。

往歲攜妻子，小龍江上村。主人親補屋，鄰父共開尊。一别迷雲樹，重過掩蓽門。欲尋題壁字，嗚咽不能言。

舟次漢浦

漢浦揚帆秋水高，青山小朵出林梢。浪開日閃江豚背，草亂風翻水鶴巢。破産曾無匡國計，辭家徒有故人袍。長年三老歌相答，一夜霜華入鬢毛。

夜宿顧墓田家

夜投顧墓村，霜花吹白門。燈寒釜烟滅，船聚溪聲喧。僕夫悄不寐，老嫗泣且言。租税急星火，誅求盡鷄豚。傾囊嘆饑歲，接境愁荒原。十室九逃散，如何賣兒孫。

春日出南野

霜晴白沙堤，水色明春衣。肩輿穩如馬，花鴨隨人飛。遠碧散霞彩，芳翠開林霏。土融麥根動，薺菜連田肥。走覓南村翁，鷄黍宜荆扉。對酌古柳下，談笑偶忘歸。

送何彦文歸埭水

東海何郎雪滿頭，新聲一曲擅風流。酒邊蘇小西湖路，夢裏揚州明月樓。片片桃花吹畫鷁，行行柳色亂春鷗。可憐冠蓋皆塵土，莫倚清尊説舊遊①。

① 原注：「元注云：『彦文善謳，名聞吴下。』」

張遜五首

遜字以行，吴郡人。吴又有張遜字仲敏，善畫竹作鉤勒法者，非此張遜也。

輓盛季文

季文盛公子與余世姻，而契義最相得。洪武甲寅，遷家婁東，而余亦宦遊燕冀，遂成契闊，俯仰星霜幾二十載。逮壬戌之歲，余客婁上，方欲傾倒舊懷，豈意季文以田役之累，羈於逆旅，竟抱疾而終。適值炎月，其親以清冰數斛堅其遺軀，歸葬鄉里。聞之不勝痛悼，因賦此詩哭之。

廿年不見盛公子，竟作修文地下官。玉樹臨風今竟折，冰舟歸櫬不勝寒。燈前散帙無兒讀，案上新詩有日看。欲吊孤墳煙浪隔，一襟清淚幾時乾。

無題四首

銀屏曲曲掩秋塵，何處車聲五色麟。飛燕曾爲掌上舞，崔徽不及卷中真。蕙花清露紉成珮，菱帶文波綉作茵。獨倚疏桐無限思，盡憑鷄卜問江神。

一夜冷風入翠幢，夢魂長是繞湘江。香螺脱靨烟生幄，豆蔻含胎蝶滿窗。碧岫臺空雲雨斷，絳河星動女牛雙。牢愁得似秦城遠，幾日重圍未肯降。

罘罳凉月午陰移，漠漠重簾怨阿螭。竹泫啼紅猶染淚，藕分纖碧尚牽絲。題封欲寄金條脱，收子休彈玉局棊。惆悵章臺南畔柳，何人折盡最長枝。

新水流雲滿緑皋，畫橋微步聽黄袍。空傳解佩酬交甫，只惜能詩似蒨桃。柳色障塵侵小扇，荷筒含雨沁香醪。蛾眉老去都陳迹，懷古懷春謾自勞。

申屠修撰衡〔一〕二首

申屠衡字仲權，大梁人，徙居長洲。少貧，恥爲商賈胥吏，鋭志經史，爲時經生，兼工詞翰，與楊維楨遊，推其博贍。常客潘元明所，每賦詩，爲客所困，及命筆爲文，亹亹莫能過也。洪武三年，徵至京，草檄喻蜀文，稱旨，授翰林修撰。亡何病免，疑不肯仕，謫徙濠，卒於濠上。

〔一〕「修撰」，原刻卷首目録作「翰林」。

周玄初祈晴詩

寥陽之闕天皇居，百靈拱衛群真趨。羽人神遊尻爲輿，招摇御氣凌空虚。九關洞啓光縣珠，緑章封奏人間書。吴田潦淫三月餘，吴淞決防連具區。春苗蕩溺無遺株，吴民業業憂爲魚。上天好生哀冥愚，羽人稽首帝曰俞。廓除霾曀開天衢，蛟龍伏藏黑蜧誅。有秋芃芃還土腴，人無菜色國有儲。羽人有道神明俱，手持玄綱旋斗樞。紫雲爲舄丹霞裾，蓬萊清都隨所如。琳宫載敞虞山隅，爲予分駐飆輪車。

宫詞

青瑣春閒漏點遲，博山香暖翠煙微。隔簾誰撼金鈴響，知是花間燕子歸。

周徵士南老一首

南老字正道，其先道州人，宋末徙吴。元季以薦補信州永豐學教諭，又檄爲吴縣主簿，詣闕陳時政六事，進淮南省照磨。國初，徵赴太常，議郊祀禮。禮成，發臨濠居住，放還卒。陸粲子餘《書高太史姑蘇雜詠後》云：「公既坐魏守事以卒，同時有周正道者，亦作雜詠，於公頗肆詆訾。又摘龍門一詩，謂其身貽黨禍，所行非所言。方公之在朝也，與魏守同事史局，及魏來治蘇，因與往還，豈有意爲龍門之客哉？士之處世，其所遇禍福有幸不幸，如太史者，君子哀而不議也。正道所云，亦少恕哉！若其詞，視公孰爲工拙，知詩者必能辨之。」正道詩在國初最爲庸劣，敢於和《姑蘇雜詠》，又從而呰議之，其亦愚而不自量也。故引子餘之論以衷之。

詠吴桓王墓

城南桓王墓，高冢何穹崇。昔爲盜所發，冢開寶氣空。孱然一髫孺，揮棰定江東。闢地餘千里，義勇日已雄。萬歲期永藏，誰能錮幽宫。英雄昔所在，燕麥摇春風。

張都水適四十二首

適字子宜，吴人。父爲元海道萬户總管，母賤，其嫡妒之，名曰狗子。幼穎悟，七歲能賦詩彈琴，十歲通五經，十三應江浙鄉試，人以爲聖童。洪武初，以秀才舉，擢工部都水郎，以病免。得朱長文樂圃故地，與周正道、陳惟寅輩觴詠自得。復以明經舉，授廣西理問，歷滇池魚課、宣課二司大使，衣食不給，竟死於官。其詩名《甘白先生集》。有《樂圃集》二卷，《江館》、《南湖》、《江行》、《滇池集》各一卷。

擬古

飛構臨通衢，户牖結疏綺。上有離思婦，日昃停機杼。俄而發朱絃，逸響碧雲裏。宛轉弄古調，不惜勞纖指。借問此何音，云爲變古徵。豈無往來客，何人爲側耳。掩抑因罷彈，泣涕零如雨。願買生黄金，隨形鑄鍾子。

樂圃林館六首

園池雖市邑，幽僻絶塵緣。水活元通港，荷稀不礙船。竹陰迷竈藥，雨氣慢琴絃。試檢牀頭稿，新來益幾篇。

結屋渾依水，爲扉半是柴。雨紅花落檻，地碧蘚鋪階。去住梁間燕，公私水際蛙。清遊多感慨，濁酒始開懷。

方池居囿右，幽隱足遊觀。叠石花成岸，塗丹曲作欄。鵝遊同腕法，鸖舞按琴彈。清事無時廢，歌成擬《考槃》。

林密簾櫳暝，門清樹石連。合香乘雨霽，壓酒及花前。嗜古思先輩，傷今話昔年。何由清鬱抱，春茗瀹林泉。

境勝愜棲遲，殘樽晚更宜。主人因苦詠，座客盡能詩。今負杯來密，聯遲句出奇。夕陽在高樹，醉首秖低垂。

登高無俗物，結納豈恒徒。小幀藏雲樹，昏屏過雨湖。書銘臨《瘞鶴》，絃調寄啼烏。苟樂無他志，塵囂覺異途。

送友人之邵武推官

遨遊京國歲華侵，一命南還雨露深。囊裏尚存言事稿，牀頭已盡結交金。晚雲零落同官況，秋水微茫亂客心。到郡總知懷故舊，地遥無雁寄新吟。

題趙希遠萬松金闕圖

天闕萬松中，岧嶢倚碧空。星旋黄道内，日出紫雲東。翠合彤庭冥，金鋪複閣雄。風梢天上落，雲榦雨餘虹。橋檻棲容鳥，堤沙籍倦驄。花明宫媛佩，柳拂羽人弓。仙掌凝瓊露，宸筵散麝風。皐鳴能舞鶴，汀渡可郵鴻。逸豫安群庶，流移念兩宫。斯圖重展玩，興感思無窮。

雨窗獨酌

準擬陽回氣候更，而今抑塞轉難平。一春九十渾風雨，百里桑麻苦戰爭。曉鏡鬢如花盡落，午窗夢與鶴同成。洗樽獨酌幽篁外，挹溜何妨更濯纓。

題宫人汲井圖

燕子歸時風滿林，碧梧月上思沉沉。轆轤聲轉銀牀滑，望斷君恩似井深。

題竹留别張使君

雪消江上動春波，久客還家喜若何。莫把離觴便傾盡，聽君唱徹《竹枝》歌。

除夕

歲事今宵盡，悠悠動所思。忽驚爲客處，失記離家時。藥裹扶衰弱，詩囊寓别離。阿咸能慰意，椒頌酒盈卮。

題陳惟允所畫山水小幀

濟南那得似江南，千頃溪山百頃嵐。三月緑陰桑子落，村村布穀老吴蠶。

宿王耕雲山莊期衍師不至就題竹上

山館絶塵交，唯容謝公屐。洗酌松下泉，題詩澗邊石。吟僧期不來，掩琴坐岑寂。貌此林外影，雨餘正凝碧。

江　館

黄葉孤村徑路遥，時來幽客伴蕭條。一簾林影雲生樹，滿屋江聲雨送潮。衲子説因徵往世，鄰翁觸事話前朝。此鄉喜得離喧雜，自分從漁更學樵。

對　雨

住近南塘柳蓋扉，凉風送雨薄絺衣。檐花暗應鄰春下，沙鳥明隨客棹飛。蝸篆登牀延筆格，燕泥上壁污琴徽。蒼苔駁石林間路，一月多陰客到稀。

董山人來白田爲寄高季迪詩賦此贈别

江榻雲花散復凝，水禽争語即晨興。正當送客南塘路，更擬酬詩北郭朋。渚柳風生烟縷縷，漁磯潮落石層層。荒村迎送還難免，泯迹山深恨未能。

立夏日晚過丁卿草堂

江上茅堂柳四垂，又逢旅次過春時。雨多苔蝕懸琴壁，水滿蛙生洗硯池。風浦蕭蕭帆過疾，煙空漠漠鳥來遲。避喧心事何人解，窗下幽篁許獨知。

次韻高槎軒燕集之作

江郊風景頗深幽，偶此拏舟得載游。新草路迷誰辨樹，舊硯波暖共尋鷗。學人渚燕頻來往，似客汀雲任去留。醉裏有懷空悵望，淡煙斜日滿青丘。

聽　雨

履歷江湖鬢已絲，舊遊凋謝少新知。愁來旅館篝燈夕，正值芭蕉雨到時。

西溪步歸

溪南山曲折，舍北水西東。樵唱千村雨，漁歌五兩風。犬憎移竹叟，鶴避掃花童。彷彿吾家近，茅堂碧樹中。

喜晴

風生柳港雨晴初，塵鞅何曾識我廬。燕戲落紅沾几席，日移嫩緑上琴書。傷春未許樽無醁，留客尤憐饌有魚。自覺歸田便野性，不妨竟日帶經鋤。

題趙原臨高尚書山水小幀

有元畫山誰第一，燕都數獨高尚書。盛名不在吴興下，米虎用墨渾無殊。江南趙原最晚出，蓄得高宰留真迹。行披坐閲無暫停，肯綮皆將飽胸臆。貌此小幀雲山圖，萬里不盡墨模糊。緑樹人家春晝晚，當門縹緲風烟湖。儼與前朝合作符，何啻禊帖唐鈎摸。黄庭畫贊雖小字，位置春容大無異。平原一變爲穹碑，任筆縱横亦適意。趙卿得此變化筆，知爾當今盡無敵。酒酣試倒金壺汁，元氣淋漓鬼神泣。趙卿趙卿誠莫當，我有古紙久矣藏。幾時邀君吸百觴，爲我乘興揮毫芒。使人復睹尚書郎，高堂素壁生輝光。

題山水障子爲蕭溪耕者賦

蕭溪先生樂山者，結屋臨溪頗幽雅。開軒見水不見山，却向圖中看揮灑。高齋素筆懸清風，彷彿坐我林崖下。群峰奔馳勢如馬，緑樹人家面平野。層閣忽從天際來，飛泉遠自峰頭瀉。半山雲氣千峰白，滿谷霞生萬巖赭。野橋日落行人稀，幽徑花開知者寡。蕭溪閑居晝多暇，坐對此圖看不捨。平生況復能食力，春作鋤犁躬自把。短蓑朝耕隴上雲，長檠夜落書邊灺。有時歸來面盟鷗，鯨吸春醅知幾斝。登高或着謝傅屐，帶酒何妨遠公社。臨池每解學來禽，對客猶知論裹鮓。醉中邀我賦長篇，老我才疏不堪寫。

村居雜賦四首

野路經行處，危橋入徑迂。牛身棲燕子，鳶爪帶鷄雛。水涸鮮鱗少，村荒好樹無。斜暉山斂夕，渡口立斯須。

鳦鳥巢何僻，莎鷄語更悲。藏舟懸水屋，闌路隔蔬籬。客至兒童喜，家貧犬鼠饑。謀生嗟計拙，飄泊度明時。

茅屋坐來晚，蒸藜一飯餘。僧歸雲起後，農罷月生初。單處唯憂病，窮居懶謄書。田家欣雨足，吾意始安居。

茅屋路西東，窮山石徑通。鐘聲斜照外，人影落花中。水舍看罾叟，柴扉飯犢童。時時來接語，一笑亦相同。

題荆南精舍

結屋近荆溪，茅檐緑樹齊。竹陰門内外，草色路東西。山翠鈎簾入，嵐濃掃榻迷。雨侵琴薦濕，花覆筆牀低。引澗滋瓜圃，開渠灌藥畦。蘿穿牽石樹，鶴步落花泥。聽鳥停杯酌，看雲倚杖藜。柳深頻見燕，村迥不聞鷄。婦足蠶千箔，兒勤雨一犁。著書藏篋笥，寫偈寄招提。日落兵塵起，煙横戰馬嘶。移家同雁逐，擇木羡禽棲。繪景娱親憶，裝潢命客題。邸窗時展玩，歸思倍凄凄。

秋晴出遊歸偶賦

江雨夜來歇，日出殘氛散。掩書下帷行，獨步涇邊岸。岸竹泛晴光，涇流亂以燦。清風吹瀏瀏，誰識水上涣。冷言正無聊，偶遇如此粲。因與陟崇崗，逍遥遠尋玩。澄波浩如天，青山捲若幔。是時秋穀登，巖霜緑條换。益悲時節移，未由脱憂難。一身風塵羈，百年斯過半。何以自解顔，牀頭理文翰。蠅頭數千言，一一手自竄。常約謝公屐，每笑阮生鍛。共吟只傷鬢，多書亦勞腕。有時或忘餐，終朝更遲冠。親朋邀以觴，爛酣豈須算。醉中感今昔，悲哉發一喭。歸來卧林榻，久矣成扼腕。長歌扣牛角，清夜何由旦。誰識梓人工，未解承移墁。飄零歲云晚，短髪風中亂。兹辰偶遊矚，浩然復興嘆。

南塘泛舟

一百五日又清明，江花冉冉鳥嚶嚶。拂水柳條千萬縷，東風不礙酒船行。

憶山中舊遊贈坦師

中峰舊名刹，每到竟忘還。泉瀉巖千折，雲分屋半間。松枯知寺古，田少覺僧閒。師去因懷古，詩成未解顏。

孤　坐

兵甲初消老壯心，草堂孤坐水雲深。忽因風木蕭蕭起，翻有英雄淚滿襟。

過朱卿宅

斜日疏林獨杖過，避人歸鳥拂煙蘿。居瀕東海知潮候，門對南湖解棹歌。烏桕樹紅霜落早，白蘋花老雁來多。悲哉宋玉空愁絶，矯首秋風兩鬢皤。

贈蕭溪耕者

吾友黄君字澤之，家住蕭溪之水湄。蕭溪之水，分自沙湖來，東流入海，北匯於溪，盤旋繞屋如争馳。至正年間，如澤也，始謝仕，來居斯。便似龐公鹿門去，乃買溪上數畝之畬菑。澤也身着襏襫衣，手把耒與犁。日出東作不自賤，日入歸息渾忘疲。健婦或餉食，稚子皆耘耔。嗟哉澤也雖勞劬，猶能不廢詩與書。新凉郊墟短檠火，躬與兒輩皆孜孜。嗟哉澤也又孝且慈，一家伏役心和怡。西風禾黍秋離離，污邪滿車不用祁。上足奉公賦，下足了其私。打門並無吏索米，載酒唯有人問奇。澤也或冠華陽巾，或着白接䍠。開口論今古，起坐皆禮儀。臨流或作《秋水操》，登皐乃賦《歸來辭》。不求縣官薦，不願刺史知。初非如變名之梅福，又非似潔身之長沮。但欲不素餐兮，效伐檀之君子。樂夫天命復奚疑，嗟哉澤也其如此。蓋將終老于耕矣，世上碌碌嗟何爲。

村居謾賦

抱病餘三月，居貧寄一村。目昏難細字，耳背喜高言。飄泊荒兒學，羈棲對僕樽。城西空故宅，自爲厭煩喧。

病後

支離病骨不禁風，茅屋秋深水國中。短髮因吟多日白，顏衰得酒暫時紅。交飛柳巷將歸燕，亂戾湖天欲下鴻。秋興幾篇誰爲藁，阿戎爛爛未知工。

暮秋久雨

積雨秋景徂，空齋坐來暮。葉鳴風中零，雁唳雲深渡。濁醪慰羈棲，幽吟寫情素。開軒對緑竹，適然自成趣。老鶴忽長鳴，蘿窗掩微霧。

贈何山人

君從山中來，衣帶松蘿雨。謁我湖邊居，聯床夜來語。藥囊掛石壁，酒壺列芳几。杯餘歌青天，絃中寫秋水。既愜丘壑懷，尤能慰羈旅。明發言當別，飄飄更何許。

冬齋積雨感懷

積雨冬已深，寒雲晚猶密。空齋泬無人，何以遣愁寂。輕風渡長林，落葉滿苔石。因乖常宴友，自驚久遊客。僮子頗情親，勸我加餐食。醪至不辭斟，柴扉掩初夕。

九日柳州作

風露淒淒變物華，忽驚九日在天涯。幾人對菊能酬節，何處尋山可命車。白髮無顏將薏苡，青山有淚聽琵琶。一杯回首孤城暮，水闊雲深去國賒。

題挾彈人馬圖

驄騎閒行不用鞭，緑陰原上草芊芊。是誰催促春歸去，却把金丸打杜鵑。

姜博士漸一首

漸字羽儀，諸暨人。至正間，僑居吴中。張氏時，起家爲淮南行中書、左右司都事。未幾，罷歸。洪武二年，徵拜太常博士，卒。

和韻贈鐵厓先生

蠟色濤箋寫寄詩，玉壺冰鑒識容儀。法言願卒諸生業，家學深慚帝者師。江月夜涼聞鐵笛，海雲秋静捲朱旗。文章絶似相如筆，好爲題詩諭遠夷。

錢徵士逵七首

逵字伯行，長洲人。父良右，字翼之。逵博通經史，尤工詞翰，篆隸行楷，精絶造古，論者謂不下翼之。丙申歲，爲江浙行省管勾架閣，歷淮南行省員外郎。國初，選赴太常議禮，發鳳陽居住，尋放歸。洪武十六年，以事起，遣入京。明年卒。

次韻陳敬初答虞清二子雨中見寄絶句六首

白籙裁箋帶玉紋，烏絲題字寄衡門。風床展玩論書法，何似顔公屋漏痕。

積雨孤村水滿堤，杏花零亂落春泥。草堂近在橋東路，只借丹丘處士棲。

喧喧春鳥報新晴，不遣春愁眼底生。擬約芙蓉洲上坐，暫分私地聽蛙鳴。

獨立春江古岸基，風帆沙鳥總忘機。今朝聞有巢湖信，南陌東阡遲子歸。

村塢深如華子岡，東風花落澗泉香。故山猿鶴相望久，莫遣濡須草樹荒。

關河猶未息風塵，孤負春來緑草茵。莫報淮南近消息，題詩且慰白頭人。

趙子固蘭蕙卷

王孫書畫出天姿，痛憶承平鬢欲絲。長借墨花寄幽興，至今葉葉向南吹。

沈處士右[一]四首

右字仲説，吴中世家，能掠去豪習，刻志詩書。所居東林，有樓曰清暉，王子充、陳敬初爲記。文學行誼，一時重之。

〔一〕「處士」二字原缺，據原刻卷首目録補。

叔方先生過詠歸亭

積雨空林喜夜晴，杖藜隨意傍江行。天寒木落青山出，日轉沙墟白鳥明。漫擬東林時釀黍，自憐南畝晚歸耕。潁川高士能相過，閒把瑶琴膝上横。

顧仲贇移居詩次叔方先生韻

城南陋巷居新僦，緑竹移來幾箇斜。叢桂山中招舊隱，讀書堆裏認君家。蜀人謾詫文園賦，吴市争看

衛玠車。斷簡味腴如啖蔗，虎頭癡絶至今誇

次留笠澤别業詩

步屧春風裏，翛然忘世情。閒門無客到，載酒泛江行。雨過山如染，潮回水自生。鷗沙割千頃，夢不到承明。

來鶴詩贈周玄初

緘誠上達魏元君，俄頃神霄下鶴群。頂煉大還丹鼎火，翅沾南嶽嶺頭雲。仙人騏驥秋風遠，王子笙簫午夜聞。惆悵世間留不住，却驂鸞鶴出霞雰。

朱教諭應辰一十一首

應辰字文奎，吴人。少業舉子，爲陳氏禮，數與計對，復棄去，從楊鐵厓學古文。國初，應詔起，乞近地養親，得本郡儒學訓導，改常之江陰，卒。文奎學博多伎能，篆籀法古。洪武初，嘗命書符印。有《湫芳集》三卷。

元夕

闤闠城裏又元宵，白屋殘燈照寂寥。却憶舊時風景好，琉璃光裏聽笙簫。

山中書事二首

支筇步履踏莓苔，小院無人燕子來。最是東風難管領，梨花落盡杏花開。

山青雲白鬬争高，石路縈紆接野橋。幾個長松高出屋，門前楊柳未成條。

有感

寥落無堪過半生，三年假館未歸耕。且從五斗了朝夕，不與群兒相送迎。照眼梅花情思好，負暄鳥雀羽毛輕。柴門近對清江曲，坐見晚潮來復平。

夢醒

夢醒方牀夜四更，紙窗殘月弄微明。數聲柔櫓過湖去，又是鄰家早入城。

楊花

三月江頭飛送春，撲人隨馬斷人魂。隔簾撩亂春無影，着水廉纖雪有痕。燕帶殘香飛又落，魚吹小點吐還吞。可憐天性何輕薄，化作青萍不託根。

禽言四首

泥滑滑，雨霏霏。雨深没行路，泥濺遊子衣。浣衣無人勿復道，天寒路黑將安歸。

提胡盧，三三兩兩晴相呼。鄰家有酒還能沽，明朝趁晴看花去，去年杏花知在無。

婆餅焦，小麥黄熟長齊腰。刈麥作餅婆爲喜，豈料南山日日雨。雨多麥損不可食，雖欲婆嗔那復得。

脱布褲，陰雨漫漫雨將暮。千聲萬聲唤歸婦，婦歸忽生怒。婦去有歸處。明日雨聲乾，匆匆還逐去。

秋夜

鼓角動譙樓，星河爛不收。梧桐雙井月，砧杵一城秋。坐久銷清夜，時危易白頭。舊遊零亂盡，歸興滿南州。

徐廣文達左一首

達左字良夫，吴縣人。隱居光福山中，自號耕漁子。家故温，值時多故，四方名士多歸之。洪武初，用薦爲建寧訓導。六年，卒於學宫。

秀野軒詩

春風十里翡翠屏，玉遮對峙蛾眉青。清泉白石雜花竹，天放畫圖鍾地靈。高人開軒當此景，酌酒賦詩白日静。四檐風作翠濤聲，八窗簾捲晴霞影。我亦託迹耕漁間，結屋讀書湖上山。抱琴訪子從兹始，布襪青鞋相往還。

阮布衣孝思〔一〕一首

孝思字維則。虞堪詩序云：「至正丁未，余與東海生俱僑練水，自楓村塘過桃浦，宿崑丘仙者丹房，因作聯句六百四十字。仙者，錢巽公權；東海生，阮維則也。」

〔一〕「布衣」二字原缺，據原刻卷首目録補。

簡虞勝伯

巷南巷北稀相見，奈彼村頭泥濘何。入手酒杯嗟有限，經心春事苦無多。窗簾花影聽鶯語，明月簫聲喚鶴馱。近報太湖新水闊，幾時鼓枻共君過？

張廣文宸 一首

宸字翰宸，嘉定人。與弟粹中，並有文才。宸尤工書，有晋人風致。官訓尋，坐累死。同時有阮維則者，與宸兄弟俱擅文名。

寄許瀾伯

予與瀾伯同客綺川，瀾伯以禁烟先回掃墓，寓舍有懷，因詩以寄。

水泊山棲分自甘，我留君去意何堪。幾回雨雪三椗上，强半鶯花五塢南。宰木空慚歸遠夢，扁舟猶憶載餘酣。從今莫惜頻相顧，燈火虛齋遲笑談。

許布衣觀〔一〕一首

觀字瀾伯，吴城人。文徵仲《跋江貫道畫卷》云：「南郭民爲許觀瀾伯，吴人，有高行，不仕。同時别有許觀，亦字瀾伯，建文侍中死難者，與此許觀不同。以《續鼓吹》詩考之，與張翰宸和詩者，吴城許觀也。諸選並入侍中集，今正之。

〔一〕「布衣」二字原缺，據原刻卷首目録補。

贈張隱君 時隱君留張南村家

漫披華什咀餘甘，欲報瓊瑶愧不堪。一自返舟睽邑後，幾回飛夢石湖南。鶯花敢續迎春句，燈火空陪入夜酣。茶氣拂簾清晝午，想應賓主正高談。

卞布衣同〔一〕二首

同字孟符，吴人。有高行，不仕。

〔一〕「布衣」二字原缺，據原刻卷首目録補。

題燕龍圖楚江秋曉卷

初月澹微茫，猿啼楚江曉。恬風展波鏡，千里瀉瀰渺。起語船上人，驚飛岸邊鳥。行裝亂填委，徒御争紛擾。川後弭安流，天吴沕深窈。陰霾斂遥翳，目斷秋旻杳。響枻節歌長，翔帆逗風小。人生等萍寄，奔涉何時了。旅思恊悲端，羈情重憂悄。忠沉不可見，水弔鳴寒篠。回首嗷湘累，蒼山亂雲繞。

倪雲林畫

雲開見山高，木落知風勁。亭下不逢人，斜陽淡秋影。

袁憲史養福一首

養福字能伯，吴郡人。祖易，字通甫，元石洞書院山長，學者稱静養先生。父泰，字仲長。能伯仕國初爲福建憲史，高季迪有詩贈行。行潔負才氣，有詩名，精於書法。吴原博曰：「能伯書《郭有道碑》，端勁深峭，深得率更筆法，而吴人固不知有袁養福也。」當原博時，能伯已不爲吴人所知，然則吴中先輩迄於今日身名俱沈者，又豈可勝道哉！余録諸公之詩，間有借詩以存其人者，姑不深論其工拙也。

寄陳原性

漫客狂遊去不歸，柳深江碧莫春時。十年客夢連宵雨，萬里山行滿篋詩。南浦草多離恨遠，青樓人去雁來遲。何妨脱却風塵吏，日日街頭醉似泥。

顧副相文煜一首

文煜字光遠，蘇之嘉定人。元季以才避掾鎮江。王師渡江，謁高帝於建康，命監大軍倉，陞龍陽知州，改知泰和。母喪，留翰林議編大明律，尋奪情起廣東行省左右郎中。洪武二年，拜吴王副相，未行，以他事詿誤逮問，得疾，飲水病結胸而卒。光遠爲吏，有聲迹。嘗學詩於楊仲弘，清新婉麗，得其家法。晚號蔗境翁，有《蔗境吟稿》。

白雁

萬里西風吹羽儀，獨傳霜翰向南飛。蘆花映月迷清影，江水涵秋點素輝。錦瑟夜調冰作柱，玉關曉度雪霑衣。天涯兄弟離群久，皓首江湖猶未歸。

張臨江著六首

著字則明，永嘉人。元末遊學至常熟，道梗弗克歸，學者爭師之，舉爲州學訓導，遂家焉。洪武三年，領鄉薦，即家授延安府膚施知縣，陞臨江府同知，卒於官。

次鄭季明和袁子英紀夢韻二首

雉扇徐開動葆幢，緑裙浄色剪湘江。珊瑚鳴佩還深院，鸚鵡忘言隔小窗。篆試沉香雲作陣，杯傳侍女玉成雙。夜深回想蓬萊遠，脈脈幽情不易降。

盈盈羅襪步輕移，紫繡衣裳雜鳳縭。金碗香酥來玉液，冰盤鮮鱠出銀絲。晚行花底閒尋佩，夜坐燈前笑賭棋。最是酒醒春思寂，月華初上海棠枝。

次鄭季亮避亂歸城韻

亂餘城郭未全空，春事渾非舊日同。何處笙歌留粉黛，幾家樓閣絢青紅。幽花無主愁經眼，好鳥多情苦避弓。誰似歸來耕谷口，荷鋤細雨立東風。

秋興

故園東望海西頭，幽事長懷九月秋。竹几山明渾見畫，槽牀酒熟不知愁。霜寒粳稻肥黃蟹，水净芙蓉映白鷗。隨分耕漁聊自適，無端垂老向延州。

次陳敬德卜居河陽韻二首

漸老逢春可奈何，清狂不似舊時多。銀瓶送酒青絲絡，翠袖穿花白苧歌。故舊秪今成遠别，從遊何日重相過。河陽桃李餘三月，應想茅堂傍澗阿。

山窗曾記酒樽同，醉量豪於渴飲虹。江海遺愁空惜别，文章小技倦加工。雲低雁宕家何在，花暗天台路不通。同是漂零歸未得，又驚春盡館娃宫。

陶教諭振二首

振字子昌，吴江人，徙居華亭。少學於楊鐵厓，兼治《詩》、《書》、《春秋》三經。洪武末，舉明經，授吴江縣學訓導。坐佃居官房，逮至京師，上《紫金山》等三賦，改安化教諭，歸隱九峰間，授徒自給。一夕，死於虎。王達善輓詩云：「昔爲海上釣鰲客，今作山中飼虎人。」釣鰲客，振自號也。

早朝次陳同文韻

日華初轉萬年枝，鳷鵲蓬萊殿影遲。十萬貔貅環紫禁，三千鵷鷺拜丹墀。河東客獻揚雄賦，海外臣降陸賈詞。要識中原新氣象，黄河清淺已多時。

題雲林贈琛長老畫

山中喬木已無多，留得殘株在澗阿。詩絶豈能忘惠遠，畫工猶自憶祇陀。短篁風起秋先覺，靈石苔生雨乍過。我喜幽尋到禪寂，興來同作《考槃》歌。

陳郴州璧二首

璧字文東，華亭人。博學能詩文，尤善篆隸真草。洪武間，以秀才舉山西解州判官，調郴州卒。

遊泗州龜山寺

龜山寺裏訪遺塵，鐵佛苔封丈六身。追蠡有銘稽甲子，支祈無害念庚辰。渡淮獨鳥斜斜日，送客飛花渺渺春。暫倚高風一回首，白雲如海正愁人。

題彦皐蒪軒

芙蓉花冷煙雨雨，鯉魚風生紫蒪渚。軒前秋容浩無主，江人倚檝煙中語。纖莖採香光漉漉，冰絲齊穿水晶緑。蒪有羹，菰有米。綵衣捧壽阿母喜，平生宦情一杯水。

金學録文徵一首

文徵字德儒，以字行，嘉定人。洪武中爲本學訓導，登進士，授鄜州同知。鄜與蜀連，蜀尚未通，稱被邊地，坐法，免。又起爲國子學録。

玉仙謡 同楊孟載和阮孝思作。

紫皇宫闕開中天，鸞書晝下邀群仙。神麢玉斫新蹄圓，蹀躞上送雙嬋娟。虹垂橋，雲沓路。鞭敲風，馭騰霧。寶幢金節相後先，宛在銀河影邊渡。侍兒顔色春花明，照耀十二樓五城。飄飄宫徵相諧鳴，按歌齊唱《昇天行》。《昇天》未成曲，愁壓巫山緑。朝朝暮暮湘水深，湘妃帝子徒勞心。東飛烏，西飛兔，海變桑田知幾度。燭龍肯緩羲和轡，流光應向人間住。流光不住將奈何，坐令蛾黛秋霜多，手摩銅狄嗟蹉跎。人生誰似學仙好，翠掃鬢華長不老，下視寰垓入烟草。岧嶢瓊臺夢，要眇丹霞姿，旁人可望不可追。佩環一落空中響。世上猶存千載思。

史訓導頤一首

頤字希程，吴江人。訓導。

雨中感懷

白日西飛水自東，乾坤浩浩恨何窮。無梯可覓姮娥藥，有術難乘禦寇風。啼鴂一聲春雨裏，青山萬點酒杯中。王孫去後多芳草，腸斷江南鶴髮翁。

朱廣文昇二首

昇字彦昇，無錫人。舉明經，任本縣訓導，陞上虞教諭。

亂後送人歸越

百戰一身存，生還獨有君。越山臨海盡，吴地到江分。暮郭留晴靄，荒林翳夕曛。歸途當歲晚，霜葉落紛紛。

送僧歸南嶽寺

山路花香上衲衣，雲深南嶽一僧歸。塵生古像開寒殿，風度閒房掩夕扉。踏雨棕鞋苔蘚滑，炊香野飯稻粱肥。禪餘猶轉千聲偈，總有遊人得見稀。

包同知聖二首

聖字師聖，江陰人。號鶴洲野人。任岳州府同知。與高青丘、楊眉庵為詩友。

登岳陽樓

春城攜伴共躋攀，極目風烟慘淡間。桂嶺北來還有瘴，洞庭南上却無山。江通巴子三千里，雲鎖湘娥十二鬟。爲語遊人莫吹笛，潛龍淵在月波灣。

寄任公翰

彌旬苦局促，擾擾曷能止。鳴琴不成調，攤書聊復已。風定荷氣清，日出茶煙紫。煩襟望一舒，開軒俟吾子。

周　翼二首

翼字子羽，號戇齋，無錫人。元季處士。陳子貞有《夜宿周子羽家》詩。

中秋與楊氏諸昆季泛舟鵝津

八月十五夜何其，鵝湖漾舟人未歸。水生金浪兼天湧，雲度青冥傍月飛。鴻雁沙寒微有影，芰荷秋冷不成衣。故人一去渺何許，黄鶴舊磯今是非。

周履道徵賦梧桐月

雲捲清秋畫角悲，梧桐滿地月明時。斜穿翠葉通銀井，化作金波落硯池。青女喜驚烏鵲夢，素娥偏惜鳳凰枝。故人有約來何暮，獨立雲階影漸移。

王通判惟允一首

惟允字俊民，無錫人。本縣訓導，陞鎮江府通判，致仕。

過揚州

華屋朱簾十萬家，春風吹盡舊繁華。留連野色惟殘蝶，應答江聲有亂蛙。明月樓前沽美酒，蕃釐觀裏看瓊花。我來謾憶曾遊處，立盡斜陽一嘆嗟。

張尚書籌二首

籌字惟中，無錫人。國初，以薦授翰林應奉。洪武八年，任禮部尚書。十一年，降員外，旋復任。

琴劍歌送龍子高提學之閩

君不見王郎贈君龍泉之劍可三尺，綵縧消磨土花蝕。又不見桂子贈君神鳳之琴無一絃，錦囊零落珠絲縣。千年舊物連城璧，持至京都人未識。黄塵壓埃冰塞川，幾何不墜同瓦礫。龍君張其絃，淬其鍔，鳳忽有聲龍露角。都人聚看走相傳，齊瑟吴鈎俱寂莫。昔君韜光誰見知，亦如琴劍塵土時。文章焕爛雲錦機，脱穎不啻囊中錐。得官歸來東海涯，二物無恙還相隨。相隨又不閩南路，我作長歌送君去。日暮三山不見雲，文星一點天低處。五月初來花滿城，榕陰駐馬聽啼鶯。荔枝新劈江家緑，翠杓銀罌莫暫停。白日易西匿，江水無回波。請君載舞王郎之劍，彈桂子之琴，歌我之歌。故人之情不我極，千里相思奈爾何。

題美人春睡圖

春睡才醒粉褪腮，香塵不動下階來。畫闌曾倚東風笑，向晚櫻桃一半開。

史廉州遷一十二首

遷字良臣，金壇人。洪武中，用辟召除蒲城令，遷知忻州，以祀事去官。庚申，復知廉洲。歸田十年，作《老農賦》以自見。追和《元遺山樂府》三百餘篇。楊君謙録其詩文於《大明文寶》，問之鄉人，不能舉其姓氏矣。

菌子詩追和楊廷秀韻

松花岡頭雷雨急，坡陀流膏漬香汁。新泥日蒸氣深入，穿苔破鮮釘戢戢。如蓋如芝萬玉立，紫黃百餘紅間十。燕支微勻滑更濕，傾筐盛之行且拾。天隨杞菊謾苦澀，採歸笔之脱巾笠。桑鵝楮鷄皆不及，嫫姑天花當拱揖。鹽豉作羹炊玉粒，先生飽飯踏曉日，更遣樵青行負笈。

簡王原鞏

東郭道人才大奇，置身散地任支離。阿誰或訝嵇康懶，此老真成濟叔癡。白日放歌杯在手，青春作夢草生池。《輞川圖》是傳家譜，留得當年絶妙辭。

漫　興四首

貧居村塢長無事，誰復能過野老家。只有春風太情重，小桃深巷也開花。
休怪狂夫出處輕，孟郊還解以詩鳴。瓦瓶盛酒漁樵話，野草江花亦慰情。
瀼東烟樹杜陵家，百尺深潭似浣花。布袖龍鍾笻竹杖，也勝裘馬在天涯。
好風輕雨趁輕雷，一洗山川罨畫開。誰道衡門無過客，春深還有燕飛來。

暮春六首

東郭老人雙鬢皤，春事告終知奈何。坐斷小窗風正惡，送將幾陣落花過。
先自花殘故相惱，况值雨聲催客愁。狂吟夜半睡不得，起待清晨梳白頭。
白頭老子愁底事，正坐送春無一錢。偶被黄鸝故牽引，却向緑陰窗下眠。
緑陰窗下春草碧，無數柳花吹近牀。一雙蝴蝶總無賴，飛到小闌還過墻。
夕陽在山月已白，人生幾何春復秋。華輈叠鼓豈無謂，莫怪西園清夜遊。
舞衣歌扇久寂寞，白雪時時夢裏聽。可憐春色别人去，能得花前幾醉醒。

沈毅一首　以下二人見朱凱《高陵編》。

毅字士弘，吴興人。

高陵篇

公武博士賦《高陵篇》，詞意醇古，三復增慨，因繼其後。

炎劉昔喪亂，天實厭其德。桓桓孫豫州，起義申討賊。降年曾不永，有子邁前烈。伯也英雄姿，一戰基霸業。仲氏善謀斷，鼎足跨揚越。神器固有歸，付畀必豪傑。開國五十年，光明比先哲。赫赫乘鴻休，配天享禘祫。後王過荒淫，邦國用殄絶。園陵日隤圮，碑版亦摧缺。精爽猶神明，歷載未磨滅。陰風或飛揚，古怪憑異物。嘗聞父老言，往往蕩舟出。當時珍玩器，盡數遭發掘。枯骸穴螻蟻，塵沙任狼藉。至今吴城南，過者感嘆息。世無賢方伯，伊誰命修殖。俯仰無百年，草木同朽卒。浩歌《高陵篇》，臨風動悲泣。

潘牧 六首

牧，淮南人。

姑蘇錢塘懷古詩次韻 六首

至正辛丑冬，惟寅先生以《懷古》十二詩示僕，讀之有古烈士慷慨悲歌之風。次韻成章，謹呈求教。

吴都富且艷，翠袖倚層臺。歌吹凌春色，旌麾駐越來。繁華忽消歇，珠玉風中埃。

青山瘞寶劍，草偃千秋墓。金鳧入夜飛，玉漏沉寒露。轉盼陵谷遷，非徒鐵鑪步。

句踐嘗膽日，堅鋭不謂無。一朝獻西子，越兵成大呼。回睇長洲苑，千秋生碧蕪。

青山翔鳳皇，紫氣繞吴關。玉泉湛若鏡，靈鷺飛不還。重瞳在何許，淚灑莫能攀。

翠華竟南渡，遺民不復都。長城乃自壞，黄龍孰能屠。空令二宫泣，五國怨啼烏。

尚父擁玉節，錦衣當晝行。輝光照閭里，千載英風生。至今牛斗下，還瞻紫氣横。

田畊一首 以下三人見周景安《秀野軒詩卷》。

畊字仲耘，吴郡人。

秀野軒詩

門掩雨餘苔，時因看竹開。客閒棋響罷，犬吠履聲來。雲冷埋琴薦，花繁近酒杯。高情與幽思，祇是覓詩材。

周衡一首

衡字世衡，吴人。

秀野軒詩

背郭幽居如畫裏，斷林春水緑迴環。樹連烟外啼猿寺，門對湖中過雨山。送客馬嘶清蔭去，鈎簾鳥度亂花還。十年奔走風塵際，肯借憑闌一日閒。

瞿參政莊二首

莊字敬孚，常熟人。孝子嗣興之子。以薦擢翰林典簿。宋濂爲侍講，稱其文學蔚茂，應制諸作，率皆稱旨。遷禮部員外郎，陞福建布政司左參政。

秀野軒圖

高士閒門日日開，遠山如髮水如苔。幾時蛻却塵中鞅，布襪青鞋屢往來。

題慧麓秋晴圖

清遊嘗飲惠山泉，客裏披圖思惘然。尚憶信安祠外柳，蕭條猶帶汴堤煙。

徐良言一首 以下三人見周玄真《鶴林集》。

良言字□□，常熟人。

來鶴詩贈周玄初

九天執法大玄卿，稽首焚香禮玉京。借得魏君騏驥到，恰如蕭史鳳鸞鳴。翩翩繞樹香烟近，歷歷横江夜氣清。欲向群中留一隻，相將過海到蓬瀛。

朱友諒一首

友諒字□□，常熟人。

周玄初禱雨詩

道人鞭龍出潭底，黑雲一片山頭起。仰看紅日不見光，黑龍頭摇白龍尾。有時登壇步七星，一呼一吸成雷霆。白波翻空海水立，銀河落地天瓢傾。去年京師禱雨雨輒至，大田小田總霶霈。定知夜半拜封事，自有精誠感天地。王公貴人知其賢，屈師闡教來琴川。今年旱魃又爲虐，禾稼半死民熬煎。縣官投詞庶人跽，道人受命應且喜。笑書鐵牌役海鬼，疾驅一百五十里。甘泉龍居萬丈深，神符召集如飛矢。今朝雨脚來自南，半是吴江四橋水。頂山有龍名太白，口噀湖水成甘澤。道人驅龍喝龍出，五雷使者閒不得。龍兮龍兮，一噀日失色，金蛇電掣光千尺。再噀山氣黑，飄風盤旋步沙礫。上天有寶不愛惜，噴下驪珠千萬石。兩龍行雨勢未休，須臾潦水平田疇。疲農入城報沾足，道人一笑山雲收。

劉綱一首

綱字養浩，金華人。胡仲申之門人。

鶴林詩

鶴林羽士金門客，舊闢丹房煉瓊液。手栽千樹虯髯松，坐對兩山虎頭石。白雲晝静豁巖扉，濕翠滿階生紫芝。瑶琴自奏澗湍響，銀河直掛瀑泉飛。鼎鑪存火烹鉛汞，靈藥成苗幾時種。皓鶴翎梳雪翳林，碧桃花落霞飄洞。琳宫累闕想蓬萊，叠嶂連峰紫翠堆。丹光穿壁如紅日，應有仙人騎鶴來。

陳緝六首

緝字熙文，嘉興人。

送周焕文從唐伯剛之吴興

碧瀾堂下即吴興，十里芙蓉繞石城。山簡歸時應倒載，絛侯醉後尚談兵。蘋洲雨過秋聞雁，橘里春深曉候耕。事簡好將樵唱曲，水晶宫裏坐吹笙。

秋夜懷明本

溪聲淅瀝起蒹葭，溪水潺潺漱白沙。大地星流還化石，小窗燈冷不成花。江淮烽火三千里，城郭人民八九家。避地欲尋張博望，月明滄海泛靈槎。

海上述事

浮生南北任流萍，漫刺江湖憶禰衡。雁去關河愁萬里，潮來江海月三更。磷光夜伴蛩螿泣，妖氣晴連蝃蝀横。欲向靈氛問人事，中原何日可休兵？

禁煙日簡長如仲如二昆弟

朱闌六曲舊池臺，甲帳珠簾已劫灰。舊鬼煩冤新鬼哭，前人遺怨後人哀。誰將天地爲棺椁，忍見英雄化草萊。惆悵故園猶未返，野花無主爲誰開。

湖頭誰復載吴娃，鷗鳥多情戀白沙。涪萬春深無杜宇，武陵何處有桃花。雨餘石燕晴歸穴，市近山蜂午報衙。看到前朝丞相墓，野人翻土樹桑麻。

弔古

投棰渡江江水空，朝馳淮海暮吴中。江東壯士輕王猛，吴下諸公失吕蒙。山鬼有靈啼夜月，野花無主怨東風。盡將骸骨填溝壑，誰在雲臺第一功。

【補詩】

袁訓導華一首

送李擴還吴

倉頡史籀世既遠，斯冰徐張稱善書。有元絶華部與趙，俗工紛紛訛魯魚。鐵錐畫沙釵折股，會稽嶧山化黄土。尚幸新泉丹井存，更有吴興能復古。鴻都石經刼火焚，棗木翻刻隨飛塵。三碑矾硉許昌里，字畫猶爲人見珍。青城先生虞閣老，遠繼中郎名譽早。後來更數蕭與楊，一代規模盡完好。雲間李生尤絶奇，凡將尉律幼所師。商盤周誥秦漢石，臨摹掃禿千毛錐。偶來相見婁江涘，自云鐵厓鐵限親曾履。東家金多招不起，門外求書日成市。慈親倚門來告歸，既酌以酒仍贈詩。嗟子潦倒丘壑裏，遲子銘功書鼎彝。

吕誠二首

詠菩提葉燈

寶林萎葉墮天風，一落人間便不同。雲鏡熒煌開月匣，并刀裁剪費春工。星攢蜩翼冰綃薄，華擁蝦鬚玉柵紅。從此可傳無盡焰，五湖今有水晶宫。

菊田

余客竹州三年，頗有彭澤東籬之好。古人亦謂菊獨以秋花傲兀於摇落之後，非霜下之傑乎？昔年曾賦《對菊》之歌，老興未已，復作《菊田》一首，以紀歲月耳。

摇落西風已愴然，金蕤月朵爲誰妍。人間無地安花宅，洲上於今有菊田。晚歲擬尋甘谷老，頹齡幸值傅延年。落英餐盡秋香骨，許我飛行作地仙。

鄭　韶 一首

雪霽顧仲瑛偕予與陳惟允坐劍池上惟允爲寫圖因賦詩云

殘雪落林度西嶺，陰澗寒泉凝素練。兩僧倚樹聽微鐘，一鶴臨流照清影。松間旭日映山椒，白雲英英如雨飄。何當爲置王摩詰，更添一樹紅芭蕉①。

① 原注：「王維種紅蕉於輞川莊，嘗寫《蕉池積雪》，不徒以供揮灑，故云。」

附見　顧　瑛 一首

次　韻

飲澗長虹掛深嶺，千尺轆轤懸斷綆。夜寒月黑鬼賦詩，日白風清人寫影。藤蘿陰陰蔓山椒，長松落雪如花飄。煩君畫我掩書卧，窗前更着青芭蕉。

陳惟允畫圖能寫雪蕉，仿王右丞筆意，末句因及之。

郕經一首

奉陪志學彦魯仲原三君同登虎丘漫賦長句就呈居中長老

虎丘山前新築城，虎丘寺裏斷人行。胡僧自識灰千劫，蜀魄時飄淚一聲。漸少松杉圍窣堵，無多桃李過清明。向來遊事誇全盛，曾對春風詠太平。

附見曾樸一首

樸字彦魯。

次韻

闔閭冢上見新城，無復遊人載酒行。山雉聽經依塔影，樹鴉爭食亂鐘聲。劍池龍去泉空冽，茶竈僧閒火獨明。我欲投簪營小隱，佛香終日祝昇平。

附見　劉本原一首

本原字仲原。

次　韻

一春不到闔閭城，花事闌珊却此行。萬佛閣深留塔影，小吴軒静度鶯聲。松林月暗山精泣，石磴人稀磷火明。野衲那知興廢事，只將經卷了生平。

申屠衡四首

卧雲室師子林十二詠

童子愛白雲，閉置密室内。不如放令出，去住得自在。

問梅閣

石闌護苔枝，相對黄昏月。問答本無言，翠禽强饒舌。

指柏軒

冰霜二百年，老骨耐撐拄。欲知僧臘高，即是階前樹。

竹谷

陰森生晝寒，仰不睹天日。時從緑雲中，窺見一星出。

周南老一首

芳桂塢

林塢藏幽芳，叢桂團蒼玉。子落明月中，香生流澗曲。風前墮粟金，雨餘明浄緑。伍以荃蘭幽，愧彼桃李俗。中有道人居，清名紀仙籙。爲花歌古香，對酒不忍觸。

陳郴州壁二首

宿陝州横渠鋪

獨客卧車上，群僕卧車下。車前或明火，時時照牛馬。

題静林寺壁

急澗無停流，行雲那得定。不息奔競心，山林亦非静。

周　翼一首

題華季充剪韭軒

吴下有田宜種韭，高風莫笑庾郎貧。翬飛畫棟青林表，玉洗行盤緑水濱。夜雨翦來茸自長，春風吹起緑初匀。客來一箸分清供，不與區區肉食人。

【補人】

盧教授昭二首

昭字伯融，閩人。父均華，徙崑山。博貫經史。洪武初，揚州教授。

過吴淞江

霜林纖月墮疏煙，有客同舟思欲仙。何處吴歌聞《白苧》，滿江秋色坐青天。

題吕□□鶴亭鬬茶圖

花陰小隊鬥□章，渠碗香分第二湯。莫傍酪奴風味好，内厨催送大官羊。

陳學正潛夫三首

潛夫字振祖，自錢塘徙家崑山。洪武六年，爲縣學訓導，徙國子學正。

盧公武鹿城隱居

悠悠崑阜雲，離離鹿城樹。牛耕春雨餘，野緑照庭户。

訪沈士怡丹房

繞屋丹光炫曉霞，隔溪山色映鷗沙。幾回談笑停杯坐，簾外春風落杏花。

朱景春安分軒

一自幽棲白版扉，略無塵夢到輕肥。摩娑老眼臨書卷，抖擻閒身稱布衣。鳳竹聲回琴響近，雨苔青滿屐痕稀。客來況説雲山好，處處春苗長蕨薇。

蕭　規一首

規定元則，長沙人。國初，徙居吴江，再徙郡城。其學長於《春秋》及《毛氏詩》。樂道不仕，學者號竹園先生。有《湖山樵寓集》。

雪篷圖詩爲吴淞蔡子堅作

吴榜何年遇東浙，帶得山陰一篷雪。春風浩浩吹不消，夜月娟娟照偏潔。雪篷主人且好奇，載客日遊隨所之。呼酒恒持金鑿落，對花每品玉參差。咿啞柔櫓渡湖曲，驚起鴛鴦不成宿。泛泛斜當瓊樹移，摇摇直傍銀槎宿。棹歌齊發聲抑揚，高情獨愛水雲鄉。從遊酬酢誰最密，儒雅人稱馬季長①。

① 原注：「謂馬公振也。」

陳　麟二首

題張甘白樂圃林館二首

桃花夾林館，宛似武陵溪。醉後抛書枕，夢回聞鳥啼。水光花野外，山色小橋西。盡日無來客，徐吟信杖藜。

見説林居好，終朝無雜賓。捲簾通紫燕，投餌釣金鱗。林影雲連榻，楊花雪點巾。開池養鵝鴨，不使惱比鄰。

謝恭一首

謝恭，高季迪有《送謝恭》詩。

題張甘白樂圃林館

門徑稀人迹，幽居衹自然。泉聲三月雨，柳色半春煙。水鑒看鷗欲，山窗見鹿眠。題詩花墅夕，明月照晴川。

陶琛三首

琛字彦行。

禪窩師子林十二詠

菁茅葺成宇，白雲擁爲户。是中有定僧，默坐自朝暮。

竹谷

緑霧濕蒙蒙，紛披路不通。秋聲夜來起，無處着西風。

冰壺井

玉泉百尺深，古甃涵光冷。何以鑒虚明，差差鹿盧影。

錢子正一首

子正字□□，無錫人。《緑苔軒詩》六卷，王學士達爲序。

絶句

湖海風塵入鬢毛，歸來燈火對兒曹。道人不是封侯骨，錯把黄金鑄寶刀。

錢子義三首

子義字□□，子正之弟也。馬孝常有續胡曾《詠史》詩，子義不仍舊題，别成一百五十首，大率兎園册中語耳。程克勤《詠史》絶句亦採之。子義猶子仲益，元季進士，國初翰林修撰，出爲漢府長史，有《錦樹集》八卷，蕭山魏驥爲序，詩多不傳。

春　暮

幾聲鵜鴂□陽中，萬紫千紅過眼空。吹得花開又吹落，最無情意是春風。

題　畫

夕陽淡淡柳絲絲，遠浦長天欲暝時。腸斷楚山春雨後，鷓鴣啼向女郎祠。

厓　山

蕭蕭西日慘無輝，寂歷空山海四圍。莫向洪波怨亡國，也勝行酒着青衣。

陳延齡一首

延齡字□□，□□人。盧熊《高陵編》有《和公武孫王墓長歌》。

岳王墳

一自班師下内庭，中原渾覺厭羶腥。兩宫環佩煙塵迴，百戰河山草木青。雨暗靈祠嘶鐵騎，月明陰井泣銀瓶。淒凉古墓西湖上，老樹悲風不忍聽。

王廷圭一首

廷圭字□□，吴人。

季秀軒詩

獨憐棲隱處，晴色與春兼。山遠青當牖，苔交翠入簾。移雲巖樹合，過雨澗泉添。何日攜琴到，清吟興不厭。

王隅一首

隅，《高啓集》有《重遊虎丘與會稽張憲吴郡金起大梁王隅聯句》詩。

徐良輔耕漁軒

南山饑牛常待飯，而君力田致疏懶。北冥游鯤幾千里，而君看釣滄浪水。高堂老親鶴兩鬢，二者本自供甘旨。禾囷三百既有獲，得漁可羹而已矣。《甫田》之詩誠是歌，牿耳之談真浪耳。五湖飛濤雪崩奔，高軒却立青山根。魚龍出舞日色死，四面緑窗相吐吞。輟耕罷釣來坐卧，每與明月争黄昏。抽書腰下教兒讀，等身長鍤支柴門。有時風雨得赬尾，沽酒約客東西村。楸樹磯頭凈淘米，蘋香滿席羅盤飧。頽然醉飽無一事，淵識自許探乾坤。鄙夫或問榮與辱，笑指浮雲無一言。主人可能從我請，借我開軒對煙暝。吕望豈意遭周獵，伊尹却負干湯鼎。吾以吾手舉吾鋤，君以君力爲君騁。聊將榔板敲一聲，蛟鼉局斂風波静。清時有才亦如此，奚必區區事箕潁。鱠魚飛雪落牛蓑，暫賞湖光三萬頃。

鄭元一首

元字長卿，吴郡人。元江浙行省都事。

管夫人畫竹石

誰裁弄玉碧雲簫，吹過瑶臺月影遥。白鳳一雙何處下，水晶宫裏赤闌橋。

宋杞一首

杞字□□，錢塘人。

趙彦徵畫

遠山入空青，老樹擘寸碧。近山接平坡，鑿鑿見白石。兩山盡處歧路平，松林漠漠烟如織。清溪疑自天目來，鷗鷺飛起無纖埃。有人曳杖過溪去，渡頭古屋誰爲開。玉堂學士畫家趣，蕭灑文孫傳筆意。風塵滿眼何處避，安得向此山中住。

顧應時一首

題馬

天下於今正一家，無勞汗馬走塵沙。御溝浴罷星初落，天厩歸來日未斜。□玉四蹄諳蜀棧，立錐雙耳認胡笳。金羈不受奚官控，閒向東風步落花。

列朝詩集甲集第二十

林膳部鴻一百八首

鴻字子羽，福清人。少任俠不羈，讀書能强記。洪武初，以人才薦，授將樂儒學訓導。居七年，拜膳部員外郎。高皇帝臨軒，試《龍池春曉》、《孤雁》二詩，一日名動京師，是時年未四十。性脱落不善仕，遂自免歸三山。周玄、黄玄皆師事鴻，所謂二玄也。凡閩人言詩者，皆本鴻。林敏、陳仲宏、鄭關、林伯璟、張友謙、趙迪諸人，皆鴻之弟子。

感秋二首

陽精自東生，陰魄復西没。兩曜無停機，萬古一超忽。方平笑麻姑，緑鬢已成雪。誰識青青松，蟠根向溟渤。

四時互相竭，兩曜無停軸。夏炎方滿盈，秋氣忽已肅。空閨有佳人，十載常獨宿。中心豈不貞，處暗誰見燭。願爲明月珠，流光照君屋。

無諸釣龍臺懷古三首

無諸昔建國，赤土疏王封。築臺青冥上，垂釣滄江龍。乘龍去不返，千載如飛蓬。只今荒臺上，寂歷多遺蹤。我有太古懷，來吟江上峰。天青海氣滅，地古寒煙濃。潭水緑萬丈，秋岑碧千重。登臨未能已，落日催孤鐘。

甌閩古夷服，無諸漢英雄。秦鹿既已死，却辭隆準翁。組練照海色，旌旗來故宮。赫矣茅土業，大哉開闢功。事往滄海變，龍飛霸圖空。昔日釣龍臺，空餘江水中。桂殿苔色古，空陵雲氣紅。朝夕捲寒潮，隱隱聞雷風。登臨畢餘景，感嘆無終窮。

無諸東海上，有國在秦先。一朝逐秦鹿，戈甲相勾連。高才已得志，論封亦徒然。歸來築高臺，投竿釣蜿蜒。屠龍雄按劍，拂拭滄洲烟。英風振海嶽，古月經蠻天。昔人不可見，蹤跡復堪憐。閒來弄秋水，漁情藹清川。雲高碧海浄，日落千山妍。管歌古臺上，醉向酒家眠。

寄衣曲

漢月絓庭樹，胡霜拂城樓。邊人一夜寒，深閨始知秋。起來理征衣，纖手一何柔。雙杵幾不勝，寸心未能休。梧葉下淅淅，草蛩閒幽幽。月明嗟慰意，風急復含愁。白露下蘭心，蘭心亦枯槁。妾家有高臺，下有漁陽道。明發寄征人，三挹蘼蕪草。

海上讀書

浮雲薄海色，萬里如秋空。青蒼杳無際，島嶼蟠蛟龍。上有讀書者，結茅誰與同。朝滄海上霞，夕友滄江翁。乘桴嗟尼父，把釣思任公。猶慕魯連子，不受却秦功。千金若土壤，清名吊高風。愧予老儒術，白首且相從。

飲　酒

儒生好奇古，出口談唐虞。倘生羲皇前，所談乃何如。古人既已死，古道存遺書。一語不能踐，萬卷徒空虛。我願但飲酒，不復知其餘。君看醉鄉人，乃在天地初。

金鷄巖僧室

遠公青蓮宇，百尺構雲闕。一徑入松蘿，山泉濯苔髮。石房彈玉琴，清響在林樾。夜來滄海寒，夢繞波上月。微吟白雲篇，高興了未輟。未能悟聲聞，安得離言說。

遊芙蓉峰

密竹不知路，渡溪微有蹤。懸知石上約，定向松間逢。物候變黄鳥，菖蒲化蒙茸。相望不可即，裊裊霜天鐘。

同周秀才玄與東白明遠二上人期宿芝山不至

廛居厭紛擾，恒思宿陰岑。夙期道門友，共玆清夜吟。彈冠起新沐，微風披素襟。行行止空門，夕景倏已沉。不見雲中僧，虚堂閉煙林。應物本無往，焉知來去心。良會既已睽，中情一何深。詠歸值新月，聊復鳴吾琴。

經東山别墅

野墅在東山，經過感疇昔。縱横醉時墨，猶在池上石。林氣颯以凉，山容淡將夕。緬懷携手人，念念不能釋。

寄丘令

海國民俗古，清朝民物閒。况玆得良牧，理人絃誦間。吏散日已夕，雲歸鳥隨還。高齋蔭嘉樹，横琴對遠山。伊余安蹇劣，歸休謝朝班。出處雖異途，雲林近怡顔。玆焉仰高風，望望心所攀。

送湖南歸粵

志士本激烈，况當離别情。直氣不得發，逢秋吐商聲。浮雲蔽長空，驅馬去孤城。廣川無輿梁，一葦詎能横。將尋故山隱，自芟荒草耕。蠹書束高閣，龍劍日夜鳴。行路由正途，能使山嶽平。端居息機心，卧聞螻蟻争。知君重交結，臨分吐平生。

斬蛇劍

秦氛熾天地，大澤蟠蜿蜒。潛龍厄初九，鹿迹方茫然。千里送徒人，三杯拂龍泉。紫劍混赤精，紅光吐青蓮。壯哉三尺鋒，可以摧金天。粉首明月中，飲血秋風前。素靈何嗷嗷，老淚翻蛟涎。芒碭起風雲，咸陽若浮煙。揮灑六合清，提挈神氣完。始知百煉鋼，永與金刀堅。

送尚抱灌往閩南采詩

予生草澤間，鼓腹歌唐虞。奈何際板蕩，奪劍當前驅。千金酬壯士，白璧買良姝。放浪裘馬間，嗜酒縱樗蒲。市朝既變更，部曲歸里閭。三十始讀書，謬爲章句儒。閉門謝賓從，窮巷生寒蕪。南山既嘯傲，擊節聊自娱。故人西北來，將歸滄海隅。自言河嶽英，以俟觀風車。忽忽僕馬疲，寥寥歲云徂。積雪照天地，嚴冰寒江湖。祖席臨東門，欲發仍躊躇。贈之五雲章，飲以雙玉壺。

送黄玄之京

予也夙穎悟，十五知論文。結交皆老蒼，稚爪攀修鱗。冥心三十年，尋源頗知津。探玄始有得，服膺如獲珍。誓將覺後生，庶以酬先民。干禄鏞水庠，歲星七周循。青衿二十徒，達者唯黄聞。三十爲禮官，制作多述因。前年乞骸歸，甘作隱逸倫。業窮道豈遷，操危氣愈伸。持此欲有授，二玄乃其人。時登烏石山，眺遠滄海濱。逸興發猿嘯，閒情投鳥群。既與簪紱疏，頗同緇錫鄰。朝遊必竟夕，夜吟常達晨。放曠宇宙間，外視埃堨身。匏斟日動爵，劍舞風披巾。醉來各鴟張，揮灑如有神。坐或藉青草，倦應眠白雲。大運迭盈虚，人事常參辰。詎知同心者，胡爲遽離分。於時維孟冬，膏車戒征輪。借問子何之，囊書上成均。執手念門友，登堂辭老親。驅馬西郭門，祖帳螺江濆。朔風捲行旆，木脱波粼粼。請爲壯士吟，庶以攄中勤。丈夫志四海，况兹觀國賓。惜别語刺刺，無乃兒女仁。壯懷何以贈，臨歧解青蘋。

終南積翠

終南太古色，積翠無冬春。陽厓俯荆楚，陰壑開函秦。碧樹曉未分，蒼蒼散參辰。下蟠蟄水龍，上有避世人。有時浮爽氣，拄笏可攬結。安得構精廬，談經對松雪。

留别諸子

秋堂閴虚寒，晚竹引深翠。螟然孤燈坐，興與一壺對。天冷霜滿襟，露飲月窺醉。曲盡别意深，相看發長喟。

精巖寺

香刹象天界，名僧辭世氛。一峰獨凌削，衆壑相氤氲。作禮向金仙，宴林投鶴群。山犬銜人衣，却走避腥葷。於時春向暮，林亭藹餘曛。蒼然草木氣，盡濕西江雲。登閣見千里，眇懷滄海濆。山鐘忽播蕩，應此悟音聞。

别龍秀才

龍生不羈者，愛梁能開襟。每醉玉壺酒，復爲士甫吟。訪余鏞水陽，又將歸故林。秋風樽前别，落日川上心。四郊已蕭條，千里無飛禽。離思苦難説，望遠猶登臨。

同王六博士宿煙霞觀

昔人煉金鼎，此地餘還丹。至今風篁鳴，猶疑下笙鸞。出嶺訪靈異，投山宿天壇。一片月色古，千秋松更取吾琴彈。

影寒。醴泉爲我酒，丹霞爲我飡。都無世人夢，但佇風中翰。夫子苟有意，相期此投冠。到家興未已，

翠簾山天湖

翠簾高凌天，峰巒曠且平。何年此蟠龍，遂成秋水泓。呼吸納元氣，溟蒙變陰晴。雲雷地中起，日月波上生。上有空僧巢，巖棲煉神形。寥寥水月觀，洞見心胸明。我昔凌天梯，恍若登赤城。浮杯動松影，發笑回天聲。從兹便高舉，永極雲霞情。

同王六入西山尋白雲僧

秋山晚蒼蒼，引興白雲際。方聞出谷鐘，未返沿源騎。躋攀霽心目，始到三摩地。苔色陰際寒，松聲靜中細。空僧此巖棲，心寂迹如寄。經誦有時閒，了了見山翠。抱琴者誰子，夙性貪幽致。雲卧復何爲，冰絃寫秋意。西峰倏含景，石榻又假寐。身寄孤鶴巢，夢如幽蘭氣。夜分氣候白，隱隱月初至。陽澗澹空明，陰林破深邃。久懷緇錫鄰，頗與雲山契。章甫如可投，期君訪靈畏。

訪玄章師不遇

真僧駐錫處，雲牀在西峰。應物無所住，安知來去蹤。今來結青瑶，又向何山逢。白日無經聲，金颻但

鳴松。懸思永金夕，杳靄秋天鐘。

道中偶詠

林館夕暫休，星駕曉仍發。沉沉樹若煙，浩浩溪如雪。白首倦長途，青山笑予拙。

宿黄梅五祖寺

佛祖説法處，迥與諸天鄰。珠宫歷浩劫，桂殿餘真身。登攀訪靈異，禮謁知宿因。地遠泉石怪，人閒猿鳥馴。松杉覆窗户，濕竹清衣巾。花雨出深夜，天香來暮春。久知簪組妄，思與緇錫親。所希慧燈影，爲余照迷津。

送吴士顒

吴生跌宕人，脱略當世事。欲識平生心，悠悠江海是。布衣何飄飄，孤劍千里至。斗酒未及歡，看雲起歸思。長風吹古城，寒石下秋水。分手從此辭，車塵望中起。

同鄭二宣江上泛舟

載酒入江色，酒多江復長。酣來散予纓，濯向春流香。東壁過疏雨，西崦殘夕陽。猿禽相嘯叫，雲水共清蒼。夕景更泛覽，客程殊未央。魚風葦上起，蚌月波中光。嘗以事泮渙，永期名迹忘。乘槎予豈必，聊復詠滄浪。

齋中曉起

颼颼城鴉散，冬冬戍鼓絶。空庭寂無人，衣上有殘月。清池盥漱罷，高韻風中發。爽氣山前來，吾襟抱冰雪。

同諸生登絓月蘭若

金人青蓮宇，乃在白雲裏。久與名僧期，乘閒却來此。入門聞經梵，絓壁見巾履。落澗泉影紅，侵廊薜花紫。海天正南豁，一望見千里。獨樹川上浮，孤煙島邊起。予生況多暇，所性樂山水。真賞非外求，冥心巢居子。

夜宿郡齋水亭呈林八博士

孤琴水亭夕，客至罷鳴彈。況有樽中醪，斟之罄情歡。濯足向清泚，披襟散塵煩。仰見海上月，兼之天籟寒。齋舍何蕭條，蓬門若丘樊。深竹讀書處，百蟲鳴夜殘。予懷良已舒，爲君詠幽蘭。

寄王六校文兼似吴二太守

京師三月春雪飛，雪後餘寒添着衣。曹官禄薄酒苦貴，一飲百錢恒不醉。忽然停杯憶鄉里，美髯校文最知己。作詩判不讓高岑，醉後狂吟狂欲死。有時忽得意，竟上金鷄山。彈琴酌酒送飛鳥，心比白雲閒更閒。虎頭巖前柳拖地，龍池溪上花滿灣。醉歸騎得將軍馬，城上烏棲門未關。白頭太守别來久，别後還能相憶否？詞賦終爲紙上塵，功名不及杯中酒。芭蕉葉長近何如，前日人來不寄書。莫言閩海少飛雁，何事秦淮多鯉魚。

賦得獨樹邊淮送人之京

君不見秦淮水流東到海，淮邊獨樹如車蓋。九月微霜赤葉乾，枯枝颯颯鳴天籟。枝上啼鴉散曙烟，枝頭殘照咽寒蟬。離人留飲停車騎，俠客相逢掛馬鞭。南國高僧從此去，駐錫雨花臺下路。一飯淮邊洗鉢時，六時宴坐祇園樹。野鶴孤雲任去還，禪心不道别離難。山中亦有長松樹，待爾青青共歲寒。

過高逸人别墅

識子何不早，見子即傾倒。世人意氣不相合，顔色雖同心草草。子有園林東海濱，香名滿耳人共聞。梁鴻避世身不仕，孔融愛客家常貧。兹晨飲客青山墅，新壓葡萄酒如乳。緑樹穿窗鳥當歌，紅條拂地花能舞。醉來興逸無不爲，投壺擊劍仍彈棋。人生得意有如此，世上悠悠那得知。

月夜聞李生彈箏歌

越客本浩蕩，秦箏何激揚。浮亭子夜月色古，一曲萬籟鳴清商。初聞楚調聲激烈，志士報仇思飲血。再聞宫音如扣鐘，魯生揖讓何雍容。清和變調有如此，俠客聞之心欲死。銀甲彈來更嫣然，金魚脱却渾輕爾。吾聞錦瑟五十絃，湘靈夜鼓聲凄然。遂令帝子剖其半，遺音尚有秦人傳。秦音楚調聲雖異，今古由來同一致。燕市誰知擊筑心，吴門孰識吹簫意。今夜君聞鼓曲聲，百杯不醉壯心横。衆賓枕藉秋衾冷，獨倚高梧看月明。

經綺岫故宫

行人曉飯青山裏，驅馬蒼茫經洛水。昔聞綺岫盛繁華，不謂荒凉今若此。憶昔行宫初構時，梯巖駕壑相逶迤。美人桂殿夜看月，公子柘弓朝射麋。翠華一去金門鎖，露殿飛螢山葉墮。往事吹殘牧笛風，危基半入樵人火。今古消沉能幾回，春風依舊野花開。君王巡狩不復見，禾黍空山鳥雀哀。

賦得無諸城送浦舍人源歸晉陽

君不見昔時無諸城，荒丘斷隴今人耕。陵谷煙沉知幾代，古人精靈竟何在。憶昔無諸全盛時，都城百雉何逶迤。連營國步分秦土，繪衮王章入漢儀。山河巍巍那可恃，躍馬屠龍今已矣。列國猶傳赤帝封，曲臺尚對滄江水。滄江水流去不還，故宮落日不堪看。寶衣夜化空陵火，弓劍秋懸古殿寒。故人西歸從此去，策馬秋蕪城下路。欲將陳迹問行人，落葉紛紛不知處。

鐔上送僧歸衡山

上人孤間似雲鶴，十五出家住衡嶽。説法能超最上禪，持心不受群疑縛。世上誰知來去蹤，南窺太華北遊嵩。衲經鴈蕩千峰雪，定入峨嵋半夜鐘。於今戒臘青松古，猶泛慈航到東土。楊柳舟中九曲雲，笋皮笠上三山雨。昨夜歸心繞楚天，西風杖錫又茫然。化龍潭畔清秋别，回鴈峰頭舊日禪。

林七欽山莊

此君家住浯水西，喬林夾道緣青溪。人淳上古大庭世，客到武陵花處迷。深杯盡日見山色，高枕四時聞鳥啼。籬根稚笋看成竹，階下飛花踏作泥。梓柳折來環藥圃，野泉引得灌蔬畦。人間鐘鼎口不道，雨裏田園手自犁。已沾鷄黍遂然諾，豫愁冠蓋將離睽。明日却從城市去，林間相送草萋萋。

巫峽啼猿歌送丘少府歸四明

巫山巫峽連三巴，猿啼三聲客思家。停舟聽之聲未了，却過青枝猶裊裊。野人乍來錦宫城，清秋滿峽啼猿聲。黄牛灘上怨楓落，白帝祠前哀月明。商聲清冽羽聲亂，倏忽東崖復西澗。久客聞之淚欲乾，壯夫聽此魂亦斷。故人歸卧越山雲，憶得啼猿歌送君。扁舟獨宿剡溪夜，叫月三聲誰共聞。

寄陳八參軍

憶昔讀書融水陽，青山影裏開茅堂。結交由來重意氣，使酒或可輕侯王。誰言一旦風塵起，故里蕭條半荆杞。立身自許致功名，報國誰能論生死。爾時正值胡塵昏，手攜俘首懸轅門。春風走馬緑楊道，落日臂鷹秋草原。功成期將書幕府，當路忌才棄如土。部曲營殘殺氣消，關山夢醒秋聲苦。比來爲儒逢太清，石田蕪没荒春耕。當時冠蓋半丘土，此日交情結弟兄。交遊惟君年最高，每以連枝勖我曹。天邊落日見孤雁，海上秋風吹二毛。劍水無情入海流，憑將雙淚到炎州。願爲鄉曲牧童子，與子高歌同飯牛。

出塞曲四首

從軍呼延塞，勒馬單于臺。天地兵聲合，關河秋色來。酬恩憑玉劍，致遠見龍媒。旦夕邊城上，喧喧笳鼓哀。

玉關秋信早，未雪授征衣。王者應無敵，胡塵不敢飛。三河兵氣盛，五道羽書稀。日晚笳聲發，將軍射獵歸。

驪馬畫弰弓，生爲北塞雄。探兵千里外，捉騎萬人中。虎帳秋懸月，龍旂莫颭風。歸來領旌節，立在未央宫。

十五薊門行，能探黠虜情。潛兵秋度磧，牧馬夜歸營。苦霧沉旗影，飛霜濕鼓聲。昨來承密詔，東築受降城。

擬唐太和公主和番

粉淚辭丹禁，紅顔冒虜塵。南天惟有月，北地更無春。笳鼓凝芳夢，軒裾掩翠顰。年年桃李月，凄絶舊宫人。

題福山寺陳鉉讀書堂

窮經不出户，一室古珠宫。燈影秋雲裏，書聲晚磬中。開窗明竹雪，散帙落松風。料得無人到，焚香對遠公。

春日遊道山亭

危亭臨絶頂，勝概昔曾聞。野酌薰花氣，閒心狎鳥群。檐前看落日，衣上見歸雲。半醉題詩去，仙凡下界分。

遊樓雲湖禪室贈日東圭上人得心字

東海到來日，西山始布金。構雲天路上，標月夜湖心。問偈逢樵客，忘機狎野禽。寥寥塵想絶，相對坐樫陰。

留別蔡秀才原

别離無遠近，暫去亦傷神。正是千山雪，誰悲獨往人。江空螺女夜，花暗冶城春。不見同遊侣，酣歌淚滿巾。

塞上逢故人

五陵攜手罷，疋馬各天涯。出塞難爲客，逢君似到家。後期如夢寐，前路正風沙。只好長安陌，垂鞭醉落花。

月夜酌别龍秀才

共向孤城别，愁爲永夜吟。一竿滄海去，千里白鷗心。短髮秋同老，清樽月共斟。冶城多酒伴，遲爾寄徽音。

江上寄巴東故人

我憶巴東客，長爲江上吟。楚雲將夜夢，湘月寄愁心。落日青楓樹，秋風白帝砧。遥傳一紙淚，讀罷想沾襟。

宿雲門寺

龍宫臨水國，鳥道入煙蘿。海曠知天盡，山空見月多。鶴歸僧自老，松偃客重過。便欲依禪寂，塵纓可奈何。

送周生往雷州

寧親歸未得，念子復南征。風雨孤舟别，滄波幾日程。絓帆辭海國，吹笛上邊城。旅館知相憶，新秋有雁聲。

秋日同韓玄登凌霄臺

故人多逸興，攜手上高臺。賦爲閒居作，懷因遠眺開。秋陰將日去，雁影帶寒來。歸路瞻衡宇，松門掩緑苔。

送殷秀才之武功

送君遠行役，覲省入西秦。五月臺江水，孤舟去國人。蒼山低戍壘，野日暗行塵。無限同遊意，分攜淚滿巾。

徵書後呈治城同志

青門初税駕，紫陌罷鳴珂。野興看山盡，花時中酒過。同心難契闊，失路易蹉跎。又欲羈塵綬，幽期可奈何。

早秋有述寄林八先輩

澤國風雨後，貧居離索情。亂蛩鳴曙井，一葉落秋城。薤簟邀凉早，荷衣却暑輕。清泠臺下路，攜手幾時行。

夜泊淮陰

泊舟淮水次，津樹暗蕭蕭。遠火明漁舫，長吟倚客簫。夜鐘聞古寺，寒月照歸潮。莫近啼猿處，愁多夢更遥。

同陳秀才登虎頭巖

勝槩殊三島，層闌敞八風。雲霞開玉壘，日月繞珠宫。鳥道蒼煙外，軍城紫氣中。山河襟帶遠，樓觀畫圖雄。物候逢秋異，登攀與子同。憶家滄海闊，懷古霸圖空。地暖初聞雁，江寒已落楓。振雷隨急雨，野日截殘虹。歲月空流水，飄零極轉篷。江湖歸未就，徒此羨漁翁。

王屋山天壇

名嶽推王屋，孤標跨杳冥。深窺砥柱黑，高並太行青。分野連三晋，風雲萃百靈。鶴歸松已偃，龍去水猶腥。竈隱燒丹火，龕餘煉髓經。羽人金磬動，應此禮寒星。

劍閣秋陰圖

分野秦封盡，山川蜀國雄。塹江流地底，劍閣起天中。棧險崖頻轉，蘿深月不通。飛揚慚白帝，開闢憶蠶叢。氣候三秋異，猿聲衆壑同。棟雲常礙日，巖樹遞呼風。客路隨飛鳥，鄉心掛落楓。兹非曠達士，應此泣途窮。

逢牛尊師

道逢牛道士，把酒醉雲房。龍問壺中訣，人傳《肘後方》。久知梟是舄，更指石爲羊。遣興聊題翰，無言但括囊。秋星明劍氣，夜月釀丹光。酣飲從傾倒，神遊極混茫。别情波渺渺，歸路樹蒼蒼。又棹扁舟去，尋雲到草堂。

冬日同林秀才遊衍真觀

蓬島煙霞合，琳宫日月開。洞陰當積雪，地古半藏苔。竹已成龍去，人因訪鶴來。欲飛王令舄，且醉葛洪杯。果熟經時换，炊香待夢回。晴光偏悦鳥，臘色尚欺梅。意静寒泓水，心同槁木灰。鳳笙如可學，吹月上瑶臺。

重遊宿雲臺憶肅上人

昔日談經處，今來獨上慵。古臺黄葉積，斜磴紫苔封。片月疑禪觀，孤雲想化蹤。夜燈無續火，秋院有鳴蛩。人倚題詩竹，誰栽出世松。夕陽無限思，幾杵莫天鐘。

輓理上人

隻履歸何處，懷師淚滿襟。浮雲生滅性，明月去來心。閱世真如夢，安禪不廢吟。留衣分法侶，寫偈別朋簪。雨蘚侵行迹，風泉想梵音。一燈寒竹暝，雙樹落花深。塔閉蟲粘户，巢空鶴避林。歷峰山下路，從此罷登臨。

春日遊東苑應制

長樂鐘鳴玉殿開，千官步輦出蓬萊。已教旭日催龍馭，更借春流泛羽杯。堤柳欲眠鶯喚起，宫花乍落鳥銜來。宸遊好續簫《韶》奏，京國於今有鳳臺。

春日陪車駕幸蔣山應制

鍾山月曉樹蒼蒼，鳳輦乘春到上方。馴鳥不隨天仗散，曇花故落御衣香。珠林霽雪明山殿，玉澗飛泉近苑墻。自愧才非枚乘匹，也陪巡幸沐恩光。

雪夜張尚書籌招飲以事不赴

南宫僕直雪晴時，凍雀無聲隱竹埤。貰酒暫同寒夜飲，盍簪深負故人期。雲垂絳闕知天近，月浸霜簾覺曙遲。除却安禪與招隱，此身此外欲何爲。

題中天樓觀圖

海上仙山接混茫，仙居遠在白雲鄉。樓當太乙星辰近，樹拂勾陳雨露香。絳節馭風來阿母，玉簫吹月醉周王。可憐八駿歸來晚，蕭颯蛾眉兩鬢霜。

呈浦舍人

無諸臺下乍秋風，客舍逢君興不窮。性僻共耽詩句險，愁多却仗酒杯空。平蕪一騎經吴苑，積雨孤舟夢晉宫。明日又從江上别，曲闌愁倚送飛鴻。

浮亭夜坐懷黄玄之

浮亭孤坐夜燈紅，一倍離憂百感同。春草緑波頻賦别，流年青鏡暗驚蓬。也知纓冕皆身外，久憶心知向酒中。此意謾勞題尺牘，都門雪後有歸鴻。

九日登絓月蘭若憶鄭二宣

微霜初下越王城，衰病逢秋也自輕。九日登臨多縱醉，百年感慨獨鍾情。斷蟬野寺黄花晚，遠樹江天白雁晴。却憶浮丘炎海上，懶題詩句寄同聲。

浮亭風雨夜集憶鄭二宣

天涯此别意何窮，一片愁心萬里同。明鏡曉霜驚白髮，浮亭秋雨夢青楓。書回絶島孤帆遠，門掩寒塘舊業空。説着登臨多感慨，一緘封淚寄南鴻。

過東林雙澗有懷舊遊

曾於此地盍朋簪，歲晏重來百感深。門掩薄寒初暝雪，樹含輕靄欲棲禽。滄波涉海驚魂夢，白髮看山倦嘯吟。聞説遠公能館我，便投章甫卧東林。

冬夜與高五秀才館林八員外宅

遠别悠悠嘆二難，多君留飲故情歡。生涯祗合尊前醉，功業無勞鏡裏看。落葉走階風動晚，古梅臨水月侵寒。何因得似龍門叟，野艇終身一釣竿。

與陳八參軍夜飲話舊

鄉園别後隔烽煙，此夕論交意惘然。雁引歸心離海國，杯銜好月醉霜天。謀生自愧青雲後，話舊多驚白髮前。明日豫愁分手處，憑君慷慨看龍泉。

寄周一秀才玄兼呈陳八處士炫

薛老峰前夜詠詩，若爲離別思凄其。忝於詞客推前輩，久約林僧恐後期。澤國未霜楓落早，山城上月鳥歸遲。自慚淺薄非徐稚，賴有陳蕃是故知。

海口道上有述懷鄭二宣

露下菰蒲有雁聲，曉驂初發宿寒輕。新知乍别孤吟倦，舊國重來百感生。黄葉閉門逢野寺，白波侵郭見江城。家林暫别堪惆悵，翻憶浮丘海上行。

將歸冶城留别陳八炫林六敏

南宫歸後歲蹉跎，此日逢君奈别何。野館解鞍行客飯，寒山對酒故人歌。蒹葭水國孤鴻度，橘柚霜林匹馬過。爲報已無軒冕夢，清泠臺下卧煙蘿。

憶龍門高逸人

浮亭露飲玉樽空，千里心期此夕同。海路想經春草緑，越吟愁對夜燈紅。他山花發鶯啼後，别墅春歸積雨中。聖代祇今無隱逸，不應多病卧孤蓬。

畢公房

躋閣攀巖入化城，薜蘿高卧寄閒情。孤窗上月分燈影，亂葉隨風雜磬聲。麋鹿自知諧野性，簪圭何用絆虚名。真僧出世心無事，戒得冰壺徹底清。

謫居寄冶城同志

遠别悠悠泣路歧，丹心雖在鬢毛衰。阮籍猖狂緣世難，叔牙感慨爲心知。春城久判花前醉，野館無由雪後期。自愧不如閒草木，也承雨露沐恩私。

毘江蘭若送浦舍人歸晉陽分得衣字

離亭征騎曉騑騑，正值關河朔雁飛。白髮相看閩海别，青山遥送晉陵歸。江城雨外蓮峰出，野寺霜前柿葉稀。自愧忘情非上知，臨歧唯有一霑衣。

寄高逸人

離亭高倡久難酬，明月心期戀舊遊。泛臘酒香頻中聖，流年花發總關愁。山園裛路寒梨熟，水國迎霜晚稻收。自愧湮沉向城市，抒情唯有一登樓。

賦得垂楊送客

客路垂楊最有情，暖風吹緑漸冥冥。雨深煬帝宫前見，月落桓伊笛裏聽。葉暗乍堪藏乳燕，花飛終恨化浮萍。分攜欲折長條贈，愁絶河橋酒幔青。

歸冶城辱群公追餞至江心亭

梅風初熟布帆歸，相送勞君到翠微。遠樹啼鶯留客醉，高林深竹見僧稀。江心絶島晴浮出，雨外孤雲濕倦飛。浦溆白鷗如有待，想應知我拂朝衣。

秋江離思圖

粤城衰柳拂金堤，雨裏秋襟惜解攜。客散江亭聞斷雁，酒醒沙館候鳴鷄。楓橋夜冷吴謳起，笠澤天寒楚望迷。天路雲山從此别，一封愁札爲君題。

秋夜浦舍人見宿園亭分得天字

南宫飲散動經年，此會羈魂各黯然。霄漢故人誰更在，江潭逐客自堪憐。疏燈細雨開秋宴，落葉驚風攪夜眠。歸去晉陵成遠别，好憑陽雁望南天。

夕　陽

抹野銜山影欲收，光浮鴉背去悠悠。高城半落催鳴角，遠浦初沉促繫舟。幾處閨中關綉户，何人江上倚朱樓。凄凉獨有咸陽陌，芳草相連萬古愁。

送林一歸山中

楝花雨裏醉逢迎，南國看山又送行。求侣暗驚春草色，還家愁逐暮江聲。殘陽向野聞邊笛，遠樹登樓見海城。誰念長沙遷謫久，懶從季主問君平。

晚日杉關

荒苔古道斂微曛，馬上笳聲不可聞。地自亂離民舍少，山當閩楚客程分。長林積雨寒爲雪，深樹孤峰濕作雲。愧我舊遊見關吏，也將書劍學終軍。

寄林一和深字

雨館張燈坐夜深，故人相對醉成吟。二毛易老慚看鏡，四美難並愧盍簪。澤國曉霜歸候雁，縣城春樹變鳴禽。賈生尚有長沙謫，此日毋勞嘆陸沉。

憶浮丘生往交州

旬日陰霖結不開，窮居幽草亂侵階。也知白髮緣愁長，無那青山與願乖。行阻看花携濁酒，卧聞啼鳥閉虚齋。比來况與浮丘别，一望南山一愴懷。

出京同黄少府宿采石

南宫拜疏許歸休，蘆荻滄江晚繫舟。貰酒暫同牛渚詠，曳裾無復鳳臺遊。海門白湧潮頭急，煙島紅拖雨脚收。不用臨流濯纓袂，此心從此不驚鷗。

新秋浮亭夜集分韻得催字

海國新凉一雁來，衣冠高會壯懷開。浮亭夜月樽前滿，古樹秋聲笛裏哀。白髮朋遊嗟落魄，青山舊業怨低摧。燈殘酒醒還成别，刻漏應愁曉箭催。

寄逸人高漫士

獨倚城南百丈闌，粤鄉秋思浩漫漫。平臺樹色催殘照，近郭砧聲報早寒。雲物正當摇落後，關河終念別離難。龍門别墅今宵月，誰與相同把酒看。

與黄一秀才輩雨夜浮亭小集憶鄭二

香飑燈殘意萬重，與君共憶遠遊蹤。尺書不到經春雁，樽酒相逢話夜鐘。風動櫟枝翻暗鵲，雨深沙井響鳴蛩。自慚淺薄誰招隱，尚掩丘樊學卧龍。

題吴江垂虹橋

雲帆秋晚過垂虹，落日鯨波動遠風。欲借仙家遼海鶴，月明吹笛水晶宫。

早行

前山樹暗月朧朧，馬色鷄聲共曉風。不爲逢秋多感慨，只緣身在别離中。

夢中仙遊

天葩小院敞雲屏，鵲散星河逗客星。欲識别來離思苦，晚峰長學黛眉青。

將歸海上辱群公相送至龍津

百尺雲帆掛海霞，勞君相送到天涯。重來應恐清秋晚，落盡清香桂子花。

宿逆旅聞泉聲

練瀑飛泉作雨聲，樓虚月白旅魂驚。相思不道無歸夢，自是離人夢不成。

下山尋朱繼

攜琴載酒遠尋君，石徑人稀半夕曛。縱醉也須上山去，莫教閒却半牀雲。

題朱舍人爲史太守寫竹

舍人退食寫閒情，公子開緘玉雪清。曾向鳳池同夜直，掖垣梧竹總秋聲。

題鄭昭甫寫張騫乘槎圖

衮衮黄河天上來，茂陵底事望蓬萊。早知轉望乘槎便，虚築通天百尺臺。

浦舍人源三十六首

源字長源，無錫人。洪武中，爲晋王府引禮舍人。聞閩人林子羽老於詩學，欲往訪之而無由，以收買書籍至閩。子羽方與其鄉人鄭宣、黄玄輩結社，長源謁之，衆請所作，初誦數首，皆未應，至「雲邊路繞巴山色，樹裏河流漢水聲」，驚嘆曰：「吾家詩也。」子羽遂邀入社，因避所居舍之，日與唱酬。長源卒時，年才三十有六。

贈别沈校書

與君昔相逢，花開酒樓醉春風。平生車馬願與共，何意事變分西東。君卧東山裏，我釣西江曲。幾回楓樹夢中青，千里桂枝愁處緑。飛燕翔鴻徒往來，音書不寄使人哀。返照斜分遠行路，浮雲亂繞舊登臺。今朝復見蘭陵道，細雨微烟濕芳草。别離惆悵十年多，我少朱顔君已老。握君手，與君吟，感君知己復知音。我將歸去重回首，雲海蒼茫情更深。

送人之荆門

長江風颺布帆輕，西入荆門感客情。三國已亡遺舊壘，幾家猶在住荒城。雲邊路繞巴山色，樹裏河流漢水聲。若過旗亭多買醉，不須弔古漫題名。

送賈文學入京

春城送別已斜陽，花發官亭酒正香。遠騎青山江上路，新鶯細柳禁中墻。疏星北闕趨朝早，澹月南宮聽漏長。誰謂賈生年最少，獨能陳策輔君王。

寄楊先歸潁上

荒城此日共悽然，我欲南征子北遷。秋雨黄蘆思潁水，夕陽紅稻憶吴田。蕭條客舍蟲聲裏，迢遞鄉書雁影邊。安得重逢一攜手，别離同話酒尊前。

贈别謝秀才

蘭陵陌上喜逢君，華館清談酒未醺。蟲益旅愁秋已半，燭欹吟影夜初分。虚窗葉響風驚雨，遠浦潮來水接雲。良會不知能幾度，明朝何事又離群。

送包鶴州東歸

西風江上賦歸休，值雨那堪夜泊舟。官路暝烟迷驛舍，郡城寒火出更樓。到家正及湖田熟，在客先驚館樹秋。遠憶情人相别處，短亭孤棹兩悠悠。

并州寒食

夢入故園千里遠，覺來寒食在并州。垂楊不是相思樹，那得花開便白頭。

送王濟民歸盤谷

官亭酒香柳花白，下馬持觴送行客。客歸江上愁更多，春水雨中生緑波。青山遥對楊子渡，殘日微明廣陵樹。渡江酒醒傷别離，夜半舟人歌《竹枝》。烏啼月落梅天遠，驛程已過淮陰縣。楚鄉菰米飯食魚，宵征在鞍宿在車。中原漸近太行麓，不知何處通盤谷。一徑縈紆萬壑深，始知舊宅隱雲林。昔年泉谷渾無恙，猿鶴猶存松桂長。遺老家家懷故情，相邀鷄黍話平生。尊前不問宦遊好，只説山中農事早。數畝何須負郭田，郡中太守正求賢。知音不肯入城市，日逐漁樵向山水。江南故人那可逢，有書應寄南飛鴻。

寄袁二 一作鄭沂。

長安年少羽林郎，騎射翩翩侍武皇。弓影醉開孤月滿，刀頭新買百金裝。聽鷄曉闕疏星白，走馬秋郊細柳黄。應募玉門關外去，請纓生繫左賢王。

送荆南師户侯移鎮公安

悠悠旌旆碧雲端，遠去孤城入亂山。淮月上樓人奏角，海天低樹雁臨關。幾家白髮遺民在，千里青絲獵騎還。舊鎮荆南多勝概，别來惟見畫圖間。

阻風清河縣

阻風淮岸憶家山，骨肉相親夢寐間。冀北一官今獨往，江南千里幾時還。孤村人語秋臨水，小縣鷄鳴夜掩關。明月異鄉誰不見，嗟予偏對别離顔。

送人還鄉

都門楊柳拂離筵，歸路青山水國連。三月春陰垂細雨，幾家寒食起新煙。聽鶯谷口停行蓋，立馬江頭問渡船。此去故園應酒熟，杏花開遍草堂前。

輓高季迪

鼓罷瑶琴遂解形，蕭蕭日影下寒城。薄田供祭遺妻子，新冢題名望友生。地下未應消俠氣，人間誰肯没詩名。舊廬重過悲聞笛，欲賦《招魂》竟不成。

送王二歸山中

闔閭城外斂餘暉，水國蒼茫夕鳥微。遠火山中人未宿，孤舟江上客初歸。高林果熟經新雨，疏柳春深映舊扉。遥想到家無一事，閒看兒女笑牽衣。

西城晚眺

宫柳猶遮舊女墻，角聲孤起送斜陽。英雄百戰成寥落，吴楚平分自渺茫。寒雁動愁離塞遠，暮江流恨入雲長。古今天地誰非客，何用登臨獨感傷。

林七員外園亭夜飲得河字

都亭分袂惜蹉跎，此夕相逢奈若何。細雨疏燈聞落葉，斷雲高樹見明河。客蹤迢遞天邊雁，歸夢微茫海上波。鞍馬朝來又成别，且傾尊酒一狂歌。

和馬秀才先歸

長安甲第似雲稠，冠蓋相望孰解愁。宫漏深沉春樹裏，禁垣環繞碧山頭。微煙草色迷征路，澹月梨花隱驛樓。聞道馬卿歸卧病，懶攻詞賦客諸侯。

過星軺館

仙館萬山深，鑾輿近駐臨。洞門金鎖閟，垂柳粉墻陰。旌旆移龍影，笙竽過鳳音。小臣來獨晚，向此一沉吟。

春日旅懷

别後猶飄泊，春來倍嘆嗟。花開今日少，人憶故園賒。細雨連山暝，清溪入郭斜。慈闈在何處，欲望暮雲遮。

送丘舍人之邊上

揮金收壯士，解劍贈離群。數騎臨秋别，孤猿入夜聞。帳寒營滿雪，邊曠野連雲。願出平胡策，歸來報聖君。

懷何士信謫西河

全家離故鄉，萬里謫窮荒。草木疏邊境，牛羊繞帳房。風聲連雨雪，漢語雜氐羌。遠念平生友，行吟淚數行。

贈張潁州

迢遞浮淮泗，淒凉過潁州。水陰孤館夕，草色半城秋。才薄慚王事，吟多惜宦遊。不逢張太守，那得暫相留。

和干先生

秋城黃葉下，聞笛淚沾衣。乍雨千峰出，殘陽一鳥歸。客貧知己少，鄉遠去人稀。何事荆南道，逢君始可依。

題張生舊館

廣陵人去客天涯，舊館淒凉閉落花。立馬斜陽空灑淚，一聲橫笛起鄰家。

題趙昌所畫御屏牡丹

緑蕪春雨洛陽城，不見名花國已傾。影落畫屏何處物，斷金殘粉故宫情。

酬干秀才

酒醒題詩憶送君，殘陽半掩竹間門。相思昨夜空齋裏，燭滅香爐火尚温。

除夜客懷

火冷空齋夜掩霜，明朝新歲在殊方。故鄉親老誰相守，獨對寒燈泣數行。

竹枝詞

紅漆車兒駕白羊，吴鹽空灑竹枝香。不知羊角如心曲，才聽車輪欲斷腸。

寄熙上人

孤愁無處覓高僧，欲問《楞伽》竟不能。遥想山中禪定夕，半窗殘雪一寒燈。

送友人

孤舟春别萬花西，雲淡山青水滿溪。料得客愁何處是，緑陰官舍聽鶯啼。

題青山白雲圖

青山欲轉緑溪迴，古木春雲掩復開。不識桃源在何處，但看流水落花來。

晚過張林山

名山幾度欲尋幽，此日雖來不暇游。一棹黄昏過山下，疏燈絡緯滿林秋。

黄學官玄〔一〕六首

玄字玄之，侯官人。其初將樂人也。林子羽爲將樂學官，玄爲弟子。子羽雅重玄，嘗爲詩稱「青衿二十徒，達者惟黄玄」。及子羽棄官歸，玄挈妻子入閩，終身師事之。以歲貢入成均，授泉州訓導。

〔一〕「學官」，原刻卷首目録作「廣文」。

秋夜聽谷大彈陽春白雪遂歌以贈

昔聞歌《白雪》，未知絃上聲。看君彈來秋月下，十指如度春風鳴。初聞飄飄下天闕，亂逐迴風氣騷屑。凍來深樹梅不開，散入空林竹應折。又如紛紛江上來，流音中節渾相催。灞陵一日幾人度，剡溪半夜孤舟回。清川帶寒流，野鳥絶繁語。少女歌殘葉共飛，仙郎唱罷花能舞。須臾雪晴風亦遲，按絃問君君不知。聲殘響絶無所見，惟見桐枝秋露垂。

北嶺陪殷大夜飲感別

故國秋風見仲宣，悲歡都集夜燈前。二毛對酒仍堪醉，萬里還家袛自憐。樹拂斷猿疑峽路，月臨征雁夢湘川。謾將草木同衰朽，未必陽春雨露偏。

丹陽道中

五陵爲客久，儒服滿塵埃。望闕無知己，還鄉愧不才。山陰殘雨度，河廣斷雲開。歸去多朋舊，春城共酒杯。

河上立春

故國幾時別，殊鄉今早春。青陽開霽雪，殘日送歸人。漸與雲霄隔，空驚歲月新。不堪零落處，愁淚滿衣巾。

題周進士古木清猿圖

昔從錦城來，却過愁猿道。千崖萬嶂不可聞，此中哀怨令人老。況是西江秋水來，衝波逆折鳴風雷。攀蘿涉水苦難度，騰枝抱子俱縈迴。空林陰陰不知處，前驚後呼若相語。正當絶險陵天梯，攬轡聽來淚如雨。君不見蠶叢開國通秦關，六龍西幸仍躋攀。猿聲鳥道有如此，一爲長歌《行路難》。

送金秀才之温陵

官亭花發酒初香，白馬翩翩大道傍。醉客盡隨歌舞散，寒川空對別離長。紫雲洞裏逢秋月，赤鯉潭邊度早霜。休説故山多少恨，軍中吹角斷人腸。

詠秋風

目眇洞庭波，辭雄楚江宴。帝子正愁予，羈臣髮先變。冷然閶闔生，颯爾江潭遍。隨陽驚塞雁，附熱驅巢燕。縈迴步雲飛，飄拂歌雪轉。衣露戒履冰，絃霜愁淚霰。蔡文掩悲笳，班姬襲團扇。凄凉如一宵，偏向長門殿。

周祠部玄二十七首

玄字微之，閩縣人。與黄玄皆出林鴻之門，所謂「二玄」也。永樂中，以文學徵，拜祠部尚書郎。玄嘗挾書數千卷，止長樂高棟家，讀十年，卒業辭去，盡棄其書，曰：「舉在吾腹笥矣。」

揭天謡九首

巨靈吹空南斗死，鬼哭如雲學流水。桂闌天影白鶴秋，兎光斜墜三泉裏。泉宫暗蟲寒草根，土燈燃露絓黄昏。鐵心九回滴秋血，三十六帝聞俱吞。帝遺雙童去不返，楸梧參差牧馬苑。青煙一點吹六龍，芙蓉吐光海波淺。

西池鵲寒墜靈羽，水嘶粼粼凍王母。青娥遏雲紛玉琚，水簾桃花逗香乳。紫元雙眉牽黛光，頽蒿折玉壽齊長。風臺神人鐵作背，哭聲酸骨啼秋裳。綵絲結繩絓秋影，身騎白龍勸天醒。暗魂斜背南山飛，獨立香蟲泣空冷。

魚鱗居次龍堂高，琉璃砌空銀爛濤。波靈泣訴海若浪，腥風捲晝雲漕漕。珠潭沉光瘞神嫗，瘦蛟啾啾走沙雨。仙郎秋袂斑斑啼，淚花凝碧扶桑樹。

湘人敲鼓迎二真，娃郎苕綃參差塵。東風剪雪綃緑水，半天斜露葡萄春。竹根沿花鑄明月，野墳死草泉幽咽。銅龍玉狗閽重重，東方不高眼穿血。

呼天走馬指千里，刺龍血濺秋杯水。直欲三澆壯士衣，莫教空瘞苔花紫。白煙戞城滴鉛粉，鬼燈翳墻星隱隱。斜飛敗草濕露光，玉門一滴牽秋腸。商靈參差拾枯骨，晚歲沙頭葬明月。胡姬爛醉黄金錢，簌簌青霜翦歸髮。

玉鱗瑣瑣秦家土，鳳凰去天竄寒鼠。載得仙橋度玉關，誰管秋煙星栩栩。粉窗綺簾十二家，井龍咽火紛棲鴉。宮姝禿裏學秋舞，背客紉珠河影斜。舊紗銀燈翳椒壁，銅輦秋雲夢中泣。石氏珊瑚勸作杯，直捲黄河三千尺。

菱蒲泣露鴛鴦渚，香墳綺羅作塵土。碧玉斜明五五橋，藕絲流雲逆行雨。墮鴉春緑不勝梳，撩亂芳風浩無主。殺青欲竟吟鬼妒，蘇堤已遠波聲苦。

白天戞雲漏龍歇，九道愁泉土花咽。衰蛩粉壁牽暗光，殘霞墮溪藤葛凉。苦煙恨骨埋蒿裏，哭聲水寒凝不起。青屏玉女斷香魂，露黛如啼怨秋鬼。

魂清清，魄濯濯。鳥不號，魚不躍。紛水神，激山樂。天亦捶殘，地亦摧却。提攜踏青霞，九回吊孤月。

秋臺鄉樹結桐花，千年恨血點泉沙。鬼燈送客三山下，黄塵清水扶桑斜。

賦得河橋草色送高大歸龍門

江頭微暄冰始開，河橋一夜春風來。傷心宛似叢臺下，青青草色青如苔。二月三月青門道，積素浮光不堪掃。酒幔煙中望却無，釣磯水畔看還好。橋上蕭條人幾家，芳洲漠漠楚天涯。暝隨斷梗飄寒雨，晴逐遊絲映落花。龍門還家孟諸野，清樽惆悵河橋下。臨歧盡醉歌送君，草上片時駐君馬。

答林子山見寄山中

百年心事共悲歡，浮世風波夢裏看。洛下青山相憶久，郢中白雪獨酬難。將春野路孤鶯早，乍雨江城半夜寒。自愧五陵空學劍，侯門誰復識馮歡？

寄齋中諸公

滿院飛花積雨晴，春深卧病更傷情。舊遊白社思陶令，歸夢青山憶馬卿。水國煙花孤鳥没，官城槐葉一蟬鳴。南州勝事多乘興，羸馬吟鞭倦獨行。

謝明府宅觀妓

舞换緑羅衣，歌傾白玉卮。自矜謝公宅，勝似梁王池。雲月絃中醉，天河曲外移。風流在兹夕，誰不道相宜。

錢舜舉金碧山水圖

風土鄰巴國，山河枕蜀城。層流九折轉，積石七盤横。樹影分螢檻，崖光護鳥楹。絳雲全抹曙，紫磴半牽晴。澗鹿緣苔卧，山猿抱葉行。鏡標巖岫合，衣拂薜蘿輕。旅望迷鸞渚，仙游憶鶴京。斷金秦谷恨，殘粉漢宫情。瀟灑浮埃軼，參差倒景清。嶺煙三島暝，潭雨百花明。桃水真難寫，蓬萊獨異名。何能諧雅興，端化沐餘生。

小李將軍金碧山水圖

池島疑秦屬，雲山似洛疆。四圍青嶂合，一望緑川長。野浦全春樹，人家半夕陽。峰巒看似繡，草木訝聞香。凍竹澌銀雪，寒風落錦霜。樓思王粲倚，谷憶鄭生藏。石髮和煙潤，林衣浥露光。日華初布暖，風信未經凉。水泛蛟龍迫，巖居豺虎防。魚情空渺漠，雁思更微茫。獨浩巢松興，多懷辟穀方。天台與蓬島，對此永相忘。

送曾譯史歸山中

鄰霄臺下罷登臨，一曲離歌淚滿襟。芳草懷人頻積夢，流年遠别又驚心。春城雁去餘寒盡，野戍花飛暮雨深。今日遠尋陶令尹，青山卧病謝朝簪。

驃騎席上餞别典監鮑公歸長沙

高館涼風送别過，膏車秣馬謾蹉跎。玉壺暫醉將軍酒，寶劍新彈俠客歌。楚水夕陽行處遠，官橋春樹夢中多。王門到日能相憶，千里愁心竟若何。

齋居呈陳二高三兼似故人黄玄林敏及從弟

槐葉陰陰楊柳垂，高齋獨坐日斜時。地經積雨多秋竹，鳥惜殘花戀故枝。卧病山城非中酒，舊遊洛社總能詩。相從每過揚雄宅，一曲陽春慰所思。

秋詠

南山閉户絶風塵，舊業依依少四鄰。秋草望中曾獨往，野鷗閒裏最相親。荆門西望迷歸客，湘水東流怨逐臣。榮辱升沉只如此，更將心事問何人。

寄王校文

壯遊江海總離居，豈料同君歲月疏。湘水每勞懷舊夢，筠陽曾枉薦賢書。霜空落葉清砧候，天入平蕪白雁初。自古長沙文化地，聖朝逢掖近何如？

温陵中秋陳大宅後亭觀月

紫英亭前露欲香，習家池上夜偏長。醉來見月知何處，還道清光是故鄉。

秦家小慧

小小持金鏡，隨妝日幾回。春光能自媚，飛燕莫相猜。香徑緣花掃，寒窗候月開。長陪雲雨態，學夢楚陽臺。

題陳大宅方壺子層層雲樹圖

昔年曾記秦川客，雲樹參差去欲迷。日暮孤舟行不盡，鷓鴣啼過渭城西。

寄涵江陳韞玉

南望涵江無盡期，蕭條還解憶荆扉。相思豈道音書少，祇爲春來雁北飛。

春日懷海上知己

洛中無負郭，渭曲久垂綸。偶值唐生笑，誰憐蔡澤貧。鶯花迷去路，萍梗度芳春。寥落懷知己，臨風淚滿巾。

九仙山期海上人不至

久闕東山賞，烟蘿欲卧遲。金霞尋曉望，玉樹候秋期。九鯉何曾返，三花未可窺。南歸有玄鶴，書此報君知。

賦秋江離思

女螺江上送征橈，祖帳新凉酒易消。澤國雁來芳草歇，海天人去碧波遥。寒山古道迷楓葉，落日愁心斷柳條。聖代只今縫掖貴，行看紫鳳上丹霄。

林徵士敏一十六首

敏字漢孟，號瓢所道人。林子羽之高弟也。王恭有《送林漢孟應召》詩。

留别壺公山人

夙昔負靈異，齋沐營丹砂。經年竟無成，乃知仙路賒。爲文何足道，説劍徒矜誇。神情若飄風，浮海思乘槎。涵江入雲水，天影明蒹葭。窮源杳莫測，石瀨仍幾家。月從壺山出，照見菖蒲花。龍吟波上煙，鳥散空中霞。摇曳鳴吾琴，蕙心豁天葩。夫子乃知音，延之飯胡麻。塵蹤未洗髓，爛熳遊天涯。永懷靈境迥，矯首長吁嗟。

晦日稍次山谷

清溪殊險豁，石瀨何淙淙。尋源竟莫測，又復上幾重。行處衆壑盡，望中天影空。於焉倏含景，水木相玲瓏。濕翠翳巾舄，片雲起西峰。忽忽洞深杳，大圓變溟蒙。飛湍逗日月，急雨隨蛟龍。洗心投白鳥，息見期青松。願因紫霞秘，永諧鸞鶴蹤。

夢　秋

狐狸泣海月，檐隙分斜光。陰風颯然來，萬籟秋茫茫。寒聲吊落葉，遠思悲雁行。寂歷夢中語，心魂亂飛揚。雲根秋水净，石上秋草長。逡巡破陰翳，白日升扶桑。

曉發石竹山卧龍潭

飛軒窅洞碧，溪口寒流深。溪南一峰峻，衆壑波上陰。杉松亂天影，水月乃余心。時節開竺書，寂寂空中音。雜花逗秋思，鳴瀑絃素琴。願垂白鶴影，永矣諧幽尋。

清源洞作

松柏隘石門，清溪垂亂花。尋源望不極，水上流胡麻。衆壑相崩奔，一峰凌斷霞。昔人煉骨處，白石盤陽崖。至今風雨來，猶疑下霓車。冥心道經秘，假寐紫皇家。授以霹靂文，晤言營丹砂。

晚次流沙河

湖口寒山蒼，芳草猶未歇。扁舟諧遠尋，曠然向雲闕。北風蘆葦鳴，白日波上没。其時鴻雁來，擁棹蛟龍窟。遂歌滄浪清，而乃濯玄髮。風氣逗天影，蘿雨澤人骨。石上彈玉琴，清響在林樾。到家興未已，夢繞松際月。

春日過高逸人别墅

此地有别墅，投閒尋隱淪。酌君樽中醪，笑我衣上塵。石竹拂瑶席，野荷清角巾。雙松駐白日，一水流青春。盤谷憶李愿，鑒湖懷季真。古有《逸民傳》，非君誰與論。

江上送鄭山人

祖帳送離人，勞歌暮煙裏。暝來江上宿，殘日照寒水。清尊醉落花，孤棹依蘆葦。雨翳燈影微，風兼笛聲起。後夜有相思，緘書寄雙鯉。

天王寺

珠宮隱上方，載酒一乘興。雨歇瀑水凉，雲歸古松暝。忘機野禽狎，發詠山鬼聽。坐對月上時，空山響烟磬。

登宿雲臺得外字

香刹辭世氛，况同野人會。寒巖結暝陰，古殿藏深翠。目聒遠空半，興落飛鳥外。日暮惜解攜，相看嗒然喟。

夏夜陪宗兄林八員外雙溪蘭若宴集得夜字

散帙棲鳥時，幽尋憩精舍。天吟風滿巾，露飲月侵夜。烟篠澄遠心，雲蘿翳長夏。回看衆壑陰，杳靄鐘聲罷。

寄山中人王錫

野服逢山客，探玄輔嗣甥。蘇門風外嘯，盤谷醉中行。候館迷征雁，春城過曉鶯。佇看花落盡，思爾豁吟情。

題流紅圖

玉溝澄晚色，金屋閉秋塵。鴛被辭君寵，蛾眉妒妾身。掖庭霜葉赤，永巷露苔新。欲寫心中事，含情祇自顰。

期宗人林大遊華藏海

巾舄行歌接梵筵，偶來松下草芊芊。也知只在秋雲裏，潭水溪花到處禪。

江南意二首

露侵紅粉鏡臺斑，眉黛含愁蹙遠山。長在深閨那識路，秋來夢繞穆陵關。

湘裙剪就茜裙新，愁裏風光病裏身。强整釵符隨女伴，隔簾教喚賣花人。

趙迪六首

迪字景哲，閩人。俞憲《百家詩》云：「山人國初與林鴻齊名。」《湖海耆英集》載迪《元夕應制》

詩。《皇明風雅》云：「宜陽人。官吏部侍郎。」未詳孰是。然景哲非山人則明矣。

題雨竹

黄陵日已昏，蕭瑟涼飆起。殘雨掛空江，溟蒙若千里。暝色夕鳥前，寒聲暮猿裏。應知葉上秋，盡入湘潭水。

元夕應制

龍樓錫宴月初斜，寶炬星分照翠華。五夜歌鐘連甲第，千門燈火映皇家。錦筵人醉飄《金縷》，羅綺春晴散彩霞。自是宸遊多樂事，叨陪幾度賜宫花。

分得九仙觀送劉司務之天官

青山一徑連花竹，瑶宫瓊館依林麓。昔云兄弟九仙人，跨鯉成仙巖下宿。仙人一去竟不來，落葉行迹空蒼苔。石窗無人白雲冷，藥爐有火芙蓉開。春林不辨武陵處，陰崖尚憶瑶池路。仙樂時聞太乙宫，翠禽聲起勾陳樹。鵷浴池邊日未斜，洞門流水秦人家。湖光占處知殘雨，山色晴中見落花。朝來送君即傾蓋，離筵適與群仙會。仙人吹笙期子來，碧桃花下應相待。

秋懷

霜滿楓林江上村，犬聲籬落護柴門。空山落日秋砧暝，野渡荒烟晚磬昏。寂寂寒燈當永夜，依依凉月對殘魂。羈懷凄切空垂淚，又聽前溪起斷猿。

晚眺

白雲深處野人家，倚仗閒吟日未斜。江上數峰看欲盡，晚鐘殘月入蘆花。

客中元夕

花市銀燈夜向深，香風羅綺迴沈沈。不知何處笙歌起，傳得新愁上客心。

唐副使泰 四首

泰字亨仲，閩縣人。洪武二十七年進士，授行人。終陝西副使。

江上書懷寄周玄林敏

昔年曾共醉蘭舟，明月閒情憶舊遊。獨客荒村空向暮，異鄉多病厭逢秋。殘煙古戍聞寒笛，落日楓林見驛樓。爲報别來憔悴甚，漫因樽酒一銷憂。

過黄玄之山居

半生流落意，相見但依依。卧病看春盡，愁心對客稀。砌花飄澗户，畦藥映園扉。莫怪頻來此，滄洲興不違。

晚次雪峰寺

微霜落葉度關河，古寺清秋掩薜蘿。輕策獨隨飛鳥去，好山偏向夕陽過。三花祇苑逢僧少，獨樹空臺積雨多。暫盍朋簪耽勝果，下方塵土易蹉跎。

次陳山人隱處

獻春始休沐，輕策尋幽風。烟篠不知路，柴扉隱其中。雜花覆小澗，下映流泉紅。冥心聽喧鳥，解帶投芳叢。誰識此嘉遁，心期黄綺同。南軒有餘興，月出鳴絲桐。

陳伯康二首

伯康字仲進，長樂人。

秋千辭

梨花庭院香飄滿，架架秋千笑聲軟。紅妝共鬥青春妍，長繩欲繫白日短。掌中飛燕旋風斜，樓外緑珠墜落花。素娥弄蟾奔竊藥，秦女乘鸞初去家。半空著脚看亦好，平地失身更顛倒。人生行樂貪少年，昔時女伴今皆老。慵來聽説摧眉峰，整頓衣裳爲斂容。玉樽餘酒醉不得，月明高架粉墻空。

桃膠香鬢歌

深閨美人春睡起，側倚銀臺注秋水。鬅鬆兩鬢霧半垂，欲下犀梳不能理。春雲暖雨桃膠香，調蘭抹麝試新妝。豈無膏沐污顔色，思此佳人日斷腸。君不見望仙結綺螺千斛，隋家但寫雙蛾緑。白髮宫人奈老何，轉頭依舊庭花曲。

【補詩】

趙迪一首

登餘干城

荒原落日過重城，萬里蒼茫感客情。鄉思雨中和雁斷，秋風江上見人行。楓林西入吴江遠，驛路東分楚水平。遥望天涯流落久，暮雲啼鳥自縱横。

【補人】

董徵士希吕一首

希吕名渭，以字行，閩縣人。洪武中爲諸生，兩徵不就。有《雪巢稿》。

同陳景明林熙績賦得折梅寄遠

故人别我音塵闕，兩見寒梅破香雪。悵望清飛官閣雲，相思夢斷羅浮月。去年花落客辭家，今歲花開天一涯。水遠山長愁不極，思君千里寄梅花。踟躕欲折傷離思，折梅舊是看花處。身似山中瘦影留，魂隨馬上寒香去。折梅莫折盛開時，寄君遥寄未開枝。到時正及花開日，遠道悠悠春信遲。

鄭布衣迪一首

迪字公啓，閩縣人。洪武中布衣。

題南澤湖别業草亭

家居無四鄰，繞屋清湖水。潭花與谷鳥，相對衡茅底。樵唱笛邊聞，漁歌鏡中起。麥圃秋既成，瓜田旦猶理。時與休芸人，同歸竹林裏。門閒吏不過，黍熟酒還旨。自是羲皇民，吾當慎終始。

朱舉人岐鳳一首

岐鳳字應祥，松江人。敏於辭翰，嘗有詩云：「嗜酒揚雄甘寂寞，忍貧原憲厭繁華。」爲人所稱，選表海叟《在野集》。何元朗云：「《白燕》詩『故國飄零事已非』，朱改作『老去悲來不自知』，如此不少，正蘇長公所謂庸俗人所亂者耶？」

絶句

江面微風瀉浪開，鳥聲啼過釣魚臺。暖雨故作桃花雨，一片□陰從柳來。

列朝詩集甲集第二十一

孫典籍蕡五十七首

蕡字仲衍，南海人。黄佐《廣州人物傳》云：「蕡於書無所不讀，爲詩文不屬稿。元季，何真保南海，征南將軍廖永忠兵至，真求蕡作書，歸附永忠。尋徵蕡典郡教。洪武三年中進士，主虹縣簿一載，選入爲翰林典籍。居三載，復外補平原簿，以事逮繫，有旨輸左校，板築蕭墻，望都門謳吟，爲粤聲。督工者以聞，召至上前，陳所作詩，皆忠愛語，特命釋之。十一年，罷歸田里。十五年，除蘇州府經歷。二十二年，謫戍遼東。梅思祖鎮三韓，迎置家塾。是年以黨禍見殺，年五十有六。」《明興雜記》云：「高皇誅藍玉，籍其家，有隻字往來皆得罪，蕡與玉題一畫，故殺之。臨刑口占云：『鼉鼓三聲急，西山月又斜。黄泉無客舍，今夜宿誰家？』高皇問監殺指揮：『孫蕡死時何語？』以此詩對。高皇怒曰：『何不早奏！』竟殺指揮。」按鄭曉《藍玉傳》云：「殺詩人孫蕡、王行。」而梅思祖守雲南，未嘗鎮遼東。況思祖以十五年十月卒於遼東，安得以二十二年延蕡家塾？黄方伯老於詞垣，通曉典故，不知何以舛誤如此。

代友贈别

金蘭結深契，厚愛兄弟親。歡娱暫相違，一日勝九春。如何捨我去，去逐衢路塵。行役冒雪霰，驅馳極宵晨。寒雀思集樹，凍池念潛鱗。物微尚有託，君作歲晚人。歲晚風已寒，蕭蕭吹車輪。征袍弊不補，野飯新亦陳。别曲亂無腔，别酒醉失巡。私情豈遽忍，欲止知何因。落日如銅鉦，遠山生紫雲。君去意惻惻，我留涕紛紛。王度今清夷，世途無荆榛。前期慎努力，莫用懷苦辛。

寄王給事佐

休沐展幽眺，步出鍾阜阿。卉木春氣盎，淮水揚素波。泛泛波上鷗，游泳鮮羽儀。端坐愧此鳥，長遊成蹉跎。安得理歸楫，翩然解珮珂。揚舲過闕右，鼓枻入江沱。友于事宴集，物候方陽和。酌酒南園上，與君同笑歌。

輸役蕭墻

繫組赴烏臺，解珮辭禁垣。弛刑許輸役，獲譴尚承恩。局蹐感明宥，引咎復何言。平明操板築，日没就徽纆。寒氣襲敝裘，重負頳我肩。撫已諒無愧，服勤思蓋愆。息杵入屏城，仰瞻東華門。祥風拂左纛，卿雲護彤軒。翬鳳麗羽翰，飛棱高中天。重闕起象魏，光彩一何鮮。百辟羅周行，鳴珂翕鏘然。臯夔儼穆肅，董賈來翩翩。白日光昭融，下照寧有偏。微命嗟薄劣，獨兹阻周旋。

寄琪林黄道士

雨絶天景佳，前榮樹光緑。遥憐採芝侶，遠在春山曲。琴歌久已斷，酒賦何由續。有約今夕同，開樽掃茅屋。

南園歌寄王河東彦舉

昔在越江曲，南園抗風軒。群英結詩社，盡是詞林仙。南園二月千花明，當門緑柳啼春鶯。群英絡組照江水，與余共結滄洲盟。滄洲之盟誰最雄，王郎獨有謫仙風。狂歌放浪玉壺缺，劇飲淋漓宫錦紅。青山日落情未已，王郎拂袖花前起。歡呼小玉彈鳴箏，醉倚庭梧按宫徵。哀絃泠泠樂向終，忽看華月出天東。裁詩復作夜遊曲，銀燭飛光如白虹。當時意氣凌寰宇，湖海詩聲萬人許。酒徒散落黄金空，獨卧茅檐夜深雨。分飛幾載遠離群，歸來城市還相親。閑來重訪舊遊處，蒼煙萬頃波粼粼。波粼粼，日將夕。西風一葉凌虚舟，猶可題詩向青壁。

羅浮歌寄洛陽李長史仲脩

亭亭西樵峰，宛在南海湄。日華麗仙掌，影漾金銀池。我昔扁舟縱長往，凌風浩蕩煙霞想。幽尋更欲探神奇，復向羅浮事仙賞。仙家三十六洞天，羅浮夐與滄洲連。丹霞射影四山静，群真環珮來翩翩。蕊珠之峰數千丈，君時與我緣蘿上。水簾直下飛晴虹，萬壑天風度流響。山中劉郎司玉臺，仙書授我琅函開。心如明月炯虚照，身與浮雲同去來。此時會合那能再，塵土分飛忽三載。我行奏賦登金門，君亦乘軺度淮海。淮海迢迢煙樹深，相思歲晚結愁心。晴天萬里碧雲遠，何由一寄還山吟。山中洞房春寂寂，山中之人長嘆息。松花酒熟人不歸，瑶草東風幾回碧。

白紵四時詞四首

姑蘇臺上春風和，江花亂落江水波。交疏楊柳緑參差，華筵夜列開綺羅。當筵西施間群娥，朱顏爲君起微酡，自拈紅牙節清歌。飛花着人思繁多，華月耿耿度斜河。疏星出河夜欲過，烏啼啞啞奈爾何。

閶門輦路薰風時，江光瀲灩芙蓉披。翠羽霓旌照洲渚，鑾輿出遊初避暑。西施含顰嬌不語，群娥鬬起歌《白紵》。迴風舞袖爲君舉，歌聲窈窕一何長。白紵之白白如霜，木瓜花紅荔子香。東江月出西江光，銀壺酒多樂未央。

館娃宫畔風蕭蕭，芙蓉隕香楊柳凋。銀河影淡烏鵲橋，熒熒雙星麗碧霄。美人微醉臉紅潮，筵前舉袖催玉簫。舉歌《白紵》鬬嬌嬈，越羅楚練風飄飄。此時奉君情欲絶，銅龍夜深宫水咽，銀牀低轉梧桐月。

北風吹江日宛宛，江天飛雪簾櫳滿。美人臺上鬬腰肢，羽觴流霞照華琯。筵前西施含醉眼，歌停緑水聲欲緩。群娥玉環低款款，别宿臺前水仙館。芙蓉帳高錦雲暖，儂覺寒宵作郱短。

南京行

南京自古説豪雄，遠勝秦中與洛中。吴越千山高拱北，巴江一道遠朝東。秦淮水入丹陽郭，北固城連六代宫。岌嶪石頭如踞虎，逶迤鍾嶽似盤龍。龍樓鳳閣天中起，萬户千門霄漢裏。太乙勾陳紫極通，翔鸞舞鶴珠峰峙。却日觚棱駕寥廓，行空複道侵箕尾。仙掌銅盤玉作流，靈芝華蓋霞爲綺。華蓋靈芝粲綺霞，御橋金水正當衙。五門彩旭朝天仗，馳道香風散日華。細柳千章争拂地，嬌鶯百囀競啼花。紫電龍光飛武庫，雕甍甲第列侯家。侯家卿相真才彦，玉筍蟬聯奉天殿。屈宋摛文入石渠，韓黥耀武專方面。黄閣承恩宣雨露，烏臺執法行霜霰。環珮聲清散早朝，葡萄酒緑沾春宴。春宴春風坐百花，歸來里巷鬭香車。金張富貴人争羡，王謝風流世共誇。隱約商笳隨赤羽，葳蕤大纛映彤牙。盤佗寶校光前導，組絡鳴鑣隘狹斜。狹斜西下通三市，紫霧紅塵拂天起。南陌東厢馬似龍，烏衣朱雀人如蟻。争看買珠輕薄兒，亦訝探丸游俠子。猶懷鳳臺醉李白，無復新亭泣周顗。井傍美人悲麗華，道上行人譚結綺。結綺臨春總可憐，龍河一帶但寒煙。天界叢林開象魏，冶亭高閣艷神仙。神仙盡是蓬瀛侣，更畫秦臺玉簫女。渺渺青鸞月下來，飄飄彩鳳雲中舉。别有青樓大道旁，烟花萬樹儼成行。飛瓊裊裊翠羅袖，小玉峨峨紅粉妝。小玉飛瓊兩少年，清歌妙舞鬭嫣妍。舞態盤迴芳樹底，歌喉宛轉落花前。彩雲作雨朝朝合，璧月流光夜夜圓。朝朝暮暮長如此，秋月春花若流水。去歲今年景不殊，南來北去人相似。生緑羅屏遮上客，流蘇帳暖邀公子。爛熳三春錦繡城，空濛一片笙歌市。繁華佳麗樂無邊，我獨胡爲困一廛。已似揚雄棲白屋，還如司馬卧文園。誰將積業三千牘，換取揚州十萬纏。桃李風前歌扇底，看花騎馬過年年。

將進酒

青瑶案上離鸞琴，一徽已直千黄金。開樽花下對明月，欲彈一曲還沉吟。沉吟沉吟幾低首，且彈商聲勸君酒。雍門風樹春蕭蕭，地下田文骨應朽。

蔣陵兒

蔣陵健兒身手捷，青年好遊仍好俠。錦衣綉帽彩絲囊，緑鬢葱蘢映朱頰。春風二月蔣陵西，柳暗秦淮花滿堤。窈裊金鞍摇日出，輕盈紫陌踏花嘶。佳人紈扇和詩贈，上客金瓶帶酒攜。上客留連正及時，佳人妙舞鬭腰肢。舞回璧月當空見，歌罷楊花似雪飛。楊花似雪紛紛落，酣醉人前誇浪謔。自然不分揖金張，况肯低頭拜衛霍。意氣由來凌七貴，豪華豈必資三略。五侯宅裏聽啼鶯，廷尉門前彈羅雀。揚雄寂寞掩柴扉，草得《玄》成鬢若絲。歲歲年年書閣底，惟應羨殺蔣陵兒。

梁父吟

江水何深深，青楓映雲林。衡門一杯酒，抱膝《梁父吟》。君不見夷吾奮袂投南冠，故人薦引登君門。

揚眉吐論下荆楚，九合冠裳朝至尊。又不見樂生徒步從西來，燕昭一擁帚，調笑黄金臺。轅門一日建旌節，七十齊城生暮埃。古來英俊人，所遇皆有立。袖有驪龍珠，能令鬼神泣。而我獨何爲，幽宫凍蛟蟄。荒蘿繞屋秋雨凉，山鬼吹燈冷光濕。幾欲乘雲朝太清，芙蓉縹緲白玉京。天田角井散飛霧，阿香布鼓琅璫鳴。星辰可望不可即，手把琅玕空復情。爲臣自古良獨難，我更懷之摧肺肝。田强古冶三猛士，昔者虎視青齊間。誤罹相國二桃計，恨血今爲春草斑。白頭勛舊且如此，何况新知無靦顔。《梁父吟》，聲正苦。日落未落天星黄，西園灌木秋楚楚。青青千里草如霧，兀兀當塗高踞虎。長陵百尺空嵯峨，夜半山精泣風雨。世無女媧五色石，天柱欲倩何人補？荆州水碧岷峨青，思美王孫渺何許。《梁父吟》，聲苦傷。歌闌玉壺缺，白髮千丈長。起坐擊長劍，仰天悲流光。西歸白日爲誰晚，東流之水何泱泱。青冥黄鵠倘垂翅，我亦凌風隨爾翔。

短歌行

擊長劍，和短歌。短歌聲無歡，調促情苦多。流光莽莽奈老何。

牧羊詞

隴羊尾箍箍，山虎毛離離。願得山虎死，隴羊長自肥。蒼茫大化良亦苦，怪底生羊復生虎。

蠶婦詞

朝看箔上蠶，暮收繭上絲。絲成給日食，不得身上衣。早知阿家蠶事苦，不若當初學歌舞。

閨中聞子規

交疏日射房櫳曉，碧樹初聞子規鳥。驚回殘夢了無歡，慘切清愁破清悄。獨宿何曾下綉帷，寧勞勸我不如歸。鶯花爛熳江南道，好向遊人醉處啼。

驪山老妓行

補唐天寶遺事，戲效白樂天作。

秋風楊柳凋金縷，冷露芙蓉落芳渚。寒香晚色何所如，驪山唐姬教坊女。蛾眉淡掃山遠碧，蟬鬢半拋雲亂吐。時妝無復新妖嬈，曩態猶存舊嬌嫵。我昨咸陽縱冶遊，冶遊爛熳遍西州。青山直抵雙龍闕，緑水横過五鳳樓。南國佳人金錯落，長安公子玉驊騮。銀壺送酒青絲絡，皓齒當筵白雪謳。琵琶横笛空聒耳，唐姬搊箏妙無比。清彈一曲久含羞，呼唤百迴纔强起。移柱相參雁成列，調絃未就人先喜。俯首斜拖珠步摇，向人高露春纖指。樓高韻發響泠泠，急管悲歌一霎停。初聽乍如風雨至，再彈還作鳳凰鳴。清如玉女鈞天奏，壯似雕戈出塞聲。澗水帶冰時哽咽，春雷震石忽憑陵。憑陵未已旋清悄，清悄漸凝聲漸小。四座無言俱寂寥，餘音已斷猶縈繞。溶溶宛宛復悠悠，切切淒淒還窈窈。深閨斷蚓怨寒宵，淺谷嬌鶯破春曉。纏綿萬恨與千愁，婉意柔情不肯休。蔡琰胡笳悲紫塞，班姬團扇掩清秋。樓前皓月明如練，天外行雲凝不流。促拍未終南内曲，新腔忽過《小梁州》。《梁州》一折月向午，唐姬此時心獨苦。銀甲悲深不忍彈，衷腸斷盡無由語。低籠翠袖搵香淚，翻使歡娱變凄楚。訴盡平生富與貧，可憐人世今成古。憶昔開元正太平，兒家生長在天京。十三學舞曾驚座，十四搊箏能擅名。玉貌羞花長窈窕，宫腰怯柳更輕盈。春寒不離鴛鴦枕，日晏方開孔雀屏。五陵年少秦川客，争愛兒家好顔色。殢雨尤雲最惱人，追歡買笑寧論直。聲名每出流輩上，風致獨覺旁人惜。承恩況得登掖庭，宛轉隨龍侍君側。海晏河清久息兵，四夷賓貢盡充庭。炎方已見來丹荔，交趾還聞進雪鸚。耀日香車連紫陌，飛雲畫棟列朱甍。空濛一片笙歌海，浩蕩三春錦繡城。驪山山上多樓閣，萬户千門通碧落。大駕深居在九重，四時多暇惟行樂。已營連昌勝結綺，復起芳鳳齊花蕚。壺飛玉女遞更籌，舟戲金龍動鱗角。侍臣傳敕選嬌容，特許兒家步輦從。宫扇影移花雨外，山呼聲沸錦雲中。千株火樹争明月，萬炬金蓮鬬彩虹。《子夜》歌詞翻《白雪》，《霓裳》舞隊散旋風。歌停舞歇徘徊久，銀箏獨進纖纖手。明眸麗質一當前，含顰美人俱在後。數聲清響動絃索，八面凉風生户牖。艷曲新裁蕚緑華，中官催賜葡萄酒。年年秋月復春花，多在宫中少在家。嬌笑不愁宫監怒，艷妝長得阿姨誇。朝遊復道瞻天表，夜步西厢拜月牙。鬬草經春陪虢國，藏鬮竟夕伴昭華。韶光忽逐流年轉，野鹿銜花上林苑。鐵騎東來鳳闕空，金根西狩蛾眉遠。上方無復聽宣召，新籍寧辭避差遣。約臂金環雨雪寬，凌波錦襪風埃蹇。星移物换得無情，復向驪山悄地行。紫禁無人芳草合，瑶階雨過緑苔生。歌臺索寞花千樹，舞榭蒼凉月半檽。

綉閣秋陰連瑣闥，銅仙清淚落金莖。高梧隕翠蓮飄玉，太乙勾陳看不足。百子樓寒霧影昏，長生殿古煙光緑。宫墻瓦落見蒿萊，輦路塵生走麋鹿。舞馬雕牀惱夢思，花奴羯鼓驚心目。故宅新人作宴遊，内家紅錦列纏頭。珠簾繡柱俄成夢，鳳管龍笙總是愁。舊曲聞來眉自斂，盛年説着口應羞。飛蓬短鬢難禁白，老屋疏茅不奈秋。舞衫長借鄰人着，同伴相呼只推却。臉玉香隨翠靨消，淚珠暗逐燈花落。憂來倒插黄金鳳，夢裹時彈《白翎雀》。百感中來不自由，芳心一片從誰託。唐姬言語一何長，句句凄其字字傷。滿座聞之聲唧唧，霑巾我亦爲浪浪。滄桑轉瞬誰能識，富貴浮雲安可常。覽鏡每聞悲素髮，舉杯長欲勸流光。唐姬亦莫懷抱惡，自古佳人多命薄。傾城西子逐鴟夷，絶代明妃嫁沙漠。尊前有酒且歡笑，身外閑愁付冥漠。皎月秋來幾度圓，穠花春盡從渠落。唐姬攬涕復陳情，請作《驪山老妓行》。桃李風前霜月下，長吟亦足慰平生。不因水上琵琶語，那識江州司馬名。爲爾臨風歌一曲，百年哀怨起秦箏。

余既作此詩，本戲筆吟弄，以爲歡笑耳。而客有問余者，曰：「子詩淺易明白，恍惚樂天，然用事不免多誤。上林苑是漢家事，《白翎雀》是世曲子，百子花萼樓恐不在驪山上，如何？」余笑曰：「那知許事，且啖蛤蜊。西山朝來，頗有爽氣。」

高昌老翁行

高昌老翁背隆然，黄鬚高鼻毛髮拳。自言少小家幽燕，生長適值繁華年。出身從戎事西邊，十七八九南營田。雕戈如雲護中堅，流蘇帳暖垂蜿蜒。三珠虎符誰喜懸，偏裨盡戴黄金蟬。軍中無事惟遊畋，錦袍白馬青連錢。胡鷹一掣衝九天，駕鵝酒血來連連。夜闌愛月醉不眠，衆賓呼盧各争先。輸籌唱飲開錦筵，美人照座紅娟娟。凉州葡萄斗十千，金盤丹荔明珠圓。野駝之酥香不羶，争持寶刀誇割鮮。忽爾不樂心悁悁，琵琶催張鳳凰絃。纖歌一曲清聲傳，華嚴天魔開採蓮。美人起舞鬭嫣妍，腰肢宛轉飛花旋。玉釵斜横翠袖偏，春風徐來拂筵前。此時意氣如熊虎，伯仲聯翩享圭組。青雲頭上高楚楚，却笑旁人不好武。一朝零落來南土，白髮蕭蕭守環堵。北風怒號朔雪舞，羊裘無温敝不補。人間俯仰成今古，老翁無乃獨愁苦。霸陵將軍舊征虜，青門秦侯亦開府，浮榮飄風何足數。

湖州樂

湖州溪水穿城郭，傍水人家起樓閣。春風垂柳緑軒窗，細雨飛花濕簾幕。四月五月南風來，當門處處芰荷開。吴姬畫舫小於斛，蕩槳出城沿月回。菰蒲浪深迷白紵，有時隔花聞笑語。鯉魚風起燕飛斜，菱歌聲入鴛鴦渚。

雲南樂

成都賈客向人語，黎州多風雜多雨。雪山萬古長不消，山下四時風氣暑。竹林西畔是雲南，不論冬夏披氈衫。蠻官見客花布襖，村婦背鹽青竹籃。繩橋跨澗石巖巢，部落馬蹄皆灌鐵。引筒貫索通客行，插木入崖防棧絶。郫筒酒熟蠻人歌，太平今喜無兵戈。懸車不戍相公嶺，賣馬安行大渡河。牛纓换貨蹵邛笮，路出彭門緣劍閣。火井秋篁截洞簫，幾腔吹作雲南樂。

送高文質遊杭州

君昔從戎佐南伯，歸朝名在驍騎籍。有兒戳槍能跨馬，請官得應長番役。繁華三月帝皇州，馳道千花過棗騮。豪俠應憐白日晚，狹斜還作少年遊。玉瓶一雙和酒絡，九陌三衢縱歡謔。白雪騧兒翠毬鮮，石榴裙子春紗薄。今晨告我武林行，一束圖書畫舸輕。賓客追隨白下里，鶯花明媚石頭城。蘇堤雨餘春水長，三高祠下聞漁榜。冷泉濯足乘風歸，野寺哀猿共僧往。可憐雲水空西湖，畫船邇來一隻無。沉酣久矣厭流俗，清冷正可娛潛夫。武林舊日豪華國，一一煩君弔遺跡。明朝白馬擁波濤，前代銅駝卧荆棘。銅駝翁仲事應非，惟有孤山似去時。君行若過逋仙墓，折取梅花一兩枝。

白雲山

白雲山下春光早，少年冶遊風景好。載酒秦陀避暑宮，踏青劉鋹呼鸞道。木棉花落鷓鴣啼，朝漢臺前日未西。歌罷美人簪茉莉，飲闌稚子唱銅鞮。繁華往似東流水，昔時少年今老矣。荔子楊梅幾度紅，柴門寂寞秋風裏。

贈皇甫隱士文遠

群英濟濟登廟堂，無復幽人卧空谷。胡爲冠帶隱廛市，有似山海遺珠玉。先生風度與人殊，面如頳玉仍禿鬢。侯門不掛一步脚，厭殺人間呫囁儒。蔣陵白下清溪曲，垂柳疏疏數椽屋。芸窗磊落一萬卷，客去自倚風軒讀。秦淮買竹起高樓，興來酌酒樓上頭。科頭擧白亂浮客，胡琴羌笛聲啾啾。朋賓自飲還自散，先生醉眠忘早晏。蒲葵巨扇醉不醒，人定鐘闌始知飯。沉酣本以陶性靈，有時兀坐還惺惺。屯蒙火足金母嘯，卦氣白白升黄庭。看君出處有妙策，爲人不遷亦不激。隨時無怪互隱顯，意欲不遣人人識。我作初交沈逸民，卜居遂與先生鄰。雪中長趿東郭履，花下時掛淵明巾。生平落落人少喜，先生一見便知己。非因性情酷相似，安得傾倒能如此。居安食飽即爲家，山林未必强京華。君不見西湖處士骨已朽，至今惟有寒梅花。

贈關元帥景熙

君在前朝帥東閫，虎符三珠秩二品。轅門裨將懸金章，黄頭奴子州縣尹。楊僕樓船下瀨時，君隨左相入京師。端門萬錢宴珠履，輦路千花明錦衣。天官宗伯司邦典，藻鑒論君第高選。君言下國羈旅臣，生來好武文筆淺。願綰銅章佐北征，還來作吏錦官城。宣勞豈言爵高下，貴在晚節完虚名。歲華荏苒容鬢改，朋舊飄零滿湖海。星辰霜木餘幾人，我與蟾溪老高在。前年佐縣淮山陰，今春待詔入詞林。

比來奉節領祀事，會面錯愕驚愁心。郫筒新酒凝寒翠，清夜懸燈共君醉。醉來自起彈鳴箏，一曲清歌數行淚。有歌有酒君莫辭，人生會遇信有時。百年莽莽任所適，不必借箸籌前期。但憐奔波稀會面，此去何時復相見。明朝掛席下瞿塘，我似伯勞君似燕。

戲贈端孝思

君不見長安遊俠兒，銀鞍白馬青春時。朝出呼盧夜飲酒，美人娟娟照窗牖。若爲君作梅花仙，不隨桃李爭春妍，臨流自敞書畫軒。獨夜可憐邀月飲，一春長是背花眠。

送何都閫濟南省親至京還廣

伊昔關河事征戰，君家嚴君擁方面。君拜元戎領大藩，虎旗耀日光於電。北山之北南河南，鯨波虎壘相巉巖。轅門上日開將閫，白馬朱纓銀作銜。軍中呼盧日向午，錦筵置酒夜擊鼓。龍潭降卒解西歌，翁源女兒學東語。有時俘賊珠海頭，海門六月如九秋。牙旗揮天虎豹怒，霹靂迸火魚龍愁。銀漢淋漓洗穹昊，嚴親入覲承恩早。角巾還第誰最高，君與君家兄弟好。朅來寧親東入齊，歸舟一繫蔣陵西。鶯花爛熳春如海，歌舞流連醉似泥。蟾溪高彬故部曲，開宴斗門橋下屋。宣州梨子鵝兒黃，吴姬指纖白如玉。酒酣耳熱悲故鄉，孫蕡在座情更傷。關河北去五千里，目斷南天如許長。秦淮水生風似雨，十幅蒲帆醉中舉。龍灣江口辭故人，小孤洲北失前侶。知君第宅繞西湖，門對羅浮列畫圖。梅花白白想猶昨，蘆橘青青今有無。三郎今年三十歲，平生與賚最知己。明歲春還若寄書，玉堂華館西清裏。

往平原別高彬

銀壺緑酒沾春宴，環珮朝回奉天殿。平生不作兒女悲，獨向高彬淚如霰。高彬昔年桑梓雄，好賢乃有古人風。東林詩社静來結，北海酒樽長不空。朅來弓劍已蕭索，短髮如絲猶好客。塞上葡萄火齊紅，宣州梨子鵝兒白。沉綿不獨重相知，文采今還勝昔時。小樓焚香每讀《易》，净几把筆常題詩。今晨我作平原別，高彬不意情欲絶。芙蓉香冷不堪贈，楊柳枝黄未宜折。龍灣江口石城頭，一幅蒲帆萬里秋，暮雲紅樹儻相憶，應有音書慰別愁。

寄訶林長老明静照

龐眉老僧無住着，不問山林與城郭。談禪到處即跏趺，白晝天花如雨落。心知一境萬緣空，静與晴霄海月同。錫振春山常伏虎，鉢含秋水自藏龍。問師今年僧臘幾，手種蒼松舊松子。松身已作蛟龍鱗，定中一念猶未起。白石垂蘿净窈冥，爐香一炷兩函經。澗猿時擎野果供，山鬼或倚寒巖聽。荷爲袈裟荔爲帶，世人見者皆再拜。師言是悉有漏因，我今已入無色界。十年奔走亂如絲，對榻空論不遂期。每嘆道緣於世淺，惟師與我最相知。

贈虹縣顔景明

淮陽老人讀《周易》，風吹鬢絲人不識。興闌移席傍寒梅，雙眼如猫對花碧。天風毛骨江海仙，偶來花下同清緣。凌雲文采鳳凰見，照室丹光龍虎全。清琴調古無人續，且可開樽歸茅屋。胎禽起舞和雲謡，山月光于畫樓燭。

次武昌

大風吹船如馬走，船頭水聲作牛吼。掛帆初發岳陽磯，轉柁俄灣武昌口。武昌城頭黄鶴樓，飛檐遠映鸚鵡洲。漢陽樹白煙景濕，行人如鷗沙際立。江南風土寒氣遲，居人九月着絺衣。酒旗臨江開竹屋，當壚小姬能楚曲。蜻蜓船尾旋迴風，今夕停船酒家宿。

題錢叔昂瀟湘圖

遠山如遊龍，近石如踞虎。秋陰迢迢樹楚楚，乃是洞庭瀟湘之極浦。西來白波浮太虚，鬼物似與空濛俱。潭深蜃氣結樓閣，鮫人踏浪隨游魚。織綃更泣明月珠，綴成懸璫素裙襦。九疑并迎翠華輦，絳節影低群真趨。須臾長風起木末，高林側亞葉亂脱。浮雲散盡天宇豁，雲水遥連帶青闊。蒼松翠竹黯未分，殘霞斷靄餘斜抹。錢郎毛骨清，畫此兼衆妙。疏疏臨水花，白白遠山曉。恍疑一葉寒流中，雨後開篷展清眺。日落君山吹鳳簫，水雲相間作簫《韶》。荒祠二女應魂斷，試把芙蓉天外招。

次歸州

歸州城門半天裏，白雲晚向城下起。市廛架屋依巖巒，婦女提罌汲江水。巴山雪消江水長，城中夜聞灘瀨響。客船樹杪鈎石棱，漁父雲端曬罾網。家家蕪田山下犁，倒枯大樹燒作坭。居人養犬獲山鹿，稚子縛柴圈野鷄。楚王臺高對赤甲，四時猛風長颯颯。柁工鳴板避漩渦，櫓聲摇上黄牛峽。

發忠州

顛風翻山雲黑黑，星河無光江翕翕。摇船夜半發忠州，漩深浪緊船欲立。宣公祠下灘嘈嘈，船頭着水低復高。石棱割裂箕斗影，山鬼出雜魚龍號。亦知風水莽回互，王事有程那得顧。誰歌太白《蜀道難》，和我靈均《遠遊》賦。

下瞿塘

我從前月來西州，錦官城下十日留。回船正值九九節，巫山巫峽風颼颼。人言灧滪大於馬，瞿塘此時不可下。公家王事有程期，敢憚微軀作人鮓。人鮓甕頭翻白波，怒流觸石爲漩渦。柁公敲板助船客，破浪一撇如飛梭。灘聲櫓聲歷亂聒，緊摇手滑櫓易脱。沿洄劃轉如旋風，半側船頭水花没。船頭半没船尾高，水花作雨飛鬢毛。争牽百丈上崖谷，舟子快捷如猿猱。攏船把酒聊自勞，因笑輕生博奇好。吟詩未解追謫仙，天遣經行蜀中道。巴東東下想安流，便指歸州向峽州。船到岳陽應漸穩，洞庭霜降水如油。

羅浮

四百峰巒列海圖，飛雲絶頂敞玄都。丹砂五色時光焰，紫翠中天半有無。觀裏松株皆住鶴，山中竹葉盡成符。鐵橋歸去尋清賞，爛醉仙人白玉壺。

江上

江上青楓初着花，客帆和月宿蒹葭。雲過疏雨數千點，臨水小村三四家。風起漁船依釣石，潮回歸雁認平沙。秋懷已向南雲盡，又是滄洲閲歲華。

古意

山礬花落春風起，吹妾芳情渡江水。夢中蝴蝶相交飛，門外鵲聲郎馬歸。

送翰林宋先生致仕歸金華八首

門生日日侍談經，獨向孫蕡眼尚青。幾度背人焚諫草，風灰蝴蝶滿中庭。
千載班揚亞六經，先生高步續芳聲。高麗日本朝王使，長向仙班問姓名。
頭白勳庸列上卿，君王豈是重文名。朝廷禮樂新寰宇，半是先生撰次成。
事業文章滿汗青，白頭歸去世緣輕。雙溪水繞長松下，只讀《楞伽》一卷經。
紅鞓金帶荔枝花，三品詞林内相家。歸去山中無箇事，瓦瓶春水自煎茶。
玉樹芝蘭取次成，小孫開歲亦能行。懸燈夜讀元朝史，認得前編老祖名。
近欲長參不語禪，水雲飛盡月輪圓。惟餘一册龍門子，留與西江學者傳。
華髮朱顔六帙餘，還鄉猶駕軟輪車。龍江關吏如相識，應止青牛乞著書。

寄高彬

條風吹緑滿蟾溪，蠟屐行春日向西。獨木橋邊烏桕樹，鵓鳩飛上上頭啼。

寄王彦舉

緑楊陰下玉驄嘶，絲絡銀瓶帶酒攜。夢入南園聽夜雨，不知身在蔣陵西。

過揚州二首

江上垂楊覆白蘋，斜陽啼鳥斷吟魂。朱樓翠箔今何在，一帶寒城鎖暮雲。
垂楊白白折殘枝，春盡瓊花作雪飛。少日狂遊今是夢，竹西歌吹舊臺池。

秋閨思三首

涼夜簫聲處處過，玉樓高起逼天河。西風瘦盡梧桐葉，添得西窗月影多。
晚思沉沉倦倚闌，玉簫聲歇酒闌珊。澹雲還掩初生月，誰護梨花作夜寒。
夜漏沉沉似歲長，小鬟貪睡懶添香。春風莫撼流蘇帳，待妾分明夢一場。

訪某駙馬不遇題壁

青春駙馬不還家，公主傳宣坐賜茶。十二碧欄春似海，隔窗閒殺碧桃花。

闕門書所見

隱隱旌旗颭落暉，方山遥望錦城圍。平蕪一帶香塵合，知是諸王射獵歸。

集外詩二首

贈鶴林周玄初尊師

物外逍遥月鼎翁，先生早歲得相從。榴皮畫壁成黄鶴，竹葉書符化緑龍。天女時聞蒼水珮，世人空拜累珠峰。神遊倘遂烟霞約，便解朝衣問赤松。

周玄初祈晴詩

江南仙山天下無，峰巒屹立龍虎都。赤城嵯峨敞靈區，中天秀色光盤紆。紫極曲密交綺疏，鬱蕭彌羅玉渠渠。宸嚴中高天帝居，璇題丹篆雙蛟扶。美人風鬟綉羅襦，華容綽約春花敷。星爲華蓋霞爲旟，列缺豐隆一字趨。文昌司勳丹桂厨，廷尉執法森雕殳。真人獰色虬髯鬚，華嶽攢雲冠翠岨。雪山青城角井孤，碧桃吹香蜀錦如。先生丰度常人殊，蒼姬爲姓字玄初。攜琴南來訪華胥，神清骨冷驚座隅。琅函石室啓秘圖，谷神天機守若愚。經巢重營向姑蘇，緑樹蔭屋江循除。何年聲名達鑾輿，入陪夔龍達天衢。天顔津津降都俞，御爐霧繞青霓裾。東溟巨漲吞三吴，秋陽化霖没菑畬。堂筵産蛙釜生魚，平陸滉漭成江湖。妖霾陰霏塞四墟，洪濤墨汁翻舳艫。老農倉惶憂國租，百萬傴指將淪鋪。先生被髮騎於菟，俯爲蒼生出蓬壺。手扶芙蓉緑湛盧，靈蛇穿星膽氣粗。蘸筆露葉書陰符，封章奏伏紅氍毹。

天壇赤脚踏斗魁，叱喝百鬼如傭奴。千山萬山雨糢糊，劃然清空見杉櫧。陽侯擎盤獻金烏，若木散彩乾泥塗。飛廉崩騰運飆車，海屋撼折青珊瑚。馮夷首縮寒蟾蜍，天吴却走尾畢逋。歡聲如雷隘闉闍，鶉衣鶴髮歌里閭。我本逍遥山澤臞，不才分比櫟與樗。顔面偶出應時需，勃鬱坐困塵土拘。石牀蕙帳松菊枯，鐵橋流水空羅浮。藜羹不充出無驢，况望宦達高名譽。滄波東深芳景徂，驚禽不定林木疏。羊腸九折方崎嶇，我行欲進仍趦趄。紛綸世事集眇軀，有若萬弩向一狙。逝言乞身承明廬，分我水竹出南嵎。清泉白石鄰樵漁，松花春醞傾浮蛆。呼龍畫江種金蕖，倩鶴渡海傳丹書。玄言五千味道腴，妙香縈簾日欲晡。凝神坐忘隱團蒲，闢元晃朗天爲徒。坎離匡郭太一爐，黄庭有士身衣朱。白虎嘯風作敖樞，蒼虬摧鱗與之俱。龍喑虎啞不須臾，虚室發白延居諸。泥丸三花暖將舒，蜩蟬蜕殼鷄抱雛。長吟洞章夜冲虚，左驂翔鸞右飛凫。班行朝回步虚徐，琅風清微韻笙竽。蚩尤捲旗枉矢袪，立召霹靂誅猰貐。丹砂如粟倉箱儲，一粒入口千年餘。顛崖赤子凋瘵蘇，四海盡化爲唐虞。五星聚奎貫聯珠，麒麟遊郊鳳棲梧。峑峒影掠周八駒，龜臺閬風宴仙姝。歸來松陰倚蜘蟵，酡顔謔笑解玉琚，與君歲晚同遊娱。

李義寧德二十二首

德字仲修，番禺人。洪武庚戌，以明《尚書》薦至京師，授洛陽長史。繼遷濟南、西安二郡幕，自陳年老不能吏，乃就湖廣漢陽教諭，秩滿改任廣西義寧縣，倦遊南歸，卒於家。子孚，字庭信，亦能詩，見《廣州人物傳》。

棲雲庵

石室凝紫烟，空洞懸石乳。陰崖含風泉，終日灑飛雨。臨流結精舍，六月不知暑。道人養清虛，適與高僧處。垢浄俱已忘，孰爲捨與取。諸幻既遠離，白雲日相與。何當謝時人，來作塵外侶。

憶南園

南園蝴蝶飛，緑草迷行迹。青鏡掃長蛾，娟娟弄春碧。錦屏千里夢，寂寞愁芳色。小字寫長箋，鱗鴻坐相隔。

柳塘書舍圖

遠山出白雲，近水明秋色。煙波漫浩浩，日暮歸舟急。隱約叢薄間，茅茨倚蒼石。中有柳塘翁，看看似相識。

寄孫仲衍

南園虚夜月，風景罷登臨。犖洛成陳迹，青齊入苦吟。升沉凋壯節，匡濟負初心。薄宦容身得，寧辭雪滿簪。

寄馮朝泰

金陵昔會面，一别杳無音。故國秋雲合，大江春水深。宦情同契闊，老景各侵尋。縱有衡陽雁，何由寫宿心。

金陵逢趙汪中

十年長契闊，萬里各分飛。歧路風烟杳，江湖消息稀。加餐俱努力，訪舊各霑衣。春草無勞緑，王孫自不歸。

秋　情

蠟炬摇紅紗隙凍，沉香帳底鴛鴦夢。芙蓉波冷薄霜凝，一夜離鸞憶單鳳。梧桐金井啼曙鴉，夢郎封侯歸妾家，開門自掃枇杷花。

十二月樂章

正月

東方日出香茸茸，長條短條花眼紅。柔雲弱雨暗填空，茫茫蝴蝶破春風。鸞帕抹煙山夢濃，蕭颯愁思開暝容。江頭滀滀水聲動，微和着柳黄金重。

二月

燕梁玄玉濕，蜂蜜花房曉。銅龍嚙水微，翡翠含波小。石間苔蝕菖蒲根，古魂啾啾啼曉昏。紅芳碧蕊亂殷殷，蠻女剪煙插翠雲。遊絲縈春懸錦綺，渚間沙白鴛鴦喜。

三月

花斂容，柳刷翠。扇薄欲裁紈，佩香思剪蕙。桐英寂寂沈寒波，紛緑猗猗日影多。六街煙花净如掃，千年古血生青草。

四月

碧雲屯午風熏熏，五絲曲奏玄霜紋。湘皋野龍拔新玉，摧鱗健角蕭蕭緑。蕙香小妓扇輕羅，半掩櫻唇試新穀。金丸落落絃紅脂，石池青鈿溢碧漪。

五　月

沙上短蒲緑，赤菱紫茨離披熟。越奴青髮艾懸香，踏踏採蓮塘上曲。遊龍撇波海水飛，黄頭伐鼓吹參差，少年揺曳澹忘歸。

六　月

皇天高，厚地裂，白日河庭泣魚鱉。湘神抱瑟愁波濤，頳陽畢化稚陰結。焉知海上黄金闕，萬丈丹梯到寥泬，喬松相攜弄《白雪》。

七　月

桐風刮帳無春温，赤精解綬佩金神。銀浦橋成鵲濟津，遥遥帝子度長雲。野芳萋萋日杲杲，十萬蛾眉鏡中老。錦樓折竹夜迎仙，越秀吴都巧不眠。

八　月

玉露溥清虚，銀雲擁明月。空濛白夜凉，遠近商聲發。桂子落秋香，寒娥能孤潔。誰家理素琴，調急絃應絶。

九　月

清飆激素商，遠客生歸夢。茱萸委匣香，玉腕勝金重。幽芳垂晚徑，汲綆霜華凍。洞庭木葉空，臨水悲相送。

十　月

沈寒凝海霜斑斑，蘆鴻叫叫蒼梧間。仙鷄警曉蟠桃乾，天鼓無聲澤龍閒。

十一月

軒轅玉管還初氣，綵線紆迴報長至。瑶花散落滿寥天，萬户千門夜明媚。南山幽翠浄如削，内屋紅爐春自若。璇璣迴斡見天心，姬氏騎龍班歲朔。

十二月

北斗璇光射幽土，四氣緣環若朝暮。蟄底驚蛇輓不留，官街力獸馱寒去。

閏月

嬴皇當極黄楊死，一寸霜皮生不起。嶧陽老榦青銅銀，玉葉排秋十三子。鬱華羿妃綬兩轡，遅回二萬八千二。春秋九十短長勻，青紅白黑上下均。千秋萬歲奉明君。

送友人

闢雲擲擲吹沙黄，瑶華拂劍春風香。鵝黄淺泛玻璃光，越妓舞衫《金縷》長。江津白白黄灣月，神魚撇波龜甲裂。湘娥凝緑染春衣，踏踏青雲郎馬歸。

塘上行

露濕藕花香，花折藕絲長。豈無鳧與雁，不似錦鴛鴦。

黄通判哲十六首

哲字庸之，番禺人。性好山水，結廬蒲澗，往來羅浮、峽山、南華諸名勝。出遊吴、楚、燕、齊，止於秦淮。龍鳳中，太祖駐師金陵，李善長、張昶、汪廣洋交薦之。乙巳，建吴國，拜翰林待制，入書閣侍太子讀書，尋兼翰林典籤。洪武初，奉使青、徐，尋出知山東東阿縣。經毛貴亂後，民多流徙，聞哲善政，皆復業。辛亥，陞東平府通判，疏决河於梁山。尋上疏陳時務，上怒其狂妄，放歸。乙卯，召回山東，以他事詿誤，竟置於法。

白苧詞

長洲宮中花月輝，彩雲夜傍瓊樓飛。吴姬娉婷白苧衣，揚蘭拂蕙春風歸。花籌傳觴注紅玉，月鏡當筵掩明燭。低環按節宫調促，嫣然一轉亂心曲。夜長酒多歡未足，驚烏啼向東苑樹。星河闌干正當户，明眸皓齒歌《白苧》。蛾眉嬋娟花月妒，含情奉君君莫顧。雲中璧月易盈虧，葉底穠華多盛衰。願爲寶階千歲石，長近君王雙履綦。

烏棲曲

九月過姑蘇，江頭霜草枯。西風吹葉盡，愁殺夜棲烏。棲烏月明裏，霜重驚還起。無處託安巢，啞啞渡江水。江波淺復深，東去無還心。《白苧》吴宮曲，能成哀怨音。只言歡樂長相保，青春幾時秋又老。可憐西子斷腸花，不及虞姬美人草。舞罷垂楊金縷衣，椒房絳燭明星稀。越騎争馳海山動，吴歌尚繞梁塵飛。梁塵飛飛《白苧》哀，烏啼夜半閶門開。鴟夷浮江麋鹿來，月明猶照姑蘇臺。

自君之出矣

自君之出矣，無處託鱗音。思君如晝燭，淚盡不明心。

秋月篇

金商鳴素節，瑶律届先秋。始見西陵月，嬋娟滄海頭。清規臨夜滿，澄影際天浮。媚浦沉珠迴，凝波浄練收。常懸鳷鵲署，初照鳳凰丘。碧落宵同映，銀潢曉共流。梁園生綺夢，陳榭感芳憂。爽泱征人袂，光含思婦樓。玉臺情未已，鸞鑒影空留。詎惜盈虧屢，仍知晦朔周。關山隨别騎，淇水送行舟。願逐餘輝去，蘭堂奉夕遊。

遊泰山

今年初出承明班，折腰從政青徐間。神州二月新雨霽，我來萬里觀名山。名山岱泰連雲上，鄒嶧徂徠鬱相望。晨霞仿佛見丹崖，旭日曈曚射青嶂。羽服逍遥山際行，垂蘿磐石漸迴縈。喬樹千章寒谷秀，陰泉百道曉虹明。玄都太古瑶壇在，石室丹爐長不改。中林迢遞躡天門，五色芙蓉耀光彩。東極群真鳴珮環，招摇玉女開金關。蒼龍飛去溟海闊，黄鶴下唳清風還。奎壁祥光生縹緲，日觀扶桑擘昏曉。登臨今日九州同，顧視寧論萬山小。名嶽齊天天不知，齋宫虔潔閟靈祇。寶鼎椒蘭騰馥鬱，芝楹華蓋仰威蕤。祠官祝鼇朝擊鼓，玉童吹笙雙鳳舞。魯祊秦祀變浮雲，后土精靈夜相語。功成世世來登封，明堂駿奔朝岱宗。翠華行處入歸鳥，樛木盡亞隨飛龍。微茫玉檢無人識，緑雲陰洞秋聲急。但聞松喬遺素書，我欲因之蜕凡骨。絶頂玄芝應再生，神遊早願抛塵纓。笑騎蒼猊驂太乙，稽首銀臺超上清。

河渾渾并序

洪武辛亥夏六月，工部主事仇公、中書宣郎。覲公奉旨按行黄河，北環粱山，逆折西，至巨野、曹、濮，達盟津，發民疏浚淺壅，俾通糧漕。予亦承乏，分領東平之役，濟寧則有守禦千户張將軍董其事焉。諸公偕會粱山。余記元年春奉命泝河北來時，兵始襲汴，舟師逾彭城，北入汴南塔張口，泝漫流而西。三年，余朝京師，道出其左，則塔張之津已淤，舟之汴洛者，北趨戈泊口，任城開河閘西以行。今由粱山，則迂其故流，又及千里矣。且復晨夕徙遷無常，漕舟苦焉。蓋其瀰漫奔決，能困兖、豫、徐、冀數州之民，而深不足引舟漕。有司常具舫尋源，摽幟以前導，翌日則又徙而他流矣。塗路朽壞流沙，數百里間，篙楫畚鍤無所施其功。故議者欲上聞，有復堰黄陵岡之舉。噫！此季元之覆轍，何足與議哉。因賦《河渾渾》。

河渾渾，發崑崙。度沙磧，經中原，噴薄砥柱排龍門，環嵩絶華熊虎奔。君不聞漢家博望初尋源，揚旌遠涉西塞垣。窮探幽討事奇絶，云是天津銀潢之所接。葱嶺三時積雪消，流沙萬派從東決。東州沃壤徐豫之墟，懷山襄陵赤子爲魚。夕没巨野，朝涵孟諸，茫茫下邑皆沉污。民不粒食，鄉無廬桑，畦忽變葭，葦澤麥壠盡化黿鼉居。宫中聖人方旰食，群公夙夜憂曠職。星郎又乘博望槎，西去盟津求禹迹。

始聞古道行千艘，一朝轉徙才容舠。奔衝倏忽駭神怪，淺不浮漚深没篙。我上粱山望曹濮，長嘆滄桑變陵谷。萬人舉鍤功莫施，猶擬宣防再興築。宣防漢武威，曷若堯無爲。洪波閲九載，端拱垂裳衣。玄圭錫夏后，安得辭胼胝。龍門一疏鑿，亘古功巍巍。巍巍功可成，河水渾復清。

寓治穀城寄京華親友

金陵别時春已半，含桃吹花鶯語亂。群公送客勞勞亭，王事驅馳不敢緩。折腰從政真可憐，貂裘欲敝寒無氈。青徐古道暗荆棘，二月黄河水塞川。戰場蔓草索白骨，城都蕭條狐兔窟。柳塞胡笳夕厭聞，花門突騎時還出。獵火荒凉夜合圍，聊城闕外羽書飛。將軍轉戰略邢魏，歷下遊兵分道歸。瘡痍未復更顛蹶，忍看呻吟日流血。朝耕暮戰同死生，撫字無才政多拙。有時登高望遠山，浮雲萬里何當還。令人却憶魯連子，一箭成名東海間。

費將軍凱還歌

費侯佐國文且武，禮樂從容在軍旅。漢家卿相誰得如，雲臺功臣祭征虜。王師轉戰下山東，大將平燕無限功。復有奇兵專節制，將軍同日度居庸。居庸城邊草初白，戎兵夜遁龍沙北。長風吹沙鐵山黑，賢王雕弓控不得。組練如霜未倒戈，狼烽斥候通灤河。將軍洗兵河上波，馬前雙吹金哱囉。英雄如公信無敵，據鞍歸來親草檄。歸來更唱平戎歌，燕然山頭堪勒石。忽憶去年駐阿城，僕忝微官曾送迎。

馬頭北去掃燕土，今日傳聞朝玉京。旌麾再入阿亭路，横槊賦詩肯相顧。官橋一道野棠開，人道當時列營處。東風二月江南春，露布先傳到紫宸。丹書鐵券分茅土，願爾功成過古人。

醉歌行爲鄺復初雄飛昆仲賦

昨日風雨中，我來自西山。不知春早暮，花落長林間。林間幽人心事閒，相逢一笑開雲關。問我别來春幾度，五見飛花滿行路。黄橙丹荔繞池栽，清水離離照芳樹。登高酌我黄金罍，傾情寫意無嫌猜。攜觴復就花下飲，鳥啄餘花鋪緑苔。我惜落花君莫掃，乘興即來坐芳草。江山如此多閲人，與君相期恨不早。君家伯仲多材雄，白眉更是人中龍。東山還着謝公屐，百世行藏安得同。爾曹曾辭鶴書召，予亦蹉跎走荒嶠。華發盈簪已自慚，烏巾折角從人笑。悠悠行路心，惟君可知音。南冠發楚奏，拂拭瑶華琴。商聲凄凄夜沈沈，酒酣風悲月出林。終然苦調不可聽，爲君更賦還山吟。他年訪我桃花洞，洞口花殘春正深。

王彦舉聽雨軒

輞川給事才日奇，自我相親童冠時。高談甚愛風雨夕，世上閒愁都不知。幾回共酌東軒裏，正值蕭蕭滿人耳。當窗滌筆寫《黄庭》，凉聲散落鵝池水。竹外淋漓芳砌寒，檐端飛灑落花殘。先生擲筆向予笑，如此宫商真可歡。况復交遊盡文雅，傾倒對之情不捨。銀觥夜酌凉蒲萄，琵琶嘈嘈急如瀉。先生醉坐銀燭低，行雲入簾花氣迷。喈喈屋角聞朝鷄，出門只見花成泥。當時雄筆誰更好，孫公狂歌君絶倒。横眠三日醉復醒，夢見池塘生春草。一别凄凉十二年，關河風雨隔幽軒。懷鄉淚逐燈花落，隱几晴忘春溜喧。君入蓬萊獻三賦，我踐泥塗走中路。歸來相見頭總白，坐上逢人半新故。西窗舊話誰與傳，思君昨日空回船。緑青蓑蒻重來訪，莫厭連牀終夜眠。

將進酒贈彭生秉德

華燈照廣席，錦瑟彈朱絲。一彈再三嘆，進酒卿莫辭。丈夫成名垂不朽，彭生早試穿楊手。彩鳳朝鳴崗上桐，驪駒莫繫門前柳。門前柳條冬尚青，城南桂槳翻玉瓶。舣船滿引百分勸，出門不顧蓬中螢。君不聞洛陽賈生對宣室，長安九衢皆動色。長安九衢横九天，爾如神駒當自力。我昔侍從金門中，誓師牧野初成功。功成治定四海同，條牧再見承平風。爾行决科期第一，狐裘蒙茸髮如漆。莫辭更盡金屈卮，直上排雲振雙翮。

短歌行與藍山陳彦中

桂水秋風高，扁舟過蘋末。西來佳公子，袖拂湟川月。公子芳年狐白裘，抱琴來訪丹山丘。雲邊舉手笑相揖，凌雲意氣横清秋。高談雅論傾四座，自言曾到燕山遊。雪中射虎隨飛將，原上呼鷹從列侯。酒酣馳向城南獵，騰身飛鞚輕一瞥。赤手獲得千年狐，路人縱觀誇勇捷。卿家嚴君誰得如，湘南昔日專城居。將門有將今復見，見此滄波明月珠。明珠白璧相照耀，知音更學絲桐妙。傳得吴儂《子夜歌》，彈爲楚客《陽春》調。爾有吴越思，言之使我迷。罷琴惆悵孤月落，哀猿老樹臨雙溪。他年同泛山陰雪，聽爾琴中《烏夜啼》。

扶溪春望

溪頭望春春色深，美人不見勞子心。緑波渺渺向南浦，罨畫樓臺芳樹陰。天涯滿目丹青障，春日春花兩摇漾。翡翠蘭苕不可思，鴛鴦桂樹長相望。相望相思雲路遥，金塘流水亂春潮。採菱風急桂舟晚，疑是當年楊子橋。橋邊楊柳青青好，惆悵春心被花惱。浦口回船欲訪君，相思一夜蘼蕪老。

北捷應制

王師幾日定秦郵，詔發奇兵出壽州。横海樓船通楚甸，羽林旌節渡淮流。胡笳慘動關山月，戎帳威傳草木秋。聞道鷹揚能奮迅，思歸燕將莫夷猶。

舟泊龍灣寄孫仲衍

吴檣楚柁十年間，又度秦淮虎豹關。眼底故人成寂寞，夢中塵業負高閒。九州風雨東南會，七澤波濤日夜還。江上思君雲路杳，掀篷愁對蔣陵山。

折楊柳枝詞戲贈朱文昭

緑陰馳道繞隋宫，拂雨撩烟送晚風。萬樹千條都折盡，不堪回首畫橋東。

附見潘翥一首

翥字景翔，南海人。

讀雪蓬集

人中儀表黄東阿，華詞藻辯如懸河。秋波千頃撓不濁，但覺四坐春風和。早年通籍絲綸閣，詔選儒臣拯民瘼。百里柯亭棲鳳鸞，一麾古鄆翔雕鶚。交陳百務情非慾，偶蹶霜蹄衆所憐。歸來倅領文翁鐸，回首傷心叔夜絃。朝夜開卷披光彩，一似驪珠照滄海。弟子誰爲宋玉招，故人獨有山公在。愁來翹首悵東津，海水潺潺海上昏。惟有白雲山萬叠，百年從此憶清塵。

王給事佐六首

佐字彦舉，家世本河東，元末侍父宦南雄，遂占籍南海。孫蕡與佐結詩社於南園，開抗風軒以延一時名士，時謂構辭敏捷王不如孫，句意沈着孫不如王。何真開署求士，與蕡首被禮聘，掌書記。洪武六年，徵至京師，拜給事中。學士宋濂嘗拜賜黄馬，上爲歌，命詞臣和之。佐斯須而就，有「臣騎黄馬當赤心」之句，上覽之而喜，賜鈔一錠。居二載，乞骸骨，賜鈔遣還。

唐仙方伎圖

開元天子承平日，錦繡山河壯京室。金殿璇題表集賢，玉屏粉繪圖無逸。夔龍接武居阿衡，萬方旭日當文明。衡山老仙何所有，亦復通籍承恩榮。縞衣白髮酡顔老，自説時來致身早。彩篋初開玉仗分，白騾突出銀鞍小。榻前製號賜通玄，始信人間别有天。樓船未遣蕊珠賜，歲籥俄驚天寶年。九齡歸卧曲江上，牛郎又入中書相。花雨香飄蘭若鐘，柳雲春撲金鷄帳。萬幾日少樂事多，梨園法曲聲相和。鬭鷄舞馬看不足，不獨仙人呈白騾。仙人豈是呈仙伎，畫者傳之有深意。延秋門外羽書飛，却駕青騾向西避。青騾劍閣雨淋鈴，一段閒愁尚不勝。不道畫圖今若此，風檐鐵馬響昭陵。

醉夢軒爲錢公鉉賦

東吴錢高士，索賦醉夢詩。十年不是不題句，我亦醉夢無醒時。問君醉夢緣何事，君言不解其中意。但知痛飲復高眠，即此悠悠是生計。滄溟傾瀉供杯盂，乾坤偃仰如蘧廬。神遊溟涬鈞天外，心寓鴻荒太古初。人皆掉舌談臧否，君方默坐糟丘底。人皆明目辨妍媸，君獨瞢騰黑甜裏。君不見汨羅江邊人，獨捐醒軀博得千載名。又不見王戎鑽李執牙籌，晝夜營營算不休。人生適意此爲樂，何須苦覓揚州鶴。竹葉杯中閲四時，蘆花被底舒雙脚。錢公錢公真我師，平生此意君得之。連牀未遂論文約，潤筆先求買酒貲。我生落魄惟貪飲，百事無聞只酣寢。生死真同力士鐺，榮枯付與邯鄲枕。邯鄲枕上意如何，笑殺當年春夢婆。貪看北海清尊滿，誰願南山白石歌。吾聞醉夢之鄉一萬八千里，中有仙人長不死。李白佯狂樂自如，陳摶鼻息呼難起。行行又入無何有之鄉，麒麟作脯瓊爲漿。借得仙人笙與鶴，三清八極同翺翔。

戊戌客南雄

寂寞江城晚，依依獨立時。迴風低雁鶩，返照散旌旗。家在無人問，愁來只自知。幾回揮涕淚，忍誦《北征》詩。

憶舍弟彦常

庭草秋仍緑，江楓晚漸稀。年光隨水去，功業與心違。遠海猶傳箭，殊方未授衣。翩翩南去雁，故作一行飛。

午日呈鄭久誠參政

百頃芙蓉罨畫船，賀家湖上水平天。金盤送果沈冰碗，羅扇題詩散舞筵。往事氛埃成遠夢，佳辰風雨憶華年。澗蒲九節根如玉，服食於今笑學仙。

書所見感舊

小小銀箏壓坐偏，曾將古調寄新絃。芙蓉緑水秋將老，鸚鵡金籠語可憐。兩鬢秋霜明鏡裏，十年春夢夜燈前。湖山隱約人如畫，空負當年罨畫船。

趙布衣介二首

介字伯貞，番禺人。老於布衣，廣中五先生之一也。

聽雨

池草不成夢，春眠聽雨聲。吴蠶朝食葉，漢馬夕歸營。花徑紅應滿，溪橋緑漸平。南園多酒伴，有約候新晴。

瑶池

宴罷瑶池暮雨紅，碧桃花落幾番風。重來八駿無消息，擬逐青鸞入漢宫。

列朝詩集甲集第二十二

方正學先生孝孺四十五首

孝孺字孝直，一字希古，世居臨海侯城里。洪武丙辰，謁太史公于翰林。丁巳，執經於浦陽山中，先後四寒暑，盡得其學。召至京，除蜀王府教授，獻王師事之，號其讀書之室曰「正學」，學者稱正學先生，亦曰侯城先生。建文帝召爲翰林博士，進侍講。靖難時，以死殉。爲絶命詞曰：「天降亂離兮孰知其由？奸臣得計兮謀國用猶。忠臣發憤兮血淚交流，以此徇君兮抑又何求？嗚呼哀哉兮庶不我尤！」正學殁後，文字之禁甚嚴，門人王稌叔豐收其遺文藏之。宣德後，稍傳於世。有《遜志齋集》四十卷。

閒居感懷九首

鳴鳩知天雨，乾鵲知天風。蟋蟀最無知，亦悲年運窮。云何當世士，憒憒温飽中。變故如波濤，浮湛安所終。

鳳隨天風下，莫息梧桐枝。群鴟得腐鼠，笑女長苦饑。舉頭望八荒，默與千秋期。一飽亮易得，所存終不移。

乘時功易立，處下事少成。君看蕭曹才，豈若魯兩生。賢豪志大業，舉措流俗驚。循循刀筆間，固足爲公卿。

庭前兩古檜，封殖今百年。女蘿欺衰朽，揚翹冠其顛。弱榮蒲柳脆，巨榦金石堅。得時不自料，歲晚良可憐。

我非今世人，空懷今世憂。所憂諒無他，慨想禹九州。商君以爲秦，周公以爲周。哀哉萬年後，誰爲斯民謀。

習俗日頽壞，疇能塞其源。自從井牧廢，開此争奪門。救弊豈無術，得君苦難言。田間一卮酒，踸酬蒼梧魂。

利欲烈炎火，虐焰起從横。區區一子輿，死以口舌争。豈不念迂遠，安能負平生。皇皇斯須困，炳炳萬世明。

胡貊笑紈綺，吴越賤堅車。群庸方囂囂，固謂智士愚。刀筆計得失，絲粟較盈虧。誰云周公聖，對此慚不如。

池魚不知海，越鳥不思燕。蚯蚓霸一穴，神龍輕九天。小大萬相殊，豈惟物性然。君子勿嘆息，彼誠可哀憐。

追次朱子春懷詩韻

聞鐘理短髮，徐步啓荆扉。不知夜雨過，園林頓芳菲。江山静妙顔，雲日浮清輝。殘梅落欲盡，幽池水痕肥。始見新歲來，景物忽如兹。徒爲逝川嘆，未遂滄洲期。及時樂取樂，莫遣青春歸。

栽柏

迂拙乖世用，每藴無窮思。取效非目前，遠與千載期。翠柏信良材，成長計功遲。兹晨屬煙雨，移動盈尺姿。清廟嚴潔地，聖靈會於斯。豈無杞柳輩，不足當階墀。殷社夙所尚，古制非人爲。先師實殷人，植此理固宜。但恐枝榦弱，不耐風霜欺。培護苟無失，終見盛大時。三年過人長，十年齊桷榱。百年必合抱，根深柯葉滋。青霄泊鸞鳳，厚土蟠蛟螭。豈特傲寒暑，將堪閲興衰。所託况得所，永免斤斧危。既膺顧盼榮，復與剪伐辭。寥寥百世後，神物相扶持。何必爲棟梁，乃見才氣施。流光若飛翰，時代易推移。行看好古士，追説種者誰。我生素多病，中歲早孱羸。待爲鶴髮翁，見女凌雲枝。志士用心者，濩落爲世嗤。何如群兒巧，插槿紛成籬。

宿夾江寺

窗開覺山近，院凉知雨足。淡月透疏櫺，流螢度深竹。心空慮仍澹，神清夢難熟。起坐佛燈前，閒抽易書讀。

勉學詩八首

驅車入東雒，策馬上西京。所遇何表表，莫非公與卿。旌旄出廣路，百步辟人行。前驅與後擁，不絶如雷轟。人生處困厄，孰不思寵榮。此途良足樂，此任苦不輕。丈夫誓許國，身作萬里程。永懷鼎足戒，毋使公餗傾。

田單拜齊將，即墨乘孤危。群心效死鬬，燕士不敢支。一朝寵禄盛，惜身思自持。小敵竟不下，大冠空若箕。功名每如此，樹立終凌夷。國家匪憂危，寵爾將何爲？動懷首鼠計，退與災禍期。向非魯連子，身死節亦虧①。

① 原注：「此詩爲李九江而作。」

鸞鳳寡儔匹，玉樹少枝柯。貴人在高位，骨肉苦無多。輕車駕駟馬，妙舞隨清歌。獨樂不如衆，中心欲如何。東家借一軸，西家求一梭。織成十丈幕，周我堂之阿。至親隔咫尺，舉首如山河。

人生四海内，同作兄弟看。一夫向隅泣，滿座爲無歡。豈無我衣裳，念爾饑且寒。豈無我粱肉，爲爾不能飧。群生本一原，有此惻隱端。胡爲自汩没，功利日相殘。辟如同母兒，給之豆與簞。奪彼以與此，終非心所安。

飲馬長城窟，窟中水無多。秋風動百草，水面亦生波。長城備外侮，室内起干戈。非關絶地脈，乃是傷人和。不見豐水上，靈臺鬱嵯峨。前有《大雅》詩，後有秦民歌。錙塗得苦水，流毒如江河。

黄河西北來，云自崑崙丘。經行非一山，回薄半九州。上有不測源，下有無盡流。萬化同此機，不知幾春秋。分明天地心，不爲淺狹謀。癡人用小計，顛倒若無求。安得申韓氏，化爲古伊周①。

① 原注：「以上四詩，蓋爲齊黄輩而作。」

勸爾一杯酒，君行莫匆匆。君心雖欲速，道路久乃通。東可窺大壑，西能越空同。不憂歲月晚，但憂筋力窮。三年刻片楮，九年成一弓。製作雖云難，爲藝則已工。小事可喻大，願言置胸中①。

① 原注：「此詩亦傷時政而作。」

次修得雜詩韻

莫驅屋上烏，烏有返哺誠。莫烹池中雁，雁行如弟兄。流觀飛走倫，轉見天地情。人生處骨肉，胡不心自平。田家一聚散，草木爲枯榮。我願三春日，垂光照紫荆。同根而並蒂，藹藹共生成。

神龍卧深澤，不若抱甕滋。白日閟重陰，不如寸燭輝。賢豪初未遇，但覺吾道非。紛紛當塗子，權勢衆所歸。兩生困蓬藋，屠販建旌麾。斯事自古然，今人安足悲。

次王仲縉感懷韻

東京多節士，我懷管幼安。騰身風塵表，寵禄寧肯干。子魚不相諒，高位屢超遷。腐鼠欲見污，聞之愧心顔。皓皓由夷姿，迥出兩漢前。彼哉阿世者，變滅同飛煙。榮華神所戲，貧賤節斯完。此道匪難知，胡人爲不然。

次鄭好義見貽韻二首

赤驥困皂櫪，垂頭避駑駘。王良振長轡，蹴踏風雲開。古來功名際，何代無奇才。當其未遇時，誰免蒙塵埃。丈夫亮有命，勿使心顔頹。

山中一尊酒，慰此離别腸。清夜步廣庭，大星吐寒芒。向來負奇氣，舉目空四方。棲遲盛年至，留滯天南荒。君看升帝閒，不必真乘黄。

題李白對月圖

明月出高樹，上懸青天中。下有萬頃之長江，揚波泛彩清若空。江風吹人色凄凛，此時對月誰能寢。十千斗酒何足論，舉杯宜就花前飲。花前飲酒無與儔，酒酣意氣輕王侯。仰招行雲不可得，但見月與河漢俱西流。仙人伐桂樹，玉女倚瓊樓。顧盼暫相悦，棄去終莫留。昨日已浩浩，今日復悠悠。人生如飛光，及時不飲空白頭。君不見月中玉兎搗靈藥，不能醫此萬古愁。何如醉卧長不醒，天地與我同虚舟。混混六合間，浩然何所求。

李白觀瀑圖

天寶之亂唐已亡，中興幸有汾陽王。孤軍匹馬跨河北，手扶紅日照萬方。凌煙功臣世爭羨，李侯先識英雄面。沈香亭北對蛾眉，眼中已見漁陽亂。故令邊將儲虎臣，爲君談笑靖胡塵。朝廷策勳當第一，圭組不敢縻天人。西遊夜即探月窟，南浮萬里窮楚越。雲山勝地有匡廬，銀河掛空灑飛雪。醉中信馬踏清秋，白眼望天天爲愁。金閨老奴污吾足，更欲坐濯清溪流。英風逸氣掀宇宙，千載人間寧復有。夢魂飛度南斗傍，笑酹廬山一卮酒。雲松可巢今在無，九江落照連蒼梧。欲從李侯叫虞舜，盡傾江水洗寰區。

徽宗花鳥圖

宣仁升遐司馬死，宋祚當時已中否。豈知禍亂猶未休，更立端王作天子。簡書四出捷星馳，重見熙豐舊設施。太室既崇荆國祀，朝堂新刊黨人碑。廷臣往往多鉗口，四海禎祥無不有。萬金寶藏造池臺，千里樓船載花柳。君臣自詑文德修，不數唐漢追商周。陳鐘考鼓按雅樂，厲甲揚戈昧遠謀。宫中從容萬機暇，酣飲逸遊忘晝夜。御輦時過宰相家，微行或飲倡樓下。宣和殿内玉屏風，綺席金爐處處同。詔遣内官宣畫史，時拈象筆極形容。神機密運回天巧，萬歲齊呼盡稱好。玉礲裝軸錦裁題，墨署花書朱篆寶。心怡意適藝愈良，自道丹青過百王。盡將兵籍付邊將，還信奸臣斥俊良。契丹滅後金人喜，猶剖王封賞閹豎。露布初騰紫陌塵，天驕已渡黄河水。汴京鎖鑰一時開，雉扇鸞輿去不回。圖書萬卷入沙漠，奎璧無光天爲哀。只今俯仰三百載，南北興亡幾更改。廢陵已發社無基，尺素誰家尚收在？吾知此畫非人爲，當有神物常呵麾。故留花鳥在人世，要俾後來懲戒之。古來君德在仁義，小技雖工何足計。不見昭陵一藝無，偉績鴻名照天地。

題南屏對雪圖

昔年歲莫京國還，艤舟夜宿南屏山。山風吹雲天欲壓，夜半大雪埋江關。清晨倚樓望吴越，六合玉花飄未絶。恍疑江水駕山來，萬頃銀濤湧城闕。山僧好事喜客留，置酒開筵樓上頭。玉堂仙人宋夫子，紅顔白髮青貂裘。坐談今古如指掌，共看雲收月華上。寒輝素彩相蕩摩，碧海瓊臺迭蕭爽。酒酣擊節心目開，慷慨弔古思英才。荒祠古柏岳王墓，廢湖殘柳蘇公堤。一時嘉會難再得，仙人上天塵世窄。王子何年繪此圖，正貌南屏舊遊迹。吾知王也奇崛人，新詩妙墨俱絶倫。偶然揮灑豈無意，神授彷彿存天真。世間今古同飛電，回首人豪都不見。空有蘿山石室書，夜夜虹光射霄漢。

江山萬里圖

我昔奉敕辭金闕，西下巴川持使節。仙槎二月出龍河，萬里春風掉晴雪。吴江茫茫入杳冥，棹歌初過蛾眉亭。錦袍不見李供奉，白雲遮斷三山青。烟蕪漲緑知何地，白鳥雙雙没淮樹。片帆風滿疾如飛，矯首驚看溯流去。大孤小孤横雪波，匡廬五老青嵯峨。九江秀色嘆奇絶，半空飛瀑懸銀河。推篷竟日閒吟倚，瞬息舟移洞庭水。君山如黛壓中流，十二烟鬟鏡光裏。好山遠自峨眉來，瀟湘練明天際開。疑峰九點落空翠，重華孤墳安在哉。武昌地轉多遺迹，隔岸烏鳴瞻赤壁。烟焰旌旗魏武兵，綸巾羽扇周郎策。扶醉曾登黄鶴樓，漢陽城對鸚鵡洲。即從鄂渚棹明月，溯流直上窺荆州。夷陵山勢多重叠，楚樹蠻雲遠相接。欲向夔城入錦城，還於巴峽穿巫峽。神女峰前路欲迷，瞿塘灧澦聞猿啼。五溪越嶲見雪嶺，但見青天鳥道低。萬里橋西看立馬，足迹經遊半天下。愧無草檄擬相如，笑擲橐金輕陸賈。今年詔許臨丹丘，夢中往往驚覊愁。江山誰寫入圖畫，眼中歷歷如經遊。岸巾一覽發長嘯，滿襟爽氣高堂秋。

題王叔明墨竹爲鄭叔度賦

吴下王蒙藝且文，吴興趙公之外孫。黄塵飄蕩今白髮，典刑遠矣風流存。華亭朱芾稱善畫，每觀蒙畫必嘆詫。謂言妙處逼古人，世俗相傳倍增價。昔年夜到南屏山，高堂素壁五月寒。壁間舉目見修竹，煙雨冥漠蛟龍蟠。呼童秉燭久不寐，細看醉墨王蒙字。固知蒙也好天趣，畫師豈解知其意。分枝綴葉人所知，要外枝葉求神奇。天機貴足不貴似，此事不可傳諸師。鱗溪鄭君好奇士，愛畫猶能賞其趣。嗚呼！世間作者非不多，鄭君甚少可奈何。

送劉士端歸括蒼

憶昔高皇定華夏，海内邅屯龍戰野。帷幄謨謀三數公，君家中丞最瀟灑。舳艫十萬擣虚來，帆檣蔽空聲吼雷。從容决策掃强寇，手扶日月滄溟開。盗犯洪都突彭蠡，炮石星流湖水沸。御舟閣河諸將嘩，神箭穿顱逆酋斃。是時中丞謀略精，指麾英傑江表平。掀髯撫掌談世事，天子稱善群臣驚。寰區混一定勳賞，鐵券金符頒土壤。中丞獨擅翌贊功，賜號每爲諸司長。青田宰木三十年，高皇仙馭亦賓天。國初故老尚誰在，幾人事業圖凌煙？忽見聞孫三嘆息，秀目疏髯遺像逼。擬樹豐碑墓道邊，欲請天朝重褒錫。至尊含笑問近臣，先帝功臣今有孫？胡爲拂衣入山去，旰食未敢忘君恩。海内只今無盗賊，幽州興兵惱邦國。廟堂謀議豈無人，我懷中丞淚沾臆。嗚呼！志士古所稀，留侯武鄉今是誰？九原招公倘可作，爲解四海蒼生危。

懿文皇太子輓詩八章

盛德臨中夏，黎民望彼蒼。少留臨宇宙，未必愧成康。宗社千年恨，山陵後世光。神遊思下土，經國意難忘。

文華端國本，潛澤被寰區。雲繞星辰劍，春回造化爐。變通周典禮，寬大漢規模。厭世嗟何早，蒼生淚欲枯。

監國禆皇政，憂勞二十年。龍樓方愛日，鶴馭遽賓天。已失群生望，空餘後世傳。長江一掬淚，流恨繞虞淵。

相宅圖方獻，還宮疾遽侵。鼎龜懸寶命，笙鶴動哀音。誰紹三王治，徒傾四海心。關中諸父老，猶望翠華臨。

三朝兼庶政，仁孝感嬰孩。萬歲千秋志，經天緯地才。未登宸極定，忍見泰山頹。聖子承皇業，能舒四海哀。

懿文光典册，善美過昭明。曆數歸元子，哀榮動聖情。神靈游帝所，陵寢鎮天京。誄德南郊在，千秋有頌聲。

淵默師成憲，端嚴信若神。承天行日月，與世作陽春。鋭意思寬政，温顔訪老臣。至今江海士，猶想屬車塵。

斥土開瑶殿，因山近翠微。神輿離鶴禁，天淚濕龍衣。日月還丹闕，風雲送六飛。太平皇業固，清廟詠光輝。

峨眉縣曉發次韻

渡水藍輿穩，穿林草徑微。勝遊方外得，樂事世間稀。風過欹僧笠，雲來掛道衣。山林應待久，好去莫相違。

書事

伏枕三旬不整冠，夢魂時復對金鑾。忽聞盛事披衣坐，今日朝廷立諫官。

二月十四日書事二首

斧扆臨軒几硯閒，春風和氣滿龍顔。細聽天語揮毫久，攜得香煙兩袖還。

風軟彤庭尚薄寒，御爐香繞玉闌干。黄門忽報文淵閣，天子看書召講官。

談詩二首

前宋文章配兩周，盛時詩律亦無儔。今人未識崑崙派，却笑黄河是濁流。

天曆諸公製作新，力排舊習祖唐人。粗豪未脱風沙氣，難詆熙豐作後塵。

附見魏澤一首

澤字彦恩，溧水人。刑部尚書。靖難後，謫寧海典史。録方孝孺家時，藏其幼子，以故方氏有遺胤。謝鐸詩所謂「孫枝一葉是君恩」者是也。

過侯城里有感

筍輿衝雨過侯城，撫景依然感慨生。黄鳥向人空百囀，青猿墮淚只三聲。山中自可全高節，天下難居是盛名。却憶令威千載後，重歸華表不勝情。

附見　顧起元二首

起元字太初，南京人。萬曆戊戌探花，官止吏部侍郎。詩文集累百卷〔一〕。

〔一〕末句六字原缺，據小傳本補。

拜方正學先生祠堂二首

白馬魂空結，朱蛇讖豈真。九重原叔侄，一死自君臣。鼎鑊當年事，蒸嘗異代人。西山一抔土，寂寞閟冬春。

匿孤聞縣幕，收骨有將軍。禁密趣烹客，心枯絕命文。淚痕臺北土，魂夢海東雲。勸進同時士，麒麟自紀勳。

鄭參政居貞四首

居貞，徽州人，或云閩人。洪武中，以明經起家，授鞏昌通判。建文時，爲河南試左參政三年。永樂初，坐方黨，死於南京。

翩翩紫鳳雛贈方希直赴漢中教授

翩翩紫鳳雛，羽翮備五彩。徘徊千仞翔，餘音散江海。於焉覽德輝，濟濟鏘環珮。天門何嵯峨，群仙久相待。晨沐晞朝陽，夜息飲沆瀣。如何復西飛，去去秦關外。岐山諒匪遥，啄食良自愛。終當巢阿閣，庶以鳴昭代。

次韻方希直

闕下知名久，相逢值暮春。才華曾動主，議論每過人。漢水元通蜀，台山亦近閩。何時江海上，尊酒話西秦。

洪武癸亥以公事出會寧北境二首

北出長城古塞邊，荒松落日少人煙。隔河又是河西地，過得燉煌是酒泉。

荒原人家今少存，好田俱是官軍屯。前山遥見黑城子，渴飲不知河水渾。

周紀善是修七首

是修名德，以字行，泰和人。少孤力學，舉明詩，爲霍丘學訓導。高廟擢周府奉祠正，陞紀善，改衡府，留京預纂修翰林，數論國家大計，指斥用事者誤國。靖難師渡江，宫中自焚。留書别友人，入應天府學自經死。

寓　言

陰陽分晝夜，輪運浩無窮。時物更代謝，孰知玄化工。人生如夢寐，即寤永成空。幽觀衰榮肹，往復邁旋逢。鄙夫昧達識，盻然隨所終。賢豪闢世運，用捨合中庸。進由吾大道，退厲吾清風。載歌紫芝曲，不愧商山翁。

長安古意

長安二月三月時，千門萬户春風吹。綺構瑤臺高照耀，香車寶馬並驅馳。驅馳照耀皆豪貴，九棘三槐夾三市。鼎食鐘鳴將相家，朱簾繡柱王侯第。王孫公子盛繁華，山珍海錯棄泥沙。銀鞍斜度官溝柳，丹轂横移上苑花。花紅柳緑春明媚，嬌鳥亂啼花雨細。瓊宫錦殿傍雲開，鼉鼓龍簫震天起。美人内屋艶神仙，鉛華炫轉春争妍。燁燁珠屏交綵幄，隱隱羅幃分玳筵。蘭肴桂酒芬芳發，象筋瑶杯光彩徹。翠釜金罍不暫停，雕盤玉碗紛成列。回瞻複道接龍甍，都城佳氣正氤氲。雙龍絳闕凌青漢，九鳳紅樓徹紫雲。紫雲翠霧碧煙空，文窗藻檻何玲瓏。流鶯獨繞昭陽殿，芳草深迷長樂宫。漢代中興富名將，百戰功成心益壯。閒來賭酒聚歡娱。意氣相排不相讓。半酣徑上寶釵樓，赤闌四面俯皇州。一群粉黛成歌舞，千種風流坐勸酬。樓前兩兩鴛鴦度，樓下雙雙鳳凰舉。鳴璫背解玉纖輕，弄色凝情羞不語。就中心事可誰同，平明扶上玉花驄。自言百世無衰老，自謂千載長英雄。可憐光景留難住，秋風一夕生庭樹。歌亭寂寞荒草寒，舞榭蕭條殘葉暮。昨日紅顔美少年，今朝潦倒那能數。將軍舍外無人過，廷尉門前堪雀羅。吁嗟盛時不復作，金莖銅狄隨消磨。君不見廣成山中白雲宿，安期海上顔如玉。軒轅已駕鼎湖雲，漢武終歸茂陵麓。别來倏忽三千年，海水幾度桑田緑？

畫龍歌

雲如車輪風如馬，雷鼓砰訇電旗奓。其中踴躍何爾爲，無乃蜿蜒作霖者。古來善畫此者誰，葉翁所畫稱最奇。筆端揮灑絶相似，亦有風雲雷電隨。大梁徐公生卓犖，自少以來深好學。揮毫灑墨運天機，鬼泣神愁日光薄。斯須縞素騰真龍，莽蒼直奪造化工。恍如列缺引霹靂，欻若巽二驅豐隆。枯木槎牙頭角露，鱗拂雪花駭成怒。劃然威掣海門開，勁望層空欲飛去。我時見畫心膽豪，拔劍起舞翻絨袍。波濤萬頃東溟闊，瘴煙千丈南衡高。嗟哉徐公天相爾，後恐無繼前無比。酒酣神氣益灑然，白日風雲窗户起。爲君一作畫龍歌，雷風激烈雲嵯峨。魚蝦混處不可久，龍兮龍兮奈爾何！

一壺酒歌

一壺之酒三四客，閤暖爐紅窗月白。圍爐把酒但飲之，須臾相顧皆春色。酒亦何美，意亦何長。人生百年内，嘉會不可常。且樂今夕同徜徉。飛霜落盡衡陽樹，哀鴻叫下瀟湘浦。瀟湘浦，九疑雲隔蒼梧路。帝子香魂招不來，空餘竹上啼痕處。放歌一曲壯心悲，天涯漂泊我何爲。明當徑度禾川水，却望廬陵山翠歸。

商婦怨

作木莫作桑樹枝，作女莫作商人妻。桑枝歲歲苦攀折，商婦年年感離別。桑枝折盡猶解抽，人老豈有重青頭。强龍猛虎皆可執，其奈夫婿心難留。朔風吹江浪如屋，柁樓嘈嘈行色促。望殺蒼天哀憤深，目斷雲山淚成掬。何能化作檣頭燕，到處飛飛得相見。何能化作帆上風，千里萬里長相從。爺娘嫁我初何意，但道商人每多利。門前宴集盡輿馬，筐筐聘來足珠翠。豈知今日遇分張，輿馬珠翠看無光。月懸別恨秋宵永，花撓離思春晝長。妾心豈學道傍柳，朝朝暮暮千人手。妾心豈學空中雲，變易隨時情何有。妾心可似南山石，雨打霜侵只如昔。更看歲晚不歸來，化作南山一拳石。

桑婦謡

採桑婦，朝朝暮暮南園路，出入寧論晴與雨。蠶盛愁桑稀，蠶衰恐姑怒。大眠起來忙更忙，寢食不遑兒不顧。年年養蠶多繭絲，身上到頭無一縷。小半輸官大半賣，繰織未成先有主。可憐寸寸手中過，竟作何人襖衫去。採盡桑葉空留樹，樹下青青長麻苧。山鷄角角終日啼，桑椹漸紅春雨住，妾尚無襦夫少袴。

牧童謡

遠牧牛，朝出東溪溪上頭。溪頭草短牛不住，直過水南芳草洲。脱衣渡水隨牛去，黄蘆颯颯風和雨。

老鴉亂啼野羊走，絶谷無人驚四顧。寒藤枯木暮山蒼，同伴相呼歸又忙。石棱剳脚茅剳耳，身上無有乾衣裳。却思昨日西邊好，曠坂平原盡豐草。短蓑一卧午風輕，長笛三吹夕陽早。

茅都御史大方九首

大方字希董，泰興人。洪武間，爲淮安府學教授。考績入朝，擢秦府長史。建文即位，擢右副都御史。四年八月，死難。

餘州道中

大漠連千里，平沙峙兩城。昔聞楨土築，今見緑莎生。重譯來羌卒，聯營列漢兵。華戎俱混一，無復請長纓。

六月十六日端禮樓進講奉教賦詩次繆紀善韻

百二山河重鎮雄，金城環繞宛如龍。南樓勢插金冥表，東井光連紫極中。書演九疇宣帝範，詩歌二雅正皇風。儒臣進講思陳戒，敢學揚雄賦漢宫。

送李曹公出鎮西域用張儀曹韻

麟符虎節寵恩新，滿袖天香下玉宸。五夜將星經昴畢，萬年皇化被崑崙。紫駝白馬蕃人貢，赤黍黄羊漢卒屯。聖主安邊恢妙算，都緣保障爲斯民。

送陳用中司訓先生還漢中

柳妥花殷食又寒，渭城歌斷思漫漫。萬山入漢秦關險，孤棧連雲蜀道難。驢背尋詩春正好，蛾眉如畫雨初乾。勝遊歸後添佳趣，爲寫新圖寄我看。

再次登南山仰天池韻

一上終南望眼空，長安景物畫圖中。花間鶯避春城仗，林杪僧歸晚寺鐘。渭水東流來鳥鼠，吴山西下走蛟龍。我生自信通仙骨，便欲同乘列子風。

塞門至銀州關道中

銀州西下忽都河，胡卒東來唱舊歌。星散諸營連斥堠，雲屯萬里蔽沙陀。自嗟出塞春光少，誰道臨關月色多。顧我鶴形非燕頷，立功萬里定如何。

登陘州回山

回山樓觀擁煙霞，即是瑶池阿母家。萬里不來青鳥使，千年空老碧桃花。漢朝天子求丹藥，瀛海神仙望翠華。欲問安期杳何許，滄溟清淺幾桑麻。

五月廿六日行營白海溽暑如内地悠然起林泉之思

石田茅屋瀼西莊，修竹高梧六月凉。翠簟風漪清入夢，碧桐秋露冷生香。飯牛不識堯年樂，扣角猶歌子夜長。今日驅馳歸未得，却從塞外憶江鄉。

寄淮安守將梅都尉

幽燕消息近如何，控扼長淮節鎮多。縱使火龍蟠地軸，莫教鐵騎過天河。關中饋運蕭丞相，海上樓船路伏波。老我不才無補報，西風一度一悲歌。

練都御史子寧九首

子寧初名安，以字行，新淦人。洪武十八年進士第二人，授翰林院修撰，陞副都御史工部侍郎。

建文即位，累遷御史府左都御史。文皇帝即位，令縛子寧，語不遜，斷其舌，遂族其家。永樂時，禁嚴，有藏片紙隻字者皆坐。宣德後少弛，其詩文乃少出於世。

題黄彦成雲林小隱

有客素肥遁，幽居愛林廬。結屋依陋巷，種樹繞城隅。浮雲南山來，清陰覆其閭。老柳帶寒色，芳蘭露春腴。窗深不知曉，樹密室自虛。甘貧意自適，守道樂有餘。娱賓非旨酒，飽食但園蔬。流水赴大壑，翔禽戀高株。物性各有遂，誰能常晏如。

水竹居詩

高人結宇修篁裏，軒户玲瓏映流水。庭皐月轉翠陰生，溪上風回青浪起。翠陰青浪映窗扉，曲徑臺深客到稀。林下移牀揮麈坐，沙頭繫艇釣魚歸。柴門無事臨流敞，高卧支頤聽清響。千山暮雨石泉通，一夜春雷籜龍長。几席清幽俗事疏，波光盡日映圖書。何年得遂辭塵坱，杖策相從此卜居。

玉山謡贈時憲

我所思兮玉山之岧嶢，粲芙蓉兮凌丹霄。謫仙一去已千載，至今誰續《廬山謡》。熊侯家住劍江側，慣掃秋山之黛色。聞余此興爲寫之，仿佛梅仙舊時宅。梅仙兮何在？邈清風兮滄海。蹇夷猶兮孤舟，弔遺跡於千載。舟中所載非凡流，羌故人兮李與周。按玉笙兮明月，下黄鵠兮清秋。洞天兮石扇，蒼崖兮路轉。横余劍兮視八荒，訪蓬萊兮幾清淺。張侯兮昂藏，驂白鶴兮青霓裳。窺玉梁之寶笈，醉石髓之瓊漿。千巖萬轉路莫測，酒酣一笑三山窄。待得君王賜鑒湖，錦袍重訪山中客。

賦得孟義科斗送監生楊仲文歸台州親迎

孤石巉巖出紫煙，雲根遺墨尚依然。文章豈在龜疇下，形質還存鳥跡前。汲冢秋風思汗簡，魯堂春雨閟韋編。郎君歸去和鳴後，織作機中錦字傳。

送周望往四川

駟馬橋邊秋水波，郎君此去意如何。衡陽雁陣驚寒早，巫峽猿啼入夜多。一水東來通漢沔，衆山西上接岷峨。少陵祠宇清溪曲，爲瀉瓊漿試一過。

解嘲

秋來逸興浩如雲，間拂霜華看劍紋。莫怪風流謝安石，未應憔悴沈休文。驊騮神駿寧論肉，雕鶚身輕更出群。千載征南不穿札，至今猶作晉元勳。

己丑三月訪子白兄於秦淮橋

五月南風水倒流，秦淮橋下問扁舟。穿花燕子羽毛濕，隔水人家門巷幽。心憶庭闈瞻楚樹，身陪冠冕侍瀛洲。吾兄歸去如相問，衣采終期慰白頭。

送周澄之歷城

難兄佐邑持風裁，令弟辭家篤友于。風雨幾年疏共被，關河千里轉征車。天垂巨野河流急，秋盡江南木葉疏。他日到官煩問訊，琴堂詩思夜何如。

寄曾得之

高鳥知還久倦飛，分甘萬里邁王畿。虎頭食肉侯何用，鷄舌含香事已違。博望尋源經月去，長卿喻蜀暫時歸。寄言玉笥雲中客，終擬相從採蕨薇。

秋日作

水精簾動桂花風，湘簟凉生八月中。魄落西窗銀燭裏，烏絲雪繭寄秋鴻。

罷直圖

草詔下金鑾，宮槐白露寒。紫騮驕不控，明月在闌干。

謁安慶余忠宣祠

將軍忠節貫荆襄，千載精神日月光。血戰孤城身已殞，名垂青史汗猶香。殘碑墮淚空秋草，折戟沉沙自夕陽。我亦有懷追國士，爲來感慨奠椒漿。

黄太常子澄一首

子澄名湜，以字行，分宜人。洪武十八年進士第一人，授翰林編修，伴讀東宮，累官太常卿。太孫即位，倚任子澄。文皇帝靖難，執子澄責問，族其家。

聞李景隆敗績紀事

仗鉞曾登大將壇，貂裘遠賜朔方寒。出師無律真兒戲，負國全身獨汝安。論將每時悲趙括，攘夷何日見齊桓。尚方有劍憑誰借，哭向蒼天幾墮冠。

黄侍中觀一首

觀字瀾伯，一字尚賓，貴池人。初從父贅姓許，受學於黄軒。軒死節，益自厲。洪武二十一年，會試廷試皆第一人，授官翰林，累陞禮部右侍郎。建文中，改侍中，掌尚寶司事，與方齊並見信用。奉詔募兵上游，聞建文君避位，投李陽河湍流中死。其妻翁攜二女，先投淮清橋下死。

送趙彦圯都事

石頭城下自分攜，無復連牀聽曉鷄。故里音書寒雁杳，空江雲樹暮天低。春來白下孤新約，夢去花間憶舊題。猶念雪深留宿夜，酒醒詩就小樓西。

王修撰叔英二首

叔英字原采，黄巖人。洪武末，爲學官。建文元年，召爲翰林修撰。靖難兵逼江，奉詔募兵，行至廣德，沐浴衣冠，書絶命詞藏裾間，自經於玄妙觀銀杏樹下。

次韻奉和仙居知縣程奉民述 時程君爲人所誣，方就逮，而有是作。

麟鳳在赤霄，黄塵亂豺虎。慨息道路難，涕泣每交下。吁嗟壯士行，或有神靈護。雲雹以爲旌，雷霆以爲鼓。縱有斧鑿手，何能重傷女？醜類自含私，昊天明有睹。

孤桐生崇岡一首贈友人

孤桐生崇岡，託根亦已高。嚴冬風雪繁，枝葉成蕭條。根本具生意，又逢雨露辰。未□終憔悴，勿爲樵牧侵。韶英如可作，遲爾爲瑟琴。

卓侍郎敬二首

卓字惟恭，瑞安人。洪武戊辰進士，除給事中，歷陞户部侍郎。建文時，屢陳國家大計。靖難兵渡江，被執，抗論不屈，斬之，夷三族。宣德中，廬陵劉球得其畫像及遺文于公門人黄朝光之子養正，爲之立傳，私謚曰忠貞。

墨竹

洞庭木落水生波，月入斜窗露氣多。虞帝不歸秋自晚，滿江煙雨泣湘娥。

栽梅 射洪謝東山云：「末句乃宋人鎦翰詩。」

風流東閣題詩客，瀟灑西湖處士家。雪冷江深無夢到，自鋤明月種梅花。

程僉都本立三十七首

本立字原道，桐鄉人。國初，舉明經秀才。洪武十三年，除周府禮官，從王之國，進長史。被累，謫雲南馬龍他郎甸長官司吏目。建文初，徵入翰林，充太祖實録纂修官，陞試左僉都史。坐失陪祀，調江西按察副使。未行，聞燕師靖難，自縊死。所著《巽隱集》，後百三十年福建布政使吴昂刻於閩。

雪佛碑

天花陰墜空，平地忽三尺。異哉西方神，現此水精域。胎非託摩耶，意叵勞刻畫。乃瞻白玉相，安用黄金飾。一洗熱惱心，悉依清凈力。紅日起扶桑，終焉化無迹。其無本非空，其有亦非色。君看東逝波，滄海不可測。我來鳳凰溪，古寺久荆棘。摩娑雪佛碑，碑斷字莫識。金石亦已壞，况非金石質。萬事等幻影，感之三嘆息。

贈商濬戴珪

釣澤可物色，力田亦名科。疇雲山林士，不爲漢網羅。有客善沈晦，古鏡垢弗磨。行貨區寰中，遠遊笑且歌。驅車太行坂，捩柁楊子渦。雪濤接溟涬，空翠亘嵯峨。險途亦良苦，勝覽不既多。得酤百錢酒，輒使兩頰酡。乾坤一睥睨，萬物如爾何。我昔巖壑居，幽期結雲蘿。今悲白黑染，豈幸青紫拖。夷門官舍冷，愧爾頻來過。將詩勿浪傳，爲我自吟哦。

過黑石渡

邙山障黄河，洛水崩黑石。方舟載車馬，煙雨行人立。我昔將王命，北渡祠河伯。兹來復軺傳，觀者笑曾識。聖君禹功齊，神龜當復出。

出洛陽城

輈輈上天津，伊闕當我前。連峰左右起，奔走相後先。古來五嶽内，嵩高極中天。儀刑正四表，襟帶流三川。河山固王室，豈直金城堅。漢業此中興，周都竟東遷。壯遊快一覽，遺迹悲千年。頹垣舊誰築，野蔓棲朝烟。

惠雲塔

老禪西來兜率宫，金曇舍利開芙蓉。平地起作寶光相，七級上凌天九重。摩尼頂珠現穹碧，丹霞掩映鷄足峰。八窗玲瓏懸皎月，層欄翠滑扶神龍。我欲乘虚求帝釋，雲梯高峻紅塵隔。檐鈴停語寂籟泠，白鶴飛下蒼煙夕。

題竹石小畫

玉堂仙人松雪公，寫竹正似石室翁。雲林道人雖出後，往往落筆生秋風。吴人好書仍好畫，百年遺墨千金價。比來何處得此圖，松雪雲林此其亞。娟娟嫩玉才數莖，煙梢雨葉縱復横。洞庭寒骨沈水底，鐵索下取蛟龍争。却憶江南舊池館，筆牀棋局何蕭散。一行作吏事便廢，十年不歸夢欲斷。松雪子孫今幾人，雲林弟子誰逼真？得歸故鄉倘相覓，竹枝掛我頭上巾。

合州

合州樓前江水合，合州樓外青山匝。倚樓西望雨溟溟，順水舟來飛兩楫。閬州山水天下稀，不如合州可忘歸。街頭彷彿吴門市，人家瓦屋白板扉。買魚沽酒醉今夕，相逢誰是吴門客。鷄鳴風雨夢初醒，鄰機軋軋村春急。

銅梁縣

銅梁縣庭公事少，銅梁縣市官橋小。上山下山石作街，街南街北人家好。人家好農不好商，婚男嫁女不出鄉。香芹煮羹飯有稻，木綿紡絲衣有裳。陳郎邀我青樽滿，情多已覺迴鞭懶。酒酣欲寫銅梁歌，百錢買筆紫羅管。

浴鳳沼

鳳鳥從何來，來止桐溪傍。錦毛濯春雨，彩翮晞朝陽。蘋藻動浮彩，蘭芷吹幽香。鳳去今不返，空餘鷗鷺行。

桐溪

梧桐蔭清溪，溪水波粼粼。上有五色鳥，下有黄金鱗。秋雨洗白石，春風生緑蘋。願學羊裘子，時來垂釣緡。

横湖

横湖如匹練，風景此中稀。日暖赤鱗躍，天晴白鳥飛。寒松蟠石岸，春水没苔磯。幾度斜陽晚，漁舟渡口歸。

東山

陟彼東土山，惘然思謝安。草露濕我衣，海日升巖巒。愧無如花妓，醉舞追前歡。飄飄谷風來，吹墮頭上冠。

題李典儀雲東卷

母老今猶健，兒行久不歸。一官淹白首，萬里夢斑衣。越郡東溟闊，秦關西日微。只將雙淚眼，日日看雲飛。

許州東屯雜詩

丘園莽蕭瑟，客子暮徘徊。山是鈞州起，河從鄭邑來。衣冠餘古墓，歌舞只荒臺。野哭誰家婦，秋聲助爾哀。

明發昆陽自此入山四望空寂情甚無賴因以自遣

水窮山路轉，雨斷塞雲回。冉冉行人至，荒荒落日催。百年消着屐，萬事付銜杯。不識昆明底，何人見劫灰。

過嶠甸始見禾泥鑾數家有叟攜酒過水見土酋飲道傍僕從皆飲酒盡乃行有作

山斷村才見，溪迴路忽迷。販茶非土獠，勸酒是倭伲。碧樹排雲直，青秧插水齊。欲忘鄉土念，多事子規啼。

晚至晉寧州

落日孤城小，輕煙一水斜。青山蒙氏瞼，綠樹僰人家。絶塞無來雁，荒城有噪鴉。多情此州尹，勸酒説京華。

送景德輝教授歸越中 誤刻宋學士。

斗酒都門別，孤帆水驛飛。青雲諸老盡，白髮幾人歸。風雨魚羹飯，煙霞鶴氅衣。溪山無限意，予亦夢柴扉。

乳石詩并序

象賢奉常得異石於演樂堂，典寶周翁識之云：「道州乳石也。」奉常欣然以詩見遺。余嘗怪《李翰林集》有云：「荆州玉泉山多乳窟，中有白蝙蝠，飲乳水而長生，其大如鴉。」典寶荆湘人，欲一問之未暇也。今以道州乳石言之，則荆州乳窟可知矣。然又聞王烈入山得石髓青泥流出，隨手堅凝，氣味如粳飯，按仙經云：「服之壽齊天地。」竊謂髓之與乳，皆石之脂也。髓其凝者，乳其液者乎？服髓者壽，則蝙蝠飲乳而不死，亦無足怪矣。獨未知遁世長往之徒，亦有服乳而長生者乎？因賦詩答奉常，并呈長史公，且欲質諸典寶翁也。

聞道山中乳窟多，乳泉流出石爲窠。洞門到夜飛蝙蝠，驛路何年載橐駝。野色忽看新培塿，水痕猶認舊漩渦。豈無青髓香如飯，老我黃塵奈爾何。

過五河縣

龍窩驛近鼓聲催，轉柁傾帆沙岸隈。共指深淵最空洞，豈無神物待雲雷。風晴楊柳如看畫，水緑蒲萄始潑醅。浩蕩好懷春色裏，詩成南雁忽飛回。

高郵夜泊

城樓月色見觚棱，城下官河夜欲冰。返照疏林皆野燒，殘星別浦是船燈。腐儒食禄曾無補，倦客思家已不勝。春雨五湖烟水闊，荷蓑歸去下魚罾。

和貝惟學登小孤山韻

西來風浪湧金山，人在鴻蒙沆漭間。大地小孤天柱石，長江第一海門關。鮫人夜泣珠成淚，龍女晴梳翠作鬟。欲問靈巫報神語，我行何日定東還。

喜晴

夜雨朝晴喜欲狂，西屯騎馬過東岡。不妨逐兔争牽狗，切莫驅狼使牧羊。野日孤營無細柳，天風十月有枯桑。歸來又飲將軍酒，一醉都令世慮忘。

嵩盟九日次井泉百户韻

天涯九日一登樓，應是黄花笑白頭。脱帽不妨同醉倒，拂衣安得便歸休。山盤晴谷深藏寺，水縮寒溪淺露洲。上馬荒城向昏黑，休教鼓角起邊愁。

送魚課司使霍思誠赴京師

三年官守滯蠻荒，萬里羈魂度太行。居有馬韉留客坐，食無魚鮓寄親嘗。晴天梅樹常含霧，臘月山花不受霜。辭滿得歸人共樂，將詩送別意茫茫。

送人致仕歸越

老臣殊荷聖恩寬，詔許還家授散官。賜杖未攜鳩玉小，誥綾新織朵雲團。西窗夜雨銷紅蠟，東閣晴山擁畫欄。子去我留寧不愧，鑒湖他日請黄冠。

滇陽二月罌粟花盛開皆千葉紅者紫者白者微紅者半紅者傅粉而紅者白膚而絳唇者丹衣而素純者殷如染茜者一種而具數色絶類麗春譜之所云

鄯闡東風不作寒，米囊花似夢中看。珊瑚舊是王孫玦，瑪瑙猶疑内府盤。嘶過驊騮金叵匝，飛來蛺蝶玉闌干。瘴煙窟裏身今老，春事傷心思萬端。

晚至安寧

連肰驛路馬曾諳，落日行人思不堪。地極九州銅柱北，山蟠六詔鐵橋南。湯池水底皆陰火，鹽井煙中半夕嵐。回首蓬萊天萬里，忍教塵鬢白毶毶。

自姚安出普淜

層關飛鞚出寒雲，萬木歸鴉亂夕曛。山自蜻蛉川口合，路從鸚鵡嶺西分。道傍築室新成市，塞上屯田久駐軍。遠客誰無鄉土念，悲笳吹動不堪聞。

鶴慶驛會吴人馮廣文閩人林税使

馬蹄蹴遍陰厓雪，直向居庸塞外行。日落忽聞牛背笛，川平始見鶴州城。秋風千里蓴絲滑，暑雨三山茘子生。遷客相逢話鄉土，天涯何限未歸情。

送教授致仕歸金華

六十看山眼未昏，草堂歸去卧煙村。朝廷已許乞骸骨，衣食未須憂子孫。上馬天風吹蓆帽，落帆江月到柴門。羹芹炙背區區意，他日難忘獻至尊。

揚州二絶句

遠水疏星影動揺，西風落木景蕭條。傷心一片船頭月，猶照揚州廿四橋。

揚州城下是官河，春雨春風自緑波。欲問繁華舊時事，太平遺老已無多。

題山水釣漁小畫

人間萬事一絲輕，江上數峰雙眼明。老我不歸空看畫，秋風又到洛陽城。

題梨花錦鳩圖

萬花深處語黄鸝，花底能無挾彈兒。自在兩鳩春寂寂，一枝晴雪立多時。

華陰駐馬橋

絶谷層關路屈盤，斜岡側嶂石巑岏。今朝駐馬橋頭立，華嶽三峰正面看。

宿普安

漢婦良家子，從軍歲月多。生來小兒女，唱得僰人歌。

張尚書紞三首

紞字昭季，富平人。洪武中，歷官通政司參議，出爲雲南參政。三十一年，召爲吏部尚書。靖難後，太宗召諭解職務給半俸。居京師，自經吏部後堂死。一妻二妾二子六奴隸相繼投池中死。

登太華寺二首

太華嵯峨一望遥，到門猶礙過溪橋。慈雲長見階前起，孽火都來海上消。屋近樹陰晴亦暗，硯涵竹露夜還潮。從今賸買遊山屐，野客無妨屢見招。

連日登山意未闌，今朝又宿白雲間。簾幃寂寂心初歇，星斗垂垂手可攀。竹葉煮湯消夜渴，杏花留雨作春寒。碧鷄且莫啼清曉，一枕華胥睡正安。

贈周玄初尊師

仙翁長煉九華丹，時有龍來問大還。曾捧靈符歸海上，故將霖雨灑人間。紫簫吹月鸞雙舞，白鳖披雲鶴共閑。蘭圃未滋春向暮，早須一噀破天慳。

唐侍讀之淳一十七首

之淳名愚士，以字行，山陰人。應奉肅之子。建文二年，以方孝孺薦，召爲翰院侍讀。明年，病卒，建文帝詔給舟歸葬。愚士長身巨鼻，博聞多識，練達世故，長於詩翰。父謫死臨濠，求其遺文，雖荒郵敗壁，高崖斷石，靡不搜訪纂録，時時伏讀，聲淚悽咽，聞者掩涕。洪武中，爲李景隆子師，數從景隆遍歷燕、薊、周、秦名都故跡。酒酣以往，作爲歌詩，高詠擊節。其詩尤雄雋，而今多不傳，可惜也。

對酒　亦曰《偶會行》。

對酒勿傷，偶會何常？今日同堂，出門異鄉。同堂之樂，樂過千春。來日大難，苦口焦唇。翩翩飛燕，冬藏秋見。邕邕鴻雁，翱翔雲漢。顧爾百鳥，嘯侶鳴儔。我欲彎弓，其聲啁啁。此物雖微，拙誠所慎。愛屋及烏，柔遠能近。吴中白苧，細若縑素。製爲君袍，願君永御。

會慶堂

飄飄山上雲，乃在谷中藏。風吹萬里去，何當還舊鄉。阿翁昔居鄉，黑髮坐高堂。手栽堂前樹，日夕望陰涼。不意偶飄逐，雲路浩茫茫。阿翁今來歸，樹已如人長。閭里相慶賀，出入有輝光。東畎種菽粟，西畎種稻粱。南畎種菅麻，北畎種柔桑。收稻持作飯，採桑持作裳。上以輸井稅，下以奉蒸嘗。阿翁有兩兒，兩兒復有郎。蟄蟄宅中居，婉婉有義方。阿翁升堂坐，子孫列兩傍。阿翁出門去，板輿相扶將。日入始言歸，侍婢獻羹湯。人生貴慶樂，此樂殊未央。傳與翁後人，守之慎勿忘。

毛滄兒歌

毛滄兒，毛滄兒，滄兒生在蘭滄西。蘭滄去天萬有三千里，土人花脚金兩齒。滄兒之父名聲達天子，天子遣使遠召之，滄兒隨父來京師。滄兒年幾何？三歲尚不足，兩歲頗有餘。頂犀眼漆唇抹朱，學語未成意態殊。麒麟之子，宛馬之駒，產自絶域升天衢，人言傳書有種非爾雛？爾父年幾何？五十逾六未及耆。十五年落西南夷，西南之人愚不識，長官麾呵婦女笑駡兒童欺。昔辭鄉里六親俱，白髮黄口同繫累。一家盡死，一身在載錫，爾胤惟有天公知。天公知，又錫爾冠爵，帶而裳衣，脱爾介胄，參龍虎夔。毛滄兒，毛滄兒，好兒子，爾父老矣。望爾似爾父，爾宗有光。祝爾長大，無諸禍殃。吐爾錦心綉腸，出擅昭代之文章，如馬、班、燕、許鳴漢唐。毛滄兒，毛滄兒，父友作歌聽勿忘。

詠高麗石鐙

竅石燭幽遐，虚明詎異紗。琢從箕子國，爇向竺王家。耿耿知懸燼，亭亭訝作花。定余神自照，經殘漏欲賒。願持明慧境，揚彩遍河沙。

送貢先生五十韻

先生京國來，稱有母氏喪。問之幾何時，二十餘星霜。八月發秦淮，九月下濤江。且聞雲海滴，夜視星斗芒。短服雙鬢秃，千里一葦航。山回指會乩，孤城水中央。昔雉堞未建，今青青者楊。傷心至正末，四海沸鼎鐺。縣官高不聞，藩將貪如狼。城守人自敵，樂禍甘不祥。一家當此時，赤脚相扶將。水行乏舟楫，陸又無僕僮。俄然母疾革，藥石不可攻。暨乎屬纊際，疾斂不及停。藤皮束木匣，藁葬東城傍。對餐豈暇飽，欲哭且吞聲。奉父復西邁，乞食三吴中。三吴魚米區，辛苦副所望。一留日頗久，沈痛割中腸。越山豈不佳，不及我故鄉。故鄉既已通，寒暑亦已更。蹉跎歲月晚，念之顛且僵。松楸日凋摧，白晝狐狸鳴。死者若春雨，生者如晨星。今日復何日，夙負始克償。日出啓母櫬，慟哭天無光。黄昏問娥水，又欲趣四明。云有一長兄，客死與母同。翩翩兩丹旐，逝欲共回翔。走也忝越人，知先生甚詳。先子昔筮仕，兩子同榜名。先生文章族，冠蓋望宣城。公侯卿大夫，郡守尚書郎。下者仕州縣，富貴莫與京。先生蚤有聞，秀出子弟行。玉杯繁露學，曳履升其堂。手中金僕姑，一發必叠雙。大官走致饋，掃閤拜於庭。執經問誰來，無非侯與公。家學遠不替，新聲日揄揚。况先生孝弟，至性合天常。明神鑒在兹，母兄得返葬。紛然鵖梟群，欻見孤鳳凰。《白華》古笙詩，《棠棣》歌脊令。錫類者穎叔，感痛於齊莊。善始必有終，天禄非所量。宣之山峨峨，南湖水泱泱。玉衡夜插子，寒日朝在房。少忍慎眠食，善達無咎殃。我歌代虞殯，竊喜還竊傷。

石鼓詩

洪武丁卯秋九月，余在燕城觀石鼓，因賦四十韻。己巳三月，鄉友趙撝謙氏持墨本來京師，俾余録諸卷尾。

郡學舊辟雍，中有岐陽鼓。古今所聞十，左右各惟五。離離大星隕，兀兀壞雲補。累累營竈滅，落落陳沙聚。質若切玄玉，制若覆冷釜。氣若熔五金，文若斷釵股。孤峰割秋瘦，千葩耀春嫵。森嚴列戈矛，爾雅冠章甫。匡冰溜静懸，海暖浪掀舞。摧輈半折軸，敗舫或遺櫓。小龍彭蠡歸，大鵬扶摇舉。斷苔明碎錦，古墨漬潤礎。思昔委秦郊，雷電驚草莽。耒牛礪其角，鑿臼加以杵。幸今依黌宫，星日照廊廡。圭璧遜其儀，俎豆與之伍。脱非天意憐，或是神明祐。深簷白晝永，老屋祥鸞翥。晴連畫戟陰，冷濕宫墻雨。諸生獲講解，髦士資訓詁。啓鑰煩竪閽，拓本利商賈。韋辭表姬周，韓語懷李杜。雄章迭鏗鍧，遺恨寄酸楚。紛紜歐蘇作，詰屈鄭吾譜。稱評雖靡定，仿像詎非古。鯫生千載下，匏繫三江滸。神徒馳周南，足不出城府。適從遼碣役，遂作幽燕旅。平生慕奇聞，一日獲嘉睹。初臨色愈莊，欲狎氣斯沮。如親至東都，揖讓申與甫。如親與田獵，搏攫兕與虎。如虚藜莧腹，烹太牢肥羜。如洗蜩蟬耳，聆笙磬柷敔。羈愁破昏懵，喜氣浹眉宇。時維躔壽星，歲甲在强圉。天寒號鵩梟，城荒茂禾黍。宗周本余懷，覽古亦天與。摩挲重圖訓，蹙蹐愧庠序。聊陳曹鄶風，式繼韓蘇武。

嚴子陵墓

昊天厭新亂，炎劉嘘復然。天子吾故人，不事胡其賢。維此一抔土，體魄之所存。清風激巖谷，勁氣出蕭蘭。中有高空雲，日夕相與旋。化爲千尺虬，下飲清冷淵。爲霖既靡試，翻身入長煙。猶疑動星辰，亟去不敢邅。我見重再拜，毛髮凛衝冠。緬懷東京日，惕然思執鞭。

柯亭

蔡子横笛處，名存音則亡。常時亭上人，念此一慨慷。悄然官塗迥，雜樹夾疏篁。先秋氣已襲，颯爽若含霜。漁樵夜各歸，月出斗有芒。微雲翳河漢，龍火干正陽。狐狸草中號，熠燿又宵行。龜亡鳳不至，何以尉軒皇。我有嶰竹枝，頗復諧宫商。藏之五百秋，正氣慘不揚。天地所愛惜，神人共嗟傷。恒願起九泉，從子返虞唐。

題高氏挹翠樓

疏樓壓渚玻璃光，玉沙粼粼生象牀。回唐雜華結春霧，江女濯錦胭脂香。東風夜入蒲芽紫，暖緑摇空一千里。倚極青闌泛灎明，并刀剪得銀河水。水窮雲闕露微嵐，遠碧斜飛十二簾。日晚愁吹簫底月，小龍行雨過江南。

元夕東池上作

未老只傷離，春霜着鬢絲。才過拜年日，又屬放燈時。頭重生憎酒，心悶熟品詩。此身萍葉似，漂泊偶東池。

元夕次孟熙韻

今夜越王臺，蓮花匝地開。星河低蠟炬，歌管散銀杯。水向銅龍滴，香從粉妓來。遥憐多病客，江館詠寒梅。

營中閒夜六韵

閒坐樂從戎，將軍得上公。佩刀懸玉虎，缸燼剔金蟲。遠柝微侵月，清笳迥帶風。香騰爐面紫，火射箭頭紅。舞劍知書法，談棋識戰功。明朝當閱武，傳令選雕弓。

和答孟熙見貽

晚天涼雨碧雲收，竹几藤床只卧遊。出海鼓笳天上曲，夾城風雨驛邊樓。常時中酒翻疑病，此日懷人况是秋。忽得劉郎寄來什，剩將詩思滿汀洲。

長安留題

曉閣疏鐘午店鷄，客途風物剩堪題。葡萄引蔓青緣屋，苜蓿垂花紫滿畦。雁塔雨痕迷鳥篆，龍池柳色送鶯啼。前朝冠蓋多黄土，翁仲凄涼石馬嘶。

秋夜懷孟熙

西風捲海作濤聲，燭影檐花徹夜明。况有懷人心似雨，暗隨秋點出江城。

次孟熙韻

百頃清江一草廬，鄉人齊識病相如。不知吟得秋多少，柿葉紅時好細書。

望仙樓圖

馬聲龍影半天來，月殿霞扉次第開。一自踏歌歸碧落，人間空築望仙臺。

俞都昌貞木二首

貞木初名楨，字貞木，後以字行，更字有立。元季不仕。洪武初，以薦知樂昌縣，後改都昌。罷官家居，郡守姚善延以訓子。以鄰人事連坐，逮詣京師，卒，建文三年七月也。劉鳳記云：「以勸姚守起兵，爲衛尉執送，死之。」誤矣。俞氏爲吴中世儒，貞木祖石磵先生琰精於《易》，居吴城之南園，號南園俞氏。貞木自都昌還，惟一弊篋，以布裹物，甚重。家人啟視之，乃官上一斫柴斧耳。其清苦如此。貞木無子，以族人子毓爲後。毓孫元盲，無妻子，入存恤院。吴文定云。

題倪雲林畫

棲神山下玄元館，華表巍然鶴未歸。寂寂小亭人不見，夕陽雲影共依依。

題趙仲穆畫馬

房星方墮墨池中，飛出蒲梢八尺龍。想像開元張太僕，朝回騎過午門東。

龔安節詡一十四首

詡字大章，崑山人。父詧，洪武給事中，戍五開死。大章年十四，勾補伍，調守金川門。靖難兵入，大慟，變姓名王大章，遁歸。方大索，夜走任陽，投馬、陳二氏，匿大囷中，即囷中讀書，間夜渡婁省母。更二十餘年，禁稍解，責藥授徒，人固知之，無告者。周文襄撫江南，具禮訪問便宜，兩薦爲學官，堅不應，曰：「詡老兵，仕無害，恐負往日城門一慟耳。」無子，獨與一老婢居破廬中，有田三十畝，種豆植麻，歌詠自得。年八十有八卒，時整冠端坐，誦《大學》一章，有白氣起屋上。門人謚曰安節先生。

饑鼠行

燈火乍熄初入更，饑鼠出穴啾啾鳴。嚙書翻盆復倒甕，使我頻驚不成夢。狸奴徒爾誇銜蟬，但知飽食終夜眠。癡兒計拙真可笑，布被蒙頭學猫叫。

詠紙被

紙衾方幅六七尺，厚軟輕温膩而白。霜天雪夜最相宜，不使寒侵獨眠客。老夫得此良多年，舊物寶愛同青氈。不論素䊸出南海，豈羨文錦來西川。受用將圖此生過，争奈義孫要與阿翁相伴卧。阿翁夜夜苦丁寧，莫學惡睡驕兒輕踏破。

偶題逸老庵

居臨流水縈紆，門對青山突兀。四時風月雲烟，總是吾家舊物。但知安分休休，不作書空咄咄。且喜盈樽有酒，何羨滿床堆笏。君不見朝來簷日暖融融，笑看梅花坐捫蝨。

秃奴詩戲寄沈誠學

東村二八張小姑，鬢髮油油如漆烏。朝朝不惜五更起，對鏡千梳并萬梳。争似吾家阿奴秃，落落數竿删後竹。一生不費膏沐資，日出酣紅睡方熟。君家有婢亦如此，何幸少年猶有齒。夜寒聊取代湯婆，殊勝當年玉川子。

梅花莊詩爲朱明仲賦

先生卜築吴城曲，剩種梅花繞吟屋。自期歲晚供詩料，豈慕平泉與金谷。花開時節天正寒，雪花亂灑迷林巒。杖藜引鶴飽幽玩，不與梨雲同夢看。歸來袖手寒窗坐，石鼎有茶爐有火。神交不覺兩忘情，誰是梅花誰是我。

爲彦中題畫

青山之青如佛頭，白雲化作寒泉流。世間塵土飛不到，眼中景物俱清幽。若人自是好静者，豈非五柳先生儔。每托琴樽寫高興，脱屣樂從魚鳥遊。却笑時人苦不達，漏盡鳴鐘猶未休。君不見小虞塘西玉峰下，一庵已遂吾菟裘。共論心事肯相過，斗酒當爲山妻謀。

甲戌鄉中民情長句寄彦文布政

景泰五年甲戌歲，正當南畝耕耘際。忽然驟水漲江湖，汹湧浩漫良可畏。更堪滂沛雨兼旬，大岸小塍俱决潰。田家男婦奔救忙，力竭氣窮無術備。沉竈産蛙雖古聞，今實見之非漫記。東鄰西舍咫尺間，無舟不得相親慰。況逢缺食方阻饑，女哭兒啼割心肺。哀哉此情當告誰，上有青天下無地。悲淒喑嗚無一言，兩眼相看只垂淚。官倉儲積豈無粟，有司吝出牢封記。千年汲黯今無人，誰與皇家壯元氣。縣宰懼難佯風顛，飽食閉門經月睡。一朝謀定人不知，半夜攜金遠逃避。郡侯坐視付不知，但挾娼優日酣醉。徇私掘去抵湖堰，横流自此無能制。甫差周倅問疾苦，攫去白金如土塊。府公唯責舊負逋，不問蒼生問魚鱠。按察徒懲小小疵，曲徇鄉情舍姦弊。便宜太保幸見臨，香火滿城人鼎沸。群姦媚事靡不爲，溷浴都將布衣纈。令行雖僅免輕徭，薪米從兹價增倍。勸諭賑給浪得名，僞錢糠秕成何濟。雖擒妖人許道師，多少無辜枉遭累。一夫一婦皆王民，鼓弄如何等兒戲。昨來輕發激變語，聞者至今猶戰悸。功能人苟得專殺，法律底須存八議。萬一有失忠義心，宵旰深憂豈微細。乃知不學無術人，隘陋終同斗筲器。婁城老卒張文翔，不忍憸邪肆欺蔽。片言出口禍即隨，從此無人觸姦吏。只今所在皆凶荒，未必不繇斯道致。朝廷若不懲此曹，無日可回天地意。嗚呼！我民今年性命已難保，明年豈有全生計。老夫殘喘不足惜，横死深哀後生輩。昨夜虚齋聽雨眠，轉輾不能成一寐。起來賦得民情詩，惠政思君録相寄。

右拙作奉寄彦文布政賢侄相公，庶幾得審鄉曲真情，非敢招人過也。此輩無活人手段，但有殺人手段，是詩萬勿示人，毋使老拙復作張文翔也。然老拙餓死有日，恐不久於世，他日歸省之餘，幸致一樽酬我於溝壑中耳。是年六月望日，因人便書此以告别。

寓意

天上雙星有常處，夫爲牛郎婦爲女。東西相望自年年，只隔天津一泓許。耕田匪易織亦勞，不得從容相慰語。傷心一掬淚如珠，灑向人間作秋雨。

竹枝歌

朝見浮雲飛出山，暮見浮雲飛入山。浮雲自是無心物，郎既有心胡不還。

詠湯婆長句寄談勿庵勉之共發一笑

歲晚江鄉雪盈尺，小齋不禁寒氣逼。先生獨卧不成眠，兩脚渾如水中石。今宵何幸得温温，伸去縮來隨意得。非關被底别藏春，深藉湯婆有餘力。此婆生來名阿錫，紡織無能有潛德。緘口何曾説是非，謀身不解求衣食。寂寂無聲伴到明，不作驕癡取憐惜。君不見此婆有妹名青奴，骨格玲瓏如姊默。不容暑氣侵肌膚，亦與先生舊相識。只因寒暑不同時，棄捨塵中倚空壁。

過顧玉山舊宅二首

阿瑛舊宅綽山前，父老猶能話昔年。樓閣儼如真洞府，主賓渾似小神仙。花時不絶笙歌宴，門柳常維書畫船。肯信只今無片瓦，平蕪漠漠鎖寒煙。當時富貴號無前，屈指繇來未百年。好事主人金粟老，能文館客鐵龍仙。歌兒舞女花間席，茶竈筆牀今日我來都不見，數家田舍起炊煙。湖上船。

自題晚歸圖

紅樹離離映夕暉，水天空闊雁高飛。扁舟一個輕如葉，常載先生半醉歸。

與王忠孟登玉峰共飲春風亭

山水千重復萬重，少年相別老相逢。春風亭下一杯酒，山色不如人意濃。

孟知縣忠一首

忠字廷臣，崑山人。洪武初，以賢才薦，授武寧知縣。革除後，文皇帝思高帝舊臣，欲召用，堅辭不赴，賜敕嘉之。以壽終於家。

登馬鞍山感述

汲水堤邊楊柳花，東風吹散五侯家。江南一去繁華遠，夢覺青山自煮茶。

樓侍講璉二首

璉字士連，金華人。嘗從宋濂學。洪武中，召爲御史，謫戍雲南。建文初，以文學舉入翰林。太宗命方孝孺草登極詔，不可，改命璉及王景，璉惶懼不敢辭。歸，一夕自經死。

題深上人松月軒

夜月明松頂，軒居不掩扉。石泉沉濕翠，碧瓦弄晴暉。林静猿初息，巢空鶴未歸。此中凝坐者，寒沁薜蘿衣。

送鏡中照上人兼柬斗南和尚

舊住扶桑第幾山，偶然蹤迹落人間。蘿衣拂露辭秋壑，藤杖扶霜度曉關。滇海飛來孤月小，點蒼留得半雲閒。殷勤爲報圓通客，鶴背清風好共還。

袁敬所二首

袁敬所者，不知其名。永樂初，流寓常山之松嶺。爲人易直善飲，飲酣輒書淵明五柳圖詩，書罷擲筆悲吟，繼以濺淚。又嘗夜宿旅店，聞人行聲，披衣起，題詩於壁，悲吟達旦。江右布商見之，曰：「此吾鄉某編修，何爲在此？」袁趣掩其口，徜徉不顧而去。後十餘年，贅一嫠婦，死婦家。

題淵明五柳圖詩

藜杖芒鞋白布裘，山中甲子自春秋。呼兒點□①門前柳，莫遣飛花過石頭。

① 原注：「先帝御諱。」

宿旅舍題壁

布被藜牀醉即休，蛙聲聒聒屋檐頭。驚回一枕瀛洲夢，碧樹啼鵑血未收。

馮翁一首

馮翁不知何許人，在夔州爲童子師，題詩稱馬二子，或馬生，或塞馬先生。嘗作詩，大書壁間，見補鍋匠歸，即劃去。時蓋永樂甲申、乙酉間。

夜夢何奇特，龍飛天漢津。朝橫滄海曲，夕過滇池濱。光雯皆五色，蜿蜒無損鱗。淵田變化間，張主藉高旻。

蜀中峨眉亭詩

一個忠臣九族殃，全身遠害亦天常。夷齊死後君臣薄，力爲君王固首陽。

【補詩】

方正學先生孝孺一十首

食羊虎肉

白額咆哮振山谷，老羝見之驚且伏。一朝强弱兩不存，此肉皆歸野人腹。腹中惟恐相啖吞，急呼美酒爲解紛。酒酣一醉更懷古，千載英雄羝與虎。

感舊九首

雄文不見林公輔，病眼荒荒何處開。將相亦輸天上樂，多情莫向世間來。
杯酒論心有幾人，天台張穀舊相親。近來詩句多奇語，書比藏真更絶倫。
精通八法楊文遇，暗誦五經陳用中。揮翰天庭應獨步，忍饑村巷欲成翁。
翰苑暫歸盧太史，銓曹已失鄭郎中。名高金殿龍頭選，夢憶蒼山馬鬣封。
林鄭爲文學我家，波瀾議論闊無涯。兩年不見何時到，望斷皤江八月槎。
博陵博士才華盛，漢上畸人道術卑。欲寄一書無雁過，相期千古衹一心。

立言温粹懷陳采，肆筆縱横憶鮑岡。若使韓門如接引，未容湜籍獨升堂。
王郎遠逐雲中戍，許子俄爲地下郎。重訪舊人尋舊迹，嶺雲溪月總堪傷。
多病深知志術荒，中年苦復厭文章。欲圖天地相終始，肯與時人較短長。

茅都御史大方二首

行營漫興

北地得春晚，蕭關積雪多。風雲驅部伍，旄纛徧山河。羌笛翻胡調，秦兵雜楚歌。漢家飛將在，不必問廉頗。

題揚州瓊花觀

秦山楚水路迢迢，不道瓊花亂後凋。鶴背仙遊清夢遠，月明誰度紫鸞簫。

唐侍讀之淳一首

李龍眠畫雪中捕魚圖

玉龍行空不成雨，首觸銀河落秋浦。帝遣神工種白榆，皓鶴飛來老鸜舞。榜兒踏船依楚竹，不釣齊璜餌荆玉。波寒月黑大星稀，萬斛驪珠豈勝掬。夜闌緘素報麻姑，桑下塵飛海欲枯。何如去作蓬萊主，五城不夜無寒暑。

樓侍講璉一首

雲南即事

五雲南國在天涯，六詔山川景物華。摩歲中山標積雪，納夷流水帶金沙。翠蛙鳴入雲中樹，白雉飛穿洞口花。獨有江南征戍客，尋常清夢苦思家。

【補人】

郭太學濬二首

濬字士淵，寧海人。伉爽不群，與同里方希直爲友，而師事金華太史公。洪武九年，以諸生貢太學，應詔上書，論當時急務甚切，召對忤旨，令學於太學。有伍人爲學官，與語不合，誣奏抵罪以死。年三十三。士淵上書時，里人葉伯巨以太學生分教山西，亦上言天下大計，徵至京師而死。伯巨亦豪士，死亦無子，天下皆惜之。

柳枝詞

送郎西上別魂消，却道纖身似柳條。只恐別魂銷遠客，柳條翻似阿郎腰。

春閨怨

鳥驚殘夢隔窗紗，起坐鈎簾看落花。遊子不歸春事晚，鵲聲長日在鄰家。

林紀善温一首

温字伯恭，永嘉人。年二十餘，擢進士。歷左臺省，有名。官秦府紀善。宋景濂序其集，稱其博極群書。

送婁士璉之官四川仁壽分韻得知字

見説蜀中天下奇，一官萬里去何之？雲連古棧驅車遠，江繞盤渦入棹遲。落日秋風神禹廟，黄鸝碧草武侯祠。尋幽好載郫筒酒，縣令相過是故知。

綿竹山人一首

宣德初，有綿竹山人題詩於浦城黎嶺云云。

山河形勝今猶在，宮闕趨蹌事已非。冀野風生雙虎鬭，咸陽火起一龍飛。傷心何忍聞黄詔，稽首無緣見衮衣。擊石獨懷千古恨，仰天血淚不勝揮。

萬州老僧一首

萬州海雲庵有老僧示寂，衣上有詩。

十年依佛國，萬里走天涯。舊主無尋處，孤臣敢問家。何心嬰組綬，有血滴袈裟。寒食魂應寂，悲歌愧五蛇。

葉主事見泰一首

見泰字夷仲，臨海人。以茂才舉於鄉。王師取台州，衣褐造軍門，謁其帥。帥趣見，語三日夜不休，署部從事。下永嘉，取閩廣，皆有功。奏使安南，有功，擢高唐州判官，轉知睢寧縣，終刑部主事。有《蘭莊集》，宋潛溪爲之序。弟惠仲，亦能文，號「二葉」。

古詩贈方希直

吾友方濟寧，其人世希生。有如炎燉之雪，曙天之星。平生特立不徇俗，窮年矻矻，惟究心乎羲文周孔之遺經。一旦起作郡，卓然爲群黎之怙恃，列牧之儀刑。九原長往不可作，使人思之泫然雙涕零。我言濟寧今不死，濟寧有子字希直，外焉才華已絶世，内焉持敬恒惺惺。往年我謁宋太史，見之座右愛其風。神秀發目光，如月雙眉青。太史文章擅中土，東播逾若木，西流入虞泠。每稱希直禀間氣，旁馳餘子猶以清渭臨濁涇。太史猶巨鐘，而我猶寸莛。我誦蕪陋辭，一一爲我側耳聽。只今遠行不可覿，送入樊籠相過使我灑淚如醉醒。握手塵市中，顧影兩蛉蝏。雄文細字塞巨帙，咄哉著述能爾馨。振袂快讀不可了，雅辭宏論開心扃。其顯遏雲漢，其幽通窈冥。贍如戈甲積晋庫，奇如盤鼎鎸商銘。麗如勾芒青春布花卉，壯如隆豐白日驅雷霆。千流萬派怒奔放，終然帖帖趨東溟。顧我斂退餘，守口動如蠅。今日得子文，耽誦不暫停。有如赤日途，解渴得楚萍。又如藜藿腸，忽咀五侯鯖。瑣瑣彼何人，乃工月露形。劃然周廷睹巨燎，光影不復窺微螢。嗟哉希直執經太史門，聞禮濟寧庭。以文比行行益峻，持以用世不啻如養生之穀粟，濟疾之參苓。胡乃避處東海裔，坐閲晦朔雕蓂莢。我欲其爲不朽計，鉅鍔淬礪重發硎。至音詎能秘，錫鸞答和鈴。直須上追虞書媲周雅，豈肯下比秦誓方魯駉。于以作《春秋》之羽翼，爲《禮》《樂》之藩屏。嗟哉載道器，孰謂在世猶芻靈。上帝閲世憫斯文，寧復下取敕六丁。水爲江漢星作斗，鎸之金石垂千齡①。

①原注：「洪武十年夏五月吉日。」

葉饒州砥四首

砥字周道，改字履道，上虞人。洪武庚戌進士，授定襄縣丞。坐累，謫涼州。建文己卯，起翰林編修，陞廣西按察僉事。永樂初，以史事被逮，籍其家，惟故書數篋。事白，仍命與史事。改考功郎中。修《大典》，爲副總裁，侍講東宫郎中。九年，引年求去，不許。乞一小郡自效，拜饒州知府。年八十，卒於郡廨。王文瑞誌其墓。有《坦齋集》行世。

送鄉友王俊傑南歸四首

獵獵霜風灑鬢華，停車話别柳邊沙。爾兄新調陽關戍，老我先淹青海涯。天際朔雲分雁影，江南春事迫梅花。封題不了羈孤意，一一相煩説到家。

君來備達鄉閭訊，君去憑傳旅寓情。世世紛紛秋後葉，親知落落曉來星。中年鬢怯風霜白，先隴松懈雨露青。妻子伶俜深在念，臨歧無怪太叮嚀。

白雲狼藉舊林丘，旅泊天涯十五秋。壯氣崆峒三尺劍，浮生灩澦一扁舟。棲棲無乃驥伏櫪，鬱鬱有如魚中鈎。造物倘於人借便，掉頭卸却豸兜鍪。

故人喜自故鄉來，便促歸程轉惱懷。載雪擬過揚子渡，望雲直指越王臺。幾家喬木詢無恙，諸老流風愧不才。想及到時春酒熟，黄萱堂上壽觴開。

列朝詩集乙集第一

解學士縉一十五首

縉字大紳，一字縉紳，自唐時家吉水，七百年矣。洪武二十六年進士，授中書庶吉士。高皇帝極愛之，每侍書，至親爲持硯。嘗入兵部索皂隸，登堂指尚書嫚罵。上曰：「縉以冗長自恣耶？」除御史以苦之。好直言，爲衆忌。上惜之，俾侍父歸：「進學十年後來事朕。」高皇帝崩，來奔喪，謫河州衛吏。李曹公録進《登華嶽》詩，詔待詔翰林。太宗即位，進侍讀學士，直文淵閣，預幾務。逾年，進翰林學士，出爲廣西參議，改交趾。八年，入奏事，會上北征，見東宫，辭去。高煦譖之，徵下獄。十三年，瘐死。或云命獄吏沃以燒酒，埋雪中死。公生而穎絶，未能言即知人教指。夢五色筆，筆有花如菡萏。五歲時，族祖抱置膝上，戲之曰：「小兒何所愛？」應聲作四絶句，其一曰：「小兒何所愛，夜夢筆生花。花根在何處，丹府是吾家。」蓋記其事也。年十九，舉進士，倚待輒數萬言，未嘗起稿。善爲狂草，揮灑如雨風。才名烜赫，傾動海内，俗儒小夫讕言長語委巷流傳，皆藉口解學士。今其集存者，出自後人掇拾，往往潦草牽率，不經意匠，巧遲拙速，遂令學士蒙謗千古，則後死者之過也。古今詩五百餘首，今削而存之如右。

題吴山伍子胥廟

朝驅下越坂，夕飯當吴門。停車弔古迹，靄靄林煙昏。青山海上來，勢若遊龍奔。星臨斗牛域，氣與東南吞。九折排怒濤，壯哉天地根。落日見海色，長風捲浮雲。山椒載遺祠，興廢今猶存。香殘弔木客，樹古啼清猿。我來久沈抱，重此英烈魂。吁嗟屬鏤鋒，置爾國士冤。峨峨姑蘇臺，荆棘曉露繁。深宫麋鹿遊，此事誰能論。因之毛髮竪，落葉秋紛紛。

題文山上巳詩

崖山雲寒海舟覆，六載孤臣老燕獄。東風杜宇三月三，五陵望斷春蕪緑。墨花皇皇五十六，寫出江南愁萬斛。當時下筆眼如虎，日落天低鬼神哭。揚帆昔走儀真船，手持鰲柱擎南天。間關嶺海血沾襒，回首家國隨飛煙。六宫粉黛黄埃裏，漢火無光吹不起。全軀肯學褚淵生，嚼舌甘爲杲卿死。薊門凄凄芳草色，柴市春深血同碧。堂堂忠義行宇宙，白日青天照遺墨。落花寒食風雨時，展卷如對龍虎姿。再拜酬公金屈巵，有酒不讀蘭亭詩。

怨歌行 亦見王虛舟集。

紘奏鈞天素娥之寶瑟，酒斟流霞碧海之瓊杯。宿君七寶流蘇之錦帳，坐我九成白玉之仙臺。臺高帳暖春寒薄，金縷輕身掌中托。結成比翼天上期，不羨連枝世間樂。歲歲年年樂未涯，鴉黄粉白澹相宜。卷衣羞比秦王女，抱衾誰賦宵征詩。參差雙鳳裁筠管，不謂年華有凋換。楚園未泣章華魚，漢宮忍聽長門雁。長門蕭條秋影稀，粉屏珠綴流螢飛。苔生舞席塵蒙鏡，空傍閒階尋履綦。宛宛青揚日將暮，惆悵君恩棄中路。妾心如月君不知，斜倚雲和雙淚垂。

答胡光大

去年雪中寄我辭，一讀一回心轉悲。結交誰似金蘭契，舉世紛紛桃李姿。我觀百歲須臾爾，人在乾坤猶釀器。清醲糟粕總成空，四海滔滔豈知醉。我似浮雲與世乖，醉醒自是難相諧。天地悠悠尚應盡，百年草草爲形骸。吟詩作賦愁肝腎，絶穎屠羊争筆陣。勞筋苦骨竟何爲，一榻清風萬年盡。襄陽太守何其愚，沉碑水底誇龍魚。至今人笑陵谷改，亡吴帝晉今何如。我有窮愁何日寬，醯鷄起滅閒獨看。癡兒細子能萋斐，毁譽榮辱吾何干。今年春到花應早，預擬南園踏芳草。細看春色天上來，萬樹芳花照晴昊。莊生久矣喜逍遥，陶令何曾恨枯槁。啜醨不醉也徒然，一笑千金永相保。

戲筆賣魚歌爲陳檢討題

長廊翠壁春風香，千絲緑玉垂青楊。沉沉雨濕鴛鴦瓦，飛絮無聲吹嫩凉。百戰健兒花刺身，雕龍纈錦青作鱗。蛇子鎖甲蛛網結，甘作中年無事人。鬢髭未受霜華染，回首前年如過險。厭説亂離欣太平，短短衣裳骭不掩。織成蘄竹黄琉璃，兩筥添檐鉛粉朱。椎油熟紙細熨貼，追逐兒童行賣魚。小魚潑刺金棱碗，團團紅黄雲滿滿。坐柈兒戲未論錢，斜陽欲落籬根淺。一兒欺之掩其目，故故癡癡屢回矚。兩兒挈榼窺其魚，竊得欣奔躓而哭。後來二女褰繡簾，扶出細兒求乞添。坐闌少婦意尤羨，如此九子皆纖妍。畫工畫得無窮意，紛紛百事皆如戲。造化徒勞作弄兒，只許買魚翁自知。

中秋不見月

吾聞廣寒八萬三千修月斧，暗處生明缺處補。不知七寶何以修合成，孤光洞徹乾坤萬萬古。三秋正中夜當午，佳期不擬姮娥誤。酒杯狼藉燭無輝，天上人間隔風雨。玉女莫乘鸞，仙人休伐樹。天柱不可登，虹橋在何處？帝閽悠悠叫無路，吾欲斬蜍蛙磔冥兎。坐令天宇絶纖塵，世上青霄粲如故。黄金爲節玉爲輅，縹緲鸞車爛無數。水晶簾外河漢横，冰壺影裏笙歌度。雲旗盡下飛玄武，青鳥銜書報王母。但期歲歲奉宸遊，來看《霓裳羽衣》舞。

郎瑛《七修類稿》云：「永樂中，中秋開宴，不見月，聖情不懌。學士解縉口占《風落梅》一闋云：『姮娥面，今夜圓。下雲簾，不著臣見。拚今宵，倚闌不去眠。看誰過，廣寒宮殿。』又賦長短句一首，上覽之歡甚，爲停杯以待。夜午，月復明，上大笑曰：『解縉真才子奪天手也。』命宮人滿酌宣勸，盡歡而罷。此事國史家傳俱未載，實千古君臣美談盛事也，謹識之於此。」

輓筠澗先生

逐鹿兵還郊鼎移，故家風節似君稀。山河百二還真主，泉石東南隱少微。黃菊花時高士醉，青門瓜熟故侯歸。九原若遇余豳國，猶話孤城未解圍。

送劉繡衣按交阯

虬髯白舄繡衣郎，驄馬南巡古越裳。城郭新開秦郡縣，山河元是漢金湯。天連銅柱蠻煙黑，地接朱崖海氣黃。莫説炎荒冰雪少，須令六月見飛霜。

蒼梧即事三首

蒼梧城北繫龍洲，水接南天日夕流。冰井鰐池春草合，火山蛟室夜光浮。千家竹屋臨沙觜，萬斛江船下石頭。伏枕夢回霄漢遠，珮聲猶在鳳凰樓。

梧州舊治扶桑國，虎圈山名記大園。蜑户舉罾看水影，舟人移檝認潮痕。貧婆果熟紅包坼，荔子花開緑蕚繁。北望九疑雲盡外，重華端拱太微垣。

桂嶺東來下惡灘，蒼梧細柳彩雲間。拍天二水通交廣，聳日高城跨北山。茅屋竹牌依古瀨，筒槽漁艇滿江灣。驛亭笳鼓中宵發，又報南天使節還。

回朝即事

赤闌紅映夕陽齊，蹀躞天騏度不嘶。近侍報來應鎖閣，乘輿又過御橋西。

早朝

驄馬五更寒，披衣上繡鞍。東華天未曉，明月滿闌干。

赴廣西別甥彭雲路

多情爲我謝彭郎，采石江深似渭陽。相聚六年如夢過，不如昨夜一更長。

過全州

陶生巖畔草青青，唐介墳前江水聲。兩岸鷓鴣啼不盡，畫船撾鼓過全城。

楊少師士奇三十一首

士奇初名寓，以字行，泰和人。以辟召事建文皇帝，入翰林。太宗靖難，改編修，入直文淵閣。歷事獻、景、裕三陵，累官少師、華蓋殿大學士。正統六年卒，年八十，贈太師，謚文貞。國初相業稱三楊，公爲之首。其詩文號「臺閣體」。今所傳《東里詩集》，大都詞氣安閒，首尾亭穩，不尚藻辭，不矜麗句，太平宰相之風度可以想見，以詞章取之則末矣。《東里集》詩凡五百六十餘首，公手自選擇，其子孫又刻爲續集。李西涯曰：「文貞亦學杜詩。古樂府諸篇，間有得魏、晋遺意者。」

楊白花

楊白花，逐風起。含霜弄雪太輕盈，蕩日摇春無定止。樓中美人雙翠顰，坐見紛紛渡江水。天長水闊花緲茫，一曲悲歌思千里。

巫山高

巫山高高十二峰，連崖叠巘如遊龍。當時陽臺下神女，翠斂紅銷空處所。朝朝峽裏望氛氲，可憐猶似作行雲。相思已下霑裳淚，況復猿聲不可聞。

寄尤文度

苦憶尤參議，投簪養病勞。卑棲人總厭，閒散自能高。厨却胡奴米，門深仲蔚蒿。平生冰雪意，猶足重吾曹。

聞角

風静周廬夕，營門角起愁。不須三弄徹，對月淚先流。楊柳飄還合，梅花落未休。鄉心已無限，况復在邊州。

賦得滄浪送陳景祺之襄陽知府

漢水帶襄城，滄浪舊有名。分符來五馬，如練照雙旌。濟涉思爲楫，聽歌想濯纓。須令郡人説，堪比使君清。

送給事中姚山赴河南僉憲

觀風在激揚，今喜擢蘇章。袖有銀臺筆，衣含玉殿香。河流明憲節，嵩嶽對公堂。想見澄清日，歌聲滿洛陽。

送胡元節廣西憲使

驄馬赤茸鞦，臨歧嘶未休。朝廷用儒雅，風紀得才猷。天遠三湘外，霜含八桂秋。貪漁嗟薄俗，表率在名流。

晚同宗豫少保自孫莊先行詣清河途中奉寄勉仁少傅弘濟太常

載書先發赴前營，雨浥飛埃晚更晴。人喜望家三舍近，馬知歸路四蹄輕。風飄點點溪花送，日射行行野樹明。却憶今宵氈帳底，翠壺紅燭伴雙清。

從遊西苑

廣寒宮殿屬天家，曉從宸游駐翠華。瓊液總頒仙掌露，金支皆插御筵花。棹穿萍藻波間雪，旗颭芙蓉水上霞。身世直超人境外，玉盤親捧棗如瓜。

邳州城下夜雨

薄暮風色寒，移舟宿前渚。欹枕不成眠，孤篷夜來雨。

夜發清江口

日落煙水寒，解纜清江渚。中夜北風來，相送潭州去。

夾溝遇邑人問家信

聞道故鄉來，辭家今遠近。恐有南京書，停舟試相問。

江南行二首

家住横塘口，船開去漸遥。歸時不愁暮，出浦正乘潮。
偶來長浦裏，相伴採蓮歸。並船打兩槳，濺水濕羅衣。

古意答伯陽

河洲雙鴛鴦，流蕩還相逐。皎皎白楊花，風吹不相續。

發淮安

岸蓼疏紅水荇青，茨菰花白小如蘋。雙鬟短袖慚人見，背立船頭自採菱。

扈從巡邊至宣府往還雜詩六首

北斗初高月未斜，五更清露净塵沙。道邊叢繞爐香立，多是耆人候翠華。

居庸關中四十里，迴岡復嶺度縈紆。道傍石刻無人識，盡是前朝蒙①古書。

①原注：「去聲讀。」

紅葉離離净可書，緑渠流水見游魚。老臣虚拜貂裘賜，一路陽和護屬車。

山望鷄鳴勢入雲，下循仄徑棘紛紛。不辭涉險觀遺碣，重是歐陽太史文。

關外初冬似早春，僧房猶見菊花新。時平扈從巡邊塞，宣府回鑾只二旬。

懷來城外夜微雪，風送輕寒初著身。平旦馬前紅一色，回軍共試賜衣新。

以絹問張子俊求畫

夢憶衡廬紫翠重，結巢須倚玉芙蓉。天恩未便教投紱，一幅鵝溪更惱公。

入薊州界

雲净天清紫翠浮，好山消盡越鄉愁。行人如有江南興，馬上題詩入薊州。

宣德丙午謁二陵二首

去年侍從謁長陵，此日重來慟倍增。春柳春花渾似昔，獻陵陵樹復層層。
君恩追憶不勝哀，老淚乾枯病骨摧。陵下一來腸一斷，余生知復幾回來。

清明有感

西江南望渺天涯，歲歲清明不在家。蕩日飄風無定著，亂人情思是楊花。

題少保楊澹庵江鄉歸趣圖

巴陵西畔楚江分，曾泛湖波望嶽雲。借得君山小龍笛，月明吹向洞庭君。

江上早行

漢陽磯上鼓初稀，烟柳曨曨一鵲飛。乘月不知行處遠，滿江風露濕人衣。

三十六灣

湘陰縣南江水斜，春來兩岸無人家。深林日午鳥啼歇，開遍滿山紅白花。

題鄂渚贈别圖送人歸廬陵二首

鸚鵡江中紅樹，鳳凰城裏青山。借問來遊幾日，秋水蘭舟獨還。

客遊黄鶴磯畔，家住金魚浦前。心似波間明月，隨君先過螺川。

楊少師榮〔一〕七首

榮初名子榮，字勉仁，建安人。建文二年進士，除翰林編修。靖難後，入直内閣，太宗爲更名榮。累官工部尚書、謹身殿大學士，加少師，謚文敏。公與西楊、南楊久居館閣，朝廷高文典册皆出其手，而應酬題贈之作尤爲煩富，皆有集盛行於世。國初，大臣别集行世者不過數人。永樂以後，公卿大夫家各有集，館閣自三楊而外，則有胡廬陵、金新淦、黄永嘉，尚書則東王、西王，祭酒則南陳、北李，勳舊則東萊、湘陰，詞林卿貳則有若周石溪、吴古崖、陳廷器、錢遺庵之屬，未可悉數。餘惟諸公勳名在鼎鐘，姓名在琬琰，固不屑與文人學士競浮名於身後。我輩徒以先達遺文，過爲尊奉，不能刻畫眉目，反致簸揚糠秕，如石倉十二代之選，亦奚以爲？兹所撰録，於先代元老大集，或僅存二三，或概從繩削，豈敢如昔人所云「爲魏公藏拙」乎？正以向來一瓣香固自有在，不欲爲齊人之敬王云爾。

〔一〕「少師」，原刻卷首目録作「少傅」。

元夕賜觀燈三首

海宇昇平日，元宵令節時。彩雲飄鳳闕，瑞靄繞龍旗。歌管春聲動，星河夜色遲。萬方同燕喜，千載際昌期。

禁苑東風暖，青霄月正中。魚龍千隊戲，羅綺萬花從。雲嶠祥光麗，星橋寶炬紅。太平多樂事，此夕萬方同。

象緯臨天闕，瑶空集萬靈。雲霞紛掩映，星斗疊晶熒。寶地春應滿，金門夜不扃。千官陪宴樂，拜舞在明庭。

圍獵

關塞霜清曉色明，鑾輿校獵出邊城。六龍扶輦旌旗合，萬騎連營鼓角鳴。遠火依微秋草薄，驚沙寂歷暮雲平。小臣躬睹三驅樂，願效嵩呼播頌聲。

瓊島春雲

仙島依微近紫清，春光淡蕩暖雲生。乍經樹杪和烟濕，輕覆花枝過雨晴。每日氤氲浮玉殿，常時縹緲護金莖。從龍處處施甘澤，四海謳歌樂治平。

薊門煙樹

薊門春雨散浮埃，煙樹溟濛霽欲開。十里清陰連紫陌，半空翠影接金臺。東風葉暗留鶯語，落日林深看鳥回。記得清明攜酒處，碧桃花底坐徘徊。

楊少保溥 三首

溥字弘濟，石首人。建文二年進士，除翰林編修。靖難後，轉太子洗馬，下詔獄。宣德元年，以太常卿兼學士直内閣，歷官至少保、武英殿大學士。正統十一年卒，謚文定。時稱三楊學士。泰和爲西楊，建安東楊，石首南楊。公中更險難，復還弘文，再入内閣，遲二楊者二十三年。識者謂《丙午扈駕》一章，勞臣之苦心亦少概見云。

宣德丙午扈駕巡邊途中感興

膏車度重關，重關路漫漫。兩廂既充軔，四牡何盤桓。翹首望前軌，迢迢不可攀。任重難爲力，臨岐發長嘆。

策馬登崇岡，一覽洞八荒。山川限南北，華夷有定疆。猗歟商周盛，以德爲保障。秦隋勤遠略，禍亂起蕭墻。

東征

攙搶耀齊分，龍御勤六師。出門馳馬去，不暇告妻兒。親友送我行，欲語難爲辭。死生豈不恤，國事身以之。

胡閣學廣三首

廣字光大，廬陵人。父子琪，以御史知延平府，稱循吏，所謂胡延平者也。建文二年對策，建文君親擢進士第一，更名靖，除翰林修撰。靖難後，直内閣，復名廣。歷講讀翰學，進文淵閣大學士，兼坊學。卒，贈禮部尚書，謚文穆。

春日扈從幸北京

曉隨仙仗出時巡，聖主恩深四海春。萬馬踏雲開輦路，六龍扶日度天津。陽和布澤初回暖，别苑飛花不動塵。豈是揚雄能獻賦，空慚載筆列詞臣。

送江仲隆

十年清宦住京畿，白髮蕭蕭老布衣。鄉里交遊前輩在，關河離别故人稀。官橋細柳藏新雨，水驛輕帆背夕暉。我有愁懷何處遣，秋來日望雁南飛。

秋日早朝

秋滿都門一雁飛，輕羅初擬試朝衣。城頭鼓角催更盡，闕下星河向曉稀。佳氣入雲浮紫殿，新凉先雨到彤墀。涵濡共際雍熙日，誰識陽和造化機。

金少保幼孜二十八首

幼孜名善，以字行，新淦人。建文元年進士乙科，授户科給事中。靖難後，入内閣，改檢討，陞文淵閣大學士。歷官至太子少保、禮部尚書，居内閣垂三十年。有全集及《北征詩集》若干卷。宣德六年卒，贈少保，謚文靖。

春日隨駕北征次清河　永樂八年

萬乘統元戎，鳴鑾出九重。暖塵生輦路，晴雪照行宮。旗影西山外，笳聲落照中。書生懷脱略，須敵萬夫雄。

早發清河

海色正蒼凉，龍旗拂曙光。雕戈寒映日，羽箭薄凝霜。城闕雲中近，關山笛裏長。天兵隨殺氣，萬里掃攙搶。

次懷來

羽檄通宵急，行宫出每遲。漏聲催鼓角，月影上旌旗。風逐天香近，星隨斗杓移。中軍嚴宿衛，傳警盡熊羆。

次萬全

畫戟雕戈映晚天，轅門盡日鼓喧闐。御前視草冰生硯，帳下題詩雪滿氈。樓堞平空開朔漠，關門鬭絶鎖胡煙。六軍坐睹旄頭落，何待陰山羽檄傳。

早發興和

未曉戒嚴程，鳴弓度塞城。川雲隨地起，野火雜星明。虎旅聽笳動，鑾旗傍蹕行。草清沙路軟，渾覺馬蹄輕。

誓師畢隨駕回營中馬上賦

萬里陰山道，平原入望賒。天營高日月，輦路净風沙。寶馬銜金勒，蒼龍繞翠華。陽和隨處滿，草色遍天涯。

次歸化甸

御前傳檄罷，歇馬卸鞍韉。日落雙旌晚，雲開萬幕連。邊聲迴朔吹，塵色蔽胡天。敵愾心猶切，長歌北伐篇。

早發禽胡山

六師嚴號令，車騎肅前征。塞月雲中暗，胡塵雨後清。沙鷄隨箭落，野馬近人驚。咫尺聞天語，常依御輦行。

次永安甸 即三汊口。

大幕塵清虜氣摧，六師奏凱六龍迴。妖氛掃地旄頭滅，御氣浮空雉尾來。武帳平臨天漢迴，戍樓遥傍朔雲開。行人笑指京華近，北望紅雲擁上臺。

奉和學士胡公春日陪駕同遊萬歲山二首

鳳輦遊仙島，春殘花尚濃。龍紋蟠玉砌，鶯語度瑶宫。香霧浮高樹，祥雲麗碧空。五城雙闕外，宛在畫圖中。

暖露滋瑶草，輕飊動碧篁。龍蟠知歲月，鶴唳識風霜。鑿谷通仙徑，穿巖闢洞房。回看城闕近，禁樹晚蒼蒼。

元夕午門賜觀燈二首

五夜開閶闔，千官引珮珂。御煙浮寶篆，華月送清歌。歲久君恩重，時平樂事多。金吾知不禁，試問夜如何。

鰲山新結綵，列炬照晴天。簫鼓瑶臺上，星河絳闕前。綵妝千隊好，繡簇萬花妍。歡賞陪鑾馭，還歌《既醉》篇。

夏日喜雨寫懷三首

粉署依丹禁，城虚爽氣多。好風天上至，涼雨曉來過。翠島浮香霧，瑶池澹緑波。九重閒視草，時復幸鑾坡。

夏過日初長，連朝雨送涼。捲簾書帙静，開户燕泥香。賜果來東閣，分冰近御牀。小臣叨侍從，屢得被恩光。

玉堂清切地，瀟灑出氛埃。雨點疏疏過，天香冉冉來。隔花鶯歷亂，近水燕飛回。朝退有餘暇，新詩取次裁。

元夕賜午門觀燈四首

鰲山高聳架層空，萬燭燒春瑞氣融。星動銀河浮菡萏，天垂瓊島綻芙蓉。行行彩隊穿華月，曲曲鸞笙度好風。自是太平多樂事，君王要與萬方同。

鳳輦初臨鼓吹喧，千官環侍紫宸邊。九門燈火雲霄上，午夜山河錦繡前。春散爐燒煙浮樹暖，月移寶仗映花妍。從臣忝預傳柑宴，既醉猶歌《湛露》篇。

天上紅雲濕翠旗，樓前燈影動罘罳。御筵花暖歌聲近，紫禁風清玉漏遲。中使傳宣還賜果，詞臣獻賦更陳詩。華夷盡道承恩澤，千載昌期際此時。

天仗森森列寶臺，教坊初進鼓如雷。金蓮夜放輕寒散，絳蠟春融瑞氣回。仙樂謾調雙玉管，紫宸頻上萬年杯。傳柑歲歲承恩渥，感遇深慚負不才。

元夕午門觀燈應制

閶闔重重夜不扃，瓊樓十二敞銀屏。東風一曲昇平樂，此夜都人盡許聽。

三月十日隨駕獵海子上奉簡胡學士楊庶子

暖日融融静鼓鼙，條風拂拂動旌旗。柳間飲馬春泉細，花裏聞鶯晝漏遲。近苑獵回猶賜饌，行宫朝罷更題詩。晚來獨向都城望，雲擁蓬萊五色垂。

扈從狩陽山次韻答胡學士　時有甘露降。

鑾輿曉出五城東，從狩儒臣載筆同。日下蒼龍隨玉仗，道前寶馬載雕弓。苑松承露枝皆白，島樹經霜葉盡紅。向晚笳聲催叠鼓，軍門校獵氣偏雄。

扈從再狩武岡次學士胡公韻

曉瞻行殿侍巖嶢，步入高峰路更遥。鐵騎蹴雲開御道，蒼鷹掠野上曾霄。旌麾高下隨山轉，煙火依微隔樹燒。忝後詞臣慚謭薄，幾回扈蹕逐行鑣。

西山霽雪

海上雲收旭景新，連峰積雪浄如銀。晴光迴入千門曉，淑氣先回上谷春。瑶樹生輝寒已散，瓊林銷凍暖偏勻。玉堂相對題詩好，移席鈎簾坐夕曛。

居庸叠翠

巀嶭天關復幾重，龍飛鳳翥勢偏雄。千山黛色落平野，萬里煙光明遠空。峽口人行春雨外，樹邊鳥度夕陽中。北巡記得隨鸞馭，曾上雲間第一峰。

薊門煙樹

野色蒼蒼接薊門，淡煙疏樹碧氤氲。過橋酒幔依稀見，附郭人家遠近分。翠雨落花行處有，緑陰啼鳥坐來聞。玉京盡日夕佳氣，縹緲還看映五雲。

雲山草堂爲楊庶子賦

聞道幽居近翠微，好山多與白雲齊。柳塘日暖花争發，門巷春深鳥自啼。酒醒每臨松下坐，詩成閒向竹間題。一從射策金門去，風雨年年夢建溪。

黄少保淮二首

淮字宗豫，永嘉人。洪武三年進士。靖難後，以中書舍人召入内閣。上再北狩，以春坊大學士輔東宫。繫詔獄十年。獻陵即位，仍入内閣，兼武英殿大學士，累官少保、户部尚書。宣德二年請老，後再朝京師，賜遊西苑，命主會試。景陵崩，來奔喪。正統十四年卒，年八十三，謚文簡。

雜詩

蒿蓬相因依，飄飄逐風起。風力有時息，零落在泥滓。蘭蕙幽且清，揚輝被芳沚。白露凝爲霜，華葉亦披靡。蒿蓬何足嘆，嘅此蕙與蘭。蘭衰有餘馥，猶足奉君歡。

秋暮書懷

極目關山幾夕陽，况逢秋暮轉凄凉。愁思竹葉浮鸚鵡，寒覓蘆花當鷫鸘。報主志存龜左顧，思親心逐雁南翔。折筳擬卜餘生事，欲訴靈氛已斷腸。

胡賓客儼四十九首

儼字若思，南昌人。洪武末會試乙科，授華亭教諭。大宗即位，擢翰林檢討，同解縉七人直內閣。永樂二年，陞國子監祭酒。八年，上北征，兼侍講，掌翰林院，輔導皇太孫監國。洪熙元年，加太子賓客，致仕。家食二十餘年而卒，年八十三。公在内閣，持論切直，爲同官所不容，薦公學行當爲師儒，奪其機務。公學問該博，象緯占候，曆律醫卜之説，無不通曉。每承顧問，論成敗得失之故，反復明切，上爲傾聽。守國學踰二十年，老爲儒臣，不得大用，作爲歌詩，多旅人思婦屏營吟望之辭，怨而不怒，有風人之遺焉。史家作傳，徒以爲文學老成，稱盛世之耆俊而已。而後世之知公者蓋鮮矣，斯爲可嘆也。公自言得作文法於鄉先生熊釗，釗得之虞道園，故其學有原本。釗字伯幾，富於著述，有《幾亭文集》若干卷，入國朝，膺聘校書會同館，爲公叙《頤庵集》，亦自謂五六十年承事先輩，得叙事書法之指要云。

烏棲曲二首

階前候蟲鳴唧唧，機上美人不成織。含情下階望天河，鵲橋横練正無波。

夜半烏啼月將落，金缸青焚照羅幕。抱琴試鼓《白頭吟》，凄凄切切難爲心。

採蓮曲三首

荷葉高低籠水碧，葉下花紅露濡濕。採蓮渡頭風正急。風正急，棹船歸。雲片片，雨霏霏。
湖中花艷張紅雲，湖上女兒新茜裙。清歌妙曲隔花聞。隔花聞，聲宛轉。跡雖親，心獨遠。
採得荷花香滿衣，與郎相見思依依。晚涼湖上並船歸。並船歸，桂爲楫。激清波，蕩明月。

四時詞

春風吹簾斜，簾開飛柳花。美人高堂上，見此惜年華。年華容易隨春草，一雙蛾眉鏡中老。
碧水汎回塘，新荷艷曉妝。看花臨綺檻，愛此雙鴛鴦。鴛鴦宛轉迴塘路，相對朝朝還暮暮。
秋露白如玉，梧桐墜寒緑。文犀鎮錦帷，紅淚銷銀燭。銀燭輕摇翡翠煙，孤影熒熒夜不眠。
葉落深閨静，露零宵鶴警。玉井凍無聲，夢回寒夜永。夜永銅龍漏幽咽，小窗斜轉梅花月。

遠將歸

去年與郎别，楊花飛白雪。今年俟郎歸，楊柳緑依依。聞郎買船下湘渚，日日門前望行旅。行人過盡乳鴉啼，徘徊日暮空延佇。攬衣回洞房，對鏡下新妝。那知清漏短，但愛明月光。月光照席涼於水，帳裏燈花撒紅蕊。好事從來不浪傳，明日升堂報姑喜。

竹枝詞四首

湖上聞郎歌《竹枝》，湖中蓮艇便輕移。却言郎度瀟湘去，折得荷花空淚垂。

聞郎昨夜下巴東，煙樹蒼蒼山萬重。一片陽雲飛不定，不知何處有郎蹤。

船頭煙暝浪花飛，船裏風來雨濕衣。獨棹蘭橈下蓮渚，迎郎不見又空歸。

荷葉亭亭秋色闌，露珠風蕩不成團。自憐顏色非前日，羞把新妝臨水看。

楊柳枝詞四首

罨畫樓前雨歇時，千絲萬縷緑垂垂。無端却被風吹起，撩亂春心不自持。

罩水和煙萬葉重，倚風飛絮曉茸茸。莫教吹落長河去，化作浮萍無定蹤。

門外春風楊柳枝，去年折柳送郎時。車輪一去無消息，只有長條依舊垂。

畫簾風動影絲絲，曳緑摇金晝景遲。睡起倚闌看蛺蝶，鶯聲只在最高枝。

調嘯詞四首

明月明月，今古幾回圓缺？天風吹上雲端，瓊樓玉宇露寒。露寒寒露，搗藥誰憐顧兎。

緑綺緑綺，寫得高山流水。海天煙霧漫漫，明月松風夜寒。夜寒寒夜，鶴舞銀河初下。

精衛精衛，滄海填來幾歲？飛來飛去翩翩，但見洪濤碧煙。碧煙煙碧，愁殺孤飛短翼。泥滑泥滑，道上問關車轄。凄凄切切低飛，正是行人遠歸。遠歸歸遠，只恐山頭日晚。

擬飲酒效陶淵明三首

凱風自南來，颯然入吾廬。翻翻動書帙，素琴聊自娱。好鳥鳴前楹，竹樹交扶疏。北窗適閑曠，美酒湛清壺。南山天際明，浮雲空翳如。

幾日不棲飲，酒飲輒開顔。村墟寡輪鞅，柴門晝常關。幽蘭吐疏花，棠棠生竹間。白雲何處來，日暮宿檐端。流盼不覺暝，明月出東山。

朔風何烈烈，埸圃已新築。相與納禾稼，壺漿輒往復。盡醉舒襟顔，形迹謝拘束。鷄犬鳴深巷，牛羊散平陸。老稚雜笑談，和樂知歲足。盤飧與粔妝，墟曲走童僕。

村居秋興二首

閑居南郭外，水竹清且幽。芳草被曲徑，遠樹浮滄洲。出門臨方沼，欣然見魚游。賓客時一至，燕談叙綢繆。開樽共斟酌，真率無獻酬。日暮各自歸，新月上林丘。

草蟲階下鳴，夜久猶未歇。掩卷坐闃寥，秋聲振林樾。人生知幾何，憂來不可輟。風吹浮雲開，送我半窗月。逍遥步前庭，孤螢自明滅。

寄楊少傅

囊中孤桐琴，負疴久不彈。玉軫映金徽，徒絙朱絲絃。成連去不返，烟霧迷海山。山水久寂寞，諒彼知音難。《陽春》固寡和，《别鶴》亦辛酸。迢迢牽牛星，相望一水間。

驟雨戲作

颷風吹迴雨如織，黑雲壓空電飛急。青山隔江煙霧深，野水瀰漫新漲入。老龍身疲鱗甲稀，變形潛蟄枯樹枝。天書夜下霹靂追，老龍走出樹輒拔。劈空挐雲捲江水，隴畝茫茫波浪起。天公爲民驅老龍，老龍雖苦田家喜。龍兮龍兮，爾勞慎勿辭，歲豐民足，爾乃無事遊天池。

錦鷄圖

昔聞楚人不識鳳，忽見山鷄重購之。我今畫圖寫生態，羽毛五色光陸離。扶桑天鷄啼一聲，陽烏散彩天下晴。此時山鷄亦出谷，喔喔飛來耀林麓。千巖萬壑含東風，杏花吹香春雪紅。顧影徘徊自愛惜，揚翹聳翅紛蒙茸。竹上花間日正高，向陽吐綬垂花絛。吴綾蜀錦織不得，戴勝偷眼驚伯勞。切莫臨溪照碧流，對鏡逢人舞便休。舞多目眩終顛僕，世人空詑韋公賦。

孔雀圖

有鳥有鳥名孔雀，文彩光華動揮霍。修頸昂昂翠羽翹，大尾斑斑金錯落。由來麗質産南方，丹山碧水多翱翔。芭蕉花開風正軟，桄榔葉暗日初長。忽聞都護啼一聲，山中百禽皆不鳴。松篁引韻笙竽奏，顧影徘徊舞翅輕。炎荒暑熱時多雨，尾重低垂飛不舉。一朝籠養近簾幃，可憐猶妒美人衣。永嘉謝環善寫生，畫圖貌得邊鸞清。老眼摩挲石苔紫，渾似枇杷樹底行。

四時詞

海棠睡足東風曉，金爐香燼餘煙褭。遊子傷春未得歸，迢迢綠遍天涯草。錦屏圍暖樹交花，清露流珠濕絳霞。窗前有夢隨蝴蝶，門外無人啼乳鴉。

綠陰門巷垂青子，庭院深沉雙燕語。金縷鶯穿楊柳風，白頭人卧芭蕉雨。林中新笋已交加，猶自階前有落花。長卿多病心如雪，閒却平生書五車。

銀河星淡流雲濕，蒼苔露滴莎鷄泣。久客蕭條未授衣，誰家擣練聲聲急。嘹嚦驚聞過雁低，更堪烏鵲又爭棲。援琴欲鼓清商調，月冷風凄意轉迷。

開遍梅花雪初落，深寒尚覺貂裘薄。紙帳偏宜白髮酣，茶甌却被青娥謔。閒來索笑對湯婆，枕席相從年頗多。莫怪老夫今冷落，故衾猶是賜兜羅。

續十二辰詩

鼷鼠飲河河不乾，牛女長年相見難。赤手南山縛猛虎，月中取兎天漫漫。驪龍有珠常不睡，畫蛇添足適爲累。老馬何曾有角生，羝羊觸藩徒忿懥。莫笑楚人冠沐猴，祝鷄空自老林丘。舞陽屠狗沛中市，平津牧豕海東頭。

次韻胡學士春日陪駕遊萬歲山二首

風輦宸遊日，祥雲夾道紅。香風傳别殿，飛翠繞行宮。徑轉千巖合，波迴一鏡空。忽看鸞鶴起，聲在半天中。

閣道雲爲幄，仙山玉作臺。更無凡迹到，只有異香來。柳拂金輿度，花迎寶扇開。太平多樂事，扈從得徘徊。

久雨喜晴明日立夏

一月厭雨聲，忽逢今日晴。春從花上去，風過竹間清。睡美新茶熟，身閒野服輕。近來多坦率，客至倦逢迎。

春興

門外草萋萋，東西路欲迷。鶯梢穿樹蝶，燕拾落花泥。深翠籠長薄，流雲度碧溪。獨攜笻竹杖，不覺過橋西。

人日從駕幸南郊梁贊善以詩柬寄因和之

紫陌鷄鳴遠報晨，百官朝罷出楓宸。龍旗夾道先傳警，鳳輦行春不動塵。禮樂幸逢全盛日，耕桑俱是太平人。千門萬户東風暖，勝裹金花剪綵新。

憶昔寄士奇勉仁二少傅幼孜少保

昔者承恩共拜官，兩班分日直金鑾。晚來歸舍星同戴，曉起趨朝漏未殘。墨點龍箋濡綵筆，燭傳庭燎捧金盤。如今憶着當時事，獨望橋山淚不乾。

三臺詞

一陣霜風乍起，半窗月影初斜。寶匣燒殘香篆，銀缸落盡燈花。
坐穩錦茵重疊，醉來烏帽欹斜。誰遣青娥鬥月，自憐銀海生花。

樓上角聲嗚咽，天邊斗柄横斜。酒醒風驚簾幕，漏殘月在梅花。

永樂八年春二月被詔直内閣即事二首

清曉朝回秘閣中，坐看宫樹露華濃。緑窗朱户圖書滿，人在蓬萊第一峰。

浩蕩東風雨散絲，暗移春色上花枝。雲陰半捲龍樓晚，正是詞臣退直時。

題鳴鳩拂羽圖

日暖風喧淚竹斑，鳴鳩拂羽樹林間。眼中正是春光好，喚雨呼晴莫等閒。

題畫

遥看瀑布落寒青，野服烏巾自在行。好似匡廬讀書處，滿林紅葉夜猿聲。

王賓客璲二十九首

璲字汝玉，以字行，長洲人。立中之子也。少而穎異，落筆數千言，文不加點。年十七，中浙江鄉試。洪武末，以薦攝郡學教授，擢翰林五經博士。永樂初，進檢討春坊贊善，預修大典。仁廟在東宫，特深眷注，嘗與群臣應制撰《神龜賦》，汝玉居第一，解縉次之。汝玉後進，聲名大噪，出諸老臣上。又與解縉、王偁輩互相矜許，遂被輕薄名。仁廟監國，宫寮多得罪，汝玉與徐善述、梁潛輩，先後下詔獄論死。洪熙初，贈太子賓客，謚文靖，遣官祭於其家。

述懷

二十年作。

蚤年蔑知識，負志頗傲岸。每鄙子張辟，常嫌仲由喭。浩氣逸虹蜺，高情薄霄漢。懸河吐狂談，振綺灑芳翰。辭胎珠晶熒，出璞玉璀璨。群英見推獎，前輩辱稱贊。問齒方在童，有髮猶未冠。展轉時物非，蹉跎歲華换。風霜忽凄厲，雨雪亦零亂。未縱躍川鱗，早鎩凌雲翰。顧瞻乏良圖，進退昧深算。豺狼正縱横，虎豹共奔竄。一身甘賤貧，十口寄叢灌。蒸藜當晨炊，掃葉供午爨。角巾不裹頭，破褐僅遮骭。世途日孔棘，家道屢多難。百憂遂紛紜，萬事總蕪漫。浮蹤學萍漂，浪迹類梗斷。徒懷濟時略，獨抱窮途嘆。攜書過海濱，負笈客江畔。感至恒支頤，愁來頻扼腕。今秋看又殘，兹夕坐將半。哀哀鵲繞枝，嗷嗷鴻失伴。青燈乍明滅，皎月方輝焕。寒聲撼空窗，露氣逼虚幔。壯懷凝欲消，歸思浩莫絆。驚魚怯舉網，傷鳥畏張彈。未睹黄河清，空歌白石爛。亂杵遞相催，群鷄互争唤。出門望東方，漫漫何時旦。

秋　夜六首

桐風絃商聲，竹露琤寒滴。室幽月離離，壁古蟲唧唧。遲莫行可企，朱明奄成昔。方來無新歡，既逝多故戚。晶晶窗下燈，照我爲生客。

西陸氣凄惻，敗扉宵不扃。片月落空隙，冷煙攢破櫺。戚戚少安卧，悠悠孤抱醒。悲蛩呻酸響，老木挺瘦形。即此叢衆感，懵然使心冥。

憂聽不及遠，客夢不暇長。哀風弔中夜，古葉啼高蒼。幽幽籬下枝，尚綴微薄芳。嚴霜將卒至，生意安所望。失時貴潛智，揚己徒見傷。君子識命分，泯滅庸何妨。

寒月如利戟，棱棱不可干。愁人如秋蟬，嘒嘒皆哀酸。新淚迸故眼，後噫續前歡。誰言一寸心，中有慮萬端。

四壁鬼神滿，單棲誰與群。凝心無定寐，集耳多虚聞。病骨利於刃，瘠膚皺成紋。盤盤愁輪運，臯臯憂緒紛。强爲咿嚘歌，嗚響如悲蚊。

羈貧日彌甚，破屋秋夜長。數點星掛帳，五更霜落牀。寒蜂刺雙足，峭若嬰劍鋩。枯泣不爲滴，懛噫總成章。自憐憔悴生，安得逢春陽。

秋夜懷沈秀才

螢棲衰葦寒，月斂疏蘿暝。羈懷悄無歡，卧背風燈影。露冷葉聲翻，更深人語定。欲彈孤桐琴，惆悵誰能聽。

和韻虎丘遊集

中吴饒佳遊，兹山極殊觀。磅礴踞皐陸，巑岏軼霄漢。靈巖南蔽虧，震澤西衍漫。岧嶢見城堞，參差瞻里閈。飛甍凌巘出，紺字横林奂。餘霞皎夕陰，初旭縟晴旦。宗周昔無象，四國争發難。闔閭紹遺業，傲睨霸東翰。雄圖未終畢，宫車忽云晏。年遥代祀忽，世變物情换。深藏閟雨花，曲池冪烟蔓。崖崩留鑿紋，石駁餘劍斷。諸君美無度，假日窮幽玩。憑峭信多奇，覽弔亦增嘆。伊予旅江壖，接武嗟阻限。聆風仰清穆，披藻羨芬爛。重尋倘能卜，偕行願相贊。

瑶琴怨

多情莫學澤中蘭，有根莫爲江上蓮。蘭心守死心不改，蓮根折斷絲猶牽。君不見天荒地老皆如此，千古湘娥怨湘水。至今血淚灑叢篁，點點香含露痕紫。涔陽西望烟凄凄，鷓鴣飛入煙中啼。蒼梧波杳彩雲滅，萬里孤光秋月迷。西風北渚蘋花白，歸夢未知身是客。夜彈瑶瑟渡江來，九疑翠黛濃如滴。

爲朱仲昂題薛澹園竹

我家昔住吴山麓，繞屋曾栽萬竿竹。如今見畫却題詩，憶在山中春雨時。暮雲作團飛不起，空翠滿衣秋欲洗。何當重掃石牀眠，一任露華凉似水。

和高季迪將進酒

君不見雲中月，清光乍圓還又缺。君不見枝上花，容華不久落塵沙。一生一死人皆有，緑髮朱顏豈能久。樽前但使酒如澠，肘後何須印懸斗。咸陽黄犬悔已遲，至今千載令人嗤。試看古來功業士，何如陌上冶遊兒。百年飄忽寄宇内，日日歡娱能幾歲。勸君莫惜囊中金，便趁生前常買醉。臨邛壚頭緑蟻香，柳花捲雪春茫茫。吴姬越女嬌相向，痛飲須盡三千觴。興來狂笑縱所適，慎勿畏他權貴客。東風吹落頭上巾，此日獨醒端可惜。一朝綺羅生網塵，妝樓空鎖青娥人。酒星不照九泉下，孤鳥自啼山花春。解我金貂，脱君素裘。白日既没，秉燭遨遊。君爲我舞，我爲君歌。歌舞相合，其如樂何。

題梅花卷爲顧御史賦

我家家在吴山住，路入梅花最深處。天空歲晚雪紛飛，繞屋寒香千萬樹。花時日日醉花邊，酒醒長吟花下眠。聽到翠禽啼欲斷，任教明月照青天。自從遊宦京華久，夢繞花前與花後。故山花發想依然，何遜才華已非舊。霜臺御史繡衣人，藏得横斜水面真。一幅齊紈裁皎雪，筆端渾是玉精神。蕭齋凍雨檐花落，紙帳夜寒燈影薄。恍然相對似還家，春信依稀生緑萼。緑萼春生日漸多，故山歸計尚蹉跎。玉堂日賜宮壺酒，其耐梅花似雪何。何當便赴看花約，莫待江天吹曉角。詩成却向畫中題，酒熟空思花下酌①。

①原注：「文徵仲嘗撫王元章《墨梅》，書此詩於後。」

題採菱圖

湖南風信起，湖北浪花多。欲唱採蓮曲，翻成採菱歌。採菱歌斷汀洲暮，何處却尋歸去路。誰摇蘭艇笑相迎，燈火遥生白蘋渡①。

①原注：「苕溪，余舊所經遊，秋高氣凄，風清水落，遠近漁歌，更唱互答，舟行沿洄，恍若世外，别來不知幾寒暑矣。中吴徐希孟攜謝孔昭所臨松雪翁《採菱圖》索詩，爲作吴歌題其上，不能不動江南之思也。吴人王汝玉書於玉堂京署，時永樂己丑上巳日也。」

述懷

三十未得志，棲棲無所投。空持五經笥，不遂一身謀。土蝕張華劍，塵生蘇子裘。何如覓歸計，負郭有田疇。

追賦楊氏夜遊四首

千二百驚鴻，纓鈴小隊叢。蓋張遮桂月，扇動度蘭風。翡翠釵梁重，芙蓉袴褶紅。今宵向何處，將入望仙宮。

朱城璧月懸，西市隘車鈿。金鐙銀花鏤，雕鞍翠羽填。黛輕眉月細，膏滑髻雲偏。馳道争先絶，君王中使宣。

銀燈隱絳紗，流彩映鉛華。插鬢金鸞小，填蛾翠雁斜。衫寬藏半折，綬解綰雙花。共睹新妝束，相邀進内家。

紅錦簇鞍韉，宫西小市邊。更衣寬寶帶，匀粉落花鈿。袖窄揚鞭易，靴輕下馬便。君王好夜飲，留醉鳳樓前。

瓜洲道中

清江杳杳水連空，江北江南緑映紅。三月異鄉逢改火，經春遊子怨飄蓬。滿汀蘆葉孤舟雨，一樹梨花小旆風。遥望故鄉何處是，依稀煙樹五湖東。

新秋早朝

宫井梧桐一葉飛，新凉先到侍臣衣。蒼龍闕上銀河轉，丹鳳樓頭玉漏稀。曉仗分行環御輦，夕郎鳴珮出仙闈。自憐虎觀叨陪從，簪筆慚無補萬機。

送翰林王孟暘參將安南

暫輟含香直曉班，新參將閫出平蠻。黄茅緑樹千重嶺，瘴雨蠻雲幾處關。去馬正逢椰子熟，歸旌定及荔枝斑。知卿素有雄豪筆，須勒神功鎮海山。

送王孟端隨駕之北京

龍馭時巡幸北京，屬車侍從魯諸生。周廬未徹黄茅起，磴道新開輦路平。星拱紫垣巖宿衛，天臨華蓋肅行旌。馬卿素有淩雲志，應有詞章頌聖明。

送文淵閣待詔端孝文使朝鮮

扶桑日出曙光寒，帆掛長風積水寬。漢武開邊分四郡，聖朝遣使撫三韓。河山誓重畿封遠，雨露恩深島部安。想見藩臣迎節下，猶存黼冔舊衣冠。

雲林畫

群樹葉初下，千山雲半收。空亭門不掩，禁得幾多秋。

早朝待漏題楊諭德竹

禁鐘才動曉風微，新竹疏疏對瑣闈。不是日高簾不捲，怕教空翠濕朝衣。

題畫

渡頭初唱採蓮歌，南浦西風漲緑波。正是晚凉新雨後，青山不似白雲多。

題趙仲穆畫

十二瓊樓紫翠重，萬年琪樹落秋風。南朝無限傷心事，都在殘山剩水中。

漁村

汀葦蒼蒼白露凝，一灘寒月未收罾。西風吹醒江南夢，四壁蛩聲半夜燈。

附見　王主事璉一首

璉字汝器，璲之兄也。洪武壬子，以會試舉子簡授編修，肄業文華堂，後爲吏部主事卒。文學不減汝玉，而早卒，不甚著。璲弟璡，字汝嘉，舉明經，爲教諭，召入翰林，洪熙初入直文淵閣，文譽亞於二兄，詩無足采。

石屋

鑿石甃圜庵，結構因巖谷。危梁琢堅珉，濕楚裁寒玉。梵相終無壞，明燈自相續。掘斷青山根，白雲常在屋。

鄒庶子緝二首

緝字仲熙，吉水人。洪武庚辰進士，除星子縣訓導。永樂初，入爲翰林檢討，歷官左春坊左庶子。仲熙廉静嗜學，見異書必露抄雪纂，受知於文廟，嘗患疽，命中官日臨視之。未幾，卒於官。

行路難

請君勿言苦，我歌行路難。世事有反覆，人心若波瀾。布衣扼奪卿相位，禍仇起自杯酒間。君不見昔時山東一匹夫，讀書往往輕凡愚。談笑强於唐舉相，摇鞭西入咸陽都。一言唊秦王，再言扼范睢。黄金束帶高堂居，風雲變態生須臾。君不見魏其都位漢公卿，灌夫意氣排漢廷。武安本在門下列，拜伏跪起呼父兄。一朝寵據津要地，舊時意態寧復生。竇嬰既失勢，潁水亦不清。狂呼駡坐何足驚，咸陽市上殊無情。行路難，行路難，人生自古有如此，何須局促增嘆聲。

玉泉垂虹

碧嶂雲巖噴玉泉，平流寧似瀑流懸。遥看素練明秋壑，却訝晴虹飲碧川。飛沫拂林空翠濕，跳波濺石碎珠圓。傳聞絶頂芙蓉殿，猶記明昌避暑年。

梁贊善潛 七首

潛字用之，泰和人。洪武丙子，舉鄉試，授訓導，用薦知四會、陽江、陽春三縣。永樂元年，召修實録，陞翰林修撰。五年，兼右春坊右贊善。十五年，上北狩，親擇侍從、監國之臣，翰林獨留學士楊士奇，用之爲副。上既巡幸，兩京懸隔，支庶孽幸，讒構交作，用陳千户事連用之及司諫周冕，逮至皆殺之。十六年九月也。楊東里墓誌云：「用之爲文章，馳騁司馬、韓、蘇，間出莊、《騷》爲奇。古詩高處逼晉、宋。所著詩文，皆可傳。」

咸陽懷古

咸陽古帝宅，雉堞何崔嵬。積石隱雪色，金闕雲中開。咸陽昔日稱百二，函谷鷄鳴客如霧。秦王按劍叱風雷，天下諸侯盡西顧。三户蕭條易水空，齊歌趙舞入秦宫。龍旗五丈金樓下，鳳吹千門馳道中。璇霄閣道通天極，仙掌芙蓉正相直。月過文窗寶扇移，星臨繡户妝奩密。繡户文窗拂采霞，黄山翠影繞宫斜。王孫挾彈雕臺樹，遊女回舟緑岸花。岸花蹙繡連阡陌，十萬朱門色相射。玉檢登封貺嶽靈，金爐鑄冶銷鋒鏑。風馳萬國奉威聲，回夷惕息敢横行。金湯千里扶王業，猶遣將軍北築城。可惜繁華不知極，三十六年如一日。樓船童女望蓬萊，玉琢軒窗五雲色。童女成仙去不歸，咸陽古堞空崔嵬。黄雲捲雪城頭路，城下行人嘆落暉。

太液晴波

蓬島前頭太液池，摇風漾日動漣漪。魚龜已慣迎仙舫，鷗鷺應能識翠旂。著雨錦蕖開曉鏡，拂烟翠柳曳晴絲。周人自昔歌靈沼，願沐恩波一獻詩。

元夜陪駕燕午門

銀漢横空寶月團，六鰲飛出五雲端。蓬萊紫氣天中起，玉井紅蓮地上看。滿殿嬌歌留夜景，千門羯鼓散春寒。教坊戲樂年年異，願奉龍顔萬歲歡。

三月十七日送駕出德勝門

煌煌旄鉞發平明，萬里河山錦繡迎。王氣浮天隨寶纛，虹光拂地護龍旌。玉關指日看歸馬，青海無波待洗兵。萬姓歡呼傳捷報，六軍歌舞入瑶京。

合州寫懷二首

忘却儒官冷，誰爲蜀道吟。一身猶長物，萬事豈關心。水鳥窺魚立，山雲帶雨沉。人生聊適意，莫受旅愁侵。

水合交層浪，峰回出翠鬟。雲隨村艇去，鷗趁洑波還。斗酒相忘甚，寸心如此閒。不應篷底醉，過却釣魚山。

秋陰

寒雲將遠空，葉落與飛鴻。漢苑秦陵外，淒涼是此中。

林侍講環五首

環字崇璧，莆田人。永樂丙戌狀元，授翰林院修撰。歷侍講，總裁《永樂大典》。再扈從北巡，受知長陵最深，未及十年而卒。

雜詩

春山佳氣多，白雲滿芳樹。幽徑絶塵蹤，落花映深户。微雨灑林落，東風長蘭步。之子招不來，滄洲日將暮。

題王晉卿春曉圖

憶昔扁舟經洞庭，夜涼落月潮水平。舟行數里不知遠，隔林隱隱聞鷄聲。推篷起視西山麓，煙景微茫接溪曲。芳草依稀謝朓村，緑樹深沉子真谷。須臾旭景開曈曨，千山萬山圖畫中。誰家樓閣依晴翠，朱門繡幕垂東風。樓外園林春已遍，樓中美人夢初斷。疏簾半捲落花深，年華却逐鶯聲换。别來煙月幾經秋，楚天西望空生愁。玉堂此日見圖畫，仿佛湖山曾舊遊。何時拂衣賦歸去，孤棹還尋舊遊路。雨過芳洲春水深，更擬褰裳採芳杜。

太液晴波

池頭旭日散輕煙，開鏡清光近九天。翠柳長條經雨後，緑蘋香暖得春先。御溝流出通金水，仙派分來自玉泉。在鎬幾回陪宴樂，永歌《魚藻》繼周篇。

盧溝曉月

疏星寥落曉寒凄，月色沙光入望迷。野戍連雲寒見雁，人家隔水遠聞鷄。波間素彩涵秋净，天際清光映樹低。馬上曾驚殘夢斷，鐘聲遥度禁城西。

金臺夕照

高臺曾此置黄金，人去臺空碧草深。落日未窮千里望，青山遥映半城陰。雁將秋色來平野，鴉帶寒光過遠林。昭代賢才登用盡，不須懷古動長吟。

黄檢討守一首

守字約仲，以字行，莆田人。官翰林檢討。

送胡學士楊金二侍講扈駕北伐

六師北伐繞龍城，遥羡詞臣扈蹕行。兵略曾從圯上得，檄書多向御前成。黄沙白草雲隨馬，畫戟雕戈雪照營。應想居庸關外路，東風歸旆凱歌聲。

列朝詩集乙集第二

曾少詹棨三十三首

棨字子棨，吉之永豐人。永樂二年進士，廷試第一人，太宗親批所對策褒美之。詔選進士二十八人進學文淵閣，子棨爲之首。嘗召問典故，奏對如響。應制賦「天馬海青歌」於上前，子棨獨先成，賜寶帶名馬。軀幹豐碩，飲酒至數石不醉。居長安右門外，因醉不戒於火，延及禁垣，上弗問也。歷侍講、讀學、右春坊、大學士。宣德初，進詹事府少詹事，日直文淵閣。逾年，卒於位，年六十一。病革將絶，呼酒痛飲，自爲贊曰：「宫詹非小，六十非夭。我以爲多，人以爲少。易簀蓋棺，此外何求？青山白雲，樂哉斯丘。」子棨爲文章，才思奔放，頃刻千百言，文不加點。楊文貞稱其詩文如「園林得春，群芳奮發。錦繡爛然，可玩可悦。狀寫之工，極其天趣。他人不足，彼嘗有餘。」而王元美《詩評》則云：「曾子棨如封節度募兵，精華雜沓，殊少精騎。」合兩公之論，則子棨之所造爲可見矣。

冬日扈從還南京隨駕出麗正門馬上作

朝隨六龍駕，遠别黄金臺。萬乘出都門，旭日浄浮埃。翠華正飛揚，玉輦從天回。羽林羅猛士，夾道馳雲雷。回首望玉京，城闕何壯哉。海水向東流，西山鬱崔嵬。上有五色雲，垂輝映蓬萊。壯遊愜周覽，欲去仍遲回。策馬天仗間，夙昔長追陪。古來詞翰臣，豈但鄒與枚。至今百世下，聲譽揚九垓。

天厩神兎歌

永樂七年春二月，余以扈從北巡，給賜内厩兎色馬一匹，蓋朝鮮所貢也。神駿超越，異於凡馬，經數千里若有餘力。予聞古良馬有赤兎之名，故作《神兎歌》以贊之。

天厩名馬不易得，鳳臆龍鬐秋兎色。圉官厮養十載餘，云昔來自朝鮮國。想當此馬初生時，蛟龍降精雷雨垂。房星夜墮水盡赤，雲霧下繞靈風吹。雄姿逸態真神駿，踠促蹄高雙耳峻。目光夾鏡炯方瞳，汗血流珠膩紅暈。朝鮮得此不敢騎，覆以黄氈獻赤墀。乃知天厩盡龍種，如此萬匹皆權奇。令晨鞲出迥殊絶，扈從鑾輿自超越。朝趨遠蹴交河冰，夕秣驕嘶薊城月。君不見驊騮肅霜古亦多，老不一試將奈何。駑駘無力枉蝶躞，俗馬有肉空嵯峨。平生憐爾獨遭遇，繡勒金鞍照瓊署。相期慎保不凡姿，萬里長隨六龍馭。

贈筆工陸繼翁

吴興筆工陸文寶，製作不與常人同。自然入手造神妙，所以舉世稱良工。有時盤礴坐軒中，石盤水清如鏡中。空山老兔脱毛骨，簡拔精鋭披蒙茸。平原霜氣在毫末，水面猶覺吹秋風。製成進入蓬萊宫，紫花彤管飛晴虹。九重清燕發宸翰，五色絢爛皆成龍。國初以來稱絶藝，光價自此垂無窮。惜哉文寶久已死，尚有家法傳繼翁。我時得之一揮灑，落紙欲挫詞場鋒。棗心蘭蕊動光彩，栗尾鷄距争奇雄。朅來簪此扈仙蹕，欲補造化難爲功。夢中無人授五色，安得錦繡蟠心胸。閒來書空不成字，縱有篆刻慚雕蟲。幸今太平重文學，玉堂金馬多奇逢。莫言盛世少知己，爲我寄謝管城公。

陳員外奉使西域周寺副席中道别長句

漢家郎官頭未白，扈從初爲兩京客。忽逢天邊五色書，萬里翩翩向西域。腰間寶劍七星文，連旌大旆何繽紛。解鞍夜卧營中月，攬轡朝看隴上雲。黄沙斷磧千迴轉，玉關漸近長安遠。輪臺霜重角聲寒，蒲海風高弓力輭。兹行騎從歷諸蕃，氈帳依微絶漠間。殘煙古樹羌夷聚，遠火荒原獵騎還。蕃酋出迎通漢語，穹廬蒲萄酒如乳。舞女争呈于闐妝，歌辭盡協龜兹譜。當筵半醉看吴鈎，上馬便著金貂裘。山川遥認月支窟，部落能知博望侯。草上風沙亂騷屑，邊頭日暮悲笳咽。行窮天盡始回轅，坐對雪深還仗節。歸來雜遝宛馬群，立談可以收奇勳。却笑古來征戰苦，邊人空説李將軍。

燉煌曲

唐憲宗時，吐蕃使其中書令尚騎心兒攻燉煌，刺史周鼎嬰城固守。鼎請救回鶻，逾年不至都。知兵馬閻朝殺鼎，自領州事。守城者八年，出綾一段，換麥一斗，存者甚衆。朝喜曰：「可以死守。」又二年，糧械皆盡，登城呼曰：「爲毋徙他境，請以城降。」騎心兒許諾，於是出降。自攻城至是十一年。州人皆服臣虜，歲時祀祖父，衣中國之服，號慟而藏之。

吐蕃健兒面如赭，走入黄河放胡馬。七關蕭索少人行，白骨戰場縱復横。燉煌壯士抱戈泣，四面胡笳聲轉急。烽煙斷絶鳥不飛，十一年來不解圍。傳檄長安終不到，借兵回紇何曾歸。愁雲慘淡連荒漠，捲地北風吹雪落。將軍錦韉暮還控，壯士鐵衣夜猶著。城中匹綾换斗麥，決戰寧甘死鋒鏑。一朝胡虜忽登城，城上蕭蕭羌笛聲。當時左衽從胡俗，至今藏得唐衣服。年年寒食憶中原，還著衣冠望鄉哭。老身幸存衣在篋，官軍幾時馳獻捷？

龍支行

唐穆宗時，遣大理卿劉文鼎出使吐蕃，道成紀武川以至龍支城，耆老千人拜且泣問天子安否，言：「頃從軍戰敗於此，今子孫未忘唐服，朝廷尚念之乎？兵何日來？」言已，皆嗚咽。密聞之，豐州之人也。

龍支城頭暮吹角，黄雲蔽天沙草薄。虎髯使者長安來，持麾擁蓋邊塵開。城門盡是胡兵守，城外老人多白首。拜迎使者雙淚流，問云天子今安否。自言家世豐州住，少小辭家隸軍戍。吐蕃昨日犯蕭關，胡騎長驅涇隴間。將軍戰敗鼓聲絶，棄戈遺鏃填丘山。自從陷没身爲虜，五十年來在邊土。依棲部落作蕃人，生長兒孫盡胡語。朝看烽火望中原，夜聽鳴笳憶故園。頹垣敗屋誰家宅，斷磧荒蹊何處村。奉使還時報天子，早遣官軍復清水。假令年老身歸死，已免遊魂作胡鬼。

姚少師所藏八駿圖

周家八馬如飛電，夙昔傳聞今始見。鋭耳雙分秋竹批，拳毛一片桃花旋。肉鬉叠聳高崔嵬，權奇知此真龍媒。霜蹄試踏層冰裂，駿尾欲掉長飈迴。瑶池宴罷歸來早，絡月羈金照京鎬。紫鞚飛時逐落花，雕鞍解處眠芳草。由來駿骨健且馴，弄影驕嘶不動塵。有時渴飲天津水，五色照見波粼粼。圉官騎來難久駐，飲向春流最深處。珠銜寶勒不敢疏，直恐飛騰化龍去。古來善畫韋與韓，此畫豈同凡馬看。人間造次不可得，苜蓿秋深煙雨寒。

題王學士所藏王孟端老檜蒼崖圖

王郎工畫妙入神，平生强項世所嗔。有時興至自盤礴，睥睨已喜旁無人。忽然放筆作古檜，白日煙雲倏暝晦。淋漓盡帶雷雨垂，慘淡長疑鬼神會。古藤纏絡枝相繆，屈鐵碨砢騰蛟虬。左拏右攫飛不去，崖石欲裂山精愁。王郎一生何不遇，五十得官嗟已暮。胸中時吐氣峥嶸，半落蒼厓化爲樹。知君愛此長蕭森，藏之願比雙南金。秋來恐有乘槎客，泛入天河無處尋。

淮南舟中

遠戍鷄聲曉，遥堤柳色濃。斷雲京口樹，殘月廣陵鐘。簫鼓官船發，圖書御寶封。朝臣多扈從，冠佩日相逢。

過劉伶宅

舊宅無人住，荒墟有路歧。一生渾是醉，萬古復何悲。白首銜杯處，青山荷鍤時。最憐獨醒者，高冢亦纍纍。

車駕渡江

朱旗畫戟擁晴沙，錦纜牙檣照浪花。佳氣迴浮江北樹，曉光初絢海東霞。雲中鸞鳳扶丹轂，水底魚龍識翠華。不用臨流羡天塹，祇今四海盡爲家。

駕次江心驛

清蹕初傳日未西，鴻臚將引唱班齊。營門風暖千旗動，輦路雲香萬馬嘶。草緑夜塘多是水，雨晴沙道不成泥。忽傳四鼓鑾輿發，不寐時時聽曉鷄。

居庸叠翠

重關深鎖白雲收，天際諸峰黛色流。北枕龍沙通絶漠，南臨鳳闕壯神州。煙生睥睨千巖曉，露濕芙蓉萬壑秋。王氣自應成五采，龍文長傍日光浮。

太液晴波

靈沼溶溶淑氣迴，玉泉初暖碧如苔。風迴鰲背山光動，日照龍鱗鏡影開。飛鳥慣隨仙仗過，游魚偏識翠華來。願傾池水成春酒，添進南山萬壽杯。

海子橋

鯨海遥通一水長，滄波深處石爲梁。平鋪碧甃連馳道，倒瀉銀河入苑墻。晴緑乍添垂柳色，春流時泛落花香。微茫迴隔蓬萊島，不放飛塵入建章。

項羽廟

百戰休論蓋世功，鴻門宴罷霸圖空。虞歌慷慨孤燈下，楚業消沉一炬中。露濕古墻秋蘚碧，霜含老樹夕陽紅。英魂若到彭城路，忍聽高臺唱《大風》。

維揚懷古和胡祭酒韻

廣陵城裏晉繁華，煬帝行宮接紫霞。《玉樹》歌殘猶有曲，錦帆歸去已無家。樓臺處處惟芳草，風雨年年自落花。古往今來多少恨，祇將哀怨付啼鴉。

送兵部尚書陳公出鎮交阯

南交奏凱正論功，司馬新承寵眷隆。三受虎符參閫外，兩持龍節鎮蠻中。蕭何經國頻供餉，裴度臨邊暫總戎。已喜夷人歸版籍，伏波銅柱謾争雄。

正旦後送兵部尚書趙公還鎮

總戎司馬舊春官，坐鎮邊陲衆自安。雙闕朝元瞻御扆，六州行部駐雕鞍。履聲暫待金門漏，旆影還衝玉塞寒。明到關城多暇日，好將佳句寄朝端。

送彭巡檢子韶赴關清兼示光澤舍弟

送君南去片帆歸，五月薰風白紵衣。路繞閩山征騎遠，月明蠻徼邏兵稀。桄榔緑暗經殘雨，荔子紅垂映落暉。小弟杉關煩寄語，客心長伴鶺鴒飛。

新館内直

華館深沉直禁闈，彩甍丹碧焕翬飛。上林萬樹連西掖，北極諸星拱太微。繞硯龍香裁詔罷，隔簾鶯語退朝歸。應知幾度青綾夜，月轉金莖露滿衣。

玄　兎

傳聞三穴久儲精，日啖玄霜異質成。八竅總含蒼露濕，一身斜皞黑雲輕。行來青鎖應難覓，立向瑶階却盡驚。自是太平多瑞物，願隨毛穎詠干城。

送陳郎中重使西域三首

曾驅宛馬入神京，拜命重爲萬里行。河隴壺漿還出候，伊西部落總知名。天連白草寒沙遠，路繞黄雲古跡平。却憶漢家勞戰伐，道傍空築受降城。

玉關迢遞塞雲黄，西涉流沙道路長。山繞高昌遺碣在，草遮姑默廢城荒。閒聽羌笛多乘月，暗卷戎衣半帶霜。不用殷勤通譯語，相逢總是舊蕃王。

重宣恩詔向窮邊，蕃落依稀似昔年。酋長拜迎張綉幌，羌姬歌舞散金錢。葡萄夜醉氍毹月，驃褭晨嘶苜蓿煙。百寶嵌刀珠飾靶，部人知是漢張騫。

揚州

翠裙紅燭坐調笙，一曲嬌歌萬種情。二十四橋春水緑，蘭橈隨處傍花行。

憶別

一家去住兩關情，行李蕭然又出京。記得別時寒食後，斷煙殘雨石頭城。

即事

片片飛花逐水流，傷春何處最多愁。紅妝獨倚闌干立，望盡征帆不下樓。

静海感書

紅燭當壚夜數錢，驛亭西面緑楊邊。重來煙景渾依舊，祇認青簾記昔年。

旅懷

十年京國鬢瀟瀟，薊北江南萬里遥。家去潯陽猶尚遠，莫將音信託寒潮。

王尚書英二十四首

英字時彦，金溪人。永樂二年進士，選入文淵閣讀書。公與泰和並以慎密受知於上，簡入秘閣，書進呈機密章奏。歷翰林修撰、侍講，再扈駕北征。上曰：「秀才是二十八人讀書者。」軍中一切動静密奏。事仁、宣至景帝四朝，自講學累官南京禮部尚書。景泰元年，卒於位。公爲文章典贍，久在館閣，朝廷大製作多出其手。有《泉坡文集》。

扈從晚宿夾溝

初雨過符離，雲霞望欲迷。垂鞭信馬去，傍輦聽鶯啼。山繞行營外，溪迴帳殿西。夜深聞鼓角，天近月華低。

送金諭德扈從征虜二首

駐蹕陰山下，分營瀚海邊。春光明玉帳，殺氣薄胡天。鼙鼓雷霆震，旌旗日月懸。參謀有籌策，前席屢承宣。

帶甲軍容盛，通宵羽檄飛。安邊資武略，制勝仗天威。王氣隨雕輦，霜華上鐵衣。單于心膽落，指日受重圍。

扈從度龍門作

邊塞山川壯，關城地勢雄。崖傾開鳥道，路險瞰龍宫。後隊千旗擁，前驅一騎通。紆迴多傍澗，登陟半凌空。雨霽巖前霧，香飄樹杪風。雲隨仙仗白，花映御衣紅。景屬陽和後，恩覃化育中。臨高須刻石，長此紀神功。

贈伍子正還巘山舊隱

積翠群峰出，盤雲古洞深。澗花春帶雨，山木晚澄陰。猿鶴多年别，江湖萬里心。還携謝安妓，歸去一登臨。

挹秀軒

勝地風煙外，遥山紫翠分。花飄萬壑雨，簾捲半溪雲。鶴語林間聽，樵歌谷口聞。不妨招鄭老，對酒夜論文。

酬王尊師仙遊三首

翠水三山路，微茫見十洲。月臨珠斗迴，雲度絳河流。露氣生鰲背，簫聲出鳳樓。慚無學仙分，得伴赤松遊。

漠漠層霄外，寥寥太乙居。蒼龍翊飛蓋，白鹿挽行車。翡翠瑶臺樹，雲霞玉洞書。何因躡天路，探討極玄虚。

羽節飄摇轉，霓旌汗漫遊。紅光飛赤鯉，紫氣度青牛。月上芙蓉館，風迴蓮葉舟。遥憐徐福輩，入海訪瀛洲。

題龍氏龍州書館

幽居如杜曲，松竹舊時栽。溪路隨花入，柴門傍水開。風來書帙散，月出棹歌回。還共王喬輩，吹簫坐紫苔。

元日昇平詞

華蓋中天近，祥雲五夜多。衆星環絳闕，一水接銀河。花滿瀛洲樹，香涵太液波。長年逢此夕，恩意共春和。

仁宗昭皇帝輓詞

歲晏橋山路，風凄薄暮天。珠襦函夜月，石馬鎖寒煙。尊謚高千古，陵祠享萬年。遺民念恩澤，猶想奏薰絃。

奇和楊之宜春早侍宴朝回之作

紫微天近九門開，玉漏聲殘禁鼓催。五色祥雲依黼座，九重春色照金杯。輕風微逐鳴珂散，細柳低迎仗馬回。一曲《陽春》誰和得，鳳凰池上待君來。

阿魯臺受封後遣其幼子入侍

遠分符券册天驕，恩似春陽及草苗。虜騎萬人先納款，胡兒十歲也歸朝。舊垂髽髻纏番錦，新賜珠纓珥漢貂。暗想黄雲沙磧裏，託身何幸到青霄。

朝回宴李君小館有懷

欲寄鄉書過雁稀，家山長在夢中歸。天連楚澤波聲遠，雪暗交河樹影微。每聽鄰鷄馳曉騎，多乘殘月着朝衣。與君退直歸偏晚，把酒相看對夕暉。

直禁中次韻

花樹陰陰鳥自啼，從官多在掖垣西。霓旌浮動蒼龍影，御馬行翻碧玉蹄。路入廣寒天語近，凉生金露月華低。幾迴得侍宸遊處，兩袖香煙晚更攜。

贈李將軍

青春玉帳樹牙旗，蒲海風高列陣時。夜斬單于冰上度，曉驅番馬雪中騎。功存鐵券書丹字，冠着金貂侍玉墀。誰道廉頗今白髮，指麾猶可萬人師。

少年行

漢家十萬羽林兒，壯氣桓桓似虎貔。挽得雕弓射飛雁，賜將宫錦繡盤螭。春城走馬花開處，夜鼓歸營月上時。應是太平無戰伐，少年行樂正相宜。

端午日賜觀射柳二首

鳳凰城上駐龍旂，瑞日含光耀紫微。淡蕩蒲風初應節，氤氲花氣半薰衣。仗前新築麒麟苑，雲外遥開虎豹圍。先看聖孫來試馬，指麾兵陣合天機。

鳴簫伐鼓催飛鞚，列陣行雲擁翠華。競挽雕弓如月滿，盡摧楊柳向風斜。因知上將皆猿臂，總道諸軍勝虎牙。莫羡天山曾獻巧，射生今已静胡沙。

榆林直宿有懷邵庵學士對月之作

榆林春夜漏聲遲，獨憶金章對月時。翠袖清歌看駐輦，彩箋紅燭坐題詩。連雲尚有青山在，夾路應多緑柳垂。北望窮荒凋落盡，昔年文物倍增悲。

居庸關

千峰高處起層城，空裏岧嶢積翠明。雲静芙蓉開霽色，天清鼓角散秋聲。北連紫塞烽煙斷，南接金臺驛路平。此地由來稱設險，萬年形勢壯神京。

送陳尚書洽同英國公出鎮安南

黄麻宣命出微垣，榮寵新瞻八座尊。天子再令開幕府，威聲先已到轅門。遥飛羽檄收殘寇，却放諸軍入舊屯。應共成功賚車騎，歸來麟閣拜深恩。

淮安别回御史

遠别悠悠鄉夢頻，逢君况是異鄉春。可憐河畔青青柳，又折長條别故人。

故人歸獵圖

獵罷陰山薄暮歸，繞鞍雉兔馬行遲。風高不敢鳴笳鼓，祗恐防邊漢將知。

王宫師直[一]二十五首

直字時儉，泰和人。永樂二年進士，選入翰林讀中秘書，尋簡入内閣；除修撰，輔導皇太子監國。再扈從幸北京，事仁、宣二廟，累官太子太保、吏部尚書。天順元年，乞歸。越五載，卒於家，年八十四，贈太保，謚文端。公方面修髯，器宇宏偉。在翰林三十餘年，與金溪齊名，時稱二王。又以居第在東，稱東王先生。有《抑庵詩集》行世，多至二千三百餘首。

[一]「宫師」，原刻卷首目録作「太保」。

同鄒侍講諸公遊長春宫故址四首

端居文墨暇，郊原風景融。爰與衆君子，遊眺出崇墉。崎嶇清澗阻，逶迤幽徑通。靡靡衆草緑，茸茸雜花紅。稍窮林野趣，遂造羽人宫。鸞笙絶遺響，飈輪不可逢。頹址剥文礎，陰廊落綺櫳。因悲昔時士，翹首希方蓬。

昔云有仙人，煉液謝浮埃。一感當時王，翻然爲之來。深沉珠貝宫，照曜金銀臺。群仙時往還，共酌流霞杯。一朝乘化去，遺骨付寒灰。舊徑没行跡，空壇生緑苔。冥冥汗漫遊，逝者何時回？興懷忽長嘯，天風振蓬萊。

飄飄上崇岡，遊目眺西山。高山麗晴景，超然神慮閒。群峰競奔峭，歷歷紛上干。西連雁門阻，東瞰滄海灣。信哉天地靈，萬古開險艱。興言展良遊，緬邈不可扳。但看芙蓉色，隱映青雲間。靈蹤良可感，覽勝自忘還。

迅飈餘靄收，宿雨衆流潰。鬱鬱高原樹，好鳥鳴相對。農家喜暄節，荷鉏理荒穢。昔者鸞鶴居，今爲阡陌會。池荷新葉小，園柳飛花碎。霞明清川曲，雲度遠天外。景物良可懷，風詠夙所愛。瀛海浩無垠，滄洲竟安在？

發儀真道中登岸延覽因憶前行

舟行苦邅迴，登岸曠心目。天清浮雲捲，野秀新雨足。澶漫衆流會，杳靄群山緑。風暄花意亂，日暖鶯聲續。却憶同心人，無由踵前躅。

題山水贈楊熙節

郭純永嘉人，善畫自疇昔。興來展豪素，滿眼絢金碧。永樂年中獨擅場，拜官得在内作坊。時時承詔恣點染，九重出入生輝光。洪熙改元初，進位閤門使。常言酒後妙入神，傾倒壺觴不知醉。供御之外頗自珍，一筆豈肯輕與人。忽持此幅來贈我，令我坐憶江南春。江南何處最奇勝，錢塘西湖誰與並？諸山遠近翠若圍，艶杏夭桃色相映。橋上行人駿馬過，橋邊桂揖揚清波。岳王祠下喬木老，林逋宅前芳草多。春光如此佳可賞，遠道迢迢心養養。朝回看畫悄無言，夜雨寒窗神獨往。山陽義士真好奇，平生脱略誰得羈。昨日到京師，秋風露華白。訪我小瀛洲，暫作神仙客。飄然復往不可留，拂衣欲向東南遊。題詩巷畫贈爾去，相思定倚新城樓。

景陵輓歌二首

苦霧纏丹旐，陰雲擁翠旗。山川皆斂色，草木亦含悲。雨泣千官送，風號萬國隨。蕭蕭笳吹發，不似奏詔時。

靈御陪仁考，仙遊侍太宗。珠丘連翠殿，玉匣閟玄宮。海宇扳號切，天庭陟降同。遥知六龍駕，長度五雲中。

過曲江

稍稍滄江曲，亭亭日向低。舟人方利涉，客子未安棲。度鳥銜山帶，飛梟踏水梯。引杯觀物性，不惜醉如泥。

端午日觀打毬射柳應制

玉勒千金馬，雕文七寶毬。鞚飛驚電掣，仗奮覺星流。欻過成三捷，歡傳第一籌。慶雲隨逸足，繚繞殿東頭。

楊柳緑含滋，雕弓縱射時。向風飛白羽，和露折青絲。輦路晴光動，旌門午漏遲。營前撾鼓急，捷報萬人知。

帝京篇四首贈鍾中書子勤

繡殿宜晴日，彤樓切太虚。卿雲連複道，顥氣護宸居。建鳳黄金榜，疏龍白玉除。仙蓂乘月吐，渾契史臣書。

曙闕嚴鐘啟，宵衣促漏催。雲移宫扇徹，風度御香來。劍履群公侍，簪裾萬國陪。小臣瞻盛美，稽首頌康哉。

豫遊聞夏諺，巡守協虞風。省斂三農喜，趨朝五瑞同。星文俱拱北，川水盡朝東。獨有綸闈客，偏承雨露濃。

再命歸鑾掖，重遊集鳳池。黄縑存故墨，紫誥布新詞。開閤凉風入，揮毫瑞液滋。蒼蒼鳷樹老，還對萬年枝。

大風泊磚河驛

艤棹臨孤驛，風霾晝欲昏。疾吹高樹偃，怒激濁河翻。失穴黿鼉恐，傾巢鳥雀喧。居人亦愁畏，深閉小蓬門。

村居

古岸輕煙外，深林夕照邊。疏籬孤徑窈，茅屋數家連。花暝流鶯歇，莎平乳犢眠。桑麻青滿眼，幽思頗相牽。

子弟新軍屯德州候車駕

平原十里候鸞旌，繞郭新屯十萬兵。慣着短衣來小市，常乘驕馬過孤城。營前劍舞春風暖，帳下酣歌夜月明。自是太平無戰鬭，少年何處可横行。

鄰有戍將未歸覩其家人寄書爲述所懷

十年征戰度天山，寂寞空閨獨掩關。鴻雁書回何日到，犬羊巢盡幾時還。窗前花落青春晚，户外鶯啼白晝閒。爲語封侯須及早，風塵容易鬢毛斑。

西湖

玉泉東匯浸平沙，八月芙蓉尚有花。曲島下通鮫女室，晴波深映梵王家。常時鳬雁聞清唄，舊日魚龍識翠華。堤下連雲粳稻熟，江南風物未宜誇。

端午憶去年從幸東苑錫宴

千門晴日散祥煙，東苑宸遊憶去年。玉輦乍移雙闕外，彩毬低度百花前。雲開山色浮仙仗，風送鶯聲繞御筵。今日獨醒還北望，何時重詠《柏梁》篇。

送陳郎中子魯再使西域

翩翩旌旆出皇州，瀚海崑崙是昔遊。塞外風雲隨使節，天涯霜雪敝征裘。還家不論千金橐，佩印須爲萬里侯。想見蕃夷歸聖德，自西河水亦東流。

題馬

鳳臆龍鬐世不多，春風飽食玉山禾。升中自是明時事，岱嶽雲亭想一過。

題畫

緑樹青山帶晚霞，樹間處處有人家。孤舟最愛滄浪客，得共眠鷗占淺沙。

書所見

楊柳妖饒湖水滿，芙蓉初發莖猶短。小娃打槳并船歸，驚起鴛鴦相背飛。

王侍講洪一十四首

洪字希範，錢塘人。生八歲能文章，稍長從訓導胡粹中授《春秋》，日記數千言，才思穎發。十八舉進士。永樂初，授吏科給事中，入翰林爲檢討，與修《大典》。歷修撰、侍講。又二年，論五星事忤胡文穆，左遷禮部儀制主事，署部事。詔作佛曲序，逡巡不敢應制，爲同列所排，不復進用。晚得末疾卒。當時詞林稱四王，皆有才名，希範與閩人王偁、王恭、王褒也。而希範蚤入，偁最自負，推重希範，不敢以雁行進。希範嘗與修撰張洪論詩，自誦所作，竊比漢、魏，張哂而未答，復自謂曰：「終不作六朝語。」張曰：「六朝人豈易及？無論士衡、靈運，且自視比江、沈云何？子詩旁大李門墻，猶未窺其奥也。」希範始屈服，曰：「平生喜讀大李詩，君評我甚當。」修撰，吴中宿儒也，作《學古詩叙》備載其語，以爲學詩者誇誕之戒云。

歌風臺

赤精自天啟，黄屋凌空開。富貴歸故鄉，遂筑歌風臺。佳人弄瑶瑟，故老持金罍。酒酣自擊筑，浩歌何雄哉。颯爽龍虎姿，曠蕩風雲懷。顧爲萬歲後，英魂尚歸來。回首望彭城，孤臺亦崔嵬。百戰功不成，千載令人哀。

送友人南還京師

積雪遍河關，長亭落照間。一尊當暮別，千里共春還。煙樹連荒野，晴江帶遠山。東風薊城路，幾日到長安。

奉和胡學士侍遊萬歲山

飛旆臨丹壑，鳴鑣陟紫臺。日邊雙鳳下，雲裏六龍來。寶殿臨空敞，瓊筵就水開。共誇青瑣客，陪宴柏梁回。

儀真道中

王程不可緩，孤棹且宵征。古渡無人語，長空惟月明。湖連四野闊，天與大江平。明發維揚郡，登臨一感情。

送金生歸江南

朔雲千萬里，歸興復如何。鴻雁雨中去，蒹葭霜後多。人煙投遠戍，驛路出長河。惆悵東橋別，涼風起暮波。

送吴太僕還南京

初日映朝衣，承恩出瑣闈。幾回天上見，一騎雪中歸。野色連春樹，河流帶晚暉。交遊遍京國，達者似君稀。

送廖訓導

客路臘初盡，河橋冰向開。言辭故人去，遥逐早春回。江館低煙柳，山郵發野梅。懸知問字者，正憶子雲才。

李郎中粉署余清卷

鳴珮趨丹闕，焚香坐粉闈。禁城鐘鼓静，人吏簡書稀。幽鳥鳴高樹，凉風動紫薇。明時仍宦達，誰不羡恩輝。

舟行雜興四首

四野望不盡，雙鷗飛自閒。滄溟淪碣石，落日照榆關。遠嶼煙波暗，孤城海氣寒。因之嘆秦客，從此覓三山。

故國遍芳草，高臺多大風。河山千古在，登眺幾人同。野澤鳴山雉，荒陂起塞鴻。新豐不可見，煙樹五陵東。

白馬紫絲韁，吴鉤百寶裝。悲歌迴易水，射獵過遼陽。白草胡沙迥，黄雲漢塞長。任教身作將，全勝世爲郎。

曠野杳無際，孤舟齊魯間。河流東下險，天氣北來寒。古道蒼煙迥，長亭落照間。微茫雲水外，一點是梁山。

送陳員外使西蕃

劍珮翻翻出武威，關河秋色照戎衣。輪臺雪滿逢人少，蒲海霜空見雁稀。蕃部牛羊沙際没，羌民煙火磧中微。兹行總爲宣恩德，不帶葡萄苜蓿歸。

金臺夕照

山色微茫映古臺，平原千里夕陽開。誰知碧草遺基在，曾見黄金國士來。樹繞河流天外去，鳥翻雲影日邊回。清時自重非熊叟，不獨奇謀得俊才。

玉泉垂虹

碧嶂丹厓瀉不停，翠微雲浄轉分明。春風不散空中影，夜月偏聞樹底聲。内苑分來瑶水合，御橋流出鳳池平。仙源信與人間别，歲歲年年長自清。

周尚書忱九首

忱字恂如，廬陵人。永樂二年，命翰林學士解縉簡進士穎秀者二十八人讀書文淵閣，應列宿之數，公自陳年少乞預，時人謂之挨宿。授刑部主事，轉越府右長史。宣德五年，超拜工部右侍郎，巡撫江南，陞户部尚書，改工部，凡二十二年。景泰中致仕，卒年七十三，謚文襄。

病驥圖

吴興父子俱能畫，筆端往往追曹霸。當時託意知爲誰，惻愴令人傷此馬。此馬虺頹未可輕，昔陪八駿天衢行。彩雲禁籞春如海，曾聽玉輅和鸞鳴。一從謝病離天仗，骨聳毛焦氣凋喪。耻與駑駘競粟芻，自甘偃卧沙丘上。孫陽去後苦難逢，寂寞誰加剪拂功。羈金絡月復何日，顧影懷恩悲晚風。古來千金市駿骨，况此精神那可忽。飼秣重歸十二閑，猶堪萬里奔騰出。

漁陽老婦歌

漁陽老婦白髮多，去年歸自斡難河。自言本是田家女，少小姿容衆推許。父母求婚來大都，朱門許嫁不須臾。良人系出蒙古部，阿翁仕元作樞副。當時誤信媒妁言，論財竟作偏房婦。含羞俯首半載餘，天上兵來北擊胡。百口倉皇夜出塞，散入匈奴部落居。偷生强欲隨風土，旋綰盤頭學胡語。區脱沙中逐井泉，琵琶馬上調歌舞。豈無肉食充黄粱，亦有酥酪爲酒漿。族類不同天性異，觸物時時懷故鄉。況當夫死子尚幼，風沙易得紅顔醜。歸心一片竟誰知，絶漠窮荒零落久。前年天子親北征，單于納款煙塵清。往來信使無虚月，老身遂得離邊庭。提攜二子到鄉邑，村墟改變無親戚。吞悲暗憶别家時，别時十七今七十。角尖高帽窄衣裳，半臂珠絡紅纓長。兒童乍見皆掩笑，元季都人同此妝。今日官家有恩例，給與牛羊賜田地。太平衣食足耕桑，且保白骨埋漁陽。獨惜生來命何薄，虚擲春光向沙漠。寄語鄰家窈窕娘，早嫁無如故鄉樂。

棄婦辭

回車已駕衡門下，將去復留情不捨。舉家欲語畏郎嗔，獨自登車無送者。吞悲惟恐路人知，默默還思初嫁時。父母殷勤受明禮，良媒宛轉來通辭。入門即聽舅姑語，婦道營生在勤苦。淡妝不用畫蛾眉，朝採蠶桑暮機杼。亦知朴陋人所厭，習成天性終難變。丈夫有才常好新，賤妾薄命何嗟怨。繅絲在車猶未除，亭午當炊誰下厨。但得新人亦似此，庶免高堂煩老姑。到家無面見鄰姬，獨掩寒閨雙淚垂。小時祇恨青春促，今日方愁年老遲。

蘄州送别易副使

江頭柳花白如雪，江上行人正催别。欲把長條贈遠行，蕩揚花飛不堪折。今年花飛猶去年，此時一去何時還。含情再誦江淹賦，如在桃花潭水邊。望君重來在旦晚，願君不道蘄州遠。君看柳絮若無情，猶自隨風去還轉。

尋天台李道士齋

瑶草迷行徑，丹臺近赤城。山川遥在望，鷄犬不聞聲。谷静松花落，橋横澗水鳴。雲間雙鶴下，疑聽紫鸞笙。

送孫大尹赴嶺南

尊酒三山别，雙鳧五嶺過。和風吹客袂，啼鳥雜離歌。雨洗炎方樹，霜清瘴海波。宦遊知獨好，春色向南多。

車駕渡江

柳色臨江輦路長，葳蕤遥望翠華張。衣冠隔岸催鵷序，舸艦中流列雁行。魚躍蒼波瞻御座，鳥啼春樹識天香。時巡百度稽虞典，不奏横汾禮樂章。

戲馬臺

百戰徒勞八歲兵，秦民失望霸圖傾。沐猴不免當時笑，戲馬空傳此日名。故壘蕭蕭連泗水，寒山簇簇近彭城。行人回首荒臺上，啼鳥凄凉學楚聲。

李祭酒懋七首

懋字時勉，以字行，安福人。永樂二年進士，讀書文淵閣，授刑部主事。《太祖實録》成，進翰林侍讀，終國子監祭酒。事獻陵、景陵，再下詔獄，縛送西市；事裕陵荷校國學門，皆瀕死得釋。致仕，卒於家，年七十七，謚文毅，改忠文。有《古廉文集》十卷。古廉，其自號也。楊慎《詩話》曰：「元武伯英《詠燭剪》詩：『啼殘瘦玉蘭心吐，蹴落春紅燕尾香。』爲一時所賞。國朝李古廉《詠剪刀》詩：『吴綾剪處魚吞浪，蜀錦裁時燕掠霞。深院響傳春晝静，小樓工罷夕陽斜。』公之直節清聲，而詩嫵媚如此。信乎，賦梅花者，不獨宋廣平也。」此詩不載《古廉集》中，大率前輩别集，經人撰定，恐破壞道學體面，每削去閒情艷體之作，而存其酬應冗長者，殊可嘆也。

竇滔妻詩一章 凡七首。

深閨有思婦，慘凄亦何爲。容華不自惜，獨理流黄機。昔者成匹帛，多裁遊子衣。衣新忽變故，恩愛從此衰。以兹殷勤意，翻作長恨辭。

蘭蕙被幽畹，桃李媚春陽。新婚結綢繆，鞶衿散芬芳。棄置父母歡，婉婉君子旁。白日麗鮮服，朗月澄清光。矢心以自固，願爲鴛與鴦。

西墅起高臺，迢遞憑雲岑。中有嬌艷女，當窗弄清音。音聲蕩以肆，居然變古心。魚目奪明月，讒口銷黄金。不見冀中饁，惻愴廖廖吟。

高居擁旌旆，輝映漢江曲。富貴一朝異，窈窕辭别屋。含笑落日遲，浩歌湘水緑。山川不可逾，安得遥相逐。佳麗誠足珍，凉薄難見録。

滔滔江漢流，到海不復返。千里得所歸，中復厭婉婉。在昔枉綏授，駕言不辭遠。誰知三周御，却道羊腸坂。芬芳空自持，白日忽已晚。

昧旦不能寐，攬衣起徬徨。織縑與織素，誰復知短長。咫尺組幽思，迴還遂成章。緘之戒童御，欲以寄遠方。宛轉達苦志，敢期昔所伉。

別久意恒親，覽辭念愈結。巾車適千里，倏忽已超越。鳴琴諧古調，恩愛感離闊。夙心諒所負，慚嘆對明月。眷言固終始，皓首以相悦。

陳祭酒敬宗八首

敬宗字光世，慈溪人。與李時勉同舉進士，讀中秘書，同除刑部主事，又同入史館，改翰林侍讀。宣德中，起復，轉南京國子司業。秩滿，陞祭酒。官太學二十餘年，諸生多位卿貳，獨久不調，意豁如也。時勉官北祭酒，並以師席著聞，世稱「南陳北李」。引年致仕，卒年八十三，謚文定。有《澹庵居士集》。

元夕賜觀燈應制五首

皓月金門夜，和風玉殿春。雲移三島近，燈簇萬花新。天仗臨丹扆，星橋接紫宸。中官宣德意，宴賞及群臣。

紫禁疏鐘靜，高城刻漏傳。五雲迎寶蓋，萬户綴金蓮。瓊醴行仙席，龍盤進御筵。教坊呈百戲，齊過玉階前。

劍珮青霄近，峰巒翠閣重。花明金幄月，香度玉樓風。拜舞諸蕃集，歡娱萬國同。遥聞歌吹發，五色慶雲中。

紫陌連清禁，彤樓接絳河。九門星彩動，萬井月華多。寶炬通宵晃，鸞笙協氣和。臣民涵聖澤，齊唱太平歌。

山擁金鼇壯，雲盤綵鳳來。星河隨斗轉，殊闕倚天開。歡洽春聲遍，恩從淑氣回。願歌《魚藻》詠，長奉萬年杯。

元夕賜觀燈詩三首

河漢沉沉霽景澄，蓬萊燃滿九華燈。青猊白象三千界，綺閣雕欄十二層。花繡芙蓉濃艷吐，簾垂翡翠異香凝。世人惟向雲中見，遥望天門不可登。

樂奏《韶》《咸》寶扇開，遥瞻龍馭自天來。九門香逐靈飈度，萬國春隨御氣回。彩鳳高臨青玉案，彤雲輕護紫霞杯。臣民共願宸遊樂，海内歡聲溢九垓。

中使傳宣宴百官，珮聲遥集五雲端。酒傾緑蟻開金甕，饌膾蒼麟奉玉盤。寶帳春回頻送暖，瑶臺雪霽不生寒。侍臣霑醉蒙恩德，更敕都人近御看。

周庶子述一首

述字崇述，吉水人。永樂甲申進士，廷試第二人，授翰林編修。累官左春坊庶子。

維陽懷古

廣陵河上路，煬帝昔曾過。不見瓊花發，猶傳《玉樹》歌。臺荒衰柳在，宮廢亂螢多。欲問前朝事，悲風起夕波。

周講學敘三首

敘字功敘，吉水人。永樂戊戌進士，仕至翰林侍講學士。居禁近二十餘年，多所論列，詔獨修遼、金、元三史，力疾詮次，不少輟。有《石溪集》八卷行於世。國初館閣莫盛於江右，故有「翰林多吉水，朝士半江西」之語。而文集流傳，自東里、西墅、頤庵之外，可觀者絶少，如石溪又其靡也。

題玄宗追獾圖

朝罷鳴徜動，終南校獵遊。追獾應適意，銜橛却忘憂。日入黄雲暮，風生碧草秋。從官無諫疏，老去憶韓休。

春日扈駕謁陵二首

御幄千旗擁，屯營萬綺環。祥煙隨鳳蹕，瑞日映龍顔。金鼓轅門樂，衣冠綵仗班。嵩呼來父老，聲動五雲間。

膴膴神皋迥，鑾輿曉駐時。天連雙鳳闕，地近九龍池。日月開黄道，雲霞翊畫旂。澤隨陽德布，春滿萬年枝。

錢侍郎幹四首

幹字習禮，以字行，廬陵人。永樂七年，中甲科，會上北征，明年辛卯始舉進士，選翰林庶吉士，除檢討。歷侍讀光學，陞禮部右侍郎，人或賀之，答曰：「吾今出爲有司官矣，又奚賀爲？」尋權吏部事，求去益切。出都門日，群公祖道，酒闌執爵，長歌《歸去來兮辭》，聲出金石，聞者嘆美焉。天順四年卒，年八十九，謚文肅。

新橋驛和余檢討韻

初月生遥甸，長流遵枉渚。方舟溯長河，宵分及前侣。維捎戒孤征，懸燈照清語。秋衾夢不成，隕籜紛如雨。

客夜與故人話舊

與君秋鬢各成霜，老大相逢在異鄉。盡日不眠詢往事，雨聲寥落小窗涼。

和曾學士元日遇雪

急雪飛花滿御堤，朝元紫禁侍班齊。飄來玉珮行偏重，舞落金鋪看欲迷。鐘動城鴉翻玉羽，仗回路馬盡霜蹄。高歌郢曲知難和，未數陽春舊日題。

和曾侍講送陳郎中重使西域

歸朝鳴馬貢飛黄，再撫羌夷出塞長。才到交河諸部識，重經瀚海舊營荒。客程春半時逢雨，虜地寒多夏亦霜。從此番酋俱款附，不須生致左賢王。

劉主事詔〔一〕一首

詔字季箎，以字行。洪武甲戌進士，授行人，陞陝西布政司左參政，召爲刑部左侍郎。永樂中，與修《大典》，以失出罪人，左遷兩淮鹽運副使，未行，改工部營繕主事，卒於官。爲人清素，居官少暇，手不釋卷。有集藏于家。

〔一〕「主事」，原刻卷首目録作「侍郎」。

王孟端畫爲吴世馨作

西風蕭蕭蘆葉黄，煙波萬頃蓴鱸鄉。延陵季子幾年别，夢中歸鬢點吴霜。鳳凰池上青雲客，每寫滄洲祇盈尺。長空一色楓葉丹，老雁群翔秋月白。城東官舍少人過，枕前昨夜秋意多。篝燈起坐不能寐，手拂蒼苔牽女蘿。黄金築臺天際起，遥望江南數千里。歸心便欲付微茫，并刀休剪吴淞水。

羅處士以明一首

以明字善蒙，自號曰矇叟，盧陵人。弘文館學士復仁之從子。七歲善聲對，十二能爲辭賦。國初，隱居不仕。中子汝敬，入翰林，迎養京師。朝奉天門，見皇太子於文華殿，命大官賜膳。歸鄉日，賦詩歌頌太平。生八十六年而卒。

感興

勛業飄零梅子真，江山誰與訪遺塵。艱難獨不悲前事，慷慨徒勞憶故人。太乙圖書元在漢，東周禾黍半歸秦。晴天玉笥秋風上，欲薦蘋花淚滿巾。

羅侍郎肅一首

肅字汝敬，以字行。永樂二年進士，讀書文淵閣。歷翰林修撰、侍講。言時政十五事，降監察御史。超工部侍郎，使交南。還督兩浙漕運，巡撫陝西，致仕。

次西墅學士己亥元日雪

長樂鐘殘五漏微，蓬萊天近六花飛。光含銀燭調元氣，色湛瓊筵促曙輝。已放素華凝禁苑，還飄落絮點朝衣。玉堂學士文章伯，獻歲詞高和者稀。

吴司業溥二首

溥字德潤，崇仁人。建文二年，試禮部第一，入翰林爲編修。永樂初，陞修撰，遷國子司業。秩滿，清修苦節，官太學幾二十年，不獲叙遷，卒於位。有《古厓文集》。

題金華宗原常雙溪洗藥圖

洗藥臨溪頭，水流溪尾香。居人飲溪水，百年躋壽康。石路曲盤蛇，山花如錦黄。日暮攜藥歸，香風滿衣裳。

寄宋子環

聖恩寬逐客，不遣過輪臺。談笑潼關去，雲霞仙掌開。故鄉深念汝，遠道竟能來。明日相思處，高秋鴻雁回。

王侍郎景八首

景字景彰，以字行，松陽人。洪武中，起家教諭，累官參政，遣戍雲南。建文初，召修高廟實録，陞禮部右侍郎，兼翰林侍講，充副總裁官。靖難後，進學士。永樂六年卒。

古詩三首

皇天無停樞，四運迭相迫。朝陽忽東昇，悵望倏已夕。伊誰執其馭，六轡不遑息。使我下土人，俯仰空役役。我願扳六龍，駐彼扶桑域。遨遊黄道中，流光自輝赫。萬物同一春，欣欣布佳澤。羲和不我與，徒有淚霑臆。晝短夜乃長，何以屏陰慝。

明月出天東，團團歷東井。不因朝陽輝，何以散光景。中涵古桂華，期與天地永。本體無盈虧，清明乃其性。常恐中天雲，翳此山河影。有如濁水珠，棄置誰復省。長風一掃蕩，恒若冰鑒炯。白玉十二樓，照耀蓬萊境。

瀛海寰九區，咫尺萬餘里。神州與赤縣，相去還有幾。層峰高矗天，大澤下無底。平陸走龍蛇，白晝嘯夔魅。遂使林林者，高下幾歔欷。誰能致其平，爲我屏妖翳。鑿山湮巨壑，彌天作平地。地平天乃成，四時運元氣。

和曾侍讀韻

粉署肅陰陰，晏坐萬慮息。星出金闕高，天近蓬萊碧。風軒挹餘清，露階泛寒白。徘徊自成趣，庶以永今夕。

送　別

統師靖百蠻，鳥道行蹤絶。白氣宵貫斗，遊龍曉馳鐵。層巘無曳雲，空江有寒月。肅肅旋車軫，悠悠蕩旌節。古驛千樹梅，花開夜來雪。持此滇南春，相從待明發。

題江南秋晚圖

十年不踏錢塘路，江上晴煙渺輕素。并刀誰剪秋半簾，夕陽正在西陵樹。對之便欲發浩歌，西風蕭蕭水增波。胥濤已入亂山去，木落臺空幽思多。

道　院

山中舊是神仙宅，冉冉流光老物華。千頃白雲都是玉，一溪紅浪半凝砂。瑶階已化飛梟舄，銀漢空餘泛斗槎。獨倚壞垣傷住事，天風吹落石楠花。

新春偶成

南來憔悴滇陽客，每向年光感去留。萬里歸心背殘臘，五更清夢落神州。刺桐花發東風早，垂柳條長宿雨收。便欲題詩散伊鬱，瀘江風浪拍天流。

張修撰洪一首

張洪字宗海，常熟人。洪武中，坐累謫戍雲南，帥臣延教子弟，薦爲靖江王府教授。永樂初，授行人，奉使日本、洮岷。賫詔諭緬甸那羅塔，六往始聽命。守使職越二十年，仁宗始召入翰林，改修撰。年七十餘致仕。修撰，國初老儒，貫穿宋人經學。歸田之後，鄉邦制作，咸出其手。歌詩非其所長，詩一章，出沐氏《滄海遺珠集》，蓋其戍滇時所作。

古東門行送别金彦楨

僕夫顧我悲，轅馬局不行。古來離别地，青草不復生。居人攀桃李，悵望難爲情。流塵起阡陌，遠樹花冥冥。莫向秦東亭，唱此《東門行》。土中有死骨，聞之復心驚。

曾侍讀烜《姑蘇志》作曾熣。三首

烜字日章，以字行，吴江人。受《春秋》於魯淵。洪武間，以歲貢授黄陂知縣，考最，陞翰林侍讀，同修《永樂大典》。再使交趾，卒於富良江。

舟至辰陵磯與楚百户等言别

江到荆湘兩派分，客情無奈況離群。爾從三峽迎春水，我過重湖望楚雲。白帝至今啼蜀魄，蒼梧何處弔湘君。孤舟夜向巴陵泊，一曲商歌不忍聞。

秋夜

何處偏能斷客腸，西風吹雨到池塘。都將萬壘青山恨，散作離愁一夜長。

題倪雲林畫

故山何處最關心，亭外遥岑入望深。却恨浪遊江海上，錯教猿鶴守空林。

盧舍人儒四首

儒字爲己，崑山人。祖熙，字公暨，洪武中同知睢州公武之弟也。父充耘，字次農，以公武死，誓不仕。爲己博學能文，自負甚高。天順初，以薦授中書舍人。嘗在翰林，上命撰《雪賦》甚急，諸公皆束手，儒援筆立就，一時驚嘆。

則學以畫索賦梅柳二首

近竹幽妍映雪清，春痕消盡粉痕輕。帳中半落臨溪影，邃裏横吹《出塞》聲。曉色動愁香宛宛，夜魂追夢玉盈盈。揚州賦詠誰能繼，唯有當時水部名。

緑水紅橋一路青，東風將雨染初成。隔簾弄影捎飛燕，當座吹花趁語鶯。新月正籠陶令宅，淡煙斜拂亞夫營。年年送别三春恨，腸斷山陽笛裏聲。

送徐子春往四川

千峰明月夜猿啼，雁自南來客自西。遠近水聲灘上下，周回山色路高底。石門驛畔沽春酒，松子磯邊候曉鷄。回首姑蘇渺何處，想應吟遍卷中題。

春盡有感

浮雲去住水西東，一度韶華又復空。多少春風歸嫩柳，更無顏色向殘紅。

陳侍郎璉一首

璉字廷器，東莞人。洪武中，領鄉薦，選授教官，知滁州，陞揚州知府，累官禮部右侍郎。有《琴軒集》三十卷，詩十二卷，篇什甚繁，存世所共傳者一首。

多景樓

獨倚闌干久，凉風滿客衣。樹從京口斷，山到海門稀。雁影横秋色，蟬聲送夕暉。蕪城纔咫尺，樓堞望中微。

章侍郎敞一首

敞字尚文，會稽人。永樂二年進士，選翰林庶吉士，出爲刑部主事，累官至禮部左侍郎。詩名

《質庵集》。

送李推官謫湖南

玉陛朝承明主恩，扁舟八月下荆門。斷煙斜日荒山路，野水寒鴉獨樹村。江浦潮聲天外遠，衡陽秋色望中昏。鷓鴣聲裏湘江暮，莫賦《離騷》恐斷魂。

王讀學達〔一〕二首

達字達善，無錫人。少孤貧力學。洪武中，舉明經，除國子助教。永樂中，擢翰林編修，遷侍讀學士。達善有盛名，與解大紳、王孟揚、王汝玉輩號「東南五才子」。四人者，先後得罪死，達善獨以壽考終。今所傳《耐軒》、《天遊》二稿，詩文皆平薾，不稱其名，何也？達善未仕時，與吴門韓奕先生、王芾、孟端、詩僧真性海偕遊慧山，汲泉瀹茗，孟端作《四士圖》，公望爲十六韻題其上。公望、孟端一時高士，不輕許可，而達善得與四士之列，其風流儒雅必有大過人者，固不當以文辭末技輕爲軒輊也。

〔一〕「讀學」，原刻卷首目録作「學士」。

梁溪

微波皺緑迴輕風，溪流直與南湖通。人家兩岸幾興廢，鷗影蕭蕭夕照中。孤橈欲發臨溪口，澹煙寂歷明疏柳。水清月落正愁人，鐘鳴況是僧歸後。芙蓉隔溪千里多，白雲滿窗生薜蘿。櫓聲咿軋剪寒月，去去其如離思何。

送人從軍

煙浦緑迢迢，離人酒易消。路分京口樹，帆度月中潮。夜静聞清柝，風寒試黑貂。漢家方討虜，好事霍嫖姚。

虞大理謙二首

謙字伯益，金壇人。洪武乙亥，繇太學生擢刑部郎，知杭州府。永樂中，召爲大理寺少卿。仁宗監國，奏除都察院左副都御史。及即位，拜大理寺卿。朝退得風疾，卒於位。楊文貞墓誌稱其儀觀偉然，瀟灑絶俗，以工詩名於時，善寫山川木石，幽澹簡遠，有倪雲林風致，又爲序其《玉雪齋稿》。

蜜熟黄峰静，泥融紫燕忙。日停花妥艷，風過竹生香。美景追遊少，中年感慨長。一樽消晚坐，乘月更移牀。

田家晚泊

風磴翻危葉，霜槐出斷根。過橋逢野老，倚杖候柴門。馴犬熟迎客，歸鴉遠認村。茅檐投晚泊，煙霧斂初昏。

袁寺丞廷玉〔一〕一首

廷玉名珙，以字行，鄞縣人。得相法於别古厓。洪武間，識長陵於潛邸。登極後，召拜太常寺丞。公於九流百氏靡不涉究，好爲歌詩，人稱爲柳莊先生。予忠徹，承其家學，由鴻臚寺序班歷尚寶司少卿，亦有詩集行世。

〔一〕「寺丞」，原刻卷首目録作「太常」。

題張得中江村書屋

一江流水繞村長，煙樹依微帶夕陽。不是季真湖上宅，定應子美瀼西堂。閉門讀《易》潮平岸，刻燭吟詩酒滿觴。他日東歸訪幽勝，瑶琴爲我奏清商。

袁尚寶忠徹二首

和實郎中冏竺庵見贈韻

夕雲斂餘暉，稍稍歸鳥集。清磬林際浮，樵歌峰外急。懷人南斗邊，露下銀漢濕。瑶草春復生，深山共誰拾。

題張秋蟾畫龍

張公畫龍人不識，筆法遠自僧繇得。掛向高堂神鬼驚，恍忽電光飛霹靂。想當渤澥開筆力，元氣霖霪浸無極。吐吞霧雨川澤昏，摩蕩雲雷太陰黑。江翻石轉窈莫測，雪濤捲空銅柱仄。洞庭扶桑非爾誰，顛倒滄溟爲窟宅。乃知兹圖秖數尺，坐令萬里起古色。何當置我君山湖上之高峰，聽此老翁吹鐵笛。

趙尚書玒一首

玒字雲翰，祥符人。洪武中，由鄉舉爲夏官屬，遷浙江參政。太宗召爲刑、工、禮三部侍郎，進禮部尚書，改兵部。仁宗即位，又改刑部。楊東里爲作《石田茅屋記》。

城南書事

三年爲客寄龍沙，望斷南雲不見家。惟有受降城外月，照人清淚落胡笳。

陳員外宗三首

宗字亢宗，以字行，永嘉人。官兵部員外郎。

賜午門觀燈應制二首　宣廟品第應制詩，以此篇爲首。

鼇峰千仞鬱嵯峨，萬蠟熒春洽太和。明月祇隨仙仗轉，紅雲偏近御筵多。旌旄影揚黄金闕，絲竹聲翻《白雪》歌。萬歲三呼頻祝頌，醉歸數問夜如何。

白玉仙京上帝家，六龍遥駕五雲車。巨鰲此夕移三島，火樹迎春吐萬花。水咽宫壺留夜色，歡騰黎庶樂年華。承恩盡醉歸來晚，一派鈞天隔彩霞。

過寒山寺寄道上人

歸舟欲住更匆匆，晚色蒼蒼迫下春。兩岸杏花寒食雨，數株楊柳酒旗風。江邊尚説寒山寺，城外猶聽半夜鐘。溪水自流人自老，漁歌長伴月明中。

許給事伯旅六首

伯旅字廷慎，黄巖人。官止刑科給事中。有詩名，所著有《介石稿》。

題林盤所學民家藏温日觀葡萄

張顛草書天下雄，醉筆往往驚群公。温師作畫亦若是，我知畫與書法通。葡萄何來自西極，枝蔓連雲引千尺。世間畫者誰最高，温師自有葡萄癖。當時豪貴争邀迎，掉頭輒走呼不應。酒酣耳熱清興發，揮灑始覺通神靈。東家雪練西家帛，布地待師師不惜。芒鞋踏墨雲海翻，滿把驪珠輕一擲。百年畫意誰見之，破幅蕭條今尚遺。心垢都除入清凈，不爾妙悟何能爲。憶我攜書客淮右，大官都送葡萄酒。

寒香壓露春甕深，風味江南未曾有。林君對此心切切，謂余亦種葡萄苗。何當釀酒二千斛，愁來一飲三百瓢。

題林周民山礬圖

山礬入畫古所少，我昔見之倪贊家。問君何處得此本，水屋十月來春花。東風著樹香滿雪，長鬚滴露金粟結。一枝獨立霜霰餘，已覺江梅是同列。惜哉此物知者稀，深林大谷多所遺。牧豎樵童爾何苦，剪伐每同荆棘歸。林君本是鰲頭客，高卧雲間人莫識。酒酣揮袖卷新圖，一笑西山眼中碧。

懷式古生

巖色幽棲地，泉溪十里村。夕陽山在屋，秋水月當門。委巷無車轍，貧家有瓦盆。百年塵外意，寥闊共誰論。

九月晦日感懷

長嘯拂吳鈎，南圖惜壯遊。乾坤同逆旅，風雨忽窮秋。牢落莊周劍，飄颻范蠡舟。行藏吾敢必，天意信悠悠。

歲暮有懷在京諸友

歲寒誰製女蘿衣，回首天涯生事微。帶劍不辭屠狗辱，讀書空愧斫輪譏。丹丘雲樹三江隔，白下鱗鴻十月稀。聞説五湖春色起，棹船却欲話南歸。

奉懷潘松溪先生

壯日劬書盡五車，攀龍曾上太清家。老歸栗里惟耽酒，官滿河陽尚有花。歲晚驊騮知道路，天寒鴻雁啄汀沙。英賢出處關機運，亦欲東溟理釣槎。

應秀才宗祥三首

宗祥字尚履，黄巖人。少好學，讀書達旦，懸髻屏牀以自警。爲諸生，未久即棄去，構書屋於澧川之上。詩文好古，不自貶以趨世。弟子私謚曰文貞。黄少保誌其墓。

見黄淮少保三首

盛世天所助，生此王佐才。道德著明效，國本益以培。四海永寧謐，豈曰資涓埃。向來諸國老，論功乃其魁。從容萬機暇，師保日講陪。宇宙百年内，禮樂何盛哉。臺鴈本鄉壤，草木同昭回。聞風起嘆慕，誰甘卧蒿萊。

天道有常運，成功詎無已。誰能參化機，履盛貴知止。筮仕得明君，千載同魚水。擎天力己任，取日功可擬。道德重師保，恩榮兼父子。眷委日方隆，引年何遽爾。介石有明訓，動息存至理。東南釣遊地，清風播蘭芷。

空山有畸人，家世業詩書。齒髮日益衰，所得僅緒餘。好古不自量，臨文每嗟吁。漢唐日以降，作者稱歐蘇。名公間世英，壯歲遊石渠。吐論補殘經，飭轅戒虚車。饞夫過屠門，大嚼意方舒。斯言可以喻，我行勿次且。

熊太學直三首

直字敬方，吉水人。嘗中應天府鄉試，下第，入太學。子概，登第爲御史，猶列名太學生。仁宗在春宫，聞之嘉嘆，卒用概，贈右都御史。初冒胡姓，楊東里有《送胡敬方歸省序》，而《西澗集序》則從熊姓。概巡撫三吴，時人猶稱胡大卿云。

送邊將還舊鎮

易水長城本舊丘，旌旗西上路悠悠。朝吹出塞羌胡笛，夜坐籌邊古戍樓。飲馬直從青海上，射雕還過黑山頭。玉門關外思歸老，定遠應辭萬户侯。

瀟湘雨意圖

萬竹叢深日未晡，寒江煙雨翠模糊。東風無限瀟湘意，却倚篷窗聽鷓鴣。

薊門秋夕

清漏遲遲月轉廊，博山銷盡水沉香。重城不鎖還家夢，兩夜分明到故鄉。

列朝詩集乙集第三

王檢討偁六十六首

偁字孟揚，其先東阿人，宋寶慶中没於西夏，元賜姓唐兀氏。父翰，用薦至潮州路總管，元末道梗，浮海至閩，留永福山中爲黄冠十年，國初有詔徵用，耻事二姓，自引决死。孟揚生六齡，其母手疏先人之蹟與古今豪傑大略教之。弱冠領鄉薦，乞歸養母。母没，廬墓六年。太宗即位，近臣争言孟揚，聘至京，待以殊禮，待詔閣下，衣冠甚偉，衆皆屬目。自陳願退處學校，即日有詔授國史院檢討，充《大典》副總裁。英國公張輔征交阯，奉命參軍事，還守故官。在交阯與解縉交好，坐縉黨下獄死。縉序其《虚舟集》云：「永樂初，内外儒臣及四方韋布士，以纂修集闕下數千人，求其博洽幽明，洞徹今古，學博而思深如孟揚者，不一二見。然孟揚之爲人，眼空四海，目如曙光，辯若懸河，視餘子瑣瑣，不啻卧之地下。以是名雖日彰，謗亦隨之。余每擬薦自代，不果。」孟揚才力器蘊與大紳略相類，兩人者最相得，交相推許，亦竟同禍。孟揚在獄中爲自述誄，而極之以呼天之辭，至今讀之者猶爲隕涕。悲夫！

感寓二十首

吾聞上古初，渾灝本一氣。羲皇肇人文，龍馬颯已至。軒鴻垂衣紳，唐虞臻至治。標巢邈以遠，黼黻日云貴。云胡蒼姬還，玄酒薄真味。鳳衰其如何，寥落匪一世。

雙精激飛輪，循虚節驚至。逝川無迴波，千秋倏如駛。浮生日及榮，孰與喬松齒。君看邙山墳，累累正相似。鵙鳴群芳歇，大暮同歸矣。誰知清濁間，中有恒不死。

團魄載陽焰，終古無虧盈。因人示朏朓，側見死與生。蟾蜍薄陰采，顧兎潛其形。何當凌倒景，一睹天地精。

驅車首陽下，望古懷清芬。斯人久已化，令名今尚存。讓國就倫命，殺身以成仁。如何有千駟，寂寞身無聞。

太白夜食昴，流輝燭天街。精感動穹漠，君心寧見懷。白璧忌暗投，徒使按劍猜。所以狂接輿，鳳歌歸去來。

龍虎啟晉伯，熊羆兆齊封。豺聲餒敖鬼，牛禍成庚宗。廢興自古來，吾將訊其蒙。蒼旻本何心，至理元冲冲。

嬴皇虓威武，漢帝非仙才。玄闕秘靈府，何處求蓬萊。終遺鎬池璧，空獻瑶池杯。但見三泉下，寶衣變寒灰。

大庭昔酣醉，遺此鈞天章。遂令鶉首墟，虎視吞八荒。嬴基苦莫敦，所恃逾凶狂。詭命終見奪，百二空蒼凉。

金行昔弛馭，胡馬窺神州。腥羶厭神鬼，犬彘輕王侯。蹴踏五都裂，穢濁三精收。上天實禍淫，所佑在祥休。豈伊否泰運，一氣恒相遒。經過覽故墟，落日黄雲浮。冥穹不可訊，涇渭方安流。

商君挾三術，西遊詫秦君。上陳帝王略，邈矣寧見珍。《陽春》信寡和，《下俚》乃得親。孔轍七十周，信哉無停輪。我有縈紆思，區區向誰陳。

番番南昌尉，不知名位卑。上書抱區區，忠懇何由知。靈烏鳴朝陽，莫爲世所希。終然吴門市，散髮招鴟夷。

蚩尤卓長空，漢兵出陰朔。材官三十萬，旌甲蔽墟落。長驅破轒輼，萬里靖寥廓。朔南無王庭，功成衛與霍。誰知青塞月，白骨照沙漠。

玉麗不盈把，德輝照四鄰。段生日偃卧，乃能蕃衛君。澆風薄士節，自碎明月珍。求蟬貴明火，俯仰懷古人。

直木忌先伐，甘井忌先竭。何爲抱區區，昭如揭日月。至人善閉關，埋照慎不發。入獸不亂群，虚舟任超越。襄野迷帝軒，汾陽枉堯轍。棲心玄靈臺，可與人世絶。

幽居玩群生，小大俱物役。嗟嗟羽族微，擾擾亦何極。鶼鶼共聯羽，精衛勞木石。何如三青禽，翛尾戴勝側。

夭夭園中桃，灼灼映綺窗。窗中有織婦，顔色如青陽。三年弄機杼，七襄成報章。成章欲何爲，願以充君裳。但恐不見察，徘徊空感傷。繁條藴徂謝，清宫媒炎寒。涇陽擅秦寵，豈得長交歡。一朝成遠間，斂怨東出關。昔日夭桃華，今同秋草殘。所以龍陽魚，痛哉涕汍瀾。我有太阿劍，龍文粲奇章。精光動星斗，揮霍迴陰陽。淬以金鷺鷀，衣之古盤囊。夜深雷雨驚，恐逐風雲翔。剛明易點缺，貴能斂其鋩。用之如發硎，保之在深藏。去去勿復道，相期霄漢長。公軒處懿鶴，白屋譏千秋。菉葹盈高閣，申椒掩荒陬。頎頎東方生，虚爲歲星遊。方將猿鶴化，豈爲沙蟲謀。歸從紫泥海，再弄清淺流。照影莫唾井，種葵莫傷根。傷根葵不生，唾井瀆明神。樂生北去趙，由余西霸秦。壯士感知己，鄙人惠私恩。止止且勿哀，千古黄金臺。

車遥遥

車輪何遥遥，西上長安道。不見車上人，空悲道傍草。君行日已遠，恩愛難自保。憂來當何如，一夕夢顛倒。豈無中山酒，一浣我懷抱。但恐三春華，顔色不再好。車聲何鄰鄰，風吹馬蹄塵。願隨馬蹄塵，飛逐君車輪。

詠　史四首

達人志莫測，變化猶鵬鶡。倏忽翔九萬，虞羅空見存。莊生揮楚璧，仲連却秦軍。峻武薄層漢，高情寄浮雲。昔過聊城側，復經濮水濆。餘風尚不泯，肅肅來清芬。

狐白僅一腋，勝彼千羊皮。壯士出片言，萬諾空奚爲。毛生奉平原，自脱囊中錐。提攜十九人，咤彼猶嬰兒。一語定從盟，不待日昃時。英風被廣座，磊落誠可奇。知人豈不難，長鋏聲同悲。

戍役赴關隴，馳車經洛陽。群公蓊雲集，節鉞何煇煌。炎精啟初輝，雲定神鼎方。顧瞻瀍澗瀕，山川蔚蒼蒼。脱挽棄道左，躡履整弊裳。叩軍陳便宜，炯目如曙光。折此利害端，吐論何軒昂。咸秦古天府，百二誠帝疆。丈夫鏡時機，識此理亂章。一語棄貧賤，笑談綰銀黄。此儒竟何爲，空守蓬蓼場。

賈生洛陽人，年少有遠識。當其痛哭時，漢祚如磐石。其言實非狂，四座爲動色。抱火厝積薪，寢食方自得。長沙卑暑地，自古舞鯤窄。吞舟詎通容，驥足誠窘迫。弔湘見微志，感鵩成太息。浚恒古云吝，夫子亦何極。駑駘服上襄，騄駬棄道側。卓哉治安書，遺耀在簡册。

尋小雄仙嵓二龍潭值風雨歸草堂作

昔人洗玉髓，幽洞驅龍耕。丹成輟瑶耒，成此秋水泓。飛崖夾兩鏡，洞見雲霞生。百鬼不敢啼，雌雄常夜鳴。有時湍瀨寒，幾曲流瓊英。清秋墮蟾影，白日聞雷聲。偶兹訪靈奇，掃石窺清泠。洗心盟鷗鷺，濯髮解冠纓。長風動懸羅，颯爽毛骨驚。飛雨灑而至，萬壑秋冥冥。歸途樫桂影，了了心目醒。到家興未已，石室披丹經。

水亭夜懷黄八粲林六敏

孤亭水雲深，人境自幽絶。七絃罷鳴彈，桐陰初上月。偶酌尊中醪，高卧望雲闕。荷露清角巾，松飆濯毛髮。寥寥天籟寒，吟詠了未輟。志偕南皐隱，興藉東山發。同心念離居，中夜思超忽。

入西山訪張隱士

兩崖噴飛瀑，結屋煙蘿裏。山人不冠屨，客至同隱几。獨鶴海上歸，孤雲澗中起。浄掃白石牀，風來墮松子。

送黄紀事濟

寶劍雙轆轤，鍔吐青芙蓉。臨歧一脱贈，恍若騰蛟龍。君行感我懷，起視雲海空。百年閱幻境，萬里吹飛蓬。登天覽餘暉，孰挽蒙汜東。詩書古有立，貧賤道何窮。常希日月私，獨負雨露功。長卿卧茂陵，不爲世所容。季子黑貂弊，當年怨秋風。丹塗困布衣，渭水悲釣翁。山松落澗草，海鶴羞樊籠。大運自古來，俯仰那能終。感兹不成歡，别去何匆匆。城南登高丘，眺遠情所鍾。一水瀉寒練，斷雲引歸鴻。中座擊筑心，醉吟氣頗雄。興落遠天碧，思染秋山紅。睽離自兹始，夢繞青林楓。

秋夜齋居懷唐泰

高梧月未出，暝色疏煙裏。雍雍鳴雁來，聲在秋塘水。孤燈捲簾坐，寒影對窗幾。青空吹微霜，瑟瑟動輕葦。援琴不成音，感别在千里。誰值晨風翰，淮波盼游鯉。

寶山蘭若

山門隱松桂，花雨浮半空。金仙青蓮居，乃在煙霞中。石竹覆紫苔，四壁泉濛濛。因窺一燈影，宴坐萬劫同。衆籟清梵音，浮塵愧微蹤。願言别苦海，永矣投禪宫。

龍寺寒泉

靈源沁寒泉，乃在翠微頂。中有修鱗蟠，白日煙雨暝。山僧習止觀，木客照孤影。予亦洗心人，坐來白雲泠。

晚宿雙峰驛樓與故人陳哲言别

山暝煙已斂，林涼月初生。扁舟泊江汜，候吏欣相迎。登樓引孤輿，開筵坐空明。杯分劍溪緑，簾捲雙峰青。几席湛碧流，蘭氣浮冠纓。泠泠露叢鵠，中夜四五驚。偶因念物性，終焉感吾情。十年懷一枝，三匝棲未寧。兹晨胡爲哉，又逐孤雲征。良宵一邂逅，明發增屏營。蕭蕭衆籟寒，萬壑同時鳴。緘辭別知己，解纜摇行旌。

送張謙二首

醉呼秦淮酒，臨歧歌慨慷。吴姬《小垂手》，一曲春風長。扁舟不停橈，去路但茫茫。青山入楚甸，白雲思越鄉。豈無壯士懷，擊節心飛揚。憑將繞朝策，一贈囊中裝。

海鶴青雲姿，豈解司晨鳴。時來暫斂翮，終當遊太清。奔鶉復何知，開口笑沉冥。饑來不飲啄，再唳長風生。請看昂藏軀，寧與鷄鶩争。維應瑶臺鳳，可與蜚英聲。

送僧歸越中

錫挑龍河雲，衣帶越溪雨。説法方西來，隨緣復東去。松枝偃故房，柏子落庭樹。從此上方遥，人間但凝佇。

秋暑中寄鮑紀善

出門車馬喧，秋煬烈如燀。不有静者心，兹懷曷由展。念君守幽素，閉跡同偃蹇。塵榻烏字頻，閒窗書絲罥。誰開蔣生徑，獨契子雲館。何時風雨來，一洗煩慮遣。

舟中望匡廬

兹山東南美，植立雲霞中。九叠縈秀色，萬古青茸茸。我懷志靈奇，絓帆喜相逢。林端望飛瀑，天際數雲峰。香爐紫煙滅，玉鏡澄湖空。飛翠落巾袖，毛髮疏天風。顧此逐行役，無由訪仙蹤。長詠遠公傳，坐憶東林鐘。

登黄鶴樓

迢迢江上樓，飛構梯層穹。黄鶴何年來，結巢白雲中。仙人整羽蓋，一往無遺蹤。瑶笙紫河車，瀟灑餘天風。至今啟重關，呵守虎豹雄。雕檐敞白日，闌檻標晴虹。我因駐旄節，登攀興何窮。神行萬物表，目送雙飛鴻。依依煙際帆，遠落三湘東。霜清楚天碧，樹盡荆門空。長辭愧禰生，高興懷庾公。落日下樓去，煙水青濛濛。

龍州道中

微生易爲役，遠節恒自持。夙興戒前征，萬里投南陲。迢迢古龍州，山猺雜群夷。浮雲翳兩曜，衆壑昏陰霏。由兹望明都，尚隔天一涯。淹留暫停騎，促刺心不怡。所愧子桑户，中林人見稀。

出鷄陵關

手麾白羽箑，淩晨出夷關。夷關春始開，行旅多歡顔。笑掬青澗流，爲洗瘴癘殘。浮雲引征佩，共結輕陰還。前登忘險疲，憑高眺林巒。却憶征南幕，溟濛海霧間。

宿烏巖灘

扁舟宿層灘，灘漲夜來雨。飄飄遠客情，寂歷榜人語。登途畏虎跡，突瀨逢鰐怒。東山尚沉冥，推篷幾延佇。

蒼梧道中

驅車九疑道，獨鳥東南飛。看山不覺遠，秋雲生我衣。深谷走群籟，半岑明夕暉。中林有蘭茝，薄暮空芳菲。

曲江謁張文獻祠

停舟曲江滸，弔古謁遺祠。嚴嚴始興公，遺澤芬在斯。堂傾風雨萃，碑斷苔蘚滋。芳春奠行旅，落日歸文狸。唐宫昔全盛，衡鑒方獨持。弼諧展嘉猷，讜論非詭隨。雍雍朝陽鳳，粲粲補衮絲。側聞卧病後，九廟煙塵飛。漁陽突騎來，中華混群夷。信知砥柱功，用捨同安危。昭陵鐵馬空，仙李祚久移。維餘蘭菊存，千秋恒若兹。我來薦微誠，再拜當前墀。顧瞻廟貌間，風度猶可希。武溪何淫淫，蓉峰亦巍巍。祇今相業隆，孰與前修期。臨風一長嘆，山雨來霏霏。

過清遠峽

兩山夾飛流，曲折始東走。排空殷崩雷，出峽去愈驟。商人數畏津，漁子駭奔溜。回瀾乍窺淵，迸瀨亂泄竇。上當群石争，下及衆川漱。勢齊龍門險，雄長碣石右。惜哉神禹功，莫晝遠莫究。遂令五嶺南，别與萬靈鬬。我行一停舟，適值風雨候。崩騰心爲徨，滉瀁目已瞀。篙師戒前征，薄暮不敢逗。開蓬訝驚湍，宛若群鷺簉。乃知造化神，兹實亘宇宙。三復忠信言，呼酒聊獨侑。

前有尊酒行

前有尊酒，我爲君壽。有瑟在筵，有螯在手。青年既徂，白髮被首。於今不樂，古人奚有。自昔有言，俟河之清。人壽幾何，云胡不零！起舞傞傞，側弁以俄。弗鼓缶而歌，恐大耋之徒嗟。秋露如玉，下彼庭緑。良夜未央，胡不秉燭。東陵死利，西山死名。莊周放達，禹稷躬耕。吾誠何暇以論此，前有尊酒君須傾。

長歌行

有淚莫泣鮫人珠，有足莫獻荆山玉。赤心徒使按劍猜，至寶翻令笑魚目。千金蹈海稱達人，五噫出關西去秦。負芻不復遇知己，空歌白石南山春。楚卿棄相復何有，於陵甘作灌園叟。雜縣偶集魯東門，惆悵胡能事杯酒。長風蕭騷百草殘，長鋏悲歌涕汍瀾。金臺駿骨久已化，瑶水風波不可攀。畏途羊腸能折軸，緘書爲謝雲間鵠。海上三花久負期，醉歸謾託平原宿。

將進酒

故人手持金屈巵，進酒與君君莫辭。仲孺不援同產服，孟公肯顧尚書期。當歌激風和結楚，吴姬《白苧》莫停舞。黄河東走不復回，白日經天豈能駐。田文昔日盛經過，朝酣暮樂艷綺羅。高臺已傾曲池廢，祇今誰聽雍門歌。我有一曲側君耳，世事悠悠每如此。子雲浪作投閣人，賈生空弔湘江水。春風南園花滿枝，莫待秋風摇落時。東山笑起徒爲侶，乘時莫負高陽池。

行路難

倚劍且勿嘆，聽我《行路難》。世途反覆多波瀾，焦原九折未爲艱。君不見漢謡斗粟歌未闌，長門一夕秋草殘。骨肉之恩尚如此，何況他人方寸間。又不見絳侯身榮應繫獄，賈生終對長沙鵩。功成更覺小吏尊，才高寧避明時逐。所以赤松子，遠赴中林期。誰能吴江上，見笑鴟夷皮。驪龍有珠在滄海，勸君逆鱗勿嬰之。子推介山下，屈原湘水湄。當時枘鑿自不量，至今憔悴令人悲。行路難，難爲言。滄浪一棹且歸去，長安大道横青天。

短歌行

東風吹花墮錦筵，緑楊半彈青樓煙。主人自爲鴝鵒舞，小妓更奏鴛鴦絃。當杯入手君不醉，落日已在西山巔。短歌一拍心茫然。請看明鏡高臺上，何須白髮悲芳年。

君馬黄

君馬黄，我馬白，二馬同嘶出南陌。南陌東阡夾渭橋，馬行平地似青霄。羈金絡月人皆羨，振玉鳴珂意自驕。朝出相隨暮相逐，可憐人馬皆如玉。如何與君生别離，君馬東行我馬西。欲知後夜長鳴處，羞對駑駘一萬蹄。

贈吴六

少年結客遊五陵，布衣落魄喜談兵。是時氐羌殺主將，邊庭一夕煙塵生。當筵意氣許君死，歃血報仇爲知己。一生猿臂挽兩弧，三尺魚腸走千里。窮秋絶漠羽書飛，輕身陷陣解重圍。眼看旄頭闕塞落，手持虜首韔門歸。帳下三杯躍紫燕，衆中萬歲瞻白衣。功成幕府失姓字，扁舟歸釣滄江湄。爾來時平復何有，萬事蹉跎付杯酒。昔年蓮鍔吐星鋩，今日茅茨閉虛牖。丈夫感激驚心魂，平原食客有誰存。臨風夜夜弔孤月，長歌擊筑聲俱吞。間來遇我何所爲，未言往事先凄其。鬢毛零落已如此，心跡悠悠誰復知。

寄答黄伯亨

我馬從東來，君車正西去。有似風吹海上雲，天際無心忽相遇。與君相遇即相知，瀝膽輸肝無復疑。虞卿豈顧雙白璧，平原輕擲二美姬。狂歌一斗酒，共醉六屏月。拂曙登古臺，慷慨與君別。君行五嶺南，我阻三山道。何處我思君，天涯但芳草。昨朝鴻雁下江煙，銜得君書置我前。開緘拂冰雪，千里情灑然。念昔與君多意氣，相期豈作桃李妍。鬑生立堂下，叔向知其賢。袁宏發朗詠，謝公遂回船。丈夫一語苟有合，何必結交窮歲年。我有古干將，繡澀久棄捐。寧甘困泥滓，耻爲兒女憐。君有長歌向余寫，我將古調爲君宣。月明洞口鳴風泉，清商一曲付哀絃。雲山麋鹿可爲侣，紛紛薄俗何其偏。

宿桃溪方翁家贈别

清溪一帶緣桃花，春來水上流胡麻。東風尋源泛瑶棹，雲中遠見山人家。於兹水木相含景，臯臯松杉亂天影。少焉林壑衆籟鳴，巾舄飛來片雲冷。二三老翁住東陂，薜衣霜雪垂兩眉。自言入山歲已久，不知人世今何時。傳聞有客驚還喜，共薦清泉飯松子。煙林霧篠不逢人，碧草苔花應滿地。問予何事在塵間，那似山中日月閒。澗户聊同魚鳥醉，石牀常伴雲霞眠。乍逢靈境真堪悦，區緣未謝還成别。别後重來定幾時，夢繞溪邊緑蘿月。

東湖春意圖爲樵門李姚生題

鴛鴦湖上春風軟，柳絲無力桃痕淺。暖煙籠碧水如雲，纖纖細草苔香滿。滿樓罨畫大堤傍，羅綺晴嬌緑水鄉。冰絃玉柱新調吕，半蹙雙蛾倚淡妝。鸂鶒雙雙點晴霧，百勞東飛燕西去。紫泥誰染天上春，雲緘留得相思句。日暮相思枉斷腸，緑波千里共悠揚。龜甲屏風花夢曉，一抹修蛾鏡中小。

楊秀才幽居

楊子幽居處，閒窗面遠空。水喧明鏡裏，雲落畫屏中。捲幔留山月，揮絃送晚鴻。何人問奇字，載酒野橋東。

送夏廷簡宿怡山蘭若

别路繞珠林，秋來落葉深。一燈今夜雨，千里故人心。已覺空門幻，還驚旅況侵。坐聞鐘鼓曙，離思轉沉沉。

賦得邊城雪送行人胡敬使靈武

萬里燉煌道，三春雪未晴。送君走馬去，遥似踏花行。度跡迷沙遠，臨關訝月明。故鄉飛雁絶，相送若爲情。

賦得花影

欲拂更紛紛，空香寂不聞。亂迷芳蝶夢，輕護錦苔紋。襯月籠書幌，因風揚舞裙。莫移庭下步，蹴碎一階雲。

送沙子進赴禄州别駕

客舍酒初香，都門柳色黄。一官仍别駕，萬里赴炎荒。江路猿聲早，山城榕葉凉。遠人勞撫字，且勿厭殊方。

送李校尉致仕還江左

雄劍委龍鳴，關河白髮生。功成百戰后，老去一身輕。夜月桓伊笛，秋風驃騎營。燕歌何處寫，曲罷有餘情。

夏日同吕民部宴臺山閣書贈邑令沈丙

林吹繞横塘，山亭挹衆芳。琴尊延勝引，環珮集仙郎。高詠揮麈塵，飛泉激羽觴。葛薰衣入麝，玉冷簟浮湘。鳳想辭丹掖，鸞緘貯縹囊。群峰屏遍列，一水鏡牽長。寶瑟頻調柱，清歌迥繞梁。澗花開作對，山鳥下成行。已判徵仙事，還疑倒醉鄉。染塵慚汨没，畢景恣徜徉。桂域流初魄，松楅促晚凉。幽期殊未已，書此報河陽。

寄張員外

新年柳色滿都城，仙掖朝迴聽早鶯。日隱層埤殘雪在，香傳别殿曉寒輕。瑶池阿母憐方朔，漢室公卿羡賈生。獨笑長卿淹病久，茂陵高卧有餘情。

過舊遊有感

濕雲如醉護輕塵，黄蝶東風滿四鄰。新緑祇疑銷晚黛，落紅猶記掩歌脣。舞樓春去空殘日，月榭香飄不見人。欲覓梨雲仙夢遠，坐臨芳沼獨傷神。

登采石蛾眉亭

牛渚磯頭煙水生，蛾眉亭下大江横。春歸楚樹浮空盡，山阻淮雲入望平。瓊館有才堪倚馬，錦袍無夢借飛鯨。停橈欲和《渝州曲》，都付吳歌《子夜》聲。

宿巴陵聞笛

玉篴飄殘月下聲，空江秋入思冥冥。怪來楊柳移關塞，可是梅花落洞庭。半夜旅魂隨調切，誰家少婦倚樓聽。晚來更覓龍吟處，一點君山水面青。

題美人撲蝶圖

爲惜韶華去，春深出繡幃。撲將花底蝶，衹爲妒雙飛。

題畫白翎雀

塞花原草度交河，往日曾隨鳳輦過。一自翠華消息斷，空將遺恨寄雲和。

題米老山水

海嶽庵前覓舊蹤，蒼茫雲樹米南宫。别來幾片青山影，都付寒鷗一篷風。

題畫鵪鶉

原草飄殘作雪絲，日斜馬上闘歸時。五陵别後傷心事，零落凉州笛裏吹。

雨中過洞庭

昨夜南風起洞庭，曉來湖上雨溟溟。忽看天際驚濤白，失却君山一點青。

重登岳陽樓望君山

南湖煙水接天流，天際青螺掌上浮。欲弔湘君何處是，不堪重倚岳陽樓。

長沙懷古

孤城獨上思徘徊，何事人間苦棄材。寂寞湘南煙雨裏，賈生還弔屈生來。

登月江樓 仙人槎浦也。

朝來一上月江樓，江雨長涵瘴水流。望斷釣槎人已遠，青山點點是邕州。

左江録似友人

左江江水日潺湲，鳥語莎裳住百蠻。莫道天涯應在此，交州更隔萬重山。

交州即事二首

一騎衝嚴到市橋，夕陽煙樹草蕭蕭。居人猶指高駢塔，碧瓦朱甍尚未凋。

莫道平居是百蠻，煙花江月也同攀。一從烽火連天後，蹤有神珠去不還。

交州病中録似諸友時軍中絶餉以手帖干主帥索糧

問病尋方事總虛，謾勞車馬尉躊躇。三年玉署蘭臺筆，學寫顏公乞米書。

九日黄司空招飲不赴書以答之

菊觴萸豆有佳期，客裏憐君慰所思。不是參軍招不赴，病來烏帽未勝吹。

王典籍恭五十八首

恭字安中，閩縣人。少遊江海間，中年葛衣草履，歸隱於七巖之山，凡二十年，自稱曰皆山樵者。王偁爲作《皆山樵者傳》。永樂四年，以儒士薦起，待詔翰林，年六十餘矣。與修《大典》，書成，授翰林典籍。居頃之，投牒歸。著詩數十卷，號曰《白雲樵唱》。

塞下曲

登埤望烽火，落日煙塵紫。百戰久不歸，空閨淚如水。漢兵十萬餘，盡没長城死。城下有精靈，啾啾月明裏。

舟次鐔津

木落川氣凉，鴻飛水容夕。微燈射遠沙，夜榜鄰幽石。月色棲處寒，霜花坐來白。遥見九華峰，蒼蒼但蘿薜。

初秋同叔弢彦時遊崇山蘭若

習静厭紛擾，幽尋給孤園。倏然香林下，似得桃花源。一鳥落天鏡，千花秀禪門。紛吾道機淺，謬接甘露言。月色隱秋思，荷香清夜魂。終希偶緇錫，永矣超塵喧。

虚白子水墨圖爲陳思孝題二首

開圖見嵩少，妙趣忽已領。濛濛花源陰，窈窕多靈境。石洞閟苔紋，天窗逗雲影。迎秋鷫冠凉，先雪荷衣泠。長夜何所聞，龍鳴在西頂。

鷫冠飯雕胡，分與時人淺。道存心自玄，豈必泉蘿遠。緑水净鳴琴，空林對虚館。山中春桂枝，倏爾飛霜滿。寄語青雲人，投簪事應晚。

偶書醉樵扇頭

幽谷夜來雨，遥岑積鮮雲。山光與潭影，清暉并在君。佳期發琴興，念爾鸞鶴群。何爲解蘿薜，悵然坐離分。

梅城小景

滄江湛回流，荒城出花嶼。海色明遠洲，嵐光過新雨。漁家孤笛秋，煙火疏林暮。漠漠天際帆，蒼蒼鳥邊樹。若人静者流，持竿得真趣。取樂非取魚，日斜忘歸去。

書香山九老圖

唐家名臣白居易，暮年脱略青雲器。抗節羞趨當路門，拂衣起謝人間事。以兹疏散愛香山，洛下群公亦遂閒。玉堂金馬俱殘夢，流水孤雲同去還。石樓煙樹朧朧見，八節迴灘瀉秋練。雲衣落落古松姿，鶴髮皤皤凍梨面。人生宦達應如此，豈必浮名絓青史。楚國三生少見機，竹林七子徒爲爾。名遂身閒古所稀，洛陽山水又清暉。青山何處無佳賞，白首湮沉空布衣。

賦易水送人使燕

燕山北起高峨峨，東流易水無停波。北風蕭蕭筑聲切，昔人於此送荆軻。圖中匕首非良計，堪嘆燕丹無遠器。髑髏空死樊將軍，日莫秦兵滿燕市。往事空餘易水寒，白翎飛下地椒乾。經過此地對流水，知爾踟蹰馬上看。

箏人勸酒

新豐美人青樓姬，絳裙素腕嬌雙眉。暫歇秦箏勸郎酒，西凉葡萄金屈卮。郎君但飲休辭醉，百年悠悠夢中是。神血朝凝不復知，日暮青山北邙裏。回身更整十三絃，金雁離離繞鈿蟬。十二闌干月將墜，錦筵紅燭浮青煙。人生歡樂那能久，豈悟星躔倏奔走。妾容未改君少年，日日尊前勸君酒。

望秋月

望秋月，在家見月如等閒。幾度天涯望秋月，明月雖同非故山。舉頭問明月，古往今來幾圓缺？明月如有言，問我少年今白髮。君不見汾水秋風鴻雁來，鄴中歌舞盡蒼苔。憂歡祇問今時月，曾照離宫與露臺。今月應將古月同，古人今在九泉中。誰言金粟西陵下，不見流光到梓宫。

妾薄命

玉釵墮地無全股，雙鳳蟠龍兩分去。雖藏匣底終棄捐，欲賣傍人不直錢。轆轤宛轉黄金井，手挽銅瓶繫纖綆。誰知綆斷瓶墮泉，千尺深沉不窺影。銅瓶墮泉釵墮地，君心何得生離異。

去婦詞

刺促何刺促，東家迎鸞西家哭。哭聲休使東家聞，東家新婦嫁郎君。滿堂笑語看珠翠，夾道風傳蘭麝薰。浮雲上天花落樹，君心一失無回悟。明知遣妾何所歸，飲淚行尋出門路。青銅鏡面無光采，苦心尚在容華改。東家新婦傾城姿，似妾從前初嫁時。

三山朱孔周南樓偉觀

飛樓軼浮埃，回繞三峰翠。樓中十二曲欄干，下瞰蒼蒼但鱗次。七閩重鎮舊繁華，九陌三衢十萬家。連營國步軍容盛，法宇仙臺鳥道斜。遥天塔影迴孤雁，何限清暉捲虚幔。洗馬濠頭過雨香，釣鱸磯下春潮滿。白雲飛上越王山，憶昔豪華午夢間。城池百戰今誰在，草色千門幾度閒。玉章繪衮分秦土，雕弓白馬空陵樹。覊氣榮光共渺然，屠龍射鰐知何處。登臨懷古興悠悠，酌酒彈絃醉不休。博陵才子能歌詠，靈武詞人解唱酬。門外金羈多上客，獨憐王粲未銷憂。

鷄公壟

荒崗古墓鷄壟邊，蔓草離離生野煙。狐狸養子隱荆棘，烏鳶作巢銜紙錢。石麟埋沈土花濕，雕磚剥落樵人拾。天陰螢火暗復明，月下精靈語還泣。此墳未必無子孫，夙昔傳聞皆宦門。浮榮一去不復盛，空餘古木啼清猿。誰家新冢高數尺，又買西家墳上石。憶過秦中北邙路，喪車轔轔家無數。黄金買山葬死灰，昨日官軍斫墳樹。崩塋斷壙襟苔痕，髑髏無聲眠草根。生前意氣動山嶽，身後淒涼邈九原。

聞笛歌送人之塞上

横笛對離亭，扁舟越江口。月下何人最斷腸，天涯怨别吹《楊柳》。《楊柳》繁音愁復愁，梧桐蕭瑟江楓秋。長林半夜葉皆脱，積水三江雲不流。長夜漫漫聽未了，變羽回宫猶裊裊。越海天邊鳥不飛，閩關月暗猿聲小。須臾一曲更淒清，零落梅花滿楚城。楚城迢迢接沙磧，邊客聞之淚俱滴。黄埃積雪暗長關，絶域窮荒草根白。此夜愁心獨對君，明朝悵别又離群。單于城上吹羌管，知爾相思不忍聞。

送張少府朝覲

閩州少尹家何處，夢裏青山溧陽樹。訟庭無事獨哦松，走馬金陵看花去。青繩御路連青天，五陵俠少黄金鞭。紅橋青幔多買醉，少尹囊中無酒錢。朝回道過鄉山口，春風又發秦淮柳。溧水芹邊二校文，相逢爲問平安否。

夏夜曲

初月照迴廊，鳴璫出洞房。竹清殘暑氣，荷泛小池香。雪腕宫羅潤，雲鬟夜玉凉。庭前有梧葉，早晚落銀牀。

梅江送林中州歸龍塘

清時尚不官，道在任家寒。夜夢梅花帳，朝吟苜蓿盤。魚風吹鬢冷，蚌月照衣殘。歸去鄉林下，横塘竹萬竿。

寒村訪隱者

谷口微霜度，寒村獨見君。西風正蕭索，落葉不堪聞。古路無行客，閒門有白雲。爲憐幽處好，不忍便離群。

梅江送林澤中還嶼南

賣藥偏成隱，相逢但布衣。梅江秋外别，花嶼雨中歸。遠火千峰夕，遥鐘獨雁飛。自言今白首，此去故人稀。

客中見新燕

可憐江上燕，幾日到烏衣。欲向誰家去，多應舊主非。落花深巷小，喬木畫梁稀。自笑天涯别，秋風想未歸。

寒夜宿張藻宅偶賦

旅人眠不安，抱劍夜中彈。月映花林白，霜凄畫壁寒。澹雲孤夢遠，流水半生殘。想是平原館，萋萋草正繁。

梅江送林中洲歸

不羨魚羹飯，寧甘苜蓿香。小齋鄰蟹舍，曲几近蛟房。別路分沙堰，行衣受海霜。到家看舊竹，凉月滿横塘。

九日

落葉滿秋山，親朋杳靄間。江村多雨外，世難幾人還。白髮偏能長，黄花好是閒。聊將一杯酒，漸爾解離顔。

吴城懷古

姑蘇城下刺蘭橈，却憶吴王古市朝。香輦路邊春寂寂，館娃宫外草蕭蕭。千年往事空啼鳥，半夜疏鐘自落潮。明發不堪回首處，暝煙秋雨過楓橋。

賦得白雁送人之金陵

燕山榆葉望秋稀，雪羽瀟瀟向楚微。夜雨蘆花看不定，夕陽楓樹見初飛。影隨漢騎營邊落，夢繞胡兒笛裏歸。君到石城霜漸冷，莫雲聲斷欲霑衣。

題彭韞玉秋山行旅圖

閑門秋晚葉皆飛，征路逢霜客漸稀。獨樹斷猿愁遠騎，隔林殘燒映行衣。西風一飯人煙少，落日千峰夕鳥微。莫向他鄉留滯久，故園山水候君歸。

初秋寄清江林崇高先輩

十年滄海寄萍蹤，迢遞鄉山思萬重。鳥外明河秋一葉，天涯涼月夜千峰。心知久别魂應斷，生事中年夢亦慵。無限相思何處着，越山仙島樹蒙茸。

送别林彦時之建上

黄葉紛紛秋滿天，故人今夜惜離筵。他鄉見月長爲客，别路逢霜半在船。劍浦緑蕪連晚燒，幔亭荒樹帶寒煙。明朝碧水丹山下，知爾相思若個邊。

道人延翠軒

山水嬋娟掃黛屏，清暉迢遞到柴扃。雲歸獨樹天邊小，雪罷孤峰鳥外青。寒蘚帶花侵卷幔，野泉流葉近閒庭。浮生秖解人間事，未得從師種茯苓。

沙堤燕集次韻答王介軒黄嗣傑

滄洲沙館共歡攜，紅燭青尊月易西。孤客獨憐萍尚泛，幽期那似鶴同棲。霜飄敗葉催殘臘，雁引寒聲入夜溪。何事故人俱斷酒，風流佳句若爲題。

梅城夜泊

澤國秋風旅雁飛，海天愁思正依依。孤城背嶺聞吹笛，白露横江卧濕衣。砧杵遠村寒事早，市橋殘火夜漁歸。興來且醉梅江月，遮莫鄉原落夢微。

行次海上

曉風吹酒動離顔，别路蕭條草樹間。積水亂流疑夢渚，一峰中斷似君山。鷄鳴海曙寒潮小，雁引秋聲落葉間。行李飄飄何處往，暮雲飛鳥倦知還。

送友人流西凉

鳳林關路遠悠悠，惆悵行人過陜州。渭水寒流秦塞晚，灞陵殘雨漢原秋。玉門壁壘看應遍，白葦黄榆夢亦愁。江海同人今已盡，南冠何事到君頭。

送陳自立遊古田

孤舟何處興堪攜，紅樹千山野水西。别路鴻聲天外小，荒江帆影望中迷。到樓殘笛兼秋聽，向壁新詩倚醉題。我有相思寄流水，寒潮唯到白沙溪。

古　鏡

寶鏡何年鑄，龍紋積暗塵。非關磨洗倦，恐照白頭人。

鷓　鴣

緑樹殘春外，雙飛錦翼齊。長沙有遷客，莫向雨中啼。

長信宫落花

深宫花謝使人愁，片片隨風滿御溝。妾命自憐花共薄，君恩那似水東流。

漁笛

扁舟吹笛度横塘，欸乃聲中也斷腸。莫道漁郎無别恨，武陵雖好是他鄉。

聞子規

枝上聲聲怨落暉，居人聞此也霑衣。啼時莫近湘山路，更有長沙客未歸。

詠秋風

青蘋江上響瀟瀟，吹得林間萬葉飄。何處凄凉最關别，數株殘柳灞陵橋。

輓道士

雲卧山房秋草青，步虚聲斷月冥冥。凄凉行到空壇上，拾得松間舊鶴翎。

村居

草徑茅扉帶軟沙，隔林鷄犬幾人家。青山盡日垂簾坐，落盡棕櫚一樹花。

春雁

春風一夜别衡陽，楚水燕山萬里長。莫怪春來便歸去，江南雖好是他鄉。

衰柳

西風昨夜灞陵秋，千樹蕭條帶驛樓。莫道離人空有恨，暮蟬寒雀也關愁。

海城秋晚

西風一雁海城頭，羌笛聲中水亂流。楓葉蕭蕭山月下，戍樓殘火幾家秋。

老馬

百戰沙場老此身，長楸宫草幾回春。祗今棄擲寒郊路，猶自悲鳴戀主人。

山窗夜雨

深澗垂蘿暗竹房，半枝殘燭雨聲凉。蕭條樹葉千峰裏，不獨啼猿斷客腸。

山樓對酒

樓前積水映蒼苔，卷幔孤雲落酒杯。更盡一樽秋雨外，故山曾有幾人回。

海上送別林崇高先輩

海上新晴野水春，煙村花鳥送行塵。十年客路堪惆悵，况復今朝別故人。

東山留別林良箴寓舍二首

鳳林溪上見秋風，客裏相看欲轉蓬。鴻雁蕭蕭霜漸冷，別離况是葉聲中。

秋原千樹葉初飛，夜火遥村聽搗衣。莫向他山倍惆悵，家林猶恐未堪歸。

胡兒吹笛

雪凈陰山片月孤，數聲羌笛起單于。不堪吹作《梅花》調，少多中原客在胡。

月下聞箏

愁心不見薛瓊瓊，何處銀箏半夜聲。腸斷十三絃上月，一絃一柱總關情。

題梨花班鳩圖

繡頸斕斑錦翼齊，梁園春樹好飛棲。樂遊年少偏嫌雨，莫向花間自在啼。

輓方山闡維那二首

雙樹花飛送斷香，六時經梵轉凄凉。青山何處堪垂淚，殘月疏鐘下影堂。

禪心無住復無依，何處飄飄隻履歸。想是石橋西畔去，寒林空葬舊僧衣。

高典籍棅二十五首

棅字彦恢，仕名廷禮，別號漫士，長樂人。永樂初，自布衣召入翰林爲待詔。九年始陞典籍。永樂癸卯，卒於官，年七十有四。流傳篇詠，毋慮千餘篇。選《唐詩品彙》九十卷、《拾遺》十卷，議者服其精博。書得漢隸筆法，畫出米南宫父子，時稱三絶。門人林志誌其墓曰：「詩至唐爲極盛，宋失之理趣，元滯於學識，而不知由悟以入。自襄城楊士弘始編《唐音正始遺響》，然知之者尚鮮。閩三山林膳部鴻獨倡鳴唐詩，其徒黄玄、周玄繼之，先生與皆山王恭起長樂，頡頏齊名，至今閩中詩人推五人，而殘膏剩馥，霑溉者多。」林之論閩詩派，可謂悉矣。推閩之詩派，禰三唐而祧宋元，若西江之宗杜陵也。然與否耶？膳部之學唐詩，摹其色象，按其音節，庶幾似之矣。其所以不及唐人者，正以其摹仿形似，而不知由悟以入也。神秀呈偈黄梅，謂依此修行免墮惡道。昔人亦謂日模《蘭亭》一紙，終不成書。自閩詩一派盛行永、天之際，六十餘載，柔音曼節，卑靡成風。風雅道衰，誰執其咎？自時厥後，弘、正之衣冠老杜，嘉、隆之嚬笑盛唐，傳變滋多，受病則一。反本表微，不能不深望於後之君子矣。漫士詩所謂《嘯臺集》者，其山居擬唐之作，音節可觀，神理未足，時出俊語，錚錚自賞。《木天集》凡六百六十餘首，應酬冗長，塵坌堆積，不中與宋、元人作奴，何况三唐。漫士既以詩遇，出山之後，遂無片什可傳，所謂不復能歌《渭城》者乎？余於漫士詩，僅録《嘯臺集》者以此。

將歸龍門留别冶城諸遊好

海水與别意，相看更誰深。長風向東來，吹我東歸心。悵然舊山雲，蒼茫遠洲樹。一雁飛晴空，翩翩又東去。此别非萬里，後遊當幾時。銜杯不盡歡，握手翻成悲。我去聽寒泉，君留釣臺月。唯有長相思，因之寄天末。

山泉賞

群嶂横秀氣，飛流落雲中。陰厓寫古雪，月蜺垂長虹。洄注石鏡浄，秋臨遥天空。孤賞憶謝朓，青山度松風。

九月八日郭南山亭宴集 分得「下」字。

海國霜氣凉，秋聲落遥野。乾坤肅以清，收納屬多暇。出郭尋幽期，同人命軒駕。載酒入翠微，憑高憩層樹。蒼山横黄雲，大江天同瀉。飛雨霞際晴，夕陽雁邊下。江山滿陳跡，今古成代謝。千載同一時，黄花笑盈把。酣歌林壑暝，新月松蘿掛。高興殊未平，臨風獨悲咤。

嶠嶼春潮

瀛洲見海色，潮來如風雨。初日照寒濤，春聲在孤嶼。飛帆落鏡中，望入桃花去。

衡江夕露

大江白露下，秋氣横滄浪。夜色不映水，微風忽吹裳。孤舟待明月，時聞蘭杜香。

同群公餞鄭五秀才至鼓山寺分題贈別賦得臨滄亭

岹嵉海上秀，中峰開禪宫。飛亭掛空翠，直上臨方蓬。溟漲在几席，天光映簾櫳。目極萬里外，但見清濛濛。曙色從東來，晃然靈境空。登臨豈不偉，别意嘆無窮。

賦得客中送客

在山每送客，客行思未已。他鄉此别君，離情滿天地。長空一飛雁，落日千里至。故園未同歸，寄君兩行淚。

秋江漁唱

大川饒數罟，淺瀆無吞舟。日暮收我綸，唱歌度中流。歌長入空闊，兩岸江聲秋。斷續和鳴榔，摇揚隨狎鷗。曲終人不見，雲水空悠悠。

賦得羅浮霜月懷鄭二逸人

海國梅始白，飛霜動鳴鐘。寒空一片月，掛在羅浮峰。夜色不映水，清光與之同。百里皆瑶華，千林閉幽風。蕭條巖際葉，嘹唳雲邊鴻。遠客起遥念，滄波思千重。夢迴明鏡没，寂歷聞幽蛩。

郭晦之歸扆峰群公相送至光嚴寺 分得「客」字。

化城負東郭，地古嚴公宅。同佩結幽尋，況值將歸客。山門坐翠微，蘿徑入松柏。定水駐行衣，香雲繞離席。銜杯雙樹間，百里見海色。日莫各分飛，空山夜寥寂。

題邑生陳溢鍾山草堂

鍾山抱藍田，水木含清氣。愛爾静者居，草堂在山翠。簾櫳映竹開，幾席侵花置。野客載酒過，山僧抱琴至。陶然接歡賞，邈爾成幽契。月出天海空，雲生石門閉。岱溪樵唱來，沙頭松聲細。佳趣足淹留，遠心更迢遞。維時屬休明，巖穴無遺棄。終南登捷徑，北山裂荷制。予亦問山靈，斯人果忘世。

秋江離思送朱大之京

暮色帶遠嶼，大江浩悠悠。臨分未能別，紅葉滿汀洲。夫子何所適，綺紈上國遊。凉風吹飛旆，沙路鳴紫騮。載酒江上石，把杯對高秋。遥山微雨晴，夕陽在孤舟。海鷁去翩翩，焉能狎群鷗。青雲可翹首，滄波正安流。

春澗幽亭

林下雲水香，幽亭識花氣。相看話所思，春色令心醉。之子尋幽期，孤琴入空翠。

賦得燈前細雨贈别鄭浮丘雨字韻

野館昏色來，明燈静深塢。故人惜睽違，共此尊前雨。寒影明遠心，夜聲帶離苦。飄蕭初拂席，颯沓仍近户。重靄濕餘芳，宿雲暗平楚。明發送君行，凄凄滿南浦。

同遊六平山探得燭字

出郭秋已深，寒原騁心目。愛君幽棲地，市廛若林谷。初月諧晚尋，同人遂成宿。樓虚在山翠，書聲向喬木。飛雨一峰來，微雲度疏竹。清鐙對殘尊，孤琴寫幽曲。自得静者心，何須遊秉燭。

水竹居

清溪入雲木，隱處林塘深。微月到流水，泠泠竹間琴。虚聲起遥聽，天影澄遠心。余亦鸞鶴群，將期此投簪。

緑楊雙燕圖

三月白門道，垂楊千樹花。君看雙燕子，飛去入誰家。門巷失故壘，時來拂枝斜。春風更相惜，莫與亂棲鴉。

醉歌行鄭二廣文西齋宴集 分得「一」字。

吾愛鄭夫子，妙年振英聲。讀書不肯死章句，笑殺當時魯兩生。男兒何事空饑餓，角巾嘯起東山卧。三奏《陽春》和者稀，立談古人獨知我。知我家無二頃田，幾翻相見客中憐。開心寫意不足惜，千金散盡還依然。廣文高館歸來好，撾鼓談經日應早。堂下諸生揖鄭虔，門前食客謁平原。傾家禄米三百斗，一歲衹供沽酒錢。西齋爲余造瑶席，滿堂盡是青雲客。綺席金盤蘇合香，銀瓶緑酒玻璃色。昨夜東風天際來，桃花笑人歷亂開。春光如此得幾日，毋多酌我何爲哉。山公不解倒騎馬，習池春水空莓苔。我歌白雲興偏逸，君起揮毫誇第一。空名何用掛百年，劇飲唯須醉千日。鄭夫子，聽我歌。與君更進酒，但使朱顔酡。君不見陌頭楊柳色青青，飛花昨日吹滿城。又不見樂遊原上咸陽道，漢闕秦陵幾回好。昔時歌吹激浮雲，今日殘陽映衰草。不用悲歌空斷腸，請君勸客勿停觴。古來唯有留賓驛，到處逢人説鄭莊。

賦得吴航渡送趙少府之京

君不見吴航渡河上，蕭蕭多古樹。樹根積石長青苔，應比昔人繫舟處。寂寞寒潮自往還，關河北望空雲山。天浮百粤榮光歇，海接三吴霸氣寒。吴王城闕幾千載，舸艦何年到閩海。危檣峻櫓逐飄風，今日吴航名尚在。江上年年春草新，城頭車馬往來頻。野鳥不知驚候吏，垂楊空自送行人。

題臺江別意餞顧存信歸番禺

置酒臺江上，悵然傷解攜。番禺天萬里，矯首南雲低。停舟對君日將暮，目送南雲指歸路。鄉夢多隨蜃母樓，家林近入扶桑樹。滄浪浩蕩杳難期，此别重逢又幾時。東去臺江應到海，唯因流水寄相思。

梅江謡留别梅江諸友

六月登玉京，炎蒸欺人不可行。側聞梅江水，寒冰玉壺祇如此。梅江之水千丈深，人言此水直千金。千金未必稱人意，我欲愛之清煩襟。皆山樵人坐我語，相攜尋幽指何許。塵心飛度象湖雲，水闊天長未言苦。青眼故人如白鷗，招邀待我黄沙頭。采秀探奇入靈境，上攀龍峰最高頂。龍峰絶頂窺蓬瀛，登高望遠形神清。大江茫茫寫溟漲，元氣浩浩無虚盈。飛濤一髮雪花白，遥山數點琉球青。欹帆側柁凌空闊，歷亂中流棹歌發。居人雲水弄生涯，撇網抛綸到窮發。君不見龍峰山陽五百家，龍峰市上半魚蝦。儒生不學老農稼，青門多種故侯瓜。三尺兒童誦詩禮，向余亦指長風沙。一嚴兵備限荒服，百雉孤城鎮海涯。孤城殘戍揚威武，島夷蠻胡竄如鼠。清秋幕府偃旌旗，白日轅門卧貔虎。如此承平百事無，江山所以待吾徒。賢豪傾倒平生意，瓊杯綺席來相娱。我愛江山對君酌，江山笑我辭猿鶴。從來心事戀煙霞，漸老誰知愧林壑。今日向君傾緑尊，千觴不斷別離魂。臨歧揮手謝知己，飛心騁目瞻天門。興爲《梅江謡》，醉别梅江去。他年此地濯塵纓，憶得西城别君處。

擬奉和早朝大明宫之作

明光漏盡曉寒催，長樂疏鐘度鳳臺。月隱禁城雙闕迥，雲迎仙仗九重開。旌旗半掩天河落，閶闔平分曙色來。朝罷珮聲花外轉，回看佳氣滿蓬萊。

酬林一和閒齋見懷之作

東山遥夜雁歸聲，兩地相思舊感生。芳草白雲無那别，春風黄鳥若爲情。雙溪日下鷗波静，獨樹原頭獵火明。誰道離居成寂寞，好文地主久知名。

得鄭二宣海南手札

番禺天外古交州，念子南行戀舊遊。故國又經花落後，遠書翻寄雁來秋。梅邊野飯逢人少，海上青山對客愁。爲報羅浮雲影道，早隨明月引歸舟。

早雁

涼霜八月塞天寒，飛度衡陽楚水寬。少婦樓頭初掩瑟，一行先向夕陽看。

王紀善褒二首

褒字中美，閩縣人。嘗爲長沙學官，知永豐縣，召入，預修《大典》，擢某王府紀善。永樂丙申，卒於官，見高棅輓詩序。《閩中十才子》稱翰林修撰，殊不詳也。中美與孟揚、安中齊名，其詩殊乏才情，不堪鼎足，或其佳者不傳耳。

題緑柳紫燕圖

緑柳夏依依，差池玄鳥飛。蹴花隨别騎，銜絮點征衣。隋渚晴煙暝，章臺夕照微。衡門相託久，應傍主人歸。

輓詩

越臺草緑鷓鴣飛，劍化龍津事已非。故國遺臣空北望，異鄉作客獨南歸。新祠海上經秋雨，舊業林間半掩扉。讀罷遺文腸欲斷，桐城何處一霑衣。

陳處士亮二首

亮，長樂人，字景明，故元儒生。明興，累詔不出，作《讀陳摶傳》詩以見志。作草屋滄洲中，與名士王恭、高棅爲文酒之社。

夏日過石首簡天石老禪

世累日多門，馳驅厭塵雜。駕言尋招提，雙屐蚤已蠟。霜餘葉盡飄，回首見孤塔。入門謁金仙，鐘鼓響鏜鞳。吾師投跡久，終歲一舊衲。曾從大方遊，已悟世外法。深居行無取，問語終不答。竹影覆經房，茶煙繞禪榻。天寒日苦短，千嶂夕陰合。笑别虎溪頭，松風起蕭颯。

晚春閒思

門巷客來稀，閒居静掩扉。微風花自落，細雨燕雙飛。向曉披遺帙，迎暄换袷衣。年年此時節，惆悵送春歸。